J. Gerhardt
This Stupid Thing Called Trust

J. Gerhardt, Jahrgang 1988, liebte das Lesen bereits in ihrer Kindheit. Vor allem romantische Romane mit einem Hauch von Drama haben es ihr angetan. Da war es kein Wunder, dass sie über kurz oder lang selbst mit dem Schreiben anfing und ihre Gedanken einen Weg in den eigenen Roman gefunden haben. J. Gerhardt lebt mit ihrer Familie in einem Haus am Waldrand in einer Kleinstadt Niedersachsens.

J. Gerhardt

THIS STUPID THING CALLED TRUST

Roman

PIPER

Mehr über unsere Autorinnen, Autoren und Bücher:
www.piper.de

Wenn Ihnen dieser Roman gefallen hat, schreiben Sie uns unter Nennung des Titels »This Stupid Thing Called Trust« an *empfehlungen@piper.de*, und wir empfehlen Ihnen gerne vergleichbare Bücher.

PRODUZIERT MIT VERANTWORTUNG

ISBN 978-3-492-50843-8

Für einen direkten Kontakt und Fragen
zum Produkt wenden Sie sich bitte an:
info@piper.de
Redaktion: Cornelia Franke
Satz auf Grundlage eines CSS-Layouts
von digital publishing competence (München)
mit abavo vlow (Buchloe)
Covergestaltung: Giessel Design
Covermotiv: Bilder unter Lizenzierung von Shutterstock.com genutzt
Printed in the EU

In diesem Buch sind Themen enthalten, die triggernd wirken können. Am Ende des Buches findet sich eine Aufzählung, die jedoch den Verlauf der Geschichte spoilern kann.

Prolog

Alexander

November

Das Klingeln eines Handys empfängt mich, als ich in den Garten gehe, um meine zurückgelassene Kleidung zu holen. Es kommt aus Stellas Handtasche, die über ihrer Stuhllehne hängt. Das Geräusch ignorierend, klaube ich meine Sachen vom Boden auf. Bevor ich in mein Zimmer verschwinde, stelle ich die Tasche auf der Sitzbank des Klaviers ab.

Diesen Abend habe ich sorgsam geplant, denn ich wollte mit Stella über das Geschehen vor fünf Jahren sprechen – und ihr meine wahren Gefühle gestehen. Dass ich mich in sie verliebt habe. Und dass alles ein großes Missverständnis gewesen ist. Deshalb bin ich glücklich darüber, wie nah sie mich an sich herangelassen hat. Dieser Kuss im Pool – so leidenschaftlich und intensiv, hat mir meine Gefühle nur noch deutlicher vor Augen geführt. Nun muss ich Stella von der Ernsthaftigkeit dieser überzeugen.

Schnell ziehe ich mir trockene Kleidung an, weil mir bereits kalt wird. Als ich zum Klavier zurückkomme, klingelt es erneut in ihrer Handtasche. Wer ist denn um diese Uhrzeit so hartnäckig? Oder ist etwas passiert?

Besorgt öffne ich die Tasche und greife mit der Hand hinein, um Stellas Smartphone herauszuholen. Auf dem Display erscheint ein Name, der mich erstarren lässt. *Stella.* Was zur Hölle? Kennt sie noch eine Frau mit demselben Namen? Aus einem Impuls heraus nehme ich das Gespräch an und drücke mir das Handy ans Ohr.

»Hey Clara, ist alles okay? Ich dachte, du wolltest mir ein Update schicken, wie es mit Alex läuft.«

Was zum …?! Perplex lasse ich das Smartphone sinken, doch als ich die Frauenstimme weiterspricht, gerate ich in Panik und drücke das Gespräch weg. Dann stecke ich das Handy schnell zurück in Stellas Tasche. Wer war das und warum fragte sie nach einer *Clara*?

Ich höre das Klicken der Badezimmertür und versuche, wieder zur Ruhe zu kommen, damit Stella nichts bemerkt, und setze mich ans Klavier. Nach den ersten Tönen kann ich mich so weit ablenken, dass ich nicht mehr an das Gespräch denke.

Stella setzt sich neben mich auf die Bank. Meine Hände ruhen auf den Tasten, aber ich kann mich nicht rühren. Etwas in mir ist unruhig, lauernd. Ich sehe Stella nicht an, auf einmal ist da diese Spannung zwischen uns – es ist die Aufregung vor etwas Neuem, etwas Unbekannten.

Diese Frau kann nicht Stella sein, auch wenn sie so aussieht und sich so gibt wie meine Verlobte … Es fühlt sich so anders an als damals. Ich will sie nicht beschützen wie eine kleine Schwester. Die unschuldige Schwärmerei, das aufgeregte Kribbeln im Bauch – das alles hat einem viel tieferem Gefühl Platz gemacht: Verlangen. Ich will diese Frau! Ich will sie kennenlernen, will sie erobern, will alles von ihr.

Ich weiß nicht, wie ich mit dieser neuen Situation umgehen soll. Stella benimmt sich, als sei nichts gewesen. Sie ahnt nicht, dass ich eben ein verstörendes Telefonat geführt habe, indem meine Verlobte als Clara angesprochen wurde …

Ich atme tief ein und dränge die aufkommenden Gedanken zurück, um den Moment zwischen uns nicht zu zerstören.

»Für Elise«, erkläre ich auf ihren fragenden Blick hin und durchbreche die Stille zwischen uns. »Erinnerst du dich? Wir haben zu diesem Song getanzt …«

Sie schüttelt den Kopf.

»Meine Mum hat dieses Stück geliebt«, ergänze ich leise. Die knisternde Stimmung zwischen uns macht mich nervös. Das Wissen, sie könnte wirklich jemand anderes sein, lässt mein Herz schneller schlagen.

»Ein schönes Lied«, entgegnet sie knapp. »Ich wusste nicht, dass du Klavier spielen kannst.«

»Du kannst doch auch spielen«, meine ich und sehe sie forschend an.

»Hab's in der Schweiz verlernt«, entgegnet sie mit einem entschuldigenden Lächeln.

»Wundert mich, dass deine Mum dir keinen Privatlehrer besorgt hat«, hake ich nach und versuche, Stella aus der Reserve zu locken. Sie zuckt mit den Schultern.

»Sie hats versäumt, sich drum zu kümmern, schätze ich.«

Nun gut, so komme ich nicht weiter. Auf jede meiner Fragen hat sie eine logische Erklärung. Und wäre ich nicht an ihr Handy gegangen, hätte ich ihr sofort geglaubt. Doch nun nagen die Zweifel an mir, dass sie mich womöglich anlügt. Ob sie mir ihre Gefühle ebenfalls vorgetäuscht hat?

Als nächstes stimme ich den Song von Coldplay an, den ich an Halloween mit meinen Freunden in der Kneipe gespielt habe. Stella legt ihren Kopf an meine Schulter. Ich versteife mich im ersten Moment, stocke im Text, fange mich jedoch schnell. Als der letzte Ton verklingt, hebt Stella den Kopf und ich drehe mich zu ihr, lege meine Hand an ihre Wange. Egal, ob sie wirklich Stella ist oder jemand anderes – ich muss sie erneut küssen.

Mit den Daumen streiche ich über ihre Wangen, hinab zu ihrem Kiefer, mit einer Hand greife ich in ihr noch feuchtes Haar. Sie schlingt die Arme um meinen Hals, kommt mir dadurch entgegen. Mein Kuss wird drängender, leidenschaftlicher. Ich schiebe meine Zunge zwischen ihre weichen Lippen und spüre, wie sie nachgibt. Ihr Körper wird weich in meinen Armen. Selbstsicher schiebe ich meine Hand unter ihren Pullover, ohne den Kuss zu unterbrechen.

Stella seufzt leise, was mich mutiger werden lässt. Langsam streiche ich über ihren Bauch, spüre die Wärme ihres Körpers unter meinen Handflächen. In meinem Innern kribbelt es, was sich sogar auf meine Fingerspitzen überträgt. Instinktiv drücke ich Stella weiter nach hinten auf die Sitzbank, verharre über ihr und löse den Kuss, um nach Luft zu schnappen.

Plötzlich höre ich einen dumpfen Knall, der mich in die Realität zurückholt.

»Stopp. Hör auf«, kommt es von Stella. Sie schiebt mich von sich und springt beinahe von der Sitzbank, als habe sie sich an mir verbrannt. Ihre Handtasche ist zu Boden gefallen und Stella räumt in Windeseile den Inhalt ein, ehe sie sich erhebt. Sie starrt mich mit einer Mischung aus Panik und Scham an.

»Ich habe deine Tasche reingebracht. Dein Handy hat mehrmals geklingelt«, erkläre ich ihr beiläufig, doch meine Stimme klingt kühl. Erneut versuche ich, in ihrem Gesicht zu lesen, aber Stella verschließt sich vor mir.

»Oh, bestimmt war es meine Tante. Ich sollte gehen, es ist schon spät«, entgegnet sie schnell und presst die Handtasche gegen ihre Brust, als könnte sie dadurch ihre Nervosität vor mir verstecken.

»Soll ich dich heimbringen?«, frage ich.

»Ich rufe Stanley an«, entgegnet Stella und wendet sich bereits zum Gehen.

Ich bleibe auf der Bank hocken, unfähig, mich zu rühren. Halte den Atem an, bis ihre Schritte verklingen.

***

Meine Nacht war wenig erholsam. Ich habe mich im Bett herumgewälzt, in Gedanken an Stella. Und an Clara. Vor allem an Clara. Wer zur Hölle ist sie und was hat sie mit Stella zu schaffen? Viel zu früh quäle ich mich aus dem Bett und schlurfe unter die Dusche im angrenzenden Badezimmer. Das warme Wasser hilft mir, die Müdigkeit abzuschütteln.

Aus der Küche höre ich leise Geräusche. Als ich den Raum betrete, sitzt Lucy an der Theke und schlürft ihr morgendliches Müsli. Dad kippt den Rest Kaffee hinunter, lässt seinen Becher auf der Theke stehen und gibt Lucy einen kurzen Abschiedskuss auf die Stirn.

»Muss los«, sagt er knapp und klopft mir auf die Schulter, während er die Küche verlässt. Ich sehe ihm über die Schulter hinterher. Seitdem es mit der Firma schlechter läuft, treffen wir unseren Vater kaum zu Hause an. Selbst am Wochenende ist er selten hier, weil er Meetings hat oder sich um neue Kunden bemüht.

»Hey, Schwesterherz«, begrüße ich Lucy und hole mir einen Becher aus einem der Hängeschränke, dann betätige ich einen Knopf des Kaffeevollautomaten. »Wann bist du von deinem Date heimgekommen? Ich habe dich nicht gehört.« Mit vor der Brust verschränkten Armen lehne ich mich gegen die Arbeitsplatte und warte, bis der Kaffee in den Becher gelaufen ist.

Lucy tupft sich ihren Mund mit einer Serviette ab und dreht sich auf dem Hocker zu mir um. Ein schelmisches Lächeln umspielt ihre rot geschminkten Lippen.

»Früh genug, um mitzubekommen, dass *dein* Date ein Flop gewesen ist«, entgegnet sie kichernd. »Hast du Stella etwa vergrault? Du lässt doch sonst nichts anbrennen.«

Ich verschlucke mich an meinem Kaffee. Woher weiß sie, dass ich Stella eingeladen habe? Ich habe ihr nichts von meinen Plänen erzählt, weil ich so ein Gespräch vermeiden wollte. Lucy ist schrecklich neugierig, vor allem, was mein Verhältnis zu ihrer ehemaligen besten Freundin angeht.

Lucy rutscht vom Hocker und kommt auf mich zu. »Brian hat mich vor dem Tor abgesetzt, als ich Stella gesehen habe. Sie hatte es verdammt eilig.« Sie schüttelt missbilligend den Kopf, doch im Grunde weiß ich, dass sie sich über meinen verpatzten Abend amüsiert. Seit dem Tod unserer Mutter haben Lucy und ich eine sehr innige Beziehung. Auf Dad konnten wir uns nicht verlassen, weil er mit seiner eigenen Trauer und der Geschäftsführung zu kämpfen hatte.

Lucy kennt mich zu gut, weshalb sie kaum glauben kann, dass ich es mit einer Frau langsam angehen könnte. Mit Stella ist es jedoch anders, *sie* ist anders. Und langsam verstehe ich auch den Grund, warum sie sich zu Beginn mir gegenüber so abweisend verhalten hat. Es lag nicht an meinem Verhalten von damals – sie wusste einfach nicht, wie sie sich mir gegenüber geben sollte!

Vorsichtig nehme ich einen Schluck von meinem Kaffee. Das Koffein sorgt dafür, dass meine müden Glieder zum Leben erwachen.

»Sag mal«, beginne ich und mustere meine Schwester, »hast du zufällig Stellas Nummer?«

Irritiert hebt sie ihre Augenbrauen. »Ich? *Du* bist ihr Verlobter.«

»Und du bist ihre beste Freundin«, kontere ich.

»Ich *war* ihre beste Freundin«, korrigiert sie mich. »Stella meidet mich. Und du bist schuld!« Lucy bedenkt mich mit einem grimmigen Blick und drückt mir ihren Zeigefinger gegen die Brust.

»Ach, im Grunde wart ihr nie eng befreundet. Wären unsere Familien nicht wegen irgendwelcher Verträge miteinander verbunden, hättest du Stella ignoriert«, gebe ich spöttisch zurück.

Lucy schiebt beleidigt die Unterlippe vor. »Was ist schlimm daran, wenn ich mich mit meiner zukünftigen Schwägerin gut stellen will? Dann lebt es sich leichter. Du hast dich auch mit dieser Verlobung arrangiert – oder warum hast du sonst mit Hailey Schluss gemacht?«

»Ich habe Hailey von Anfang an klargemacht, dass ich nichts Festes will. Was ist jetzt? Hast du ihre Nummer oder nicht?«, hake ich ungeduldig nach und stelle meinen leeren Kaffeebecher auf der Arbeitsplatte ab.

Lucy streicht sich eine blonde Strähne hinters Ohr und legt grinsend den Kopf in den Nacken.

»Wieso fragst du sie nicht selbst? Immerhin ist sie deine Verlobte«, überlegt sie laut, dann lacht sie auf. »Ach, richtig. So, wie sie gestern Abend davongerauscht ist, hast du sie verärgert und willst sie um Verzeihung bitten.«

Sie hat unrecht, doch das sage ich nicht. Also setze ich eine reumütige Miene auf.

»Ich bereue mein Verhalten zutiefst, Schwesterherz, und will mich bei der Liebe meines Lebens entschuldigen«, säusele ich und verkneife mir ein Grinsen. Lucy kichert, dann zieht sie das Smartphone aus der Gesäßtasche ihrer Jeans, um in ihrem Telefonbuch nach Stellas Nummer zu suchen.

»Hier, ich schicke sie dir rüber«, teilt sie mir mit, ehe sie das Handy wieder wegsteckt. »Und jetzt entschuldige mich, ich bin mit Cassy verabredet.«

***

Nach einem kurzen Frühstück und einen weiteren Kaffee verziehe ich mich in mein Zimmer. Das Haus ist so still, dass ich mein Handy mit der Bluetoothbox verbinde und meine aktuelle Spotify-Playlist abspiele. Es sind viele Songs von Coldplay dabei, die meine Freunde und ich aktuell einstudieren. Eine Melodie mitsummend setze ich mich auf mein Bett und überlege, was ich tun soll.

Erneut drängen sich die Erinnerungen von vergangenem Abend auf und ich spüre dieses aufgeregte Kribbeln. Das aufkommende Verlangen, als wir gemeinsam im Pool gewesen sind, unsere Gespräche, die leidenschaftlichen Küsse und dann das verhängnisvolle Telefonat … Wenn diese Frau wirklich nicht meine Verlobte ist – in wen habe ich mich dann verliebt? Denn dass sie mir gefällt und ich mehr als nur sexuelles Interesse an ihr habe, steht für mich fest. Stella – oder wie auch immer sie heißen mag – hat mein Herz berührt.

Kurzerhand gehe ich zu dem Regal neben meinem Schreibtisch und ziehe eins der alten Jahrbücher heraus. Zwar waren Stella und ich nie im selben Jahrgang, dennoch an derselben Schule. Mit vor Aufregung feuchten Fingern blättere ich zu den Klassenfotos der Unterstufe. Schnell finde ich die Stella aus meinen Erinnerungen. Sie muss auf dem Bild zwölf oder dreizehn sein, mit einer Zahnspange und blonden Zöpfen. Obwohl sie damals bereits hübsch war, ist es kein Vergleich zu der Frau, die sie heute ist. Leider kann ich die Ähnlichkeit auf diesem alten Foto nur schwer ausmachen, weshalb ich mich in Lucys Zimmer schleiche, um das letzte Jahrbuch herauszusuchen, bevor Stella auf das Internat in der Schweiz geschickt worden ist.

Auch hier finde ich zwar ein Bild, kann jedoch nur wenig Ähnlichkeit feststellen. Grübelnd gehe ich durch den Raum, während Chris Martin aus den Lautsprechern über die Liebe singt. Unwillkürlich singe ich leise mit. Dann nehme ich das Smartphone von der Station und gebe Stellas Namen in die Suchleiste meines Internetbrowsers ein. Mit dem Handy werfe ich mich aufs Bett und scrolle durch die Beiträge.

Als erstes werde ich zu ihrem Instagramprofil weitergeleitet, außerdem gibt es einen Beitrag auf der offiziellen Internatsseite, in dem die besten Absolventen des Jahrgangs namentlich erwähnt werden. Stella von Eisleben hat ihre A-Levels in der Schweiz mit Bravour bestanden. Leider ist das Bild von ihr unscharf, sodass es mir nicht weiterhilft. Deshalb wechsele ich in die Instagram-App und schaue auf ihrem Profil vorbei. Auf den Fotos dort ist Stella braun gebrannt, die blonden Haare wirken heller und viel länger als jetzt. Gut, ein neuer Haarschnitt macht sie noch nicht zur Betrügerin.

Auf einmal erregt ein Bild weiter oben meine Aufmerksamkeit. Es zeigt Stella an einem Tisch in einem Strandcafé, mit einer Champagnerflöte in der Hand. Die Bildunterschrift macht mich stutzig. *Happy Birthday to me*, steht in der Caption und der Zeitstempel des Uploads war an Halloween. Aber wie kann das sein, wenn ich auf ihrer Party gewesen bin? Hat sie an ihrem Geburtstag ein älteres Bild hochgeladen? Wäre möglich, also nicht durchdrehen!

Ich mache mir einen Screenshot von dem Bild, ehe ich die App schließe und zu meinen Nachrichten wechsle. Dann suche ich Polianas Nummer heraus. Zwar weiß ich nicht, ob sie ihr Wissen mit mir teilen wird, doch einen Versuch ist es wert.

Alexander: Hey, hier ist Alex. Könntest du mir Stellas aktuelle Handynummer geben? Sie hat gestern Abend etwas bei mir vergessen, das ich ihr ungern in der Uni wiedergeben will – wenn du verstehst, was ich meine.

Ich füge einige zweideutige Emojis hinzu. Tatsächlich ist ihre Unterwäsche noch hier, denn diese hat sie im Gästebad liegen gelassen. Es dauert nicht lange, bis ich eine Nachricht von Poliana bekomme.

Poliana: Woher hast du diese Nummer? Wir sind praktisch Fremde.

Alexander: Und dennoch kennen wir uns. Lucy hat mir deine Nummer gegeben. Ich habe nicht geglaubt, dass sie immer noch aktuell ist.

Tatsächlich habe ich die Nummer aus dem alten Jahrbuch abgeschrieben, denn meine Schwester hat jeden Kontakt fein säuberlich unter die jeweiligen Fotos notiert. Stellas Nummer war ebenfalls dabei, doch es war dieselbe, die sie mir weitergeleitet hatte.

Es dauert, bis die nächste Antwort bei mir eintrudelt.

Poliana: Sorry, aber warum sollte ich die Nummer meiner besten Freundin an ihren Verlobten weitergeben? Klingt nicht nach der großen Liebe, wenn ihr bisher keine Nummern ausgetauscht habt.

Alexander: Wir hatten keine Gelegenheit dafür. Natürlich könnte ich zu ihr gehen, aber vermutlich wäre es Stella peinlich, wenn ihre Tante mitbekommt, wie ich ihr ihre Unterwäsche vorbeibringe.

Poliana schickt mir einige geschockt aussehende Emojis, dann bekomme ich Stellas aktuelle Handynummer.

Mit wildklopfendem Herzen gleiche ich sie mit den Zahlen ab, die ich von Lucy habe. Tatsächlich sind es zwei unterschiedliche Nummern. Die Länderkennung könnte deutsch sein, sicher bin ich mir jedoch nicht. Vielleicht liegt es daran, weil Stellas Vater in Köln lebt?

Seufzend streiche ich mir mit einer Hand durchs Haar, lege mein Smartphone auf die Bettdecke und atme mehrmals tief ein und aus. Hätte Stella keinen Rückzieher gemacht, dann hätten wir vermutlich miteinander geschlafen ... Doch wäre es wirklich zum Sex gekommen – mit wem wäre ich im Bett gewesen? Mit meiner Verlobten oder einer mir fremden Frau?

Fuck, dieser Gedanke ist total schräg.

Ich fasse mir ein Herz und wähle die Nummer, die mir meine Schwester geschickt hat. Wenn ich Gewissheit habe, kann ich hoffentlich entscheiden, was als Nächstes zu tun ist …

Es dauert eine ganze Weile, bis ein Freizeichen ertönt. Angespannt halte ich den Atem an.

»Hi, wer ist denn da?«, meldet sich eine Frau in perfektem Englisch. Ohne jeglichen Akzent, ohne eine Note Unsicherheit oder Zögern. Augenblicklich erstarre ich. Die helle Stimme kommt mir vage bekannt vor.

Die Stella, die ich in Cambridge antreffe, braucht oft einen Moment länger, um mir zu antworten. Ich habe dieses kurze Zögern mir damit erklärt, dass sie lange kein Englisch mehr gesprochen hat. Ist es möglich, dass sie nicht so flüssig Englisch spricht, weil es nicht ihre Muttersprache ist?

»Hallo? Also, wenn das ein Scherz sein soll, ist es ein verdammt schlechter«, zischt die Frau verärgert und beendet das Gespräch. Ungläubig starre ich auf mein Smartphone. Kann es wirklich sein? War das eben etwa tatsächlich Stella? *Meine* Stella?

Die Gedanken in meinem Kopf überschlagen sich. Okay, ruhig bleiben! Ich darf mir nicht anmerken lassen, dass ich hinter ihr Geheimnis gekommen bin. Besser ist es, meine Rolle weiterhin zu spielen, um mehr über diese Frau herauszufinden und ihre Beweggründe zu verstehen.

»Was verbirgst du vor mir, Clara?«, grübele ich, ehe ich das Handy wieder wegstecke.

Kapitel 1

Clara

Neujahr

»Das war nicht der Deal ...« Unruhig geht Stella vor mir auf und ab, während ich mich auf ihrem Bett zusammengekauert habe. Nach meiner Landung am Flughafen Köln/Bonn hat sie mir einige Anweisungen geschickt, wie ich an den Ersatzschlüssel für ihre Wohnung komme, ohne, dass jemand etwas bemerkt. Sie hat für mich sogar den nächsten Flug aus Barcelona nach Köln genommen.

»Ich weiß, aber ... ich konnte ihm nicht länger ins Gesicht lügen.« Mein Gesicht ist rot und geschwollen. Den Weg vom Flughafen hierher konnte ich nicht aufhören zu weinen. Es ist sowieso ein Wunder, wie ich es in diesem Zustand nach Köln geschafft habe. Als ich Alexanders Haus klammheimlich verließ, fühlte ich mich so leer. Mir war elend zumute, weil ich keinen anderen Ausweg gesehen habe, als vor Alex und vor meinen eigenen Gefühlen zu fliehen. Meine Klamotten waren schnell zusammengepackt, den Rest habe ich zurückgelassen, denn diese Sachen gehören einer anderen Person. Jemandem, der ich nicht war und nie sein werde. Ich bin *nicht* Stella, auch wenn ich mir in Cambridge gewünscht habe, wie Stella zu sein.

Stella setzt sich zu mir aufs Bett.

»Noch sind Winterferien. Du könntest zurück ...«, meint sie nach einer langen Pause. »Zumindest so lange, bis ich mit meinem Vater gesprochen habe. Ich will ihm den Schwindel nicht am Telefon beichten und er kommt erst in ein paar Tagen aus Dubai zurück. So lange kannst du hierbleiben. Enrico und ich schlafen im Hotel.«

»Ich kann Alex nicht unter die Augen treten, nachdem ich abgehauen bin!« Das Zittern, das mich seit meiner Ankunft nicht loslässt, verstärkt sich durch ihre Worte. Ich kann Alex nicht länger anlügen und seine Verlobte spielen, weil ... Mir wird die Brust eng und ich hole tief Luft, weil ich glaube, an meinen Tränen zu ersticken. Sollte ich mich weiterhin als Stella von Eisleben ausgeben, wird Jamie jedem erzählen, was er über mich herausgefunden hat. Und wie sollte ich seine Argumente widerlegen, ohne mich weiter in Lügen zu verstricken? Es ist besser, wenn ich aus Alexanders Leben verschwinde.

Dieser Gedanke schnürt mir die Kehle zu, ich schlage mir die Hände vors Gesicht und weine noch mehr. Meine Schultern beben unter den heftigen Schluchzern, die meinen Körper schütteln.

Eine warme Hand legt sich zwischen meine Schulterblätter. Stella zieht mich nach kurzem Zögern in ihre Arme.

»Weine ruhig«, flüstert sie mir ins Ohr und streicht mir tröstend über den Rücken. »Ich weiß zwar nicht, womit Alex deine Gefühle verdient hat, aber dass du wegen ihm so am Boden bist, tut auch mir weh. Ich habe nicht gedacht, dass zwischen euch beiden etwas laufen könnte, als ich dir diesen Vorschlag gemacht habe. Sorry, wenn ich dich in eine blöde Situation gebracht habe.«

»Du kennst ihn nicht«, sage ich mit tränenerstickter Stimme. »Er ist anders ... er ist ...« Meine Stimme bricht und ich schluchze erneut auf. Meine Gefühle für Alex in Worte zu fassen, fällt mir unsagbar schwer. Stella kann mich nicht verstehen, denn sie trägt immer noch den Schmerz der Ablehnung in sich, den sie nach der Gartenparty bei Jamies Familie empfunden hat. Ich hingegen habe Alexander ohne Vorurteile kennenlernen dürfen und mich in ihn verliebt.

»Du hast recht, ich kenne Alexander nicht so, wie du ihn erlebt hast. Vielleicht hat er sich ja geändert –«

»Er *hat* sich geändert«, bestätige ich und wische mir die Tränen aus den Augen.

»Wenn du das sagst ...« Stella legt grübelnd die Stirn in Falten. »Ich werde dich nicht im Stich lassen, Clara. Schließlich sind wir Freundinnen. Du hast es mir ermöglicht, dass ich den Mann meiner Träume heirate. Jetzt bin ich dir etwas schuldig.«

Ich lächle sie dankbar an, denn ich bin froh, dass sie mich nicht drängt, zurück nach Cambridge zu fliegen. »Aber was ist mit dem Studium an der Judge Business School?«, erkundige ich mich besorgt. Mir haben die Vorlesungen viel Spaß gemacht und ein bisschen bedauere ich es, dass ich nicht weitermachen kann. Aber da ich ab dem kommenden Semester mein BWL-Studium in Köln wieder aufnehme, kann ich nicht länger in Cambridge eingeschrieben bleiben.

»Ich werde mich exmatrikulieren lassen«, entgegnet sie mit einer abwinkenden Geste. »In Barcelona kann ich studieren, was ich will. Du weißt doch, dass ich lieber mein Studium in Kunstgeschichte weiterführen würde, statt mich bei BWL zu langweilen.«

»Wenn das so einfach ist ...«

»Ach, natürlich, warum auch nicht. Schließlich unterstützt mein Dad die Uni.« Stella erhebt sich vom Bett und stemmt die Hände in die Seiten. »Und jetzt sollten wir etwas essen, oder? Was hältst du von Pizza Hawaii?«

***

Stella hat sich innerhalb von Tagen um eine neue Bleibe für mich gekümmert. Eigentlich wollte ich ihre Hilfe nicht annehmen, doch sie ließ sich nicht davon abbringen, außerdem hat Stella durch ihren Vater Kontakte zu Immobilienmaklern, die ihr keinen Gefallen abschlagen.

Die neue Wohnung ist zwar klein, befindet sich jedoch in Lindenthal mit einer sehr guten Anbindung an die Uni. Die Miete ist erschwinglich, aber das Geld, was nach Ablösung meines Studienkredits übrig geblieben ist, möchte ich nicht verschwenden. Deshalb werde ich mir, bis das Sommersemester startet, einen Job suchen. Als Giselles Hundesitterin kann ich nicht weitermachen, besser, ich gehe Benjamin von Eisleben ebenfalls aus dem Weg.

Trotzdem werde ich es mir nicht nehmen lassen, bei Giselle vorbeizuschauen und mit ihr eine Gassirunde zu drehen. Stella hatte sich über meinen Vorschlag, die Pudeldame zwischendurch zu besuchen, sehr gefreut. Natürlich geht es nur unter Absprache mit dem jetzigen Sitter und nur, solange ihr Vater in Dubai ist, damit niemanden nicht auffällt, dass ich *nicht* Stella bin.

»Fertig.« Enrico erhebt sich aus der Hocke und klopft sich die Hände ab, dann begutachtet er zufrieden sein Werk. Während Stella mir beim Streichen des Schlafzimmers geholfen hat, baute ihr frischgebackener Ehemann mein nagelneues Bett auf, das wir gemeinsam bei IKEA gekauft haben.

»Sieht gemütlich aus. Willst du mal probeliegen?«, fragt Stella freudestrahlend und drückt mir eins der weißen Dekokissen in die Arme, auf die sie bestanden hat. Zuerst habe ich mich gegen Schnickschnack gewehrt, doch das Kissen ist so flauschig, dass ich schwer widerstehen konnte.

In freudiger Erwartung setze ich mich auf die Matratze. Sie ist angenehm weich und federt unter meinem Gewicht leicht zurück.

»Und?«, hakt Stella neugierig nach.

»Ist super!«, entgegne ich mit einem Lächeln. Kichernd kommt Stella zu mir und lässt sich neben mich aufs Bett plumpsen.

»Wir sollten deinen Einzug feiern«, schlägt meine Freundin vor und winkt Enrico zu sich, damit er sich zu uns aufs Bett gesellt.

»Zuerst sollte ich auspacken und mich einrichten, oder?«, entgegne ich skeptisch. Auf der kleinen Küchenzeile, die bereits eingebaut gewesen ist, stapeln sich die Kartons von IKEA, in denen sich mein neues Geschirr und weitere Küchenutensilien befinden. Weil ich überwiegend in der Unimensa essen werde, habe ich nur die nötigste Ausstattung besorgt. Das Zweiersofa und die Badezimmermöbel werden erst Ende der Woche geliefert, Enrico hatte versprochen, mir erneut beim Aufbau zu helfen. Glücklicherweise gibt es einen Einbauschrank im Schlafzimmer.

»So viele Klamotten hast du ja nicht«, meint Stella mit einem Blick auf die geöffnete Reisetasche, die neben der Schranktür steht. »Das ist schnell erledigt. Vielleicht sollte ich dir was von meinen Sachen geben. Ich werde nichts nach Barcelona mitnehmen.« Sie erhebt sich und beginnt damit, die Klamotten aus meiner Reisetasche herauszuholen. Als sie einen Hoodie herauszieht, fällt die kleine Schachtel aus der Tasche.

»Oh, was ist das?«, fragt sie neugierig und hebt das Kästchen auf. Bevor sie hineinschauen kann, erhebe ich mich und nehme es ihr aus der Hand.

»Ein Erinnerungsstück«, entgegne ich hastig und presse das Kästchen an meine Brust, als wolle ich es verstecken. Die Kette, die Alexander mir geschenkt hat, habe ich bei meiner Rückkehr nach Köln abgenommen, habe mich jedoch nicht dazu durchringen können, sie wegzuwerfen.

Beleidigt schiebt Stella ihre Unterlippe vor, doch Enrico legt ihr die Hand auf die Schulter. »Lass sie. Es sind ihre Sachen, du solltest nicht darin herumwühlen.«

»Sorry«, murmelt Stella betreten und schenkt mir ein reumütiges Lächeln.

»Schon gut«, entgegne ich und stecke das Kästchen in meine Hosentasche.

Stella klatscht in die Hände. »Okay, und was machen wir jetzt? Wollen wir was essen gehen und auf deine neue Wohnung anstoßen?«

Ich zucke mit den Schultern. Mir ist nicht nach Feiern zumute, ich fühle mich elend, weil ich Cambridge und meine Freunde dort zurücklassen musste. Außerdem schwirrt mir der Kopf von all den Dingen, die ich noch organisieren muss. Ich bin kaum achtundvierzig Stunden in der Stadt – und schon bricht das Leben über mir herein. Wäre Stella nicht an meiner Seite, säße ich vermutlich auf der Straße.

»Seid mir bitte nicht böse, aber ich würde am liebsten allein sein«, sage ich in entschuldigendem Ton.

»Aber –«

»Stella, mi amor, hör auf, Clara zu bedrängen. Lass ihr etwas Zeit. Du siehst doch, wie schwer es ihr fällt, hier anzukommen«, fällt der dunkelhaarige Spanier seiner Frau ins Wort. Es fasziniert mich, welche Ruhe dieser Mann ausstrahlt. Soweit ich es mitbekommen habe, ist Enrico das Gegenteil von Stella, die oft sehr impulsiv und leidenschaftlich reagiert. Vielleicht ergänzen sich die beiden deshalb so gut?

»Aber –«, setzt Stella an, doch er schüttelt den Kopf. Seufzend lässt Stella die Schultern sinken.

»Also schön, wie du meinst. Dann gehen wir zusammen essen, ja? Ich habe ein nettes Restaurant mit guten Bewertungen gefunden ...«

Enrico schiebt sie bereits aus dem Schlafzimmer. Erleichtert atme ich aus, als sie den Raum verlassen. Dann sieht er noch einmal über die Schulter zu mir.

»Ihr seht euch zwar auf den ersten Blick zum Verwechseln ähnlich, doch wenn man euch beide etwas näher kennt, seid ihr so unterschiedlich wie Tag und Nacht. Schon eigenartig, wie ihr euch dabei gut verstehen könnt«, meint er mit einem Zwinkern und seine beinahe schwarzen Augen funkeln amüsiert. Erst dann schließt er die Tür hinter sich und lässt mich allein zurück.

Einen Augenblick lang bleibe ich auf meinem neuen Bett sitzen. Stille herrscht in meiner neuen Wohnung. Wars das jetzt? Ist das Kapitel *Cambridge* nun abgeschlossen? Die vergangenen Monate kommen mir wie ein schöner Traum vor, aus dem ich jäh erwacht bin.

Erschrocken zucke ich zusammen, als mein Smartphone klingelt. Es steckt in meinem Rucksack, den ich achtlos auf den Boden gestellt habe. Ich brauche einen Moment, um mich zusammenzureißen und das Handy aus der Tasche zu holen. Bei jedem Klingeln habe ich Herzklopfen und gleichzeitig Angstausbrüche, es könnte Alexander sein. Tatsächlich habe ich die Blockierung seiner Nummer wenige Stunden nach meiner Rückkehr nach Köln wieder aufgehoben ... um sie kurz darauf aus meinem Telefonbuch zu löschen. Erst konnte ich dem Drang, ihm eine Nachricht zu schicken, nur schwer widerstehen, weil mich die Sehnsucht nach ihm wie eine Welle überrollte.

Meine Nervosität bleibt jedoch unbegründet, denn es ist eine Nachricht von meiner Freundin Polly. Sie hatte mir schon vor Tagen einige geschickt, die ich bisher nicht beantwortet habe. Dieses Mal hat sie eine Datei angehängt.

Poliana: Ich weiß zwar nicht, was mit dir los ist, aber vielleicht heitert dich dieses Video auf. Auch wenn ich finde, dass Alexander ein Idiot ist, weil er mit Hailey zum Neujahrsball gegangen ist, wirkt er auf der Bühne total sexy.

Mir stockt der Atem, während ich die Zeilen erneut überfliege. Erst dann öffne ich das Video. Als die erste Sequenz über mein Handydisplay flimmert, trüben Tränen meinen Blick. Schnell blinzle ich sie weg und starre auf das Display, kann meinen Blick nicht von Alexander auf der Bühne lösen. Polly muss dieses Video aufgenommen haben, als wir uns zufällig auf der Mill Road Winter Fair getroffen und Alexanders Auftritt gesehen hatten.

Mein Herz schlägt immer schneller, je klarer seine Worte zu mir durchdringen. Ich stelle den Ton meines Handys auf volle Lautstärke, dennoch bleibt die Aufnahme zweitklassig. Trotz allem kann ich mich an jedes Wort erinnern, als hätten sich der Songtext und seine melodische Stimme in mein Hirn gebrannt.

I find my home in your eyes,
With you by my side, I feel free.
Every moment with you is like a dream,
I never want to be alone again, never again.

Tränen tropfen auf mein Smartphone, das ich mit beiden Händen fest umklammere. Sobald das Video endet, drücke ich erneut auf Play. Immer und immer wieder spiele ich es ab. Schluchzend krümme ich mich auf dem Bett zusammen. Alexanders sanfte Stimme tönt in Dauerschleife aus meinem Handy, während ich hemmungslos ins Kissen heule.

Kapitel 2

Alexander

Neujahrsmorgen

Als ich die Augen aufschlage, bin ich allein in meinem Schlafzimmer. Die zerwühlte Bettseite neben mir ist bereits kalt, also muss Stella vor einer Weile verschwunden sein. Enttäuschung breitet sich in meinem Innern aus. Insgeheim hatte ich gehofft, neben ihr aufzuwachen, sie in den Arm zu nehmen und zu küssen.

Vergangene Nacht sind wir uns nah gekommen. Verdammt nah! Ein Lächeln stiehlt sich in mein Gesicht. Ich habe nie geahnt, dass mich der Sex mit einer Frau so zufrieden zurücklassen würde … Doch mit Stella hat sich alles so leicht angefühlt. So innig. Als wären nicht nur unsere Körper, sondern auch unsere Herzen eins.

Sofort richte ich mich auf und wische mir mit den Händen die Müdigkeit aus dem Gesicht. Fuck, *Stella*! Die Erinnerungen an den Neujahrsball kehren mit einem Mal zurück. Dieser Mistkerl Jamie hat sie schon wieder bedroht, hat versucht, meine Verlobte gegen mich aufzubringen.

Ich muss dringend mit ihr sprechen und ihr gestehen, dass ich die Wahrheit bereits kenne. Wenn sie keine Angst mehr vor einer Ablehnung hat, wird sie sich mir bestimmt öffnen und erzählen, was es mit diesem Schwindel auf sich hat. Lange genug habe ich geschwiegen, um sie näherkennenzulernen. Kennenzulernen? Ich habe sie ins Herz geschlossen, habe mich … in sie verliebt.

Kaum angezogen schnappe ich mir mein Smartphone und eile die Treppe herunter, erst Koffein, dann wichtige Gespräche. In der Küche treffe ich auf meinen Vater, der mit hängenden Schultern an der Theke sitzt, ein Glas Whiskey vor sich. Als ich hereinkomme, hebt er den Kopf.

»Frohes neues Jahr, mein Junge«, begrüßt er mich mit einem müden Lächeln. Er sieht aus, als hätte er sich die Nacht um die Ohren geschlagen. Doch ich bezweifle, dass mein Dad auf einer Silvesterfeier gewesen ist. Sicherlich hat er den Abend in der Firma verbracht.

Seit Monaten treffe ich meinen Vater kaum zu Hause an. Er ist rund um die Uhr im Büro und versucht, zu retten, was zu retten ist. Doch wenn ich den Gerüchten glaube, sieht es verdammt schlecht für uns aus. Wenn wir es nicht schaffen, bis Mitte des Jahres alle offenen Forderungen zu begleichen, sind wir insolvent und müssen jegliches Vermögen verkaufen. Dieses Haus, unsere Autos, alle Wertsachen – sogar den Schmuck unserer Mutter.

Es ist nicht so, dass ich sonderlich an diesen materiellen Dingen hänge, aber der Gedanke, plötzlich mittellos zu sein, bereitet mir Kopfzerbrechen.

»Wünsche ich dir auch, Dad«, antworte ich mit einem kleinen Lächeln und gehe zum Kaffeevollautomaten. Mein Vater rührt sich kaum, während die heiße Flüssigkeit in den Becher läuft. Statt selbst vom Getränk zu probieren, gehe ich damit zu meinem Vater an die Frühstückstheke und stelle den Kaffee vor ihm ab, schiebe dabei das halb volle Whiskeyglas zur Seite.

»Danke«, murmelt er und nimmt einen ordentlichen Schluck. »Hattest du einen schönen Abend?«

Ich setze mich ihm gegenüber und nicke stumm, obwohl ich mit gemischten Gefühlen an den Neujahrsball zurückdenke. Es darf nicht dazu kommen, dass Jamie die Wahrheit über Stella verbreitet. Bestimmt ist sie aus diesem Grund nach dem Sex verschwunden …

»Das freut mich …« Mein Vater nickt langsam und nimmt einen weiteren Schluck von seinem Getränk. »Ich hoffe, mit Stella läuft alles wie geplant?« Plötzlich sieht er mich eindringlich an, als wäre die Müdigkeit von ihm abgefallen.

Irritiert hebe ich die Augenbrauen.

»Nach Plan?«, hake ich nach, denn seine Worte klingen geschäftlich. Wieso ist er so erpicht darauf, dass die Verlobung mit Stella bestehen bleibt?

Erneut nickt er, schiebt dabei den Kaffeebecher zur Seite und erhebt sich mühsam vom Hocker.

»Ich habe mitbekommen, dass du dich dieses Semester um sie bemüht hast und ihr den Ball gemeinsam verbracht habt. Sehr gut, mein Sohn. Ich wusste, dass ich mich auf dich verlassen kann. Du wirst die Familie nicht hängenlassen.«

»Wovon sprichst du, bitte?« Bisher stand mir immer frei, mich mit ihr zu treffen – oder eben auch nicht. Vor allem, als Stella in der Schweiz gewesen ist, hat mein Vater mir bei meinen wechselnden Affären freie Hand gelassen und kein Wort darüber verloren. Warum also jetzt?

»Wegen der Mitgift. Benjamin hat mir eine hohe Summe versprochen, sobald seine Tochter abgesichert ist.«

Mir bleibt vor Überraschung der Mund offenstehen. Also hatte Jamie recht, es ging die ganze Zeit um Geld. Ich habe es nicht sehen wollen, habe versucht, mir einzureden, dass mein Vater niemals den Erhalt der Firma über unser Wohl stellen würde.

»Du glaubst nicht allen Ernstes, dass ich Stella vor den Traualtar schleppe, damit du die Kohle ihres Vaters kassierst?«, entgegne ich verärgert. »Sie kann frei entscheiden, und ich übrigens auch. Wir sind doch nicht im Mittelalter.«

»Das war der Deal, den mir Benjamin vor fast zwanzig Jahren zugesichert hat. Du bist so gut wie fertig mit dem Studium. Also sehe ich kein Problem, wenn wir mit den

Hochzeitsvorbereitungen starten.« Er geht um die Theke herum und fixiert mich. Ich starre zurück. »Als ältester Sohn der Familie Hunter ist es deine Pflicht, für das Fortbestehen des Unternehmens zu sorgen. Auch wenn es bedeutet, eine Ehe einzugehen. Deine Mutter hätte es auch so gewollt.«

»Zieh Mum nicht mit hinein!«, fahre ich ihn an. »Sie hätte sicher nicht gewollt, wie du dich hier aufspielst.«

»Willst du, dass wir bankrottgehen?«, fährt er mich an. Tiefe Falten graben sich in seine Stirn, es fällt ihm schwer, ruhig zu bleiben. Dieses Unternehmen ist ihm wichtig – sogar wichtiger als seine Familie. Die Wut, die sich in all den Jahren angestaut hat, brodelt in meinem Innern. Dad ballt seine Hände zu Fäusten, seine Augen funkeln zornig. »Alexander, es ist deine Pflicht –«

»Das ist mir egal!«, entgegne ich energisch und rutsche vom Hocker, gehe an Dad vorbei zur Küchentür. »Stellas Mitgift kann niemals so hoch sein, um die Firma vor dem Bankrott zu retten. Glaubst du etwa, Benjamin wäre erfreut, wenn du das Geld, das Stellas Zukunft absichern soll, für deine eigenen Zwecke nutzt? Bei diesem Deal mach ich nicht mehr mit, Dad!«

»Es geht nicht nur um dich, Alexander. Lucy wird es nicht verkraften, völlig mittellos dazustehen. Oder willst du, dass alles, wofür unsere Familie gelebt und hart gearbeitet hat, an die Richards fällt? Jamie arbeitet seit zwei Jahren für seinen Vater und hat einen hohen Beliebtheitsgrad im Unternehmen. Wenn du nicht in das Geschäft einsteigst, dann hat Jamie mehr Chancen, vom Aufsichtsrat zum CEO gewählt zu werden. Und was dann passiert, kannst du dir sicher vorstellen …«

Abrupt drehe ich mich zu meinem Vater um. »Jamie?«

Er nickt. »Seine Familie hält über vierzig Prozent der Firmenanteile, hast du das vergessen? Jamie hat einen Platz im Vorstand sicher, sein Vater wird dafür sorgen.«

Langsam dämmert es mir, warum mir mein Cousin immer wieder in die Quere gekommen ist. Er *wollte*, dass ich mich gegen die Firma entscheide, um an meiner Stelle CEO zu werden. Hat er sich deshalb zwischen Stella und mich gedrängt? Um sich selbst in der Firma zu profilieren und mich als Verlierer darzustellen?

Ohne meinem Dad zu antworten, verlasse ich den Raum. Die Gedanken in meinem Kopf überschlagen sich, doch zuerst sollte ich mich um Stella – oder wer auch immer sie ist – kümmern. Also schnappe ich mir meine Jacke und verlasse das Haus.

Als ich durch das Tor zum Grundstück von Stellas Tante trete und zum Herrenhaus hinaufschaue, beschleunigt sich mein Puls. Wie soll ich sie mit der Wahrheit konfrontieren, ohne, dass sie abblockt? Ich will sie nicht verlieren und habe Angst, dass sie sich von mir abwendet.

Ich bleibe stehen und atme tief ein. Die kalte Winterluft füllt meine Lungen. Dann erst setze ich einen Fuß vor den anderen und erklimme den leichten Anstieg über das Kopfsteinpflaster bis zum Haus. An der Tür betätige ich den Klingelknopf. Meine Nervosität wächst, je länger ich in der Kälte stehe. Endlich höre ich Schritte von drinnen, ehe die Tür aufgezogen wird und Alfred vor mir erscheint. Er trägt einen Hausmantel und bequeme Hausschuhe. Mit seinem weißen Schnauzbart und dem verkniffenen Blick erinnert er mich an einen Professor.

»Alexander?«, fragt er mit hochgezogenen Augenbrauen.

»Mr. Black, ich wünsche Ihnen einen wunderbaren Start ins neue Jahr«, begrüße ich Stellas Onkel mit einem charmanten Lächeln, doch die Miene des Mannes bleibt ungerührt.

»Ja, danke. Dir auch, mein Junge«, brummt er, ohne seine Position an der Tür zu verlassen.

»Ich wollte zu Stella und mit ihr reden. Ist sie da?«, frage ich.

Alfred legt die Stirn in Falten. »Habt ihr euch gestern nicht genug unterhalten?«

»Ich ... also ...«, beginne ich, doch mir fehlt eine plausible Erklärung. Stellas Onkel war immer sehr reserviert, weshalb ich ihn nicht richtig einschätzen kann. Auch jetzt bin ich mir nicht sicher, ob er mir wohlwollend gesinnt ist. Ob Stella etwas über den Neujahrsball erzählt hat?

Auf einmal wird die Tür weiter aufgezogen und Alfred zur Seite gedrängt, bis Eleonore im Türrahmen erscheint und sich vor ihren Mann stellt. Ein freundliches Lächeln auf ihrem rundlichen Gesicht.

»Alexander! Wie schön, dich zu sehen«, grüßt sie und macht mir Platz, damit ich über die Türschwelle treten kann. »Alfred, du kannst den Jungen doch nicht in der Kälte stehenlassen.«

Ich grinse über ihr Verhalten, Eleonore war schon immer direkt, wohingegen ihr Mann mehr der Beobachter als der Macher war. Seitdem er pensioniert ist, trifft man Alfred selten bei gesellschaftlichen Veranstaltungen, während Eleonore stets im Zentrum des Geschehens ist. Deshalb kennt sie auch alle möglichen Gerüchte. Hoffentlich hat sie noch nichts von Jamies Anschuldigungen Stella gegenüber gehört. Oder der bevorstehenden Insolvenz unseres Unternehmens.

»Hattest du einen schönen Abend auf dem Ball?«, fragt mich Eleonore und klopft mir auf den Oberarm. »Ach, ich kann mich noch erinnern, als wäre es gestern gewesen. Damals hat mich Alfred zum Neujahrsball eingeladen. Es war Liebe auf den ersten Blick, weißt du?«

Alfred brummt etwas Unverständliches und entfernt sich Richtung Wohnzimmer. Vermutlich machen die Worte seiner Frau ihn verlegen.

»Es war ein schöner Abend, danke«, bestätige ich höflich.

Eleonore lächelt mild, tätschelt dabei weiterhin meinen Arm. »Wirklich schade, dass du Stella nicht abgeholt hast. Sie hat zwar nichts gesagt, doch ich bin mir sicher, dass sie gern mit dir hingegangen wäre.« Sie lächelt mich an. »Dich hier zu sehen, freut mich, es scheint, als hättet ihr eure Differenzen beiseitegelegt. Während der Feiertage war Stella nicht sie selbst.«

Weiß sie von unserem Streit? Ich bereue es, mich Clara gegenüber so unmöglich verhalten zu haben, doch ihre Vorwürfe, mir würde es nur um Stellas Mitgift gehen, konnte ich nicht auf mir sitzenlassen. Ich hätte meine Deckung viel früher aufgeben und Clara beichten sollen, dass ich ihr Versteckspiel durchschaut habe.

»Wir haben uns auf dem Ball ausgesprochen«, sage ich, um den Small Talk mit ihrer Tante zu umgehen. »Ich möchte den Tag mit Stella verbringen. Ist sie da?«

Sogleich zeigt sich Besorgnis auf Eleonores Gesicht. Sie seufzt tief.

»Stella ist nicht hier«, erklärt ihre Tante. Bedauern zeichnet sich auf ihrem rundlichen Gesicht ab.

»Ist sie mit Poliana unterwegs? Ich habe gedacht, sie würde den Neujahrsmorgen hier verbringen«, mutmaße ich, weil ich ungern gestehen will, dass sie vergangene Nacht bei mir gewesen und danach verschwunden ist.

Eleonore schüttelt den Kopf. »Stella ist nicht in Cambridge.«

Überrascht reiße ich die Augen auf, und ihre Tante nickt. »So habe ich auch geschaut, als ich ihre Nachricht gefunden habe. Sie ist in aller Frühe abgereist, um die Winterferien bei ihrem Vater in Köln zu verbringen. Mich wundert es, dass sie nichts erwähnt hat. Stanley hätte sie zum Flughafen gebracht. Einfach zu gehen, ohne sich von uns zu verabschieden, sieht Stella nicht ähnlich.« Enttäuscht lässt sie die Schultern hängen.

Auch in mir macht sich Enttäuschung breit, mischt sich mit Wut und einem mir unerfindlichen Schmerz. Stella ist abgehauen, anstatt sich den Konsequenzen ihres Handelns zu stellen. Kaum ist ihr jemand auf die Schliche gekommen, verlässt sie das Land ...

Sogleich drehe ich mich um und reiße die Haustür auf.

»Alexander, was ist denn los? Wo willst du so plötzlich hin?«, ruft mir Eleonore verwirrt hinterher, als ich zur Straße eile.

»Ich werde Stella zurückholen«, entgegne ich und laufe durchs Tor.

Zu Hause angekommen, stürme ich die Treppe hinauf und in mein Zimmer, wo ich einen Koffer aus dem Kleiderschrank zerre und wahllos Klamotten hineinwerfe. Ich muss zu Clara und mit ihr sprechen. Muss ihr sagen, dass ich mich in sie verliebt habe und es mir ihre Identität egal ist. Außerdem will ich mehr über sie herausfinden, will wissen, ob sie mir ihre Gefühle nur vorgespielt hat.

Das Leben, das ich kannte, geht den Bach runter. Für meinen Vater ist es die einzige Möglichkeit, uns aus der Misere zu ziehen, indem er mich in die Ehe mit Stella drängt. Aber nicht mit mir! Ich habe es statt, nach seiner Pfeife zu tanzen. Wie ein Hund, der seinem Herrchen folgt, um ein liebes Wort der Anerkennung zu bekommen, habe ich blind alles getan, was mein Dad von mir verlangt hat. Damit ist nun Schluss.

Die Liebe zu Clara hat mir die Augen geöffnet. Ich werde sie zurückholen oder zumindest mit ihr reden. Diese Entscheidung kann mein Dad nicht beeinflussen, denn zum ersten Mal seit Jahren werde ich für meine Gefühle einstehen.

Nachdem ich meinen Koffer gepackt habe, schnappe ich mir mein Smartphone und buche einen Zug nach London. Hoffentlich bekomme ich heute noch einen Flug aus nach Köln, denn es ist bereits spät am Nachmittag. Wegen der Sprachbarriere mache ich mir weniger Sorgen als um die Tatsache, dass ich nicht weiß, wie ich Clara finden soll. Klar, ich könnte sie anrufen, doch vermutlich wird sie nicht ans Handy gehen.

Das Taxi, das ich bereits auf dem Weg hierher bestellt habe, müsste längst angekommen sein. Also eile ich mit dem Koffer die Treppe hinab und schlüpfe schnell in Jacke und Schuhe. Vor der Tür renne ich beinahe Lucy und Cassy um, die an der Schwelle stehen.

»Mann, pass doch auf«, mault meine Schwester erschrocken und zieht Cassy am Arm zur Seite, ehe sie gegen meinen Koffer stolpert. »Wo willst du so plötzlich hin?«

»Nach Köln«, entgegne ich und winke dem Taxifahrer zu, der an der Straße parkt.

Lucy sieht mich perplex an.

»Nach Köln? Und was ist mit mir? Willst du mich auch noch allein lassen, jetzt, wo Dad rund um die Uhr in der Firma ist?«

»Sorry, Lucy, aber ich muss die Frau meines Lebens zurückholen«, rufe ich Lucy zu, bevor ich ins Taxi springe und die Tür zuschlage. Aus dem Fenster sehe ich den entsetzten Gesichtsausdruck meiner Schwester, als das Auto bereits davonfährt.

Kapitel 3

Clara

Heute

Die kommenden zwei Tage verbringe ich in meiner neuen Wohnung und suche im Internet nach Stellenanzeigen. Gerade zum Jahresanfang werden oft Leute in der Gastronomie gesucht, doch leider lehnen mich alle Cafés ab, die ich wegen einer Anstellung anrufe. Es bleibt mir also nichts anderes übrig, als beim Café am Bahnhof anzufragen, in dem ich bereits vor meiner Abreise nach Cambridge gearbeitet habe.

Eine Arbeit wird mir helfen, mich von meinem Liebeskummer abzulenken. Ich vermisse Cambridge, Eleonore und meine Freunde. Aber vor allem vermisse ich Alexander! Polly hat mich bereits mit Nachrichten bombardiert, warum ich ohne ein Wort zurückgeflogen bin. Ich konnte sie vertrösten, doch bin ich mir nicht sicher, wie lange sie meinen fadenscheinigen Ausflüchten Glauben schenken wird.

Mit einem beklemmenden Gefühl betrete ich das Café. Niemand der Gäste im Innenraum beachtet mich. Es ist eigenartig, wieder unscheinbar zu sein, denn als ich Stella von Eisleben gewesen bin, hat sich sofort jeder im Raum nach mir umgedreht. Wieder Clara Hofmann zu sein, ist ein komisches Gefühl. Ist mir die Rolle der reichen Stella so sehr ins Blut übergegangen, dass ich kaum noch weiß, wer ich wirklich bin? Habe ich mich selbst verloren, weil ich mich verstellen und verbiegen musste?

Hinter der Verkaufstheke erkenne ich Matt. Sogleich hellt sich meine Miene auf, als mir mein ehemaliger Kollege ein Lächeln schenkt.

»Ich glaub es nicht. Clara!«, ruft er mir zu. » Wo hast du gesteckt? Ich habe nur erfahren, dass du plötzlich gekündigt hast.« Er kommt hinter dem Tresen herum und schließt mich fest in seine Arme.

Tatsächlich fühlt es sich gut an, Matt wiederzusehen. Ihn mochte ich von all meinen Kollegen am liebsten, weil er ein sehr herzlicher und positiver Mensch ist. Ein bisschen erinnert er mich an Polly, die ebenfalls immer ein Lächeln auf den Lippen hat.

»Ich ... ich habe bei einem Austauschprogramm der Uni mitgemacht und bin wieder zurück«, antworte ich und halte mich absichtlich vage, weil ich nicht von meiner Zeit in Cambridge erzählen möchte. Vielleicht ist es besser, wenn ich diese Erinnerungen in meinem Herzen einschließe. Und den Schmerz, den diese auslösen.

»Klingt gut«, meint Matt mit einem breiten Lächeln und entlässt mich aus seinen Armen. »Was kann ich dir Gutes tun? Vielleicht einen Milchkaffee mit Bratapfelgeschmack? Das ist gerade der Renner.«

»Ein schwarzer Kaffee reicht mir, danke«, entgegne ich und lehne mich gegen das Glasfenster der Anrichte, in der Cookies und Muffins liegen. »Ist der Chef da? Ich suche wieder einen Job.«

Der Kaffeeautomat brummt, während Matt mein Getränk zubereitet. In der Zwischenzeit haben sich zwei junge Frauen eingereiht und mein ehemaliger Kollege muss erst ihre Bestellungen bearbeiten, bevor er seine Aufmerksamkeit wieder auf mich richtet. Er schiebt mir meinen Kaffee zu. Als ich mein Portemonnaie heraushole, schüttelt er den Kopf.

»Geht aufs Haus. Und nein, der Chef ist im Urlaub. Versuch es nächste Woche noch einmal. Oder schick ihm am besten eine Mail«, schlägt Matt vor. Ich bedanke mich für das Getränk und gehe zu einem der freien Tische. Lange bleibe ich nicht allein, kaum habe ich einen Schluck genommen, taucht eine mir bekannte Person neben mir auf.

»Gott, Clara! Du bist es wirklich.« Überrascht sehe ich zu Mareike, meiner ehemaligen Mitbewohnerin, auf. »Wie schön, ich freue mich!«

»Was machst du denn hier?« Neugierig mustere ich sie. Das Lächeln, das sie mir schenkt, wirkt erleichtert. Ist sie wirklich froh darüber, mich zu sehen, oder hofft sie dadurch, für einen Moment vor ihrem Alltag zu flüchten? Ihre Augen wirken müde, der Blick ruhelos. Als wäre sie andauernd auf der Hut.

»Bin mit Stefan hier«, erklärt sie und deutet mit einer Handbewegung zu einem Tisch auf der gegenüberliegenden Seite. Sofort erkenne ich Stefans grimmigen Gesichtsausdruck.

»Es ist schön, dich zu sehen«, sage ich zu Mareike, die sich auf den freien Platz mir gegenübersetzt. Auch wenn ich begriffen habe, dass mir die Freundschaft zu ihr in den vergangenen Jahren nicht gutgetan hat, habe ich trotzdem Mitleid mit ihr. Mareike ist so sehr von ihrem Freund abhängig, dass sie ihr Verhalten seinem immer mehr anpasst, um keinen Streit zu provozieren.

»Verbringst du die Ferien hier? Wo bist du untergekommen? Und wann fliegst du zurück nach Cambridge? Du wolltest doch erst zum Sommersemester zurückkommen«, sprudeln die Fragen aus ihr heraus. Ihre Aufgeregtheit ist noch ein Zeichen dafür, dass sie froh ist, einen Moment Stefans strengen Blick zu entkommen.

»Ich habe mein Auslandssemester abgebrochen. Es ... es war nicht das Richtige für mich«, gebe ich zu und kann nicht verhindern, dass meine Stimme belegt klingt. Weil ich in Köln ein Urlaubssemester beantragt habe, bleiben mir noch mehrere Monate, ehe ich mit dem Studium weitermachen kann.

Mareike sieht mich mitleidig an. »Das tut mir leid, Süße. Nicht jeder ist für das Ausland gemacht. Du hattest sicher Heimweh, hab ich recht? Stefan hatte in den USA ebenfalls zu kämpfen, weshalb er vorzeitig zurückgekehrt ist. Ich habe schon damals gewusst, dass jemand wie du nach Köln gehört. Wenn du abermals Starthilfe brauchst, kannst du dich an mich wenden. Du weißt ja, meine Mutter –«

»Nein, schon gut«, unterbreche ich ihren Redeschwall, »ich habe bereits eine Wohnung gefunden und brauche die Kontakte deiner Eltern nicht. Trotzdem danke für dein Angebot.« Ihre Worte treffen mich unerwartet hart, auch wenn Mareike nicht die Spitze bemerkt. Sie benimmt sich komplett wie ihr arroganter Freund.

»Wie du meinst. Gibst du mir deine Adresse? Wir können uns auch mal treffen, wenn –« Sie schaut kurz über ihre Schulter zu ihrem Freund, der in sein Smartphone vertieft ist. »Wenn Stefan nicht dabei ist. Jetzt sollte ich wieder zurück an unseren Tisch. Wir sind gleich im Kino verabredet.«

»Gern. Du kannst mich besuchen kommen.« Ich hole mein Handy heraus und schicke Mareike eine Nachricht mit meiner neuen Adresse. Dabei bemerke ich einen verpassten Anruf von einer nicht gespeicherten Nummer. Sogleich bekomme ich eine Gänsehaut. Natürlich kenne ich die Zahlenfolge auswendig. Es ist Alexander.

»Gut, ich werde mich bei dir melden. War schön, dich zu treffen«, kommt es von Mareike. Ich höre jedoch kaum hin und merke nicht, wie sie den Stuhl zurückschiebt und mich allein lässt.

Meine Hände zittern und beinahe lasse ich mein Smartphone auf den Tisch fallen. Erst, als das Klingeln endet, komme ich zu mir. Hastig springe ich vom Stuhl und stecke das Handy zurück in meine Hosentasche, dann verlasse ich das Café. An der Tür stoße ich mit jemandem zusammen, mir rutscht das Handy heraus und fällt auf das Pflaster. Die Person will sich bücken, ich erkenne eine Hand im Augenwinkel, doch ich bin schneller. Greife nach meinem Smartphone und renne die Straße hinab, ohne mich umzudrehen.

Alexanders Anruf hat mich komplett aus der Bahn geworfen. Dabei habe ich die letzten Tage versucht, jede Erinnerung an ihn zu verdrängen. Wieso ruft er mich an? Meine Abreise ist mehrere Tage her … Hat er heute erst bemerkt, dass ich nicht mehr in Cambridge bin?

Meine Schritte werden langsamer, als ich die Straßenbahnhaltestelle erreiche. Erleichtert atme ich aus und steige in die Bahn zu meiner neuen Wohnung.

Wieder zu Hause kann ich nicht aufhören, an Alexander zu denken. Mein Herz schmerzt und Tränen brennen hinter meinen Lidern. Mühsam blinzle ich sie weg, zerre mir die Jacke von den Schultern und trete meine Schuhe von den Füßen. Dann gehe ich in mein Schlafzimmer und werfe mich auf mein neues Bett. Wird er mich erneut anrufen? Und wie lange wird es dauern, bis ich ihn vergessen kann? Bis mein Herz nicht mehr nach ihm ruft?

Mir wird die Kehle eng und ich presse mein Gesicht ins Kissen, um ein Schluchzen zu unterdrücken. Ich will nicht weinen, will stark bleiben … Trotzdem kann ich die Tränen schwer zurückhalten. Um nicht an Alex zu denken, sollte ich mich ablenken. Und was wäre dafür besser geeignet als ein Treffen mit einer Freundin? Mareike kann ich nicht anrufen, weil sie zu viele Fragen stellen würde. Stella hingegen weiß, wie schlecht es mir geht. Sie wird mich auf jeden Fall aufmuntern.

Ich taste nach dem Handy in meiner Hosentasche. Es hängt halb heraus, weil ich es nur schnell hineingesteckt habe. Also ziehe ich es hervor, fahre dabei mit den Fingern über den Stoff der Hose und stutze. Moment mal, etwas fehlt!

Sogleich springe ich auf und taste meine Hüfte ab, stecke die Hände in alle Taschen, doch sie sind leer. Ich weiß genau, dass ich es hineingesteckt hatte, denn es in der hintersten Ecke meines Schrankes zu verstauen, habe ich nicht übers Herz gebracht, weil ich trotz allem an der Kette hänge. Um den Hals kann ich sie jedoch nicht tragen, weil die Erinnerung an Alexander zu schmerzhaft ist. Deshalb stecke ich ihr Kästchen in die Hosentasche, um sie bei mir zu haben. Panik kriecht durch meine Adern.

Das Kästchen mit der Kette ... es ist weg!

Kapitel 4

Alexander

2. Januar

Als ich den Flughafen Köln/Bonn verlasse, wartet bereits ein Taxi auf mich. Ich nenne dem Fahrer die Adresse meines Hotels, das ich mir für die nächsten Tage angemietet habe. Im Moment weiß ich noch nicht, wie lange ich hierbleiben muss, um meine Verlobte zu finden, da will ich wenigstens bequem schlafen.

Das Hilton Hotel liegt mitten in der Kölner Innenstadt. Aus dem Fenster meiner Suite kann ich den gigantischen Dom sehen. Meine Kreditkarte wird es mir nicht danken, dass ich um die zweihundert Euro die Nacht ausgebe, doch das war das erste Hotel mit freien Zimmern, das ich auf die Schnelle finden konnte.

Obwohl es nicht allzu spät ist, beschließe ich, im Hotel zu bleiben und mir etwas vom Zimmerservice bringen zu lassen. Ich wähle die Durchwahl der Rezeption im Hoteltelefon und mache es mir auf meinem Bett bequem. Ich bin hundemüde, weil ich trotz des unverschämt hohen Preises, den ich für das Ticket zahlen musste, eine Nacht am Flughafen verbringen musste und erst am späten Nachmittag einen Platz im Flieger bekommen hatte.

Dennoch kreisen meine Gedanken nur um Clara. Wie zur Hölle soll ich sie in einer so großen Stadt wie Köln finden? Ich weiß nicht einmal ihren Nachnamen!

Grübelnd stochere ich in meinem Abendessen herum. Es duftet köstlich, kann meinen Appetit jedoch nicht anregen. Also schiebe ich den Teller schlussendlich von mir.

Clara muss Stella in Köln kennengelernt haben, ich glaube kaum, dass sie sich im Schweizer Mädcheninternat begegnet sind. Keine Ahnung, was sie dazu bewogen hat, sich als Stella auszugeben, doch Clara wird einen triftigen Grund dafür gehabt haben. Ich schätze Clara nicht als eine Person ein, die leichtfertig so ein Risiko eingeht, um einen Vorteil für sich herauszuschlagen. Sie wirkte immer in Panik, sobald ich Andeutungen auf ihre wahre Identität gemacht hatte.

Spontan greife ich nach meinem Smartphone und wähle die Nummer meiner Schwester.

»Gott, Alex, wirklich! Wo zur Hölle steckst du? Dad ist sauer, weil du nicht zu Hause bist«, beschwert sie sich direkt.

»Seit wann interessiert es ihn, wo ich mich herumtreibe? Es war ihm in den vergangenen Jahren völlig egal«, kontere ich mit einem Anflug von Ärger. Ich habe Lucy nicht angerufen, um mir Vorwürfe anzuhören. Dad hat es nie interessiert, was ich mache, solange ich mein Studium nicht vernachlässigt habe.

»Seitdem du mit Stella ausgehst, nehme ich an?«, meint meine jüngere Schwester. Ich kann mir ihren hochmütigen Gesichtsausdruck bildlich vorstellen. »Auf dir ruht unsere ganze Hoffnung, Bruderherz.«

Genervt verdrehe ich die Augen.

»Hör mal, Lucy, du musst mir einen Gefallen tun …«

»Und warum sollte ich das, wenn du mich ohne eine Erklärung stehenlässt?«, entgegnet sie spitz.

»Ich habe erwähnt, dass ich nach Köln fliege«, gebe ich seufzend zurück.

»Du bist überstürzt nach Köln geflogen und hast *mich* allein zurückgelassen. Dad war verdammt wütend, als ich ihm davon erzählt habe. Gott, Alex, komm zur Vernunft. Dein

Platz ist bei uns in Cambridge, als CEO an der Seite unseres Vaters.«

»Ich habe keinen Nerv, mich mit dir zu streiten, Lucy. Ich habe nur angerufen, weil ich Stellas Adresse brauche.«

»Stellas Adresse?«, echot sie verständnislos.

Erneut seufze ich tief. »Die Ihres Vaters. Kannst du bitte in Dads Unterlagen nachsehen, wo sich das Anwesen der von Eislebens befindet?«

Einen Moment lang herrscht Stille am anderen Ende, ehe Lucy sich räuspert. »Gut, aber dafür schuldest du mir was, Bruderherz.« Sie legt auf.

Lucys Antwort erhalte ich erst am nächsten Tag. Die vergangene Nacht konnte ich kaum ein Auge zutun und habe gefühlt alle fünf Minuten auf mein Smartphone gestarrt, als könnte ich dadurch eine Nachricht herbeirufen. Doch das Handy blieb stumm – und ich hatte keine andere Wahl, als auf Lucy zu warten. Ich fürchtete schon, sie würde sich gar nicht mehr melden, als mein Handy endlich vibriert.

Erleichtert starre ich auf die Kombination aus Buchstaben und Zahlen der deutschen Adresse. Mit dieser Information verlasse ich die Suite und fahre mit dem Fahrstuhl in die Hotellobby, um mir von der Rezeptionistin ein Taxi rufen zu lassen.

Als der Fahrer mich vor dem Hoteleingang begrüßt, zeige ich ihm Lucys Nachricht, damit er mich zu diesem Haus bringt. Ich weiß nicht, was mich bei Benjamin von Eisleben erwarten wird, doch ich darf diese Gelegenheit nicht verstreichen lassen.

Auch wenn die Fahrt nicht lange dauern kann, kommt sie mir wie eine Ewigkeit vor. Endlich hält das Taxi in einer schicken Wohnsiedlung mit teuer aussehenden Häusern und großen Villen. Ich blicke aus dem Fenster auf das Anwesen auf der gegenüberliegenden Straßenseite. Das muss das Haus von Stellas Dad sein. Ob sie dort ist? Und ob ich auch

Clara dort antreffe? Dieser Gedanke lässt mein Herz aufgeregt hüpfen.

»Warten Sie bitte hier«, sage ich zu dem Fahrer, als ich aussteige, doch der Mann sieht mich mit gerunzelter Stirn an. Okay, verdammt, ich habe nicht über die Sprachbarriere nachgedacht. Vermutlich versteht nicht jeder Taxifahrer Englisch und ich kenne kein einziges deutsches Wort. Großartig!

»Ähm ... Wait?« Ich versuche, mit Händen zu gestikulieren, was ich von dem Mann will, doch dieser schüttelt über meine Bemühungen grinsend den Kopf. Missmutig reiche ich ihm ein paar Scheine, die ich zum Glück am Flughafen abgehoben habe, dann schlage ich die Autotür zu. Sogleich fährt das Taxi davon.

Ratlos streiche ich mir die Haare aus der Stirn. Wegen der Rückfahrt muss ich wohl nach einem Taxiunternehmen im Internet suchen oder die öffentlichen Verkehrsmittel in Anspruch nehmen.

Das Anwesen der von Eislebens wird von im Pflaster eingelassenen Strahlern beleuchtet. Einige Meter trennen mich von der wuchtigen Tür, kahle Büsche säumen meinen Weg zu den Treppenstufen vor dem Eingang.

Ohne zu zögern, betätige ich den Klingelknopf und warte geduldig, ob jemand aufmacht. Leider scheint niemand zu Hause zu sein. Was nun? Warten oder morgen früh wiederkommen? Ist Stellas Dad überhaupt in Köln? Ich habe mich bisher kaum für die Geschäfte meines Vaters interessiert, doch dass Benjamin von Eisleben sehr oft verreist, habe auch ich mitbekommen.

Verärgert balle ich die Hände zu Fäusten und verlasse das Grundstück. Dann hole ich mein Handy heraus, um nach einem Taxi zu googlen. Aus dem Augenwinkel bemerke ich, wie erneut die Außenbeleuchtung das Anwesen auf der gegenüberliegenden Straßenseite erhellt. Instinktiv ducke ich mich hinter ein parkendes Auto zu meiner Rechten und spähe vorsichtig zum Hauseingang. Eine junge Frau mit einem Hund an der Leine geht die Auffahrt zum Haus hinauf. Wie gebannt starre ich auf ihrem blonden Hinterkopf, an dem die Haare zu einem unordentlichen Knoten zusammengebunden sind. Clara trug ihre Haare in der Uni oft so ...

Sogleich beschleunigt sich mein Puls und meine Handflächen beginnen zu schwitzen. Ehe mir das Smartphone herunterfällt und die Frau womöglich auf mich aufmerksam macht, stecke ich es in meine Manteltasche. Wie gebannt starre ich zum Haus hinüber, wage kaum zu blinzeln, um ja nichts zu verpassen. Der kleine Hund bellt aufgeregt, ehe sich die Tür öffnet und die beiden im Inneren verschwinden.

Angespannt harre ich in meiner Position aus. Tatsächlich dauert es nicht lange, bis sich die Eingangstür wieder öffnet und die junge Frau herauskommt. Eine schwarze Hornbrille verdeckt ihr Gesicht, doch als sie in den Lichtschein des Strahlers tritt und in meine Richtung sieht, trifft mich ihr Blick bis ins Mark. Das ist Clara! Sie sieht anders aus, dennoch erkenne ich sie wieder.

Ich zögere einen Moment zu lange, als ich ihr etwas zurufen will, verschwindet sie in einem schmalen Weg zwischen den Häusern.

»Fuck!«, entfährt es mir gedämpft und ich verlasse mein Versteck, überquere schnellen Schrittes die Straße und biege ebenfalls in die nächste Straße ein. Doch in der Ferne sehe ich bereits, wie eine Straßenbahn davonfährt. Ob sie dort eingestiegen ist? Hastig eile ich zur Haltestelle, an der noch einige Leute warten.

»Ist hier gerade eine blonde Frau vorbeigekommen? Mit Brille?«, frage ich auf Englisch, in der Hoffnung, jemand würde mich verstehen. Tatsächlich antwortet mir ein junges Mädchen, kaum älter als fünfzehn, die eben noch auf ihr Smartphone gestarrt hat.

»In einer schwarzen Jacke? Sie ist vor wenigen Minuten in die Bahn gestiegen. In die drei Richtung Neumarkt«, erklärt sie mir in gebrochenem Schulenglisch, wobei ich die deutsche Bezeichnung der Straße nicht richtig verstehe. Seufzend sehe ich auf die Anzeigetafel. Das bringt mich alles nicht weiter. Vielleicht sollte ich für heute zurück ins Hotel fahren?

Also frage ich das Mädchen, wie ich schnellstens zum Hilton Hotel in der Altstadt komme. Sie deutet mit einem Kopfnicken auf die leuchtende Anzeige.

»The next one to the main station. In five minutes.«

***

Am nächsten Tag schlafe ich länger als vermutet. Danach fühle ich mich besser und voller Tatendrang, um nach Clara zu suchen, denn die kurze Begegnung am vergangenen Abend gibt mir neue Hoffnung. Ich werde Clara finden! Also schlinge ich mein Frühstück hinunter und verlasse das Hotel.

Mein Handy vibriert und erlöst mich aus dem Gedankenstrudel, der sich in meinem Kopf zusammengebraut hat. Ich ziehe es aus der Manteltasche heraus und schaue auf Lucys Nachricht.

Lucy: Ich hoffe, ich konnte dir gestern helfen. Dad ist immer noch sauer, weil du so plötzlich abgehauen bist.

Alexander: Keine Sorge, ich komme wieder, sobald ich die Sache zwischen Stella und mir geklärt habe.

Einen Moment lehne ich mich gegen die Steinsäule vor dem Café am Bahnhof. Es ist verdammt kalt, sogar kälter als bei uns zu Hause. Ich will das Handy schon wegstecken, als mir die Nummer in meinem Telefonbuch einfällt. Richtig, Stella!

Ich werde sie anrufen, vielleicht komme ich so an Informationen über Clara. Warum war sie gestern Abend im Haus von Stellas Vater? Wie gut kennen sie sich?

Schnell wähle ich und halte angespannt den Atem an.

»Hallo?«, meldet sich die mir zu gut bekannte Frauenstimme.

»Stella, ich weiß, dass du es bist«, sage ich in meiner Muttersprache. »Und ich weiß Bescheid. Hör auf, mich länger zu verarschen. Wo ist sie?«

»Was? Wer ist da?«

»Du weißt, wer ich bin. Alexander.«

»Was willst du von mir?«, fährt sie mich verärgert an.

»Ich will wissen, wie ich sie finden kann.«

»Wen?«

»Stell dich nicht dumm, Stella. Ich habe euer Versteckspiel durchschaut. Ich rede von Clara. Wie kann ich sie finden?«, sage ich mit Nachdruck, denn Angriff ist besser als Verteidigung. Wenn ich Stella vor vollendete Tatsachen stelle, wird sie sicher einknicken.

Eine Pause entsteht, in der ich schon glaube, sie würde gleich auflegen.

»Ich werde dir nicht sagen, wo sie ist, du Arsch. Clara hat mir alles über dich erzählt.«

»Ach, und was genau?«, hake ich nach.

»Du willst nur das Geld und –«

»Hör auf«, falle ich ihr ins Wort. »Ich bin nicht mein Vater, okay? Hilf mir, sie zu finden, damit ich dieses Missverständnis aufklären kann. Ich weiß selbst kaum mehr als du, was unsere Verlobung betrifft.«

Sie schnaubt. »Lass Clara in Ruhe, okay? Und ruf mich nicht mehr an.«

Perplex starre ich auf mein Handy, weil Stella aufgelegt hat. Fuck, das ist richtig in die Hose gegangen.

Und was jetzt? Soll ich zum Haus ihres Vaters fahren, um mich nach Stella zu erkundigen? Auch wenn Stella dort wäre, sie würde mich nicht hereinlassen. Weiß Benjamin von Eisleben überhaupt, welche Spielchen seine Tochter treibt? Könnte ich Clara in Gefahr bringen, wenn ich den Schwindel aufdecke? Gott, wieso muss alles so kompliziert sein?

Ich hole tief Luft und lasse sie aus meinen Lungen entweichen. Hätte ich mich überhaupt verliebt, wenn die *richtige* Stella nach Cambridge zurückgekehrt wäre? Keine Ahnung ... Am Telefon klang sie alles andere als erfreut, wieder Kontakt mit mir aufzunehmen. Vielleicht hätte ich sie nicht so überfallen sollen, aber ich habe keine andere Möglichkeit gesehen, ihre Doppelgängerin zu finden.

Seufzend stecke ich mein Smartphone in die Manteltasche. Vielleicht sollte ich mir einen Kaffee holen.

Vor dem großen Fenster des Cafés bleibe ich kurz stehen, weil eine junge Frau meine Aufmerksamkeit erregt. Ich sehe genauer hin und erstarre. Sie unterhält sich mit jemandem, vermutlich einer Freundin, sodass ich sie nur im Profil sehe. Doch obwohl sie eine Brille trägt, macht mein Herz einen freudigen Satz. Kann es wirklich Clara sein? Direkt vor meiner Nase? So viel Glück kann ich niemals haben!

Es besteht kein Zweifel, das *muss* Clara sein. Ich erkenne sie an der aufrechten Haltung, der geraden Nase und dem Grübchen am Kinn. Die blonden Haare hat sie zu einem Pferdeschwanz zusammengebunden und sie trägt dieselbe Jacke wie gestern Abend.

Mit bebenden Händen hole ich das Smartphone heraus und wähle die Nummer, die ich von Polly bekommen habe. Angespannt warte ich das Freizeichen ab und starre dabei durch das Fenster, versuche, keine Regung der Frau zu verpassen. Tatsächlich holt sie ihr Handy hervor und sieht auf das Display. Statt das Gespräch jedoch anzunehmen, springt sie blitzartig von ihrem Stuhl auf.

Gott, das ist sie! Sogleich stecke ich mein Smartphone weg und will zum Eingang eilen, als Clara bereits gegen mich rennt. Ihr rutscht das Handy aus der Hosentasche. Bevor ich reagieren kann, hebt sie das Smartphone auf und rennt weiter, ohne mich eines Blickes zu würdigen. Völlig perplex sehe ich ihr hinterher, wie sie zwischen den Leuten am Bahnhofsvorplatz hindurchläuft und aus meinem Sichtfeld verschwindet.

Fuck! Verärgert balle ich die Hände zu Fäusten und drehe mich wieder zum Eingang des Cafés um und – sehe ein kleines Kästchen zu meinen Füßen. Neugierig hebe ich es auf und schaue hinein. In der Schatulle liegt die Silberkette mit dem Herzanhänger, die ich Clara auf der Silberhochzeit der O'Briens geschenkt habe. Mit einem Grinsen stecke ich die Kette in meine Jackentasche und begebe mich Richtung Hauptbahnhof. Zwar kann ich mir nicht sicher sein, sie am Haus der von Eislebens anzutreffen, dennoch fahre ich direkt dort hin.

Keine Ahnung, wie lange ich auf Clara warten muss, doch ich werde es tun, auch wenn es den ganzen Tag dauert!

Am Nachmittag kauere ich immer noch auf der kalten Plastikbank im Haltestellenhäuschen, schlage die Beine übereinander und klappe den Mantelkragen hoch. Dann betrachte ich mit Argusaugen meine Umgebung. Wenn Clara aussteigt oder herkommt, um die Tram zu nehmen, darf ich sie nicht verpassen.

Ich weiß nicht, wie lange ich in dieser Position ausharre und den Passanten nachschaue, doch bald werden meine Glieder steif, weshalb ich aufstehe und mich einige Schritte bewege. Gerade fährt eine weitere Bahn ein und ich kann eine Frau mit blondem Pferdeschwanz und schwarzer Jacke sehen, die ins Innere der Bahn steigt. Ist das Clara? Ohne lange zu überlegen, schlüpfe ich hinter einer Frau mit Kinderwagen durch die Tür, ehe sie sich hinter mir schließt. Die Straßenbahn setzt sich ratternd in Bewegung.

Mit hektischem Blick suche ich das Abteil nach Clara ab und entdecke sie wenige Meter vor mir, in ihr Smartphone vertieft. Sie steht nah an der Tür neben einem Mann mit einem Golden Retriever und hält sich mit der freien Hand an der Haltestange fest.

So unauffällig wie möglich schiebe ich mich in ihre Nähe. Nach einigen Haltestellen steigt Clara aus. Ich beeile mich, um sie nicht aus den Augen zu verlieren, und sie bemerkt nicht, wie ich ihr in einigem Abstand folge.

Vor einem Wohnkomplex bleibe ich stehen, während sie im Inneren verschwindet. Hier wohnt sie also? Fassungslos starre ich das mehrstöckige Gebäude an. Es wirkt in die Jahre gekommen. Die Fassade ist von einem schmutzigen Grau, als hätte Regen über Jahre den Dreck verteilt, statt abgewaschen. An einigen Stellen platzt der Putz ab, Graffiti bedecken die Wände rechts und links neben der Eingangstür.

Ein Schauder überkommt mich und ich frage mich ernsthaft, was Clara hier zu suchen hat. So ein Wohnhaus passt nicht zu ihr – oder vielleicht doch? Es wirkt heruntergekommen, mit unzähligen Etagen, in denen Menschen auf engstem Raum wohnen. Ich habe nicht damit gerechnet, jemanden wie Clara an so einem Ort anzutreffen. Aber ... im Grunde weiß ich nichts über sie! In ihrer Zeit in Cambridge hat sie sich als Stella von Eisleben ausgegeben. Als eine Frau, die in die High Society hineingeboren ist, ohne Sorgen und Probleme – genau wie ich. Ist die echte Clara vielleicht mittellos?

Die Nervosität in mir steigt und meine Handflächen beginnen zu schwitzen. Mein Puls beschleunigt sich, als ich langsam zur Eingangstür gehe. Mein Blick fällt auf die zahlreichen Klingelschilder neben dem Eingang. Einige davon sind unleserlich, an manchen kleben Sticker. Fieberhaft überlege ich, was ich tun soll, als die Eingangstür aufgeschoben wird und eine ältere Dame herauskommt.

Ich trete zur Seite und grüße sie freundlich.

»Ähm, entschuldigen Sie, kennen Sie zufällig eine Clara?«, frage ich die Frau, die mich jedoch verständnislos ansieht. Klar, die Sprachbarriere.

Ein Teenager schlüpft durch die Tür und stolpert gegen mich. »Oh, sorry, Mann.« Er eilt der Frau hinterher und hilft ihr die wenigen Treppenstufen hinunter.

»Warte mal«, rufe ich dem Jungen nach, der vielleicht dreizehn oder vierzehn ist. Neugierig dreht er sich zu mir um.

»Ja?« Er grinst breit, scheinbar ist er stolz auf sich, dass er mich verstanden hat. Ich nähere mich ihm.

»Sag mal, kennst du eine blonde Frau, die hier wohnt? Sie heißt Clara«, wiederhole ich meine Frage, in der Hoffnung, er könnte mir weiterhelfen.

»Clara? Natürlich. Sie wohnt ganz oben. Unterm Dach befindet sich nur eine Wohnung«, erklärt er bereitwillig in seinem Schulenglisch. »Bist du ihr Freund? Sie ist nämlich wirklich hübsch. Gestern habe ich ihr geholfen, ihren Einkauf nach oben zu tragen. Wir wohnen direkt unter ihr.«

Ich nicke dem Jungen zu. »Thank you«, entgegne ich und gehe zurück zum Haus. Hätte ich ihn nach ihrem Nachnamen gefragt, wäre er bestimmt stutzig geworden.

Ich warte ab, bis der Junge mit seiner Großmutter um die nächste Ecke gebogen sind, dann drücke ich wahllos auf einen der Klingelknöpfe. Es dauert einen Augenblick, bis der Summer ertönt, und ich schiebe die schwere Tür auf. Die Wohnungstür im Erdgeschoss öffnet sich und ein Typ schaut heraus, den ich jedoch ignoriere.

Mit einem mulmigen Gefühl betrete ich das Treppenhaus, und sofort schlägt mir ein muffiger Geruch entgegen. Es riecht nach kaltem Rauch und feuchtem Keller. Die Wände sind vergilbt, stellenweise blättert der Putz ab, als würde das Haus auch von innen zerfallen. Über mir flackert eine einzelne Neonröhre auf, als ich nach dem Lichtschalter taste.

Die Treppe knarrt unter meinen Schritten. Angewidert verziehe ich das Gesicht über das abgetretene Holz. Es klebt unter meinen Schuhsohlen, als hätte sich seit Jahren niemand mehr um Sauberkeit geschert. Ich wage kaum, das

Stahlgeländer zu berühren, an einigen Stellen kleben alte Kaugummis.

Mit jedem Schritt, den ich die Treppe hinaufsteige, wachsen die Nervosität und die Freude darüber, Clara gleich gegenüberzustehen. Doch es mischt sich auch eine Spur Unsicherheit hinzu. Wird sie mich hereinlassen oder mir direkt die Tür vor der Nase zuschlagen?

Am oberen Treppenabsatz bleibe ich stehen und hole tief Luft, ehe ich an die dunkelbraune Holztür klopfe. Während ich warte, zähle ich meine Herzschläge, die laut in meinen Ohren pochen. Dann wird die Tür geöffnet und Clara steht mir gegenüber. Sie trägt einen dunklen Hoodie und eine Jeans – ein Outfit, in dem ich sie noch nie gesehen habe, wodurch sie jedoch nichts von ihrer natürlichen Schönheit einbüßt. Ihr Gesicht wirkt müde und abgekämpft, mit roten Wangen und leicht geschwollenen Augen hinter der schwarzen Hornbrille, als habe sie in letzter Zeit viel geweint.

Es dauert einige Sekunden, in denen wir uns stumm mustern, bis sie begreift, wer vor ihr steht.

Sie reißt die Augen weit auf und presst ihre Hand gegen den Mund. Irgendwie habe ich mir unser Wiedersehen romantischer vorgestellt. Dass sie mir vor Freude um den Hals fallen würde, statt mich anzusehen, als wäre ich ein Gespenst.

»Woher weißt du …? Hat Stella etwa …?«, stammelt sie zusammenhanglos.

»Nein«, sage ich schlicht, denn es würde ihr vermutlich Angst machen, dass ich ihr tagelang aufgelauert habe.

Clara huscht zurück in die Wohnung und will mir bereits die Tür vor der Nase zuschlagen, doch ich schiebe schnell meinen Fuß hindurch. Das Holz knallt gegen meinen Schuh und ich kneife die Augen vor Schmerz zusammen, ziehe jedoch die Tür auf, um in die Wohnung zu schlüpfen.

Kapitel 5

Clara

Das kann nicht sein! Alexander *kann* nicht hier sein! Ihn so plötzlich wiederzusehen, löst einen Sturm von Gefühlen in mir aus, von denen die Sehnsucht einen großen Teil einnimmt. Dazu mischt sich Angst, Sorge, Wut, Freude und Liebe. Vor allem Liebe und die Hoffnung, alles könnte wieder gut werden.

Ich weiche vor ihm zurück, als er einen Schritt auf mich zumacht und seine Hand nach mir ausstreckt.

»Clara«, haucht er leise und der Klang seiner Stimme, als er meinen Namen ausspricht, treibt mir die Tränen in die Augen. »Ich weiß es, okay? Ich weiß alles.«

»Was weißt du?«, schluchze ich. Er kann unmöglich wissen, wie sehr ich es bereue, ihn so lange belogen zu haben. Und vor allem kann er nicht wissen, wie sehr ich ihn liebe. Denn er hat in mir immer Stella gesehen. Auch wenn er bei unserem ersten Mal vor einigen Tagen *meinen* Namen gesagt hat, kann er unmöglich meine Geschichte kennen. Ich weiche noch einen Schritt zurück, doch Alex macht einen Satz nach vorne und packt mich am Handgelenk.

Mit einem Ruck will ich mich aus seinem Griff befreien, will mich wegdrehen, doch er presst mich gegen die Flurwand. Mit angehaltenem Atem starre ich ihn an. Sehe in seine braunen Augen, sein intensiver Blick geht mir bis ins Mark. Es ist erst einen Tag her, als er mich auf dem Handy angerufen hat. Was zur Hölle macht er hier in Köln und vor allem in meiner Wohnung?

»Du brauchst dich nicht vor mir zu verstecken, Clara«, raunt er und nähert sich mir. Ich schnappe nach Luft, ziehe seinen Geruch in die Nase. Ich habe damit abgeschlossen, Alexander Hunter niemals wiederzusehen. Wollte alle Verbindungen nach Cambridge kappen, alles hinter mir lassen und mit Stellas Hilfe ein neues Leben beginnen.

»Alexander …«, presse ich seinen Namen hervor, verstumme jedoch sogleich, als er mit der freien Hand über meine Wange streichelt.

»Clara«, erwidert er fest. Die Spannung zwischen uns ist greifbar und schnürt mir die Luft ab. Mein Herz rast wie wild in meiner Brust, seine Nähe macht etwas mit mir, was ich versucht habe zu verdrängen: Ich lasse mich fallen, gebe mich dem Gefühl hin, das sein Auftauchen in mir auslöst. Warm fließt die Zuneigung zu diesem Mann durch meine Adern, schürt die Hitze in meiner Körpermitte. Seitdem ich Cambridge und Alexander den Rücken gekehrt habe, vergehe ich täglich vor Sehnsucht. Ich habe geglaubt, der Schmerz würde mit der Zeit weniger werden, doch ich habe mich geirrt. Ihn leibhaftig vor mir zu sehen, reißt mir den Boden unter den Füßen weg.

Tränen bahnen sich einen Weg über meine Wangen und ich kneife meine Augen fest zusammen. Meine Unterlippe bebt, ein Schluchzen entweicht meiner Kehle. Alexanders Griff um mein Handgelenk lockert sich, doch er entlässt mich nicht. Haltsuchend drücke ich mich gegen die Wand, weil ich fürchte, meine Knie könnten jeden Moment vor Anspannung nachgeben.

Alexander streicht mit seinem Daumen die Tränen aus meinen Augenwinkeln.

»Clara, sieh mich an«, fordert er mich mit sanfter Stimme auf. Zaghaft wende ich ihm das Gesicht zu und blinzle, sehe sein warmes Lächeln.

»Lass mich eins klarstellen, bevor du mich zum Teufel jagst: Ich sehe *dich*. Ich habe dich die ganze Zeit gesehen. Und – Gott – ich bin so froh darüber, dass du nicht Stella bist.« Seine Stimme bebt leicht und er muss leise lachen, senkt dabei kurz den Kopf. Auf einmal wirkt er alles andere als selbstsicher, eher ein wenig verlegen.

»Wie hast du es erfahren?«, frage ich zögernd und habe bereits Angst davor, was er sagen wird.

»Es war ein dummer Zufall. Ein Zufall, für den ich so unglaublich dankbar bin. Am Abend im Pool – dein Handy hat unentwegt geklingelt, sodass ich Sorge hatte, es könnte etwas passiert sein. Der Anrufer war Stella.« Eine Pause entsteht, in der ich vor Anspannung den Atem anhalte.

»Danach habe ich Nachforschungen angestellt und bin dahintergekommen, dass du dich als Stella ausgibst. Ich hatte nicht den Mut, dich darauf anzusprechen, weil ich dachte, es könnte etwas zwischen uns ändern«, beendet er seine Erklärung und legt seine Stirn gegen meine. Mir schlägt das Herz bis zum Hals und ich versuche, zu begreifen, was das bedeuten könnte. Heißt es, dass all die Nachrichten, die Dates und unsere Küsse – das alles war ... echt? Er meinte dabei wirklich *mich* und nicht Stella?

Unsere Nasenspitzen berühren sich und ich lecke mir über die trockenen Lippen, starre auf seinen Mund, der meinem so nah ist. Endlich erlöst mich Alex von dieser kribbelnden Anspannung und überbrückt die letzten Zentimeter zwischen uns. Sanft legt er seine Lippen auf meine. Ich seufze tief und schlinge meine Arme um seinen Hals.

Die Sehnsucht nach diesem Mann ist so stark, dass ich alle Bedenken und Fragen, die sich in meinem Kopf zu einem wirren Knoten ballen, beiseiteschiebe. Ich schmiege mich enger an ihn und Alex hält mich, fängt mich auf. Unser Kuss wird schnell inniger. Wir umschlingen einander, als hätten wir uns Jahre nicht gesehen – dabei waren es nur wenige Tage. Tage, in denen ich innerlich zerbrochen bin.

Wir sollten definitiv reden – doch dafür ist später Zeit. Ich bin wie benebelt, völlig gefangen von seiner Nähe und dem wachsenden Verlangen in mir. Keuchend löse ich den Kuss, atme tief ein und sehe Alexander in die Augen. Sehnsucht lodert in ihnen und spiegelt meine eigene wider. Abermals küssen wir uns, und dieses Mal werde ich mutiger.

Ich ziehe am Reißverschluss seiner Jacke und öffne sie, schiebe sie ihm von den Schultern, bis sie zu Boden gleitet. Mit dieser Geste löse ich einen Sturm in Alexander aus, denn sein Kuss wird fordernder. Er drängt sich fester an mich, tritt sich dabei die Schuhe von den Füßen.

Ich grinse in mich hinein, streichle über seinen Rücken die Wirbelsäule hinauf und lege meine Fingerspitzen in seinen Nacken, spiele dabei mit seinem dichten Haar. Er umfasst meine Taille und hebt mich so plötzlich hoch, dass ich für einen Moment erschrecke. Immer noch die Wand im Rücken schlinge ich meine Beine um seine Hüften und kralle die Finger in den Stoff seines Pullovers.

»Fuck, warum habe ich so lange gezögert?«, brummt er gegen meinen Hals.

Sein heißer Atem sorgt für eine Gänsehaut in meinem Nacken. Mit geschlossenen Augen lege ich den Kopf nach hinten und seufze leise, als er meinen Hals mit Küssen bedeckt. Mein Körper kribbelt und ich kann es kaum erwarten, mehr von ihm zu spüren. Auch wenn es falsch ist, mit ihm zu schlafen, ohne zu wissen, wie es zwischen uns weitergehen wird, kann ich nicht anders, als mich ihm hinzugeben.

Alex macht einen Schritt zurück und wir taumeln kichernd durch den Flur, bis er mich wieder auf dem Boden abstellt. Wieder treffen sich unsere Lippen zu einem innigen Kuss. Ich umfasse seine Hand, unsere Finger verschlingen sich sogleich ineinander, während ich ihn durch den Flur in mein Schlafzimmer ziehe. Knutschend zerren wir an der Kleidung des anderen und helfen uns gegenseitig dabei, uns auszuziehen, bis wir nur noch in Unterwäsche voreinander stehen. Dann nimmt mir Alexander sacht meine Brille ab. Ich blinzle, sein Gesicht verschwimmt vor meinen Augen.

»Ist das okay für dich?«, fragt er, und als ich nicke, legt er die Brille auf meinem Nachttisch ab. Mein Blick ist verschwommen, doch als er wieder in mein Sichtfeld tritt, fokussiere ich ihn. Die knisternde Spannung zwischen uns sorgt dafür, dass mir schwindlig ist vor Aufregung. Mein Herz macht Purzelbäume, als Alex erneut seine Arme um meine Taille schlingt und mich hochhebt.

Er trägt mich zum Bett und setzt mich dort wieder ab. Sofort rutsche ich zurück ans Kopfende, damit er ebenfalls Platz hat. Es ist kein Doppelbett, dafür ist mein Schlafzimmer zu klein. Wir müssen uns eng aneinanderschmiegen, doch das macht unser Zusammensein noch intimer. Abermals küssen wir uns. Alexander streicht mit den Händen über meine Seiten und über meinen Bauch, was mich erschaudern lässt. Dann fährt er mit den Fingern unter die Träger meines BHs, um sie Stück für Stück über meine Schultern zu schieben. Er wandert mit seinen Lippen über meinen Hals immer weiter über mein Schlüsselbein, verteilt sanfte Küsse auf meiner rechten Schulter. Genießerisch seufzend schließe ich die Augen. Das alles fühlt sich viel intensiver, viel echter an als bei unserem ersten Mal.

Vielleicht liegt es daran, dass ich keine Rolle spiele.

In diesem Augenblick fühle ich mich stärker mit Alexander verbunden als zuvor. Ich lege meine Scheu komplett ab, die ich stets in seiner Nähe verspürt habe. Denn heute habe ich nichts mehr zu verlieren. Er weiß, wer ich bin. Weiß, dass ich ihm nicht geben kann, wozu Stella in der Lage wäre und was seine Familie von ihm und meiner Freundin erwartet. Trotzdem ist er bei mir, in meinen Armen, statt in Cambridge. Er ist *meinetwegen* gekommen!

»Alles okay?«, fragt er mich leise und küsst meine Wange. »Du wirkst in Gedanken.«

Mit einem Lächeln schüttele ich den Kopf. »Alles gut. Ich bin ... glücklich, schätze ich.«

Alex grinst mich an, stupst seine Nase gegen meine und bringt mich dadurch zum Lachen. Ich richte meinen Oberkörper auf und öffne den Verschluss meines BHs. Routiniert ziehe ich das Kleidungsstück aus und lasse es achtlos auf den Boden gleiten. Alexander mustert mich einen Moment.

»Du bist so schön«, haucht er und gibt mir einen Kuss auf den Mund. Ich schlinge meine Arme um seinen Hals, umarme ihn fest, als er seine Hände auf meine Brüste legt und sein Gesicht in meinem Dekolleté vergräbt. Vermutlich kann er meinen wilden Herzschlag unter seinen Lippen spüren.

Meine Atmung beschleunigt sich, als er sanft meine Brüste verwöhnt. Keuchend drücke ich meinen Kopf ins Kissen, während Alexander sich mit den Händen über meinen Körper tastet und die Finger in meinen Slip schiebt. Verlangen steigt in mir auf, lässt mich erbeben. Ich winde mich unter seinen Liebkosungen, dränge mich seinen Fingern entgegen.

Alexander zieht mir den Slip aus und entledigt sich ebenfalls seiner Shorts. Unter halb geöffneten Lidern sehe ich, wie er sich abwendet und nach seinen Klamotten am Fußende des Bettes greift. Vermutlich sucht er nach einem Kondom. Tatsächlich habe ich nichts hier, denn ich habe nicht damit gerechnet, in nächster Zeit Sex zu haben.

Erleichtert sehe ich ihm dabei zu, wie er das Kondom mit flinken Handbewegungen über seine Erektion streift und sich wieder zwischen meine Schenkel legt. Sanft streicht er mir einige Strähnen aus dem Gesicht, ehe er mich abermals in einen feurigen Kuss verwickelt. Ich schlinge die Arme um seinen Hals und schmiege mich noch enger an ihn.

Seine Bewegungen sind erst zögernd, dann finden wir in einen gemeinsamen Rhythmus. Hitze breitet sich in meinem Bauch aus, fließt heiß durch meine Adern. Ich fühle mich leicht und geborgen in seinen Armen. Seine Berührungen, seine Küsse – das alles sorgt dafür, dass ich mich fallen lasse und meine Ängste der vergangenen Wochen ablege.

Dieser Moment zeigt mir, wie sehr er mich begehrt. Nicht Stella, sondern *mich.* Und diese Tatsache allein lässt mein Herz vor Liebe überquellen. Mit jedem Tag, an dem wir in Cambridge zusammen gewesen sind, stand Stella zwischen uns. Je näher wir uns gekommen sind, desto enger wurde das Gefühl in meiner Brust, niemals genug für ihn zu sein. Doch er ist hier, nicht bei Stella.

Noch einige Male bewegt er sich, ehe er sich von mir löst, um das Kondom zu entsorgen. Dann rückt er wieder nah an mich heran und zieht mich zu sich. Mit den Lippen streift er meine Schläfe.

»Wie soll es jetzt weitergehen?«, murmele ich mit erstickter Stimme. Tränen steigen erneut in meine Augen. Stumm weine ich, mein Gesicht an Alexanders Schulter gepresst. All die Sorgen und Hoffnungen fließen aus mir heraus, weshalb ich ein Stück von ihm abrücke. Zwischen uns ist kaum Platz auf meinem schmalen Bett, dennoch fühlt es sich weit weg an.

»Ich weiß nicht, wie es weitergehen soll, okay?« Seine Miene wirkt ernst und entschlossen. Mit dem Daumen streicht er mir eine letzte Träne aus dem Augenwinkel, dann legt er seine Hand auf meine Wange. »Aber ich habe es ernst gemeint, als ich sagte, ich hätte mich in *dich* verliebt. Mein Vater kann noch so sehr versuchen, mich umzustimmen, ich werde Stella nicht heiraten. *Du* bist die Frau, die ich will. Nicht Stella. Es konnte niemals Stella sein, das habe ich schon früh gespürt.«

Hitze steigt mir ins Gesicht, meine Wangen glühen. Seine Worte sorgen für heftiges Herzklopfen.

»Und was bedeutet das für *uns*?«, frage ich kaum hörbar.

»Ich will, dass du mit mir zurück nach Cambridge kommst«, antwortet er mit fester Stimme. Erneut bildet sich ein Kloß in meinem Hals.

Ein trockenes Lachen entfährt mir und ich schüttele den Kopf. »Wie stellst du dir das vor? Ich bin nicht Stella ... Sieh dich doch mal um. Ich passe nicht in dein Leben.« Mit einer Handbewegung deute ich in den Raum. Diese kleine Wohnung ist ein Luxus, den ich mir seit dem Tod meiner Großmutter hart erkämpfen musste – und den ich nicht einmal aus eigener Kraft erreichen konnte. Ohne Stellas Hilfe und ihrem Geld hätte ich nichts.

»Das ist nicht wahr. Du passt besser hinein als jede andere Frau. Ich liebe *dich*!«, entfährt es Alexander und er streicht sich energisch die Haare aus der Stirn, was er häufig macht, wenn er sich für einen Moment machtlos fühlt. Dann sieht er mich mit einer Mischung aus Verzweiflung und Verärgerung an. Wie ein Mann, der kaum Widerworte gewohnt ist.

»Ich habe einen Song für dich geschrieben, hast du es vergessen? Nicht für Stella. Sie hätte es nicht gewürdigt. Ich habe schon nach unserer ersten Begegnung geahnt, dass etwas nicht stimmt, konnte es jedoch nicht mit Gewissheit sagen. So sehr hätte sich Stella in den vergangenen fünf Jahren nicht verändert ...«

»Warum hast du nichts gesagt?«, flüstere ich. Ein Zittern erfasst mich und ich schlinge die Bettdecke fester um mich.

»Vermutlich aus demselben Grund wie du?«, meint er schulterzuckend. »Ich hatte Angst, die Sache zwischen uns noch komplizierter zu machen.«

»Als ob es nicht kompliziert genug wäre. Doch wir beide, zusammen, das ist eine Wunschvorstellung«, erwidere ich mit einem wehmütigen Lächeln. »Ich kann nicht mit dir kommen. Weil du ein Leben in Cambridge hast. Mit Terminen, Verpflichtungen und einem Vater, der dich wie eine Schachfigur lenkt. Und ich habe eines hier in Köln. Ich bin nicht so wohlhabend wie du, seit Jahren bin ich auf mich allein gestellt. Ich habe Stella lediglich einen Gefallen getan, indem ich ihren Platz eingenommen habe. Dafür hat sie mich aus meiner Schuldenfalle befreit, aus der ich aus eigener Kraft nie herausgekommen wäre. Meine Zeit in Cambridge war die schönste seit Langem – doch ich werde nicht in das Leben von *Stella von Eisleben* zurückkehren. Ich will diese Lüge nicht länger leben.«

Alexander seufzt tief, lässt die Schultern sinken. Die Traurigkeit und Erkenntnis in seinem Blick, dass ich recht habe, schmerzt mich.

»Ich werde einen Weg finden, wie wir zusammen sein können. Das verspreche ich dir.«

Ich nehme seine Hand in meine. Meine Finger sind kalt, genau wie seine. Alex sieht mich lange an.

»Ich will nicht in mein altes Leben zurück, wenn du nicht Teil davon bist, Clara.«

Mein Herz macht einen Satz, gleichzeitig zieht sich mein Magen zusammen. Ich nicke, schüttle den Kopf. Bin traurig und glücklich zugleich über seine Worte.

»Du kannst deinem Leben nicht den Rücken kehren, also versprich mir nichts, was du nicht halten kannst. Wir haben vielleicht ein paar Tage zusammen, in denen wir die Wahrheit verdrängen können. Doch danach ... fliegst du wieder nach Cambridge und ich bleibe hier ...«

Erneut seufzt er und drückt meine Hand fester. »Dann lass uns unsere gemeinsamen Tage nicht wie eine Uhr runterzählen.« Er sieht mich wieder fest an, dann gibt er mir einen kurzen Kuss auf den Mund.

»Wie lange bleibst du?«, frage ich schließlich, als ich mich an ihn schmiege.

»Keine Ahnung. Darüber habe ich nicht nachgedacht, als ich hierher geflogen bin. Ich bin im Hilton Hotel abgestiegen.«

»Und wie lange bist du bereits in Köln?«, will ich mit angehaltenem Atem wissen.

»Drei Tage«, erwidert er ohne Umschweife. Gott, drei Tage leben wir in derselben Stadt, ohne es zu ahnen. Schweigen entsteht zwischen uns, während er sich in meinem Schlafzimmer umsieht.

»Hier lebst du also?«, fragt er mit skeptischem Blick.

»Nicht jeder ist mit einem goldenen Löffel im Mund geboren«, kontere ich spitz. Alexander ahnt nicht, wie viel ich in meinem Leben entbehren musste. Diese Wohnung, die ich nur durch Stellas Hilfe gefunden habe, ist im Vergleich zu dem winzigen WG-Zimmer bei Mareike ein Traum. »Bisher musste ich mir jedes bisschen Luxus erkämpfen.«

Nachdenklich runzelt Alexander die Stirn. »Ach, davon hast du gesprochen, als du Lucy konfrontiert hast. Du hast ihr damals gehörig den Kopf gewaschen. Ich habe dich für deine Worte bewundert, konnte mir jedoch keinen Reim auf deine Meinung machen. Jetzt verstehe ich auch, warum.«

»Weil ich nicht Stella bin ...«, sage ich seufzend.

»Ich habe es mir damals schon gedacht, war mir jedoch nicht sicher. Erst, als ich Stellas Anruf auf deinem Handy angenommen habe, ergab dein Verhalten Sinn. Die Ausflüchte, deine Erinnerungslücken. Plötzlich passte alles zusammen.« Ich nicke zaghaft und werde mit einem Lächeln belohnt. Gott, wie kann mich dieser Mann nur binnen Sekunden so glücklich machen?

Alexander breitet die Bettdecke über uns aus, dann nimmt er mich fest in den Arm. Mit geschlossenen Augen drücke ich mein Gesicht in seine Halsbeuge und atme den mir mittlerweile vertrauten Geruch ein. In seiner Umarmung fühle ich mich geborgen, wie zu Hause. Sanft streichelt er über mein Haar.

Engumschlungen bleiben wir eine Zeit lang liegen, bis irgendwann mein Handy klingelt, und die idyllische Blase der Zweisamkeit zerplatzen lässt. Murrend richte ich mich auf, um nach dem Smartphone zu tasten. Als ich den Namen auf dem Display erkenne, schrecke ich zusammen.

»Was ist los?«, fragt mich Alex und schielt auf mein Handy.

»Es ist Stella«, antworte ich und mein Puls beschleunigt

sich. Ich drücke das Gespräch weg, doch es klingelt sogleich erneut. Alexander steigt aus dem Bett.

»Kann ich dein Bad benutzen? Dann kannst du in Ruhe telefonieren.«

Als ich nicke, klaubt er seine Sachen vom Boden und verlässt das Schlafzimmer. Nach einigen Minuten höre ich das Wasser der Dusche rauschen. Erst dann atme ich aus und nehme das Gespräch an.

»Gott, Clara, was hat denn so lange gedauert?«, fragt Stella ungeduldig.

»Sorry, ich musste erst –«

»Ich muss dir dringend etwas erzählen!«, fällt mir Stella ins Wort. »Stell dir vor, Alex hat mich vorhin angerufen.«

Einen Moment lang bleibe ich stumm, was Stella falsch interpretiert.

»Ja, mir hat diese Tatsache auch die Sprache verschlagen. Du ahnst nicht, wie geschockt ich war, als er plötzlich nach *dir* gefragt hat. Wie konnte der Typ wissen, dass wir die Rollen getauscht haben? Ich dachte, du hast niemanden davon erzählt.«

»Habe ich auch nicht. Keine Ahnung, wie er es herausgefunden hat … aber er ist hier.«

»Moment … was?! Der Typ ist in *deiner* Wohnung?«, kommt es erschrocken von Stella.

»Ja.« Mehr kann ich dazu nicht sagen. Sollte ich ihr erzählen, dass wir miteinander geschlafen haben, wird Stella durchdrehen. Nicht, weil sie sauer auf mich sein könnte, dass ich mich in ihren Verlobten verknallt habe, sondern weil sie nicht mehr lockerlassen würde, bis sie mir jedes Detail entlockt hat.

»Wie zur Hölle hat er dich gefunden? Hat er dich bedroht? Gehts dir gut?«, entfährt es ihr panisch. »Sollen Enrico und ich vorbeikommen?«

Innerlich muss ich über ihre Sorge grinsen. »Danke, aber

es ist alles in Ordnung. Alex und ich werden miteinander reden, danach melde ich mich bei dir.«

»Mann, du hast mir einen Schrecken eingejagt«, stöhnt Stella. »Aber ... sollte es Schwierigkeiten geben, sag Bescheid, ja? Enrico ist bereit, auch deine Ehre zu verteidigen. Immerhin sind wir so etwas wie Schwestern.«

Ihre Worte rühren mich. »Ich glaube nicht, dass dein Mann für mich in den Ring steigen muss. So weit wird es nicht kommen. Alex und ich ...« Ich breche ab und meine Wangen färben sich rosa, weil ich ihn im Türrahmen stehen sehe. Alexander fixiert mich mit einem neugierigen Blick und plötzlich werde ich verlegen. Wie lange beobachtet er mich schon?

»Wie auch immer. Mach dir keine Sorgen. Ich melde mich wieder bei dir«, sage ich schnell und beende das Gespräch.

»Alles okay?«, hakt Alex nach und kommt auf mich zu.

»Klar, alles bestens«, erwidere ich piepsend. Ehe er sich zu mir aufs Bett setzen kann, springe ich immer noch in die Decke gewickelt auf und stürze an ihm vorbei ins Badezimmer. Dort verriegele ich die Tür hinter mir und atme tief aus. Verdammt, was ist plötzlich mit mir los?

Seufzend lasse ich die Bettdecke zu Boden gleiten und steige unter die Dusche, um meine Gedanken vom warmen Wasser fortspülen zu lassen. Danach fühle ich mich emotional weitestgehend stabil, um Alexander gegenüberzutreten. Schnell ziehe ich frische Unterwäsche an und angele mir Shirt und Leggins vom Wäscheständer, der in der Ecke des Badezimmers steht. Die feuchten Haare zu einem Zopf gebunden, verlasse ich das Bad und tapse zurück ins Schlafzimmer, um meine Brille zu holen.

Alexander hockt auf meinem Bett, in sein Smartphone vertieft, was mein Herz kurz stolpern lässt. Irgendwie fühlt es sich surreal, dass er bei mir ist.

Er trägt wieder das schlichte Shirt und seine Jeans. Seine halblangen Haare fallen ihm in die Stirn. Seinen Pullover hat er ordentlich gefaltet auf den Bettrand neben sich gelegt. Verrückt, dass er in meiner Wohnung nichts mehr mit dem reichen und sorglosen Typen aus Cambridge gemein hat.

Als ich näherkomme und nach meiner Brille greifen will, hebt er den Kopf und umfasst mein Handgelenk. Er zieht mich wieder zu sich heran, und ich sinke neben ihm auf die Bettkante. Die Finger ineinander verschränkt sitzen wir auf dem Bett und starren an die gegenüberliegende Wand, können das Schweigen zwischen uns nicht brechen. Auf einmal spüre ich eine Distanz zwischen uns, von der ich glaubte, sie überwunden hatten.

»Alex, ich –«

»Clara, wie –«

Wir sehen uns perplex an und brechen in Gelächter aus.

»Du zuerst«, sage ich kichernd, doch er schüttelt den Kopf.

»Ladies first«, entgegnet er und drückt meine Hand. Ich atme tief ein, dann nehme ich meine Brille vom Nachttisch und setze sie auf. Endlich sehe ich Alexander gestochen scharf. Den warmen Braunton seiner Augen, den leichten Bartschatten, die Grübchen in seinen Mundwinkeln. Er ist verdammt attraktiv. Da ist es kein Wunder, dass bisher so viele Frauen das Herz an ihn verloren haben.

Kapitel 6

Alexander

Am nächsten Morgen wache ich auf, weil ich einen Ellenbogen in den Rippen spüre. Brummend drehe ich mich auf die Seite – und falle beinahe von der Bettkante.

»Was zum ...?!«, fluche ich, weil ich mich kaum halten kann. Mühsam rappele ich mich auf und reibe mir den Schlaf aus den Augen. Dann fällt mein Blick auf die schlafende Clara neben mir und sofort glätten sich meine Gesichtszüge. Nach unserem Gespräch gestern Abend hat sie für uns gekocht und wir haben es uns gemütlich gemacht. Verrückt, dass die Zeit mit ihr so schön gewesen ist.

Ich habe geduldig zugehört, wie sie sich den Kummer von der Seele geredet hat. Ganz leise, fast schamvoll, mit gesenktem Blick und zitternder Stimme. Ihre Worte haben mich geschockt – und gleichzeitig fasziniert. Wie konnte sie all die Jahre nur so viel Leid ertragen?

Und dann kam Stella. Sie hatte Clara einen Ausweg aus ihrer misslichen Lage gezeigt – einen, der verdammt riskant war, den Clara jedoch, ohne zu zögern, eingeschlagen hat. Hätte ich mich nicht in sie verliebt und nicht bereits durch einen Zufall ihre wahre Identität herausgefunden, dann wäre ihr Versteckspiel früher oder später durch Jamie aufgeflogen.

Clara war nicht die, für die sie sich in Cambridge ausgab. Und dafür schämt sie sich mir gegenüber, obwohl ich sie dafür nicht verurteilen kann. Ich bin sogar beeindruckt von ihrem Mut, von ihrem unerschütterlichen Ehrgeiz, für ein besseres Leben einzutreten.

Vorsichtig streiche ich über ihre Wange, weiter hinab über ihren Hals und über die Schulter, von der die Decke gerutscht ist. Ein warmes Kribbeln breitet sich in meinem Innern aus. Sorgfältig decke ich sie wieder zu und erhebe mich aus dem schmalen Bett. Dann schlüpfe ich in meine Klamotten vom Vorabend. Ich sollte später zurück in mein Hotel, um meine Kleidung zu wechseln. Nach einem kurzen Abstecher im Badezimmer betrete ich die Wohnküche. Der Raum ist noch leer, wenigstens entdecke ich eine Kaffeemaschine auf der Arbeitsplatte der winzigen Küchenzeile. Es fehlen jedoch Stühle und ein Tisch sowie ein Sofa. Unser Abendessen haben wir in ihrem Bett eingenommen.

Ich öffne den Schrank über der Spüle und suche nach Kaffeepulver, das ich in einer Dose finde. Dann fülle ich Wasser in die Maschine und gebe das Pulver in den Behälter. Während der Kaffee kocht, sehe ich mich um. Ihre Wohnung ist überschaubar. Neben dem Schlafzimmer gibt es nur das Bad und diese Wohnküche. Vermutlich lag eine größere Wohnung außerhalb ihres Budgets.

Während des gemeinsamen Essens hat sie mir gestanden, von Stella bezahlt worden zu sein, um an ihrer Stelle nach Cambridge zu gehen. Ich kann mir Claras Verzweiflung nicht im Entferntesten vorstellen. Sie erzählte mir von ihrer Familie, dem Tod ihrer Eltern und der Großmutter, von einem Schuldenberg, wegen dem sie sich jahrelang abgerackert hat und von der unmöglichen Wohnsituation bei ihrer Freundin.

Für mich ist das alles unvorstellbar. Meiner Familie ging es immer gut, das Unternehmen machte uns schnell wohlhabend. Lucy und ich mussten uns nie Gedanken um Geld machen, und vor allem meine kleine Schwester gibt Geld bereitwillig aus.

Die Kaffeemaschine piept und das Lämpchen am Schalter

erlischt. Ich hole einen Becher aus dem Schrank und gieße das heiße Getränk hinein. Das Aroma steigt mir in die Nase, als ich an dem Kaffee nippe. Das Gebräu schmeckt furchtbar, sodass ich es kurzerhand ins Waschbecken gieße.

Schritte sind zu hören. Ich drehe mich um und sehe Clara im Türrahmen stehen. Ihre blonden Haare sind zerzaust und sie trägt das Top und eine Pyjamahose, in denen sie geschlafen hat.

»Guten Morgen«, murmelt sie und unterdrückt ein Gähnen. Ihr Anblick wärmt mein Herz. Sie ist so unglaublich authentisch, so natürlich. Ganz anders als all die Frauen, mit denen ich bisher zusammen gewesen bin. Keine von ihnen wäre mir ohne Make-up unter die Augen getreten.

»Guten Morgen«, begrüße ich sie. »Möchtest du Kaffee? Ich fürchte jedoch, dass er nicht genießbar ist.«

Clara kommt zu mir und nimmt mir den leeren Becher ab. Dann gießt sie den Kaffee aus der Kanne hinein und nimmt einen großen Schluck.

»Ich bin es gewohnt, Filterkaffee zu trinken«, erklärt sie mir. Ich bewundere sie dafür, dass sie dieses Zeug runterkippt, als wäre es Wasser.

»Soll ich uns Frühstück machen?«, fragt sie und öffnet den Kühlschrank, um eine Packung Toastbrot herauszuholen. Einen Moment überlege ich, dann schlinge ich meine Arme von hinten um sie. Sogleich schmiegt sie sich an mich. Mein Herz macht einen freudigen Satz.

»Ich habe eine bessere Idee«, flüstere ich ihr ins Ohr. »Was hältst du davon, wenn ich dich zum Frühstück ausführe? Das Buffet in meinem Hotel ist wirklich gut. Wir können uns aber auch etwas vom Zimmerservice bringen lassen.«

Clara dreht sich in meinen Armen um. »Was hast du gegen Toast mit Marmelade einzuwenden?«, fragt sie mit hochgezogenen Augenbrauen.

»Nichts. Aber ich zahle ungern zweihundert Euro die Nacht, ohne den vollen Umfang der Leistungen in Anspruch zu nehmen«, erkläre ich lapidar. Erschrocken reißt Clara die Augen auf.

»Zweihundert Euro?«

Ich zucke mit den Schultern. »So kurz nach Neujahr habe ich nichts anderes bekommen«, entschuldige ich mich, weil ich jetzt verstehe, warum Clara so empfindlich auf Luxus reagiert. Sie konnte ihn sich nie leisten. »Sieh es als Gegenleistung für das köstliche Abendessen.« Ich zwinkere ihr zu und sie wirkt auf einmal verlegen.

»Es waren Spaghetti mit Tomatensoße ...«

»Nein, es waren die besten Spaghetti mit Tomatensoße, die ich seit Langem gegessen habe«, korrigiere ich sie mit einem breiten Grinsen. »Unsere Haushälterin bekommt es nicht so gut hin wie du.«

»Danke für das Kompliment«, entgegnet Clara nun ebenfalls grinsend. »Dann kann ich dein Angebot kaum ausschlagen.«

»Als ich klein war, hat meine Mum oft Spaghetti gekocht. Doch ich kann mich kaum an den Geschmack erinnern«, erzähle ich und drücke Clara fester an mich, vergrabe dabei meine Nase in ihrem Haar.

»Ich kann mich ebenfalls nicht mehr erinnern«, murmelt sie gegen meinen Pullover. »Aber meine Oma konnte sehr gut Rührei machen. Und Pancakes. Ich habe ihre Pancakes geliebt!«

»Dann sollten wir Pancakes essen, was meinst du? Ich bin mir sicher, es gibt welche im Hotel, auch wenn sie nicht an das Rezept deiner Großmutter herankommen werden«, schlage ich vor und sie nickt zaghaft. Dann verschwindet sie aus der Küche ins Schlafzimmer, um sich anzuziehen.

Draußen weht uns eisiger Wind entgegen. Ich ziehe den Reißverschluss meiner Jacke bis unters Kinn, ehe ich mein Smartphone heraushole.

»Soll ich uns ein Taxi rufen?«

»Du willst mit dem Taxi bis zum Bahnhof fahren? Das dauert im Berufsverkehr viel zu lange und ist außerdem teuer«, empört sich Clara und schüttelt den Kopf. »Wir nehmen die Straßenbahn. Komm mit.« Ich folge ihr die Straße hinunter um die nächste Ecke, wo sich die Haltestelle befindet. Einige Menschen stehen bereits unter dem Glashäuschen und warten. Clara sieht sich um, dann rennt sie über die Straße.

»Beeil dich, die Bahn kommt«, ruft sie mir über die Schulter hinweg zu und ich eile ihr hinterher, nachdem ich mir ein Ticket am Automaten gekauft habe. Aus dem Augenwinkel sehe ich, wie die Straßenbahn angefahren kommt. Clara nimmt meine Hand und zieht mich ins Innere der Bahn, als sich die Türen öffnen. Ich quetsche mich neben sie zwischen die wartenden Menschen.

»Berufspendler«, erklärt Clara mit einem amüsierten Blick auf mein entsetztes Gesicht. »Bist du noch nie Straßenbahn gefahren?«

Ich schüttele langsam den Kopf, muss mich bei der nächsten Kurve gut festhalten, um nicht gegen einen alten Mann zu stoßen, der dicht neben mir steht.

»Natürlich bin ich bereits Straßenbahn gefahren«, erwidere ich, weil ich nicht wie der Snob rüberkommen will, für den sie mich hält. »Die letzten Tage hier in Köln. In Cambridge hatte ich die meiste Zeit einen Chauffeur.« Clara verdreht lachend die Augen.

Die Fahrt dauert tatsächlich nicht lange, bis wir am Kölner Hauptbahnhof aussteigen. Ich folge Clara, die zielstrebig den Ausgang ansteuert. Vor dem Bahnhofsgebäude dreht sie sich zu mir um.

»Und jetzt?«

»Wir müssen zum Hotel. Der Eingang befindet sich auf der anderen Seite des Gebäudes«, erkläre ich und zeige in die Richtung des Hilton. »Aus meinem Fenster kann ich sogar den Dom sehen. Ich habe ein wenig darüber im Internet recherchiert. Wusstest du, dass er einhundertsiebenundfünfzig Meter hoch ist? Unglaublich, wie die Menschen früher solch eine komplexe Kathedrale errichten konnten.«

Ich lasse Clara den Vortritt durch die Schiebetür des Hotels.

»Ich war einige Male oben. Der Ausblick auf die Stadt ist unglaublich«, bestätigt sie. »Du interessierst dich sehr für Architektur, hab' ich recht? Das ist mir bereits aufgefallen.«

Ich nicke zustimmend. »Vor allem für die Architektur früherer Epochen. Ich bin fasziniert von den Bauwerken, die die Menschen damals erschaffen haben.«

»Dann hättest du Architektur studieren sollen.«

Sogleich verfinstert sich meine Miene. »Du weißt, dass das nicht ging.« Doch weil Clara mich irritiert ansieht, erinnere ich mich daran, dass sie es nicht wissen *kann.* Immerhin ist sie nicht Stella.

»Entschuldige. Es ist für mich komisch, dir Details aus meinem Leben zu erzählen, von denen ich ausgehe, dass sie bekannt sind. Mein Dad besteht darauf, dass ich die Baufirma übernehme. Deshalb ist es wichtiger, dass ich einen Abschluss in Wirtschaft vorweisen kann, statt ein Architekt zu sein. Dafür haben wir Leute, die sich um Pläne und Zeichnungen kümmern.«

Ich nehme ihre Hand in meine und führe sie durch die Lobby. Clara sieht sich staunend um. Ich versuche, die Einrichtung mit ihren Augen zu sehen, doch es fällt mir schwer, weil ich Luxus gewohnt bin.

Andächtig streicht Clara mit den Fingerspitzen der freien Hand über einen der Loungesessel im Foyer. Die gemütlichen Sitzgruppen sind aus hochwertigem Material und orientalisch angehaucht. Den weichen Teppichboden spüre ich unter den Füßen und die kleinen Lampen auf den Tischen und an den Wänden geben dem weitläufigen Eingangsbereich eine heimische Atmosphäre.

Die junge Frau an der Rezeption begrüßt mich freundlich, als ich Clara in Richtung der Aufzüge führe.

Die Fahrstuhltüren öffnen sich mit einem leisen Klingeln.

»Komm«, sage ich zu Clara und schenke ihr ein aufmunterndes Lächeln. Sie lächelt zurück, doch es erreicht ihre Augen nicht.

Im obersten Stockwerk angekommen, gehe ich voraus und öffne die Tür zu meiner Suite mit der Schlüsselkarte, dann lasse ich Clara den Vortritt. Während sie sich umsieht, bestelle ich Frühstück beim Zimmerservice. Ich schäle mich aus meiner Jacke, die ich achtlos aufs Bett werfe. Clara steht am Fenster und betrachtet die Türme des Doms in der Ferne. Sie hat ihre Jacke ordentlich gefaltet über die Armlehne eines der Sessel der Sitzgruppe gelegt.

Langsam trete ich hinter sie und schlinge meine Arme um ihre Taille. Instinktiv legt sie ihren Hinterkopf gegen meine Schulter.

»Der Ausblick ist großartig«, meint sie leise. Einen Herzschlag lang bleiben wir am Fenster stehen und sehen dabei zu, wie einzelne Sonnenstrahlen durch die Wolken brechen und den grauen Winterhimmel in sanftes Licht tauchen.

»Warte, ich habe noch etwas für dich«, fällt mir plötzlich ein und gehe zu meiner Jacke. Dort krame ich ein Kästchen aus der Tasche. Clara dreht sich zu mir um und sieht mich mit hochgezogenen Augenbrauen an. Ich halte ihr es entgegen. Als sie es erkennt, sieht sie mich überrascht an.

»Woher?«, fragt sie und öffnet die Schatulle. Ich nehme die Kette heraus und lasse sie durch meine Finger gleiten.

»Du bist mir gestern vor dem Café in die Arme gelaufen«, erkläre ich schmunzelnd, was sie noch weiter verwundert. »Leider warst du so schnell weg, dass ich dich nicht aufhalten konnte.«

»Du warst ... beim Café?«, haucht sie perplex. »Ich habe nach dem Kästchen gesucht. Bin zurückgefahren, als ich bemerkt habe, dass es nicht mehr da ist. Doch Matt meinte, niemand hätte es im Café abgegeben. Deshalb habe ich es bereits als verloren geglaubt …«

Nickend öffne ich den Verschluss der Kette und Clara hebt ihre Haare an, damit ich ihr das Schmuckstück umlegen kann. Mit den Fingern berühre ich die empfindliche Haut in ihrem Nacken, was sie erschaudern lässt. Sofort spüre ich das Knistern zwischen uns.

»Die Kette steht dir«, murmele ich und streiche mit den Fingern ihren Hals entlang weiter zum Ausschnitt ihres Pullovers, in dem der Herzanhänger verschwunden ist. In meinem Innern spüre ich stilles, tiefes Glück. Diese Frau, die so vieles durchgemacht hat, die gelernt hat, niemandem zu trauen … sie trägt mein Herz. Wörtlich. Und das bedeutet mir mehr, als ich je für möglich gehalten habe.

Clara schließt genießerisch die Augen, was mich dazu ermutigt, sie zu küssen. Ich lege die andere Hand an ihre Wange, hebe ihr Gesicht ein winziges Stück in meine Richtung an und lege meine Lippen auf ihre. Mit sanftem Druck küsse ich ihre Mundwinkel, platziere einen kurzen Kuss auf ihr Kinn und ihre Wange, ehe ich wieder ihren Mund in Besitz nehme. Zeige ihr dadurch, wie sehr ich sie liebe und dass sie mir mehr bedeutet als alles, was in meinem Leben bisher eine Rolle gespielt hat. Mit der Zunge fahre ich die Konturen ihrer Lippen nach und sie öffnet sie einen Spalt breit, um mir Einlass zu gewähren.

Der Zimmerservice unterbricht den Moment der Zweisamkeit mit einem Klopfen an der Tür. Widerwillig löse ich mich von Clara, um zu öffnen. Ein junges Zimmermädchen schiebt einen Servierwagen ins Zimmer. Sie lächelt Clara und mich freundlich an, während sie auf Deutsch die Zusammenstellung der Speisen erklärt und danach die Suite verlässt. Clara sieht staunend auf unser Frühstück, während ich sie mit einem zufriedenen Blick betrachte. Weil ich mir nicht sicher gewesen bin, was Clara mögen könnte, habe ich

Pancakes mit Obst und Joghurt bestellt. Außerdem noch Rührei mit Speck.

»Das ist doch niemals nur für uns zwei!«, entfährt es ihr halb erfreut und halb entsetzt.

»Na ja, ich war mir nicht sicher, wie hungrig du bist«, erwidere ich schmunzelnd und schiebe den Servierwagen mit den Speisen zur Sitzecke, um die Tabletts auf dem Couchtisch abzustellen. Clara folgt mir und setzt sich in einen der bequemen Sessel. Ich reiche ihr ein Glas mit Latte Macchiato, den ich ebenfalls für sie bestellt habe. In der Uni ist mir aufgefallen, dass sie sich oft mit Poliana einen im *Browns* geholt hat. Ich hingegen trinke meinen Kaffee ausschließlich schwarz.

Dankend nimmt Clara das Getränk entgegen und nippt daran. Ich muss lachen, weil der Milchschaum an ihrer Oberlippe hängenbleibt.

»Was ist denn?«, fragt sie mit hochgezogenen Augenbrauen.

»Du siehst bezaubernd aus«, sage ich und beuge mich zu ihr hinab, um ihr den Milchschaum aus den Mundwinkeln zu küssen. Lachend drückt sie mich weg und nimmt mit der Gabel einen der Pancakes vom Stapel.

»Es ist trotzdem zu viel. Davon könnten wir noch heute Abend essen«, meint sie mit zusammengezogenen Augenbrauen. Ich zucke mit den Schultern und häufe mir eine Portion Rührei auf den Teller. Bisher habe ich nie darüber nachgedacht, was mit den Speisen passiert, die ich nach dem Essen stehengelassen habe. Unsere Haushälterin hat alles entsorgt, schätze ich. Jetzt, wo es uns finanziell so schlecht geht, sollte ich meinen Fokus anders ausrichten. Es ist nicht leicht, sparsam zu sein, wenn man stets im Überfluss gelebt hat.

Schweigend betrachte ich Clara dabei, wie sie ihr Frühstück verspeist. Sie nimmt sich ein Glas Orangensaft und isst

Pancakes mit Obst, ehe sie ihren Teller beiseiteschiebt. Dann sieht sie kurz auf ihr Smartphone.

»Wir sollten los«, sagt sie zu mir und lächelt mich zaghaft an. Irritiert runzle ich die Stirn.

»Wohin? Ich hatte gedacht, wir würden den Vormittag hier verbringen?«

Clara grinst mich an und erhebt sich von ihrem Platz. »Um was zu tun? Im Bett herumzuliegen? Nein, zuerst sollten wir einige wichtige Dinge klären. Komm mit.« Sie hält mir ihre Hand entgegen. Nur widerwillig lasse ich mich auf die Beine ziehen. Tatsächlich hatte ich gehofft, mit ihr hierbleiben zu können.

»Was hast du vor?«, frage ich schließlich, als wir wieder in der Hotellobby sind.

»Wirst du sehen.«

»Warum sagst du es mir nicht einfach?«, hake ich neugierig nach. »Hast du Angst, ich könnte Reißaus nehmen?«

Sie zuckt kaum merklich zusammen, weshalb mich plötzlich ein mulmiges Gefühl überkommt.

»Erwischt«, murmelt Clara und sieht betreten zu Boden, als sie durch die Schiebetür ins Freie tritt. Eisige Kälte schlägt uns entgegen, weshalb ich meinen Mantelkragen hochklappe. Auch Clara zieht ihren Schal enger um den Hals, sodass ihr halbes Gesicht darunter verschwindet.

Zielstrebig führt sie mich in Richtung Hauptbahnhof, wo sie das Café ansteuert. Clara öffnet die Tür und lässt mir den Vortritt, dann sieht sie sich suchend im Inneren um. Irritiert ziehe ich meine Augenbrauen zusammen, als ihr ein dunkelhaariger Mann freudig zuwinkt.

»Hola Clara! Wir sind hier drüben«, ruft er mit einem leichten südländischen Akzent. Mit dem Rücken zu mir sitzt eine blonde Frau.

Auf einmal werde ich nervös. Meine Schritte werden langsamer und ich bleibe hinter Clara zurück, die bereits zum Tisch getreten ist und erst den Mann, dann die blonde Frau mit einer freundschaftlichen Umarmung begrüßt. Als sich die Frau zu mir umdreht, erstarre ich in meiner Bewegung. Ich hatte es geahnt, doch Stella gegenüberzustehen, fühlt sich so anders an. So fremd und unwirklich.

»Fuck, ihr seht euch zum Verwechseln ähnlich!«, entfährt es mir geschockt, als Clara ihre Brille abnimmt und sich neben meine Verlobte stellt. Klar, beim genaueren Hinsehen gibt es deutliche Unterschiede, doch auf den ersten Blick wirken die beiden wie Zwillinge. Clara grinst breit, während Stella ihre rot geschminkten Lippen zu einem dünnen Strich zusammengepresst hat. Sie ist genauso wenig erfreut, mich zu sehen, wie ich sie. Was hat Clara ihr über mich erzählt?

Kapitel 7

Alexander

Der dunkelhaarige Mann am Tisch bricht die Stille zwischen uns. »Ja, Mann, das habe ich auch gedacht, als ich Clara kennengelernt habe«, kommt es von ihm auf Englisch, worüber ich ihm dankbar bin. Dann hält er mir seine Hand hin.

»Ich bin Enrico, Stellas Ehemann«, stellt er sich mit einem breiten Lächeln vor und zwinkert Stella zu.

»Ehemann?« Überrascht reiße ich die Augen auf. Hat Stella klammheimlich geheiratet? Mein Dad hätte mich niemals in eine Beziehung mit ihr gedrängt, wenn er davon gewusst hätte ... oder? War das von Anfang an Stellas Plan gewesen? Um der Verlobung mit mir aus dem Weg zu gehen?

Fassungslos schüttele ich den Kopf, dann lache ich leise auf. »Verrückt. Bin ich der Einzige, der davon keine Ahnung hatte? Aber ... ähm ... herzlichen Glückwunsch.«

Leichte Röte überzieht Stellas Wangen, auch wenn sie mich weiterhin mit einem feindseligen Blick anschaut. Clara räuspert sich geräuschvoll und holt Stella dadurch aus ihrer Trance. Sie schnappt nach Luft, setzt sich auf ihren Stuhl. Clara setzt sich die Brille wieder auf und nimmt neben ihr Platz. Ich setze mich neben Enrico.

»Hallo, Alexander«, kommt es gepresst von Stella.

»Hallo«, erwidere ich ebenso zurückhaltend. Natürlich wusste ich, dass wir uns früher oder später wiedersehen werden. Dennoch hatte ich gehofft, mich auf dieses Treffen mental vorbereiten zu können.

»Wollen wir etwas zu trinken bestellen?«, fragt Clara in die Runde. Als ich zustimmend nicke, hebt sie die Hand und ruft einen Kellner zu uns heran.

Clara bestellt einen weiteren Latte Macchiato. Stella und Enrico nehmen dasselbe, ich hingegen begnüge mich mit Wasser. Noch mehr Koffein würde mir auf den Magen schlagen.

Angespannt warte ich, bis unsere Getränke da sind. Clara rührt sich Zucker in ihren Kaffee. Fasziniert beobachte ich, wie Stella schweigend dasselbe macht. Wahnsinn ... wie kann es sein, dass sich zwei Frauen so ähnlich sind?

»Weiß dein Dad davon?«, platzt es plötzlich aus mir heraus. »Weil ... ich meine ... Du *bist* immer noch meine Verlobte, oder?«

»Diese Verlobung kannst du dir abschminken! Ich liebe Enrico«, erwidert Stella, ohne mit der Wimper zu zucken.

Ihre schnelle Antwort sorgt dafür, dass die Anspannung von mir abfällt. Ich hatte all die Jahre mit der Vorstellung gelebt, dass Stella – genau wie ich – eine Marionette ihrer Familie ist. Dass sie ihre eigenen Ziele und Wünsche verfolgt, bringt sie mir näher als je vermutet. Sie war nicht darauf aus, diese Verlobung aufrechtzuerhalten, die unsere Eltern in unserer Kindheit vereinbart haben.

»Danke, mi amor«, kommt es von Enrico. Über den Tisch hinweg ergreift er Stellas Hand und drückt sie sanft. Clara grinst in sich hinein, während sie es schweigend beobachtet.

»Was sagen deine Eltern dazu? Weiß dein Dad überhaupt davon?«, will ich perplex wissen.

Stella reckt trotzig das Kinn vor. »Nein. Und es ist mir gleich, was er davon hält. Ihn interessiert nur sein Geld – und wie er mehr davon verdienen kann. Warum sonst hat er diesen Deal mit euch eingefädelt? Meine Gefühle interessieren ihn nicht.«

»Weißt du überhaupt, worum es geht?«, frage ich sie.

»Nein, aber ich will es auch nicht wissen«, meint Stella schnippisch, fixiert mich mit ihren blauen Augen, die Claras so ähnlich sind. Doch der Ausdruck darin ist härter, als ich es von Clara kenne. Sie wirkte stets sanfter als Stella, was mich immer stutzig gemacht hat. »Dads Geschäfte gehen mich nichts an. Ich habe lange genug alles getan, was er von mir verlangte. Du hast mich enttäuscht und ich bin froh, in die Schweiz gegangen zu sein. Wäre ich in Cambridge geblieben, wäre ich Enrico nie begegnet.«

»Also bist du doch meinetwegen fortgegangen ...«, sage ich leise, mehr zu mir selbst als zu Stella. Einen Moment herrscht Schweigen zwischen uns. Das Klackern von Claras Löffel in ihrem Glas ist das einzige Geräusch an unserem Tisch. Ich atme tief ein, dann sehe ich Stella fest ins Gesicht. Sie wirkt so verletzt wie damals, obwohl viele Jahre vergangen sind. Vermutlich hätte ich früher hartnäckiger sein sollen, um mich bei ihr zu entschuldigen, statt mich von Jamie blenden zu lassen ...

»Stella, das alles tut mir sehr leid. Ich kann mir nicht ansatzweise vorstellen, wie du dich damals gefühlt haben musst. Doch ich bin nicht der Mistkerl, für den du mich hältst«, entschuldige ich mich bei ihr. Stella schnaubt und verschränkt die Arme vor der Brust.

»Meinst du nicht, dass es reichlich spät für eine Entschuldigung ist?«

»Mensch, Stella, lass ihn ausreden. Es war alles ein Missverständnis«, schaltet sich Clara ein. Natürlich, sie muss beide Seiten kennen. Sicherlich hat Stella ihr die Geschichte mit dem Kuss erzählt.

Ich schenke Clara ein Lächeln, ehe ich wieder meine Verlobte ansehe. Sind wir überhaupt verlobt, wenn Stella einen anderen Mann geheiratet hat? Interessiert mustere ich den schmalen Goldring an ihrem Finger.

»Hör mal, Stella. Es war nicht meine Absicht, dich in eine Falle zu locken und dich auf der Party bloßzustellen. Ehrlich.

Ich wollte dich näher kennenlernen, du hast mir gefallen und wir hatten in diesem Sommer viel Spaß zusammen. Der Kuss geschah aus dem Affekt heraus ... Ich, nun –« Ich räuspere mich, auch wenn die Sache schon lange zurückliegt, ist es mir peinlich. »Ich hatte gedacht, ich wäre in dich verliebt. Das hätte alles so viel leichter gemacht, weißt du? Damals habe ich Dads Pläne nicht hinterfragt.«

»Tust du es jetzt?«, fällt mir Stella mit einem skeptischen Blick ins Wort.

Sofort nicke ich.

»Ich bin nicht damit einverstanden, was er von mir – von uns – verlangt. Doch ich glaube, dass Jamie ebenfalls seine Finger im Spiel hat. Er hat dich an dem Tag in der Speisekammer überfallen, um uns beide zu entzweien.«

Mir läuft es erneut eiskalt den Rücken herunter, wenn ich an die Situation zurückdenke. Wie weit wäre Jamie bei Clara gegangen, wenn ich nicht rechtzeitig eingeschritten wäre?

Ich erkenne, wie Stella ihre Finger um ihre Tasse krallt, als würde es ihr Halt geben. Auch Enrico bemerkt die Reaktion seiner Frau und legt ihr beruhigend die Hand auf den Arm, sodass sich ihre Finger wieder entspannen. Ich möchte nicht zu tief in der Wunde bohren, also rede ich schnell weiter.

»Auch dieses Mal war es Jamie, der versucht hat, die Verlobung zu vereiteln.«

Stella fährt zu Clara herum. »Was hat er getan?«

»Er hat mich auf dem Neujahrsball bedroht ...«, erklärt sie stockend »Jamie weiß von unserem Versteckspiel.«

Stella legt Clara die Hand auf die Schulter und schüttelt sie leicht.

»Hat Jamie etwas gesagt?«, fragt sie in eindringlichem Ton. »Er könnte uns beide mit diesem Wissen in die Enge treiben ... Wenn rauskommt, dass du nicht ich bist, spielt es Jamie noch mehr in die Hände.«

Clara zuckt mit den Schultern und auch ich kann ihr keine eindeutige Antwort auf ihre Frage geben.

»Ich weiß es nicht. Vermutlich nicht, sonst hätte mein Dad längst darüber gesprochen. Er ist davon überzeugt, dass er mit deiner Mitgift *Hunter Construction* vor dem Bankrott bewahren kann«, entgegne ich nachdenklich.

»Was sollen wir jetzt also tun?«, kommt es von Enrico, der fragend zwischen uns hin und her sieht.

»Keine Ahnung«, gebe ich wenig geistreich zurück, weil ich diese neuen Informationen erst einmal für mich verarbeiten muss. Ich muss unbedingt herausfinden, warum Jamie so erpicht darauf ist, dass meine Familie Stellas Mitgift nicht bekommt. Doch wie soll ich das tun, wenn Stella verheiratet ist und nicht mehr in Cambridge als meine Verlobte fungieren kann?

»Wir sollten so weitermachen wie bisher, würde ich vorschlagen«, erwidert Stella nach einer Weile des Schweigens. Überrascht blicke ich sie an. Was hat sie vor?

Kapitel 8

Clara

»Was?! Nein!« Entsetzt sehe ich Stella an. Ich halte diese Geheimniskrämerei in Cambridge keinen Tag mehr durch, ohne Angst zu haben, plötzlich entlarvt zu werden. Jamies Forderung war deutlich: Ich sollte mich von Alex trennen und verschwinden. Sicher wird er mir erneut auflauern, sollte ich wieder in Cambridge auftauchen.

»Nein«, wiederhole ich entschieden. »Ich will mich nicht länger für dich ausgeben. Es fühlt sich nicht richtig an.«

»Es wäre nur bis Ende des Semesters. Wie abgemacht«, kommt es zögernd von Stella.

Ich wirbele zu ihr herum.

»Unter diesen Umständen *kann* ich nicht nach Cambridge zurück«, entfährt es mir mit einem Anflug von Panik. Ich will mich nicht vor allen rechtfertigen müssen, wenn herauskommt, dass ich gelogen habe. Mir sind die Menschen dort sehr ans Herz gewachsen, auch habe ich mich in die Stadt verliebt. In Köln hält mich nichts – doch eine Rückkehr nach Cambridge kommt für mich ebenfalls nicht infrage.

»Bitte, Clara. Dad weiß noch nichts von mir und Enrico. Ich werde es ihm sagen, sobald er aus Dubai zurück ist. Vorher darf nichts über unseren Schwindel durchsickern.«

»Du denkst nur an dich, oder?«, gebe ich gekränkt zurück. Wieso soll ich für Stella schon wieder den Kopf hinhalten?

Ich will nicht in den Streit zwischen Alex und Jamie hineingezogen werden.

»Warum habt ihr überhaupt dieses Versteckspiel inszeniert?«, fragt Alex unvermittelt. »Etwa nur, um der Verlobung zu entgehen?«

»Genau«, erwidert Stella mit einem Nicken. »Ich hatte keine Lust mehr, das zu tun, was Dad von mir verlangt hat.«

»Doch statt ihn von deiner Meinung zu überzeugen, hast du Clara an deiner Stelle nach Cambridge geschickt? Das klingt für mich ziemlich egoistisch«, wirft Alex ein.

Beleidigt schiebt Stella die Unterlippe vor. »Mir ist keine bessere Lösung eingefallen. Als ich Clara kennengelernt habe, spürte ich gleich eine Verbindung zu ihr. Und du musst zugeben, dass wir uns sehr ähneln. Sie hat Geld gebraucht – und ich ihre Hilfe. Es war für uns beide eine Win-win-Situation.«

Seufzend schiebe ich mein leeres Glas zurück. Dieses Gespräch verläuft nicht so, wie ich es mir vorgestellt habe. Eigentlich wollte ich dafür sorgen, dass sich Stella und Alex vertragen. Stattdessen artet es in Streit aus.

Alexander scheint meinen Zwiespalt zu bemerken. Er streckt die Hand nach mir aus und berührt sacht meinen Handrücken.

»Clara, ich will dich zu nichts überreden, ehrlich. Aber Jamies Verhalten – und vor allem die Drohung dir gegenüber – wirft für mich Fragen auf. Oder bin ich die Einzige, die es seltsam findet?«, fragt Stella in die Runde. Ich zucke mit den Schultern und sehe ratlos zu Alex, der seine Stirn nachdenklich in Falten legt.

Stella faltet die Hände über der Tischplatte und lehnt sich weiter vor, um mich eindringlich anzusehen.

»Seitdem ich weiß, was vor fünf Jahren passiert ist …« Sie räuspert sich, dann verfinstert sich ihr Gesichtsausdruck. »Jamie muss damals einen Plan verfolgt haben. Dass er sich aus Zuneigung an mich herangemacht hat, bezweifle ich stark. Lange habe ich mich gefragt, warum Alex und er mich in diese Situation gebracht haben.« Sie schüttelt den Kopf, als Alexander protestieren will. »Lasst uns genauer über die Sache nachdenken: Jamie hatte versucht, Alex und mich auf der Sommerparty bei seinen Eltern zu entzweien – was ihm durch meine Flucht in die Schweiz erfolgreich gelungen ist. Zu diesem Zeitpunkt hat meine Familie die Verlobung nicht thematisiert, weil ich zuerst meinen Schulabschluss machen sollte.« Stella macht eine bedeutungsschwere Pause und ihre Miene wird ernst.

»Doch kaum sickert durch, dass es um *Hunter Construction* schlecht steht, drängt mich mein Dad zurück nach Cambridge, damit ich Alex wieder näherkomme. An der Sache ist etwas faul.«

Enrico nickt langsam. »Du meinst, dieser Jamie will der Baufirma seiner Familie schaden? Aber warum? Er schneidet sich damit ins eigene Fleisch. Hattest du nicht erwähnt, er würde ebenfalls dort arbeiten?«

Dieses Mal ist es Alexander, der bestätigend nickt. »Jamie will um jeden Preis CEO werden. Und ehrlich, ich würde diesen Posten an ihn abtreten, doch es geht um meinen Dad ... Es geht um unsere Existenz. Er hält eisern an der Firma fest, in die er sein Herzblut gesteckt hat, seitdem Mum tot ist.« Für einen Moment verstummt er und ich erkenne einen Anflug von Traurigkeit in seinem Gesicht, die er jedoch schnell verdrängt.

»Es geht um das Geld, oder?«, mische ich mich ins Gespräch ein. »Alexanders Vater will die Mitgift, um die Firma zu retten, und dein Dad –« Ich sehe Stella an. »Dein Dad rückt das Geld nur raus, wenn du Alex heiratest. Das kannst du jedoch nicht mehr tun.«

Stella nickt und tastet nach Enricos Hand, die locker auf der Tischplatte liegt. »Damit habe ich zwar *mein Leben* im Griff, doch das Problem Jamie bleibt bestehen. Die Insolvenz der Hunters betrifft mich nicht persönlich, immerhin wollte ich alle Verbindungen zu ihnen kappen, indem ich mir eine

Zukunft mit Enrico in Barcelona aufgebaut habe ... Doch dass ihr beide euch ineinander verliebt – damit habe ich nicht gerechnet.« Sie lächelt mich entschuldigend an. »Nun kann ich mich nicht mehr aus der Affäre ziehen und behaupten, mich würde die Sache nichts angehen.«

»Vielleicht ...«, kommt es nachdenklich von Alex, »vielleicht ist es ein Vorteil, dass Benjamin noch nichts von dem Versteckspiel weiß?«

Stella nickt langsam und drückt Enricos Hand fester. »Nach der Hochzeit hat es keine passende Gelegenheit gegeben, um mit ihm zu sprechen. Ich habe ihm eine Nachricht geschickt, dass wir reden müssen – doch er hat mich wegen der Sache in Dubai abgewimmelt. Keine Ahnung, wie lange er dort sein wird. Aber ich vermute, dass es mit der Firma zu tun hat, oder?«

Enricos Miene wird ernst. »Ich will deinen Vater um jeden Preis bald kennenlernen. Doch wenn Claras Sicherheit dadurch nicht gewährleistet ist, sollten wir warten, bis wir die Bombe platzen lassen.«

Unruhig rutsche ich auf meinem Stuhl hin und her. Die Worte der anderen klingen logisch in meinem Kopf – dennoch habe ich Angst, wie es weitergehen könnte.

»Was werden wir jetzt tun?«, frage ich schließlich und beziehe auch mich direkt ein. Ich habe begriffen, dass ich ebenfalls Teil dieses Deals bin, ob ich will oder nicht. Alexander sieht zu mir rüber. Einerseits erkenne ich Sorge in seinem Blick, andererseits auch einen Funken Zuversicht.

»Ich muss herausfinden, was Jamie plant und was dieser Deal mit der Verlobung zu tun hat. Dafür darf jedoch niemand wissen, dass es –« Er räuspert sich und sieht zwischen mir und Stella hin und her. »Dass es euch beide doppelt gibt. Vielleicht wäre es klüger, wenn wir weiterhin so tun, als wären wir verlobt.«

»Aber wie willst du Jamie zum Schweigen bringen, wenn er längst die Wahrheit weiß?«, frage ich kleinlaut. Dieser

Gedanke bereitet mir Bauchschmerzen. »Ich kann nicht weiterhin deine Verlobte spielen, ohne Gefahr zu laufen, von ihm öffentlich enttarnt zu werden.«

Alex seufzt tief, und auch Stella blickt ratlos zu mir.

»Ich würde dich niemals in Gefahr bringen, das musst du mir glauben, Clara. Aber ohne deine Hilfe wird es nicht funktionieren. Wenn du wieder als Stella an meiner Seite erscheinst, könnten wir Jamie vielleicht verwirren – zumindest für den Moment. Glaubst du, er würde immer noch von seiner Entdeckung überzeugt sein, sobald du erhobenen Hauptes auf ihn zugehst?«, überlegt Alex laut.

Stella zieht grübelnd die Augenbrauen zusammen und Enrico verspannt sich. Dieser Gedanke ist viel zu riskant, als dass ich ihn an mich heranlassen könnte.

»Ich muss wissen, wie all diese Dinge zusammenhängen und ob der Bankrott von *Hunter Construction* ebenfalls eine Rolle spielt. Doch um alles herauszufinden, muss ich mich in der Firma umsehen. Ich brauche Zugang zu den Konten meines Dads, muss an Jamie herankommen.«

Abermals seufzt er, dann ergreift er meine Hand. Seine Finger sind eiskalt. Ich kann ihm den Zwiespalt ansehen, in dem er sich befindet. Vermutlich ist er in der Hoffnung hierhergeflogen, dem Familienunternehmen und dem Druck seines Dads für eine kurze Zeit zu entfliehen, doch nun holt ihn alles wieder ein. Im Grunde verstehe ich die Dringlichkeit dieses Vorhabens. Trotzdem spüre ich eine innere Unruhe, sobald ich an Jamie denke.

»Ich ... ich kann nicht ...«, murmele ich ängstlich. »Ich kann nicht so tun, als wäre nichts geschehen, Alex. Die Erinnerung an seine Drohung hat sich in mein Gedächtnis gebrannt.«

»Was, wenn ich zurückfliege?«, kommt es von Stella. »Wäre ich nicht so feige gewesen, meinem Dad meinen Standpunkt sofort deutlich zu machen, säße Clara nicht zwischen den Stühlen. Es ist meine Schuld, dass sie von Jamie angegriffen wurde.«

»Du bist nicht schuld daran, mi amor«, beschwichtigt Enrico seine Frau. »Vergiss nicht, dass Clara ohne deinen Vorschlag – auch wenn er riskant gewesen ist – immer noch mittellos gewesen wäre. Du hast ihr eine Chance gegeben und Clara hat sie ergriffen.«

»Du kannst nicht zurück. Vermutlich würde sofort auffallen, dass du nicht Clara bist. Ihr seht euch zwar auf den ersten Blick sehr ähnlich, dennoch würden Claras Freunde den Unterschied bemerken«, wendet Alex ein.

Schweigen breitet sich aus. Die Entscheidung liegt bei mir.

Die Argumente sind logisch und ich verstehe auch, wie gern Alexander die Situation mit Jamie auflösen und auch seinem Dad helfen will. Auch Stella steckt in der Zwickmühle, denn statt ihrem Vater die Wahrheit über ihre spontane Hochzeit zu eröffnen, muss sie erneut schweigen und ihre Liebe zu Enrico verstecken, um Alexanders Plan nicht zu gefährden. Denn dass es gefährlich wird, sollte unser Rollentausch zum jetzigen Zeitpunkt auffliegen, liegt auf der Hand.

Ein kalter Schauder läuft über meinen Rücken und ich wische mir die schweißnassen Handflächen an der Hose ab. Meine Freunde machen mir keinen Druck, trotzdem spüre ich eine eiserne Faust, die sich um mein Herz schließt. Mein Kopf hat längst eine Entscheidung getroffen – doch mein Herz zögert. Wenn ich zustimme, muss ich mich erneut vor Jamie in Acht nehmen. Sollte ich ablehnen, könnte Alexander die Fassade schwer aufrechterhalten, mit Stella verlobt zu sein.

Seufzend sehe ich erst Stella, dann Alex an. »Ich … ich kann mich nicht sofort entscheiden. Jamies Drohung macht mir Angst, daher brauche ich Zeit, um über alles nachzudenken.«

***

Stella und Enrico sind längst weg, doch wir sitzen immer noch an unserem Tisch. Matt hat eine weitere Runde Getränke gebracht und wir haben noch einen kleinen Snack gegessen, obwohl ich noch ziemlich satt von dem ausgiebigen Frühstück gewesen bin.

»Worauf hast du Lust?«, frage ich unvermittelt, nachdem Alex den letzten Bissen seines Sandwichs verdrückt hat. »Ich könnte dir die Stadt zeigen.«

In meinem Kopf hallt immer noch unser Gespräch wider, aber ich versuche, für den Augenblick nicht daran zu denken. Ich muss eine Entscheidung treffen – doch nicht heute, nicht jetzt. Nun will ich die wenige Zeit mit Alex genießen, die mir bleibt.

»Das klingt gut. Ich würde gern zum Dom. Danach könnten wir den Abend in meiner Suite ausklingen lassen.«

Insgeheim bin ich erleichtert, dass er mir keinen Druck macht, und mich erneut auf die Situation anspricht.

»Nimm dir die Zeit, die du brauchst«, hat er mir bestätigt. »Ich werde einen Weg finden, um dir beizustehen, solltest du mit mir kommen. Und wenn nicht, dann bleiben wir in Kontakt. Noch einmal werde ich dich nicht gehenlassen, Clara.« Seine Worte haben mir neuen Mut gegeben, genau wie Stellas Zustimmung und ihr herzliches Lächeln.

»War mein Bett dir etwa nicht bequem genug?«, necke ich ihn lachend. Alex wackelt vielsagend mit den Augenbrauen.

»Ich bevorzuge ein wenig mehr Platz, sodass ich nicht von der Bettkante falle«, kontert er mit einem verschmitzten Lächeln.

Seitdem es keine Geheimnisse mehr zwischen uns gibt, fühle ich mich in seiner Nähe noch wohler. Das angenehme Kribbeln in meiner Magengegend verstärkt sich jedes Mal, wenn er mich anlächelt und mich berührt. Tatsächlich hatte ich eine viel schlimmere Reaktion auf meine Lüge von ihm erwartet, weshalb ich in steter Angst gelebt habe und meine Gefühle nicht frei äußern konnte.

Ich winke Matt an unseren Tisch, um das Essen zu bezahlen. Alexander hält meine Hand zurück, als ich das Portemonnaie aus dem Rucksack heraushole.

»Lass mich das übernehmen«, meint er direkt und hält Matt seine Kreditkarte hin.

»Gott, zwanzig Euro kann ich beisteuern«, entgegne ich seufzend.

»Schon gut, lass mich dich ausführen.«

»Da hast du dir aber einen Kavalier geangelt, Clara«, stellt Matt kichernd fest und steckt die Kreditkarte in das Lesegerät. Es piept zweimal, dann holt der Kellner die Karte wieder heraus. »Sorry, aber die ist gesperrt.«

Alexander sieht Matt ratlos an, als dieser ihm die Kreditkarte entgegenhält. Ich übersetze für Alex.

»Gesperrt? Das kann nicht sein. Gestern hat die Karte noch funktioniert.« Mit gerunzelter Stirn reicht er Matt erneut die Karte, doch auch beim zweiten Mal kann der Bezahlvorgang nicht abgeschlossen werden. Ich reiche Matt einen Zwanzigeuroschein und erhebe mich von meinem Stuhl. Missmutig steckt Alex die Kreditkarte wieder ein.

»Was soll der Mist?«, brummt er, als wir das Café verlassen. »Ich hatte noch nie Probleme mit meiner Kreditkarte. Nicht einmal während meiner Urlaube in New York und Neuseeland ...«

»Vielleicht hast du das Kreditlimit überzogen?«, mutmaße ich. »Es ist kein Drama, dass ich unser Essen bezahlt habe. Keine Ahnung, wie die Frauen drauf waren, mit denen du sonst zusammen gewesen bist, doch ich bevorzuge es, für mich selbst zu sorgen. Das beinhaltet auch, selbst zu bezahlen.«

Schon sehr früh musste ich lernen, mein Geld nicht achtlos auf den Kopf zu hauen. Durch meine Zeit in Cambridge habe ich jedoch eine beachtliche Summe von dem Geld ansparen können, das mir Stella monatlich überwiesen hatte.

Zwar bin ich immer noch weit davon entfernt, sorgenlos zu sein, dennoch will ich es nicht achtlos ausgeben, weshalb ich stets sparsam damit umgehe.

»Mach dir deswegen keine Gedanken. Beim nächsten Mal zahlst du, okay?«, schlage ich vor.

Er lächelt mich matt an, dann nimmt er meine Hand. Ich spüre ein Kribbeln, sein Griff ist fest und Wärme breitet sich in mir aus. Der eisige Wind kann mir nichts mehr anhaben.

»Lass uns spazieren gehen«, schlage ich vor. Statt zum Domplatz einzuschlagen, machen wir uns auf den Weg zum Rhein. Der Himmel über uns ist mittlerweile von einem tiefen Blau, der Nachmittag schreitet voran und die ersten Lichter der Stadt beginnen zu flimmern. Nicht mehr lange, dann wird die Sonne untergehen. Die Altstadt glüht in goldenen Farben und die Menschen, die an uns vorbeigehen, werden für einen Moment zu verschwommenen Schatten. Ich versuche, alles aus Alexanders Blick wahrzunehmen. Versuche, mir vorzustellen, wie er die Stadt und seine Umgebung wahrnimmt. Ob es ihm hier mit mir gefällt?

Am Ufer des Rheins angekommen, legt sich eine unerklärliche Ruhe über mich. Der eisige Wind spielt sanft mit meinen Haaren und das Wasser plätschert gegen das Ufer. Wir stehen nebeneinander und schauen schweigend in die Ferne. Die Lichter an der Hohenzollernbrücke leuchten bereits und konkurrieren mit der tief stehenden Sonne, deren Strahlen vom Wasser reflektiert werden. Boote schaukeln am Ufer. Ich erinnere mich an den Abend mit Stella, als wir mit dem Schiff in den Sonnenuntergang gefahren sind.

»Es ist wunderschön«, sage ich leise, ohne zu wissen, ob ich den Anblick oder Alexanders Nähe meine. Beides ist gleichermaßen faszinierend.

»Es ist noch schöner mit dir«, antwortet er, und die Intensität in seiner Stimme lässt mich den Atem anhalten. Ich drehe mich zu ihm. In seinen Augen spiegelt sich etwas, das ich nicht benennen kann – ein Versprechen vielleicht, oder das Wissen, dass es keinen Ort auf der Welt gäbe, an dem er lieber wäre. Seine Hand umklammert meine Finger, als wollte er mich nie wieder loslassen.

Für einen Moment werden wir still, nur der Klang des Rheins begleitet uns. Dann breitet sich ein Lächeln auf seinen Lippen aus.

»Es fühlt sich an, als würde die Zeit stillstehen«, murmelt er und nähert sich mir. Alex legt seine Stirn gegen meine, ohne meine Hand loszulassen. Ich atmete tief ein.

Ich spüre, wie mein Herz einen Takt schneller schlägt, als er mich mit einer Mischung aus Sanftmut und Entschlossenheit ansieht. Es ist ein schöner Gedanke, für immer hierzubleiben und den Moment einzufrieren. Doch wir beide wissen, dass die Realität uns schneller einholen wird, als uns lieb ist. Alex wird fortgehen und ich werde ihn vermissen, sollte ich hier in Köln bleiben. Meine Angst vor Jamie steht zwischen mir und der Entscheidung, erneut meinen Koffer zu packen.

»Lass uns diesen Moment genießen«, flüsterte Alex rau, als hätte er meine Gedanken gelesen. Seine Lippen finden die meinen in einem sanften Kuss.

***

Später, als die Sonne längst am Horizont untergegangen war, machten wir uns zurück auf den Weg zum Domplatz. Lachend spendierte ich Alexander einen Döner, den er zuerst skeptisch betrachtete.

»Der feine Herr ist nur exklusive Speisen gewöhnt«, neckte ich ihn, während ich mein Abendessen genüsslich verspeiste. Alexander lachte über meinen Scherz und aß auf. Keine Ahnung, ob es sein erster Döner war, doch es schien ihm zu schmecken.

Der Domplatz ist immer noch gut besucht. Trotz der eisigen Kälte ist es eine dieser Nächte, in denen der Himmel besonders klar ist. Sterne und vereinzelnde Weihnachtsdekoration erhellen die Stadt. Ehrfürchtig betrachtet Alexander den Kölner Dom, der sich majestätisch gegen den Nachthimmel erhebt.

»Bist du sicher, dass du hochwillst?«, frage ich ihn erneut, als er sich bereits in die Schlange an der Kasse einreiht.

»Auf jeden Fall. Ich will die Stadt unbedingt von oben sehen«, erklärt er mit einem euphorischen Glanz in den Augen, der mich ebenfalls ansteckt. Für mich ist das Wahrzeichen der Stadt nichts Besonderes, ich bin hier aufgewachsen. Vermutlich geht es Alex genauso mit den historischen Bauwerken in Cambridge.

Weil Alexanders Kreditkarte nicht funktioniert, übernehme ich den Eintritt für uns beide.

Dann ergreife ich Alexanders Hand, um ihn durch die Tür zum schmalen Aufgang zu führen. Als Kind war ich mit meinen Eltern oben, daraufhin folgten einige Klassenausflüge in der Grund- und Sekundarstufe.

»Bis zur Aussichtsplattform sind es 533 Stufen«, erkläre ich, während wir die schmalen Stufen durch den engen Gang hinaufsteigen. Schwaches Licht erhellt das Innere des Turms. Ich dränge mich immer wieder gegen die Wand, wenn andere Besucher an uns vorbei die Treppe hinabsteigen. Staunend sieht Alexander auf halbem Wege aus einem der großen Fenster.

»Bei Tag ist es natürlich beeindruckender.«

»Ach was, ich finde es großartig«, entgegnet er begeistert. Wie ein kleiner Junge klebt er mit der Nase am bunten Glas und späht hinaus. Lächelnd betrachte ich ihn, dann lege ich eine Hand auf seinen Oberarm.

»Wollen wir weiter? Es ist noch ein Stück bis nach oben.«

Der Turm wird schmaler, je höher wir kommen, sodass wir nicht mehr nebeneinander gehen können. Ich laufe voraus, während Alex dicht hinter mir bleibt. Als uns eine Gruppe Besucher entgegenkommt, muss ich aufpassen, nicht abzurutschen.

Alexander umfasst meine Taille und drückt mich eng an seine Brust, während sich zwei ältere Damen an uns vorbeidrängen. Ich spüre seinen warmen Atem in meinem Nacken und erschaudere. Wie habe ich nur geglaubt, ohne Alexander weitermachen zu können?

Endlich erklimmen wir die letzten Stufen bis zur Plattform, um die Aussicht von der Spitze zu genießen. Unsere Finger ineinandergeschlungen, führe ich ihn zum Rand, der die Aussicht auf die Stadt freigibt. Die Plattform ist menschenleer, wir sind die letzten Besucher. Der Wind pfeift und bläst mir immer wieder die Haare ins Gesicht. Alexanders Hand ruht immer noch schützend an meiner Taille, während wir staunend hinunterblicken.

Schweigend stehen wir an der Balustrade, die gesamte Stadt unter uns ausgebreitet. Das sanfte Glühen der Lichter, die den Rhein säumen, lassen mein Herz höherschlagen.

»Es fühlt sich an, als wären wir die einzigen Menschen auf der Welt.« Seine Stimme ist ein leiser Hauch, aber ich spüre das Lächeln in ihr. Für Alexander ist dieser Augenblick genauso magisch wie für mich. In diesem Moment fühle ich mich mit ihm verbunden.

Ich lasse meinen Blick über die Stadt schweifen. Die Menschen unten scheinen winzig, ihre Geräusche kaum wahrnehmbar, als würde diese große und laute Stadt einen Herzschlag lang innehalten. Alexander dreht sich zu mir um und sieht mir in die Augen. In seinem Blick liegt etwas Tiefes. Etwas, das mehr ist als ein einfaches Date oder ein flüchtiger Moment.

Er tritt näher an mich heran. Die kalte Luft umhüllt uns, doch die Wärme zwischen uns ist stärker, lässt mein Inneres wohlig kribbeln.

»Die Welt unter uns scheint so weit weg. Als gäbe es keine Sorgen mehr. Nur dich und mich«, spricht er meinen Gedanken aus. Ich nicke und mein Herz pocht schneller.

Ich kann mich kaum von seinem Anblick losreißen. Es

fühlt sich an, als würden wir uns ein letztes Mal sehen. Mich beschleicht ein ungutes Gefühl der Angst, dass Alex aus meinem Leben verschwinden könnte, sollte ich ihn nicht festhalten. Sogleich schlinge ich meine Arme um seinen Hals, was ihn im ersten Moment überrascht die Augenbrauen hochziehen lässt.

Er umarmt mich, drückt mich fest an sich. Es fühlt sich wie ein stilles Versprechen an.

Und so stehen wir da, auf dem höchsten Punkt von Köln. Der Wind spielt mit unseren Haaren, die Sterne funkeln, als ob sie auf uns hinunter lächeln.

***

Es ist viel später als geplant, als wir zurück in Alexanders Hotelzimmer ankommen. Ich bin komplett durchgefroren und auch Alex zittert leicht. Kichernd schälen wir uns aus unseren Jacken, die Hände am Körper des anderen. Alexander reibt immer wieder über meine kalten Oberarme, die trotz des Mantels und meines Pullovers nicht warm werden wollen.

Ich schmiege mich an seine Brust, schiebe meine eisigen Hände unter sein Oberteil. Alex zuckt zusammen.

»Gott, du bist eiskalt«, raunt er mir zu, seine Lippen streifen mein Ohr und lassen mich erschaudern.

»Dann wärme mich«, flüstere ich mit einem kleinen Lächeln.

Alex nimmt meine Worte als Einladung, mich zu küssen. Eng umschlungen stehen wir inmitten seines dämmrigen Zimmers, seine Zunge streicht sacht über meine Mundwinkel, bittet um Einlass, den ich, ohne zu zögern, gewähre.

Wärme breitet sich in meinem Innern aus und vertreibt die Eiseskälte. Immer wieder fährt Alex mit seinen Händen durch mein Haar, jagt mit jeder Berührung Impulse durch meinen Körper. Mein Herz klopft schnell, mein Puls rast und ich kann es kaum erwarten, ihm näher zu kommen. Jede Sekunde, die wir miteinander teilen, jeder Blick und jeder Kuss – das alles ist kostbar.

Ein lautes Klingeln lässt uns erschrocken auseinanderfahren.

»Was zum ...?!«, zischt Alexander und sieht sich irritiert um, bis er begreift, dass das Geräusch von seinem Handy kommt. Mit genervtem Gesichtsausdruck zieht er das Smartphone aus seiner Gesäßtasche und sieht auf das Display, ehe er den Anruf wegdrückt und sein Handy achtlos aufs Polster der Sitzgruppe wirft. Mit einem Grinsen schlingt er seine Arme erneut um meine Taille.

Doch ehe wir uns abermals küssen können, klingelt sein Handy erneut. Alex lässt mich los und stapft zur Sitzgruppe, um das Smartphone aufzuheben. Mit einer fahrigen Geste streicht er sich die Haare aus der Stirn und nimmt das Gespräch entgegen. Angespannt halte ich den Atem an und betrachte ihn, versuche, jede Regung in mir aufzunehmen und zu deuten.

»Ja, was ist denn?«, fragt er genervt ins Handy. Plötzlich verändert sich seine Miene. Von einem Moment auf den anderen wird er blass und seine Augen weiten sich. Sorgenfalten zeichnen sich auf seiner Stirn ab.

Wie in Zeitlupe lässt er die Hand sinken, das Smartphone immer noch fest umklammert. Gedämpftes Schluchzen dringt aus dem Hörer zu mir durch.

»Was ist los?«, will ich mit bangem Herzen wissen. Alexander sieht aus, als würde seine Welt gerade zusammenbrechen. Sogleich mache ich einen Schritt auf ihn zu und umfasse seine freie Hand.

»Das war Lucy«, entgegnet er tonlos. Sein Gesicht ist bleich. »Dad ist zusammengebrochen. Ich muss *sofort* zurück nach Cambridge!«

Kapitel 9

Alexander

Es ist mitten in der Nacht, als ich durch die langen Korridore des Addenbrooke's Hospital laufe. Die vergangenen Stunden war mein Kopf wie leer gefegt. Ich konnte keinen anderen Gedanken fassen, als dass ich unbedingt zu meiner Familie muss. Ich habe mich nicht einmal richtig von Clara verabschiedet, weil mich Lucys Anruf so aus der Spur gebracht hat. Selbst auf Claras Fragen konnte ich kaum eine passende Antwort finden.

Binnen Minuten nach dem Telefonat mit meiner Schwester packte ich meinen Koffer und buchte mir einen Rückflug nach Cambridge. Da meine Kreditkarte für eine Onlinetransaktion bisher nicht gesperrt wurde, hatte ich Glück und konnte noch am selben Abend nach Hause fliegen. Clara ließ ich am Kölner Hauptbahnhof zurück, als mich das Taxi zum Flughafen brachte. Ein flüchtiger Abschiedskuss und die schimmernden Tränen in ihren Augen verfolgten mich bis nach Cambridge.

»Fuck, hier bin ich eben vorbeigekommen«, fluche ich, als ich durch eine Schiebetür trete, deren Aufschrift mir bekannt vorkommt. Die Cambridge Heart Clinic ist viel zu unübersichtlich für jemanden, der kopflos durch die Gänge irrt.

Die Nachtschwester im Eingangsbereich hatte mir den Weg seelenruhig beschrieben, während ich sie beinahe panisch angebrüllt habe, was mit meinem Dad passiert ist. Immer wieder denke ich an unseren Streit vor meinem Aufbruch nach Köln. Was, wenn es für immer zu spät sein wird, mich bei ihm zu entschuldigen?

Verzweifelt mache ich kehrt und renne zurück in den Hauptkorridor. Dort sehe ich mich gehetzt nach allen Seiten um, überfliege zum wiederholten Male die großen Infotafeln an den Wänden. Dann atme ich tief ein, ehe ich durch den Flur an Klinik 10 und Klinik 2 vorbeigehe, um rechts in den Korridor neben Klinik 1 abzubiegen. Ich komme an der Röntgenabteilung vorbei, die völlig verlassen daliegt. Die kardiologische Diagnostik befindet sich auf halber Strecke des Korridors auf der linken Seite, hatte mir die Nachtschwester gesagt. Also sehe ich mich wieder um, suche mit den Augen die kahlen Flure ab, bis ich eine Gestalt in einem Wartebereich entdecke: meine kleine Schwester.

»Was zur Hölle ist passiert?«, rufe ich Lucy zu, die erschrocken auf dem Stuhl zusammenzuckt. Als sie mich sieht, springt sie auf und fällt mir schluchzend um den Hals. Instinktiv drücke ich sie fest an mich, versuche, ihr Halt zu geben, und ziehe selbst Trost aus ihrer Umarmung.

»Ich habe ihn bewusstlos in seinem Büro gefunden, als ich am Nachmittag von meinem Treffen mit Cassy zurückgekommen bin. Dann habe ich den Notarzt gerufen. Der Sanitäter meinte zu mir, er hätte noch mal Glück gehabt«, erklärt sie stockend, zieht dabei immer wieder die Nase hoch.

Lucy löst sich von mir und kramt in ihrer Handtasche nach einem Taschentuch, um sich die Tränen zu trocknen. Trotz allem ist das Make-up kaum verschmiert, Lucy sieht tadellos aus. Lediglich die roten Flecken in ihrem blassen Gesicht und die Sorgenfalte auf der Stirn deuten auf ihren aufgelösten Zustand hin.

Ihre Worte schüren die Panik in mir. »Was ist mit Dad? Wieso bist du nicht bei ihm?«

»Die Ärzte haben versucht, die verstopften Herzkranzgefäße durch einen Eingriff freizubekommen, aber das hat nicht funktioniert. Für morgen früh wird eine Bypassoperation vorbereitet«, erklärt sie unter Tränen. »Seitdem wird Dad auf der Intensivstation überwacht. Er war bisher kaum bei Bewusstsein wegen der starken Schmerzmittel und ich durfte nicht zu ihm ...«

Erneut lege ich meine Arme um sie. Lucy wird von heftigen Schluchzern geschüttelt.

Die Cambridge Heart Clinic wurde dafür konzipiert, Privatpatienten kardiologische Leistungen in einer sicheren, qualitativ hochwertigen Umgebung anzubieten. Die Fachärzte und Chirurgen wurden in führenden Herzkliniken in Großbritannien und der ganzen Welt ausgebildet. Dennoch beschleicht mich eine leise Angst, dass etwas nicht stimmt. Dad war seit Mums Tod kaum krank, hat nie Schwäche gezeigt und war fast rund um die Uhr auf der Arbeit. Die Baubranche boomte zu der Zeit, die Luxushotels waren gefragt und wir konnten uns vor Aufträgen kaum retten. Hat er währenddessen seine Gesundheit zu sehr vernachlässigt?

Mein Handy piept und zeigt eine neue Nachricht an. Ich drücke Lucy auf den weißen Plastikstuhl, dann setze ich mich neben sie und hole mein Smartphone aus der Jackentasche. Mein Display zeigt mir eine neue Mitteilung von Clara an.

Clara: Ist alles okay? Bist du sicher gelandet? Wie gehts deinem Vater?

Die Buchstaben tanzen vor meinem flimmernden Blick. Ich reibe mir die schmerzenden Schläfen mit Daumen und Zeigefinger. Es ist früh am Morgen, warum schläft Clara nicht? Die Anspannung der vergangenen Stunden fällt von mir ab, sodass ich die bleierne Müdigkeit spüre, die sich wie eine schwere Decke auf meine Schultern legt. Lucy schluchzt leise neben mir, den Kopf gegen meine Schulter gelehnt. Wie lange harrt sie hier schon aus?

Alexander: Ich habe noch keine Informationen über seinen Zustand. Er muss operiert werden. Mach dir bitte keine Sorgen und geh schlafen.

Clara: Wie könnte ich schlafen, wenn ich weiß, dass es dir schlecht geht?

Ein Lächeln erscheint auf meinem Gesicht.

»Was ist los?«, fragt Lucy sofort, die mein Grinsen bemerkt hat.

»Nichts«, sage ich knapp und stecke das Handy weg, um Clara später zurückzuschreiben. Meiner Schwester kann ich nichts über meine Zeit in Köln erzählen, ohne Claras Geheimnis aufzudecken. Bevor ich nicht sicher bin, wie es mit unserem Dad weitergeht, kann ich Clara nicht nach ihrer Entscheidung fragen. Ich werde ihr Zeit geben und so lange über das Versteckspiel der beiden Frauen schweigen.

Mühsam erhebe ich mich von dem Stuhl und strecke meine steifen Glieder, ehe ich mich zu Lucy umdrehe.

»Komm, lass uns nach Hause fahren«, schlage ich matt vor. Mir steckt der Flug in den Knochen und meine Augen fallen vor Müdigkeit zu. Jetzt, wo ich weiß, dass Dad versorgt ist, sollte ich mich ausruhen.

»Wie kannst du daran denken, Dad hier allein zu lassen?«, kommt es von meiner Schwester. Völlig entsetzt sieht sie zu mir hoch.

»Wir können nichts für ihn tun, wie du bereits gesagt hast. Die Ärzte lassen uns heute nicht mehr zu ihm. Wenn er morgen operiert wird, kommen wir wieder her. Es hat keinen Sinn, sich die Nacht um die Ohren zu schlagen«, erkläre ich ruhig. Auch wenn ich völlig aufgewühlt bin, versuche ich, Ruhe zu bewahren.

Seufzend lässt Lucy sich von mir auf die Füße ziehen.

»Also schön«, murmelt sie und unterdrückt ein Gähnen. »Aber morgen früh kommst du mit.«

»Selbstverständlich«, bestätige ich. »Ich lasse dich nicht allein. Nach Mums Tod habe ich versprochen, immer für dich da zu sein. Habe ich dich bisher jemals enttäuscht?«

Lucy sieht mich einen Moment lang schweigend an. Und endlich zeigt sich ein schwaches Lächeln auf ihren Lippen.

»Danke, Bruderherz.«

***

Am Morgen ist Lucy als Erste wach. Zaghaft klopft sie an meine Schlafzimmertür.

»Ja?«, brumme ich und luge unter der Bettdecke hervor. Meine Schwester tritt herein, öffnet die Vorhänge und das Fenster, um kalte Winterluft hineinzulassen. Instinktiv ziehe ich mir die Decke bis zur Nasenspitze.

Lucy setzt sich auf die Bettkante. Trotz der Blässe ihrer Wangen sitzen das Make-up und die Frisur perfekt. Ihre undurchdringliche Miene verschleiert ihre Sorge um Dad, wäre da nicht die verkrampfte Körperhaltung. Die Schultern hochgezogen, die Hände im Schoß gefaltet. Genau wie ich zeigt Lucy selten ihre wahren Gefühle.

Seit Mums Tod ist etwas in ihr zerbrochen, das bisher niemand reparieren konnte. Auch ich habe lange geglaubt, nichts mehr fühlen zu können, bis ich Clara begegnet bin. Sie hat mein Herz geheilt und Liebe in mir geweckt.

Seufzend richte ich mich im Bett auf. »Alles okay?«, frage ich meine Schwester.

»Ich bin müde«, murmelt sie und unterdrückt ein Gähnen. Ich nicke zustimmend, mir geht's genauso. Wir sind viel zu spät ins Bett gekommen. Mein Koffer steht verschlossen in der Ecke des Raumes. Müde reibe ich mir den Schlaf aus den Augen.

»Willst du frühstücken, ehe wir zu Dad fahren?«, fragt Lucy. Ich schüttele den Kopf.

»Kaffee reicht mir.«

Meine Schwester erhebt sich und streicht den Saum ihres Pullovers glatt. Dann verlässt sie mein Zimmer. Erneut gähne ich, strecke mich und schlage die Bettdecke zurück. Mir stecken der Flug und die Sorge um meinen Vater in den Knochen, weshalb ich unter die Dusche springe. Danach fühle ich mich halbwegs wach.

In der Küche löffelt meine Schwester wie immer ihr Müsli. Schweigend schalte ich den Kaffeeautomaten ein, stelle einen Becher darunter und warte, bis die dunkle Flüssigkeit durchgelaufen ist.

»Wie kannst du so ruhig bleiben?«, fragt Lucy in die Stille hinein. Der Löffel fällt in ihre leere Müslischale. Sie springt von dem Barhocker und fixiert mich mit zornigem Blick. »Wenn du nicht nach Köln geflogen wärst, wäre Dad nicht im Krankenhaus!«, braust sie auf. Ich runzle die Stirn.

»Ein Herzinfarkt ist die Reaktion des Körpers auf eine unausgewogene Ernährung, zu wenig Bewegung oder zu viel Stress«, entgegne ich scharf.

»Schon möglich. Aber wärst du hier – und hättest dich um Stella bemüht – dann hätte Dad nicht so viele Sorgen ... Sie hat dich abserviert und uns damit in den Ruin getrieben.«

»Bullshit, Lucy! Stella hat nichts damit zu tun. Glaubst du wirklich, dass ihre Mitgift uns geholfen hätte? Dieser Gedanke ist völliger Quatsch. Stellas Dad könnte die Firma nicht vor der Insolvenz retten.«

»Woher willst du das wissen? Du hast keine Ahnung, wie die Geschäfte laufen.«

»Dad hat zu hart gearbeitet, seitdem Mum tot ist. *Das* hat ihn ins Krankenhaus gebracht, nicht meine Verlobung mit Stella. Ich werde mich darum kümmern, dass alles in Ordnung kommt. Zuerst muss ich jedoch herausfinden, was überhaupt passiert ist«, erkläre ich meiner Schwester und lege meine Hand auf ihren Oberarm. »Ich verspreche dir, Dad kommt bald nach Hause und dann wird sich alles klären.«

»Das kannst du mir nicht versprechen«, entgegnet Lucy und tupft sich mit einem Taschentuch die Tränen aus den Augenwinkeln.

»Aber ich werde mein Bestes geben«, sage ich fest und lächle Lucy aufmunternd an. »Komm, lass uns zu Dad fahren.« Ich leere meinen Kaffeebecher, stelle ihn zurück auf die Arbeitsplatte und verlasse die Küche. Im Flur ziehe ich meine Jacke und die Schuhe an, dann greife ich nach den Autoschlüsseln.

»Du willst selbst fahren? Warum fragen wir nicht Jack?«, fragt Lucy überrascht. Unser Chauffeur ist stets auf Abruf, wenn Lucy zur Uni oder zu einer ihrer Freundinnen will. Auch gestern Abend hatte er auf dem Krankenhausparkplatz gewartet, um uns nach Hause zu bringen.

»Ich will Jack nicht aus dem Bett klingeln.«

»Das ist sein Job«, meint Lucy, während sie mir in die Garage folgt.

Ich sage Lucy nicht, dass ich nicht weiß, wie lange wir Jack noch bezahlen können. Aktuell habe ich keinen Überblick über unsere Finanzen, doch weil meine Kreditkarte gesperrt wurde, glaube ich kaum, dass es rosig um uns steht. Meine kleine Schwester will die Tatsache nicht wahrhaben, dass wir so gut wie pleite sind.

»Wir sollten öfter zu Fuß gehen«, schlage ich Lucy vor und entriegele meinen Wagen. Es ist ein schwarzer Bentley, den ich zu meinem zwanzigsten Geburtstag bekommen habe.

»Ich kann in diesen Schuhen nicht über holpriges Kopfsteinpflaster spazieren«, meint sie schnippisch und deutet mit einer Handbewegung auf ihre hohen Stiefel mit Pfennigabsatz. Schmunzelnd entriegele ich das Auto und halte Lucy die Beifahrertür auf.

»Steig schon ein, Prinzessin. Zu deinem nächsten Geburtstag bekommst du von mir ein Paar bequemer Sneaker.«

Lucy rümpft über meinen Kommentar die Nase, steigt jedoch schweigend ein. Ich setze mich hinters Steuer und starte den Motor. Das Auto brummt auf, dann fahre ich vom Hof. Die Fahrt zum Addenbrooke's Hospital hänge ich meinen eigenen Gedanken nach, während Lucy auf ihrem Smartphone herumtippt und mir kaum Aufmerksamkeit schenkt. Ich bin froh, dass sie wegen ihrer Sorge um Dad zu abgelenkt ist, um mich nach meinem Köln-Aufenthalt auszufragen. Wenn Lucy etwas kann, dann Informationen aus jemanden herauszuquetschen.

»Da wären wir«, sage ich, als ich den Bentley auf dem Krankenhausparkplatz abgestellt habe. Lucy nickt stumm, schnallt sich ab und öffnet bereits die Tür.

»Kommst du nicht mit?«, fragt sie mit hochgezogenen Augenbrauen, als ich keine Anstalten mache, ebenfalls auszusteigen. Langsam schüttele ich den Kopf. Auf der Fahrt hierher hat sich der Gedanke in meinem Kopf manifestiert, dass ich mich zuerst um Dads Angelegenheiten kümmern muss. In seinem jetzigen Zustand bin ich Dad keine Hilfe, da wird es reichen, wenn Lucy bei ihm bleibt. In der Firma werde ich ihm mehr von Nutzen sein. Ich muss herausfinden, wie es um die Finanzen steht, warum Benjamin in Dubai ist und was Jamie plant.

»Nein, ich werde mich in Dads Büro umsehen«, erkläre ich meiner Schwester. Da noch Winterferien sind, werde ich mich um die Geschäfte meines Vaters kümmern, ehe die letzte intensive Phase meines Studiums beginnt.

Lucy schüttelt fassungslos den Kopf. »Du hast stets dichtgemacht, sobald Dad über deinen zukünftigen Posten als CEO gesprochen hat. Woher das plötzliche Interesse?«

Meine Miene verfinstert sich. Lucy hat recht, normalerweise hätte ich mich weder für die Firma noch für die bevorstehende Insolvenz interessiert. Doch seitdem Clara indirekt involviert ist, muss ich die Sache so schnell wie möglich aufklären. Ansonsten haben wir keine Zukunft – zumindest nicht in Cambridge.

»Ich kann dir noch nicht alles erzählen, Lucy, doch ich werde dich in meinen Plan einweihen, sobald ich mehr Informationen habe.«

Meine Schwester verschränkt die Arme vor der Brust und sieht mich misstrauisch an.

»Ruf mich an, wenn es etwas Neues gibt, ja?«

Lucy nickt zaghaft und ich verabschiede mich von ihr. Die Rückfahrt zu unserem Haus spüre ich einen Anflug von Nervosität. Ich habe ein ungutes Gefühl dabei, in Dads Unterlagen herumzuschnüffeln. Hat er mich aus gutem Grund aus seinen bisherigen Geschäften herausgehalten? Gibt es etwas, das er absichtlich verschleiert?

In der Garage bleibe ich einen Augenblick im Auto sitzen, das Lenkrad fest umklammert. Deshalb bemerke ich das Vibrieren meines Handys viel zu spät. Mühsam ziehe ich es aus meiner Jackentasche, während ich aussteige und das Auto abschließe.

»Ja?«, frage ich gehetzt in den Hörer.

»Alex, Mann, hast du unser Treffen vergessen?« Es ist mein Kumpel Sebastian, der sich mit vorwurfsvollem Ton nach mir erkundigt.

»Welches Treffen?«, hake ich irritiert nach, betrete das Haus und schäle mich aus meiner Jacke.

»Tod und ich haben vor der Uni auf dich gewartet, doch du bist nicht aufgetaucht. Wir hatten ausgemacht, dass wir uns vor den Vorlesungen zusammensetzen, um über das Angebot des Plattenlabels zu sprechen.«

Verwirrt runzele ich die Stirn, weil ich absolut keine Ahnung habe, wovon Sebastian redet. Welches Plattenlabel? Und warum überhaupt? Mein Kumpel deutet mein Schweigen richtig, denn er holt tief Luft.

»Scheiße, hast du die Mail nicht gelesen, die ich dir nach dem Neujahrsball weitergeleitet habe?«

»Nein, sorry. Ich hatte anderes im Kopf …«, murmele ich, durchquere schnellen Schrittes den Eingangsbereich und steuere Dads Büro am hinteren Ende des Flurs an.

»Gott, Alex!«, kommt es von Sebastian. Er wirkt frustriert. »Als wir deinen Song auf dem Wintermarkt gespielt haben, war zufällig ein Produzent von *Island Records* da! Die hatten Größen wie U2 unter Vertrag. Ihm hat der Song gefallen und er will mehr von uns hören«, sprudelt es aus meinem Kumpel heraus.

»Moment … Jemand interessiert sich für unsere Musik?«, hake ich skeptisch nach, öffne die Tür zu Dads Büro und lasse meinen Blick durch den Raum schweifen. Der Schreibtisch ist übersät von Papieren. Selbst auf dem Boden stapeln sich aufgeschlagene Akten und Unterlagen. Was hat Dad gesucht, ehe er zusammengebrochen ist?

»Nicht irgendjemand, sondern Will Jenkins.«

»Sorry, der Name sagt mir nichts«, entgegne ich und nehme das Smartphone in die andere Hand, um die Papiere auf dem Schreibtisch durchzublättern. »Und ich kann mich gerade nicht für dich freuen, Mann. Hier geht's drunter und drüber.« Ich wühle mich durch Verträge, Bauzeichnungen und andere Unterlagen. »Du weißt, dass ich keine Musikkarriere anstrebe. Ich mache meinen Bachelor in Wirtschaftsökonomie, um –«

»Um dann für deinen Vater zu arbeiten«, fällt Sebastian mir ins Wort. »Meinst du nicht, du nimmst es mit deiner Loyalität zu genau? Für Tod und mich wäre es die Gelegenheit durchzustarten. So eine Chance bekommen wir nie wieder.«

Seufzend lasse ich mich auf den Chefsessel hinter Dads Schreibtisch plumpsen. Sebastian hat verdammt recht, ich lasse mich zu sehr von meinem Vater leiten, statt mit zweiundzwanzig meinen eigenen Weg zu gehen. Wäre Mum nicht gestorben, hätte ich vielleicht eine andere Richtung eingeschlagen … Mein Traum war es schon immer, alte Gebäude zu restaurieren und mich mit Architektur früherer

Epochen zu beschäftigen. Dem Druck meines Vaters konnte ich jedoch nicht standhalten, weshalb ich mich von ihm zu dem Wirtschaftsstudium habe überreden lassen.

»Ich werde mir deine Mail durchlesen, okay? Aber Dad ist seit gestern wegen eines Herzinfarkts im Krankenhaus und ich muss mich um seine Angelegenheiten kümmern«, erkläre ich Sebastian.

»Fuck, Mann, das habe ich nicht gewusst. Aber warum klärt das nicht Jamie? Du bist noch nicht mit dem Studium durch, während dein Cousin bereits seit zwei Jahren für euch arbeitet«, wirft Sebastian fragend ein.

Genau das ist es, was mir keine Ruhe lässt. Seitdem Jamie als rechte Hand seines Vaters, Simon Richards, in der Baufirma mitmischt, habe ich das Gefühl, dass es nicht mehr richtig rundläuft.

»Ich traue Jamie nicht«, sage ich knapp.

Sebastian schweigt einen Moment.

»Also gut. Melde dich bitte bei mir, wenn du dich entschieden hast. Will Jenkins wird nicht ewig auf unsere Antwort warten. Und gute Besserung an deinen Dad.« Damit beendet Sebastian das Gespräch.

Ich lege mein Handy auf die überfüllte Tischplatte. Leider habe ich keine Ahnung, wonach ich suche, weshalb ich wahllos einen der Verträge in die Hand nehme. Er handelt von dem Bau eines Bürokomplexes, das vor drei Jahren in der Nähe der Uni errichtet werden sollte. Mit gerunzelter Stirn überfliege ich die Zeilen. Die Bauarbeiten wurden bisher nicht begonnen, doch es müssten längst Gelder geflossen sein ... oder? Wahllos ziehe ich einen anderen Vertrag unter dem Stapel hervor, der sich mit der Errichtung eines Luxushotels in den Rocky Mountains befasst. Auch dieses Bauvorhaben ist älter, reicht in die Zeit kurz nach Mums Tod zurück. Dad hat mit keiner Silbe ein Hotel in den Rocky Mountains erwähnt. Zumindest kann ich mich nicht an ein solches Gespräch erinnern.

Immer weiter wühle ich mich durch die Papiere. Auf den Verträgen sind gigantische Summen verzeichnet, bei deren Betrachtung mir schwindelig wird.

Weil mein Handy erneut klingelt, schiebe ich die Unterlagen zur Seite und schaue aufs Display. Es ist ein Anruf von Lucy.

»Alles okay?«, frage ich meine Schwester, ohne sie zu begrüßen.

»Dad ist aufgewacht«, erklärt sie mir. »Die OP ist gut verlaufen. Er ist zwar schwach, aber es geht langsam. Außerdem will er dich sprechen.«

»Ich mache mich sofort auf den Weg«, sage ich zu ihr und verlasse bereits das Büro. Ich habe viele Fragen an meinen Vater, die er mir beantworten muss.

Im Krankenhaus angekommen, werde ich direkt in Dads Zimmer gebracht. Lucy sitzt auf einem Stuhl neben seinem Bett und hält seine Hand. Als meine Schwester mich bemerkt, erhebt sie sich von ihrem Platz. Langsam trete ich ans Bett heran. Dad hat die Augen halb geschlossen, ich bemerke seinen schweren Atem. Es muss ihn anstrengen, wach zu bleiben.

»Die Ärzte meinen, dass er viel Ruhe braucht. Bitte, streitet euch nicht wieder.«

»Werden wir nicht«, beschwichtige ich Lucy und setze mich auf den frei gewordenen Stuhl. Unser Vater dreht den Kopf in meine Richtung. Er sieht sehr blass aus.

»Wie gehts dir, Dad?«, frage ich besorgt. Er öffnet den Mund, doch es kommt kein Laut über seine Lippen. Die Geräte im Raum piepen, während er zu sprechen versucht.

»Schon okay, du musst nichts sagen.«

Langsam schüttelt er den Kopf, Falten zeichnen sich auf seiner Stirn ab.

»Junge, du musst ihn aufhalten …«, murmelt mein Vater gepresst. »Er wird alles zerstören, wofür ich gearbeitet habe.« Seine Hand liegt schlaff auf der weißen Bettdecke, plötzlich scheint er um Jahre gealtert. Dabei ist er kaum Ende vierzig.

Irritiert runzle ich die Stirn. »Was meinst du? Wen muss ich aufhalten?«

»Simon …«, haucht er und schließt die schweren Lider. Irritiert blicke ich ihn an. Simon? Simon Richards? Stecken Jamie und sein Vater unter einer Decke? Natürlich … Simon ist als CFO mit den Finanzen der Firma vertraut, da liegt es nahe, dass Jamie als dessen rechte Hand Zugang zu den Konten und allen Projekten hat.

»Das werde ich, Dad«, verspreche ich und verabschiede mich von ihm und Lucy. Die Gedanken in meinem Kopf überschlagen sich, während ich eiligen Schrittes wieder das Krankenhaus verlasse. Ich muss mehr über die Sache herausfinden, ehe es zu spät ist!

Kapitel 10

Clara

Alexander: Ich muss in Cambridge bleiben. Es gibt Probleme wegen des Bauunternehmens.

Clara: Was ist passiert?

Alexander: Ich kann dir leider nichts Konkretes sagen. Es wird mich einiges an Zeit kosten, um alles auf die Reihe zu bekommen. Aber Dad geht es schlecht und ich stecke bis zum Hals in Arbeit.

Clara: Kann ich etwas tun?

Alexander: Nein. Halt dich bitte da raus. Ich melde mich bei dir.

Seine kryptischen Nachrichten sorgen nicht dafür, dass es mir besser geht. Ich bin regelrecht krank vor Sorge um Alexander, weil er vor Tagen überstürzt aus Köln abgereist ist. Seitdem habe ich kaum etwas von ihm gehört. Meine einzige Info ist bisher, dass Theodor Hunter im Krankenhaus liegt.

Alex muss es furchtbar gehen und ich habe keine Möglichkeit, ihm beizustehen. Dieser Gedanke frisst mich auf – und vor allem meine Sehnsucht nach ihm wächst mit jedem Tag.

»Was ist denn los mit dir?«, kommt es von meinem Chef, der sich hinter mir aufbaut. Erschrocken zucke ich zusammen und stecke mein Smartphone schnell in die Tasche an meiner Schürze. Die Hände in die Seiten gestemmt, sieht er mich grimmig an.

»Du träumst schon wieder vor dich hin. Geh und räum Tisch drei ab.«

Schnell mache ich mich an die Arbeit, um seinen Ärger nicht weiter anzustacheln. Ich bin froh darüber, dass ich erneut im Café anfangen durfte. Obwohl ich durch Stellas großzügige Finanzspritze keine Geldsorgen mehr habe, will ich mich nicht darauf ausruhen. Noch einmal wird mir Stella nicht helfen – und das möchte ich auch nicht.

Auch wenn mir die sorgenlosen Monate in Cambridge sehr gutgetan haben, muss ich nach vorne schauen. Sobald das neue Semester im April startet, werde ich mich auf mein Studium konzentrieren. Bis dahin einem Job nachzugehen, hilft mir, mich von meinen Gedanken an Alex abzulenken. Noch sind Semesterferien, doch in weniger als zwei Wochen geht die Uni wieder los. Danach wird sein Leben in Cambridge weitergehen – ohne mich an seiner Seite, weil ich mich nicht dazu entschieden habe, ihm zu folgen ... Doch will Alexander überhaupt, dass ich an seiner Seite bin? Mehr als knappe und einsilbige Nachrichten bekomme ich nicht von ihm. Innerlich zerreißt es mir das Herz, trotzdem ärgert mich sein abweisendes Verhalten.

Seufzend räume ich das benutzte Geschirr auf ein Tablett und wische den Tisch mit einem Lappen sauber. Dann trage ich alles in die Küche, wo mein Kollege Matt am Spülbecken steht. Die Küchenhilfe ist wegen einer Erkältung ausgefallen, weshalb Matt seine Schicht kurzfristig vorverlegt hat, um mir zu helfen.

»Danke«, sage ich zu ihm, als er mir das dreckige Geschirr mit einem Lächeln abnimmt.

»Das mach ich für dich gern«, erwidert er und befeuchtet den Schwamm mit Spülmittel. »Allein mit dem Chef war es wirklich anstrengend. Du kennst ihn ja. Wenn er mit dem falschen Bein aufgestanden ist, ist der ganze Tag im Eimer.«

»Dafür kommst du aber gut mit ihm aus«, entgegne ich schmunzelnd.

Matt lacht auf, dann zwinkert er mir verschwörerisch zu. »Na ja, einen Vorteil muss es haben, bei seinem Onkel zu arbeiten. Wenigstens lässt er mich in Ruhe mit seiner schlechten Laune. Und die Bezahlung stimmt. Deshalb bleibe ich ruhig und lasse ihn fluchen. Im Grunde ist er ein guter Typ – wenn er nicht so gestresst ist.«

»Gefühlt ist er durchgehend gestresst«, murmele ich und verdrehe die Augen.

Prompt steckt der Chef seinen Kopf zur Tür herein. »Hört auf, Kaffeekränzchen zu halten, ihr beiden. An die Arbeit!«

***

Nach Feierabend fragt mich Matt, ob wir gemeinsam etwas unternehmen wollen, doch ich lehne ab. Wie die vergangenen Tage, an denen er mich um ein Treffen gebeten hatte.

»Du solltest nicht allein sein«, meint er mit einem sorgenvollen Blick. »Ich habe bemerkt, dass es dir nicht gut geht. Vor allem, seitdem du mit diesem Typen hier warst. Er ist dein Freund, nehme ich an?«

Ich nicke zaghaft, obwohl ich nicht genau weiß, wie ich die Beziehung zwischen Alex und mir bezeichnen soll. Sind wir wirklich ein Paar? Oder ist es für ihn nur ein Zeitvertreib? Eigentlich weiß ich, dass meine Unsicherheit unbegründet ist, dennoch fühle ich mich hilflos. Alex antwortet kaum auf meine Nachrichten, lässt mich bei seinen Problemen außen vor.

»Mir gehts gut, Matt«, beschwichtige ich ihn, ehe ich mich von ihm verabschiede.

»Du kannst mich anrufen, falls du deine Meinung änderst«, ruft mir mein Kollege hinterher. Ich sehe kurz über meine Schulter und winke ihm zu, dann biege ich um die Ecke und betrete die Vorhalle des Kölner Hauptbahnhofs. Bis zu meiner neuen Wohnung sind es fünf Straßenbahnstationen. Als ich die Bahn an der Straßenecke vor dem Wohnhaus verlasse, ziehe ich den Schal um meinen Hals enger. Der Januar ist schrecklich kalt, sehnsüchtig warte ich darauf, dass es wieder etwas milder wird.

Als ich mich dem Gebäude nähere, erkenne ich eine Gestalt vor der Eingangstür. Der teure Mantel und der kleine Pudel an der Leine verraten mir, dass es sich bei dem Besucher um Stella handelt. Meine Freundin dreht sich zu mir um, als ich mich ihr nähere.

»Clara, da bist du ja endlich!«, sagt sie freudestrahlend und kommt auf mich zu, um mich zu umarmen. Giselle hüpft bellend an meinen Beinen hoch und zerrt an meiner Jacke, bis ich ihr über den Kopf streichle.

»Ich war arbeiten. Aber was machst du hier? Du hast gar nicht Bescheid gesagt, dass du mich besuchen willst«, entgegne ich mit hochgezogenen Augenbrauen. Stella zuckt mit den Schultern.

»Ich war eine Runde Gassi mit Giselle. Es hat mir keine Ruhe gelassen, dass du allein in der Wohnung hockst. Seitdem Alex weg ist, wirkst du komplett verloren. Deshalb wollte ich dich besuchen«, erklärt sie mit einem so offenen Lächeln, dass mir warm ums Herz wird. Stella hat sich in den vergangenen Monaten zu einer guten Freundin entwickelt. Ich werde sie vermissen, sobald sie mit ihrem Ehemann zurück nach Barcelona fliegt.

»Lass uns Essen bestellen und einen Film schauen, ja?«

»Wo ist Enrico?«, erkundige ich mich bei ihr, während ich den Wohnungsschlüssel aus meiner Jackentasche herauskrame, um die Tür zu öffnen. Stella tritt neben mir in den dämmrigen Hausflur. Gemeinsam steigen wir die Stufen bis ins Dachgeschoss.

»Ich habe ihm gesagt, dass ich den Abend mit dir verbringe. Er besucht einen Freund, den er ewig nicht gesehen hat. Danach fährt er zurück zum Hotel.«

»Es wundert mich, dass ihr beide nicht in deiner Wohnung übernachtet. Dein Vater ist noch in Dubai, oder?«, frage ich verwundert. Als ich die Wohnungstür öffne, flitzt Giselle zwischen meinen Beinen hindurch in den Flur.

»Aber er könnte jeden Moment zurückkommen«, belehrt mich Stella mit fester Stimme. »Wäre dieser Hotelbau in Dubai nicht schiefgelaufen, dann hätte er sein Büro nie für so lange Zeit verlassen. Das Risiko, von ihm ertappt zu werden, will ich zum jetzigen Zeitpunkt nicht riskieren. Schließlich weiß ich nicht, ob Alex bereits mit seinen Nachforschungen begonnen hat.«

Leider weiß ich das auch nicht, denn er hält sich mit seinen Nachrichten vage. Ich hänge meine Jacke an den Garderobenhaken und streife mir die Stiefel von den Füßen. Es sind die Winterboots, die ich aus Cambridge mitgenommen habe. Mein einziges Erinnerungsstück an die Zeit als Stella von Eisleben – und Alexanders Kette, die ich um den Hals trage.

»Lange werden wir den Schwindel nicht mehr aufrechterhalten können. Ist es nicht besser, wenn du es deinem Dad selbst sagst?«

Stella senkt beschämt den Kopf. Ihre Wangen röten sich. »Schon, aber … Ach, um ehrlich zu sein, fürchte ich mich vor seiner Reaktion. Versteh mich nicht falsch, ich bereue meine Ehe mit Enrico keine Sekunde, doch weil ich so impulsiv gehandelt habe, mache ich mir Vorwürfe. Damit habe ich nicht nur meinen Vater, sondern auch dich und Alex in Schwierigkeiten gebracht …«

»Niemand hat so etwas ahnen können«, beschwichtige ich sie. In Stellas Nähe fühle ich mich stärker, weshalb ich ihr das Gefühl von Sicherheit geben will. Stella lächelt, dann geht sie ins Wohnzimmer.

»Du hast immer noch keine Couch«, meint sie und sieht sich in dem kahlen Raum um.

»Kommt in zwei Wochen«, erkläre ich. Giselle hat sich auf einem Stuhl am Fenster zusammengerollt. Bisher habe ich noch keine Vorhänge, weshalb die Lichter der Stadt durch das Fenster deutlich zu sehen sind. Langsam gehe ich zu der Pudeldame und kraule sie hinter den Ohren. Giselle hebt kurz den Kopf, dann dreht sie sich um und döst vor sich hin.

»Wir könnten ins Schlafzimmer gehen?«, schlage ich Stella vor. »Soll ich uns einen Kaffee machen?«

Stella rümpft die Nase. »Sorry, aber dieses Gebräu kann ich nicht trinken.«

»Gut, dann bekommst du ein Wasser«, entgegne ich lachend und hole ein Glas aus dem Hängeschrank, um es unter dem Wasserhahn an der Spüle zu füllen. Für mich stelle ich die Kaffeemaschine ein und fülle Pulver in den Filter. Stella nimmt sich das Wasserglas von der Arbeitsplatte.

»Soll ich Pizza bestellen? Wir könnten einen Film auf Netflix schauen.«

»Sicher. Mein Laptop steht auf dem Nachttisch.«

Giselle wird vom Blubbern der Maschine aus dem Schlaf gerissen. Sie hüpft vom Stuhl und tapst zu mir, damit ich sie ausgiebig streichele. Der kleine Hund zaubert mir ein Lächeln ins Gesicht. Wenn Stella bei ihrem Vater reinen Tisch gemacht hat, hoffe ich, dass ich die Pudeldame ab und zu besuchen kann.

Gefolgt von Giselle und mit meinem Becher schwarzen Kaffees in der Hand, gehe ich in mein Schlafzimmer, in dem

Stella bereits auf mich wartet. Der Raum ist dämmrig, weil Stella lediglich die kleine Nachttischlampe neben dem Bett eingeschaltet hat. Der Duft von frisch gebrühtem Kaffee hängt in der Luft.

Stella liegt bäuchlings auf dem Bett vor meinem Laptop. Sie schaut auf, als ich hereinkomme und mich neben sie setze.

»Ich habe uns eine Komödie rausgesucht«, meint sie. Ihr Lächeln wirkt auf einmal aufgesetzt und erreicht ihre strahlend blauen Augen nicht. Sie wirkt angespannt, obwohl sie diesen Zustand durch eine lockere Handbewegung zu verbergen versucht, indem sie sich die blonden Haare hinter die Ohren streicht. Dann richtet sie sich auf und hockt sich im Schneidersitz vor mich hin. Sofort hüpft Giselle zu ihr auf den Schoß. Mit einem Anflug von Besorgnis mustere ich Stella.

»Warum willst du nicht zurück nach Cambridge, Clara?«, fragt sie ruhig, die Hände in Giselles weichem Fell vergraben. Ihre Augen fixieren mich durchdringend.

Ich vermeide es, ihren Blick zu erwidern, und wende den Kopf ab, sehe aus dem Fenster neben dem Bett. Mir ist bisher nicht aufgefallen, dass es zu regnen begonnen hat. Gebannt starre ich auf die Tropfen, die sich in feinen Rinnsalen an der Scheibe hinunter schlängeln.

»Es ist kompliziert«, murmle ich und spüre, wie sich ein Kloß in meinem Hals bildet. »Ich habe Angst, dass ich mit meiner Rückkehr alles schlimmer mache. Jamie weiß, wer ich wirklich bin. Wie lange würde es dauern, bis er dieses Wissen herumerzählt? Außerdem bin ich mir nicht sicher, ob ich Alex überhaupt eine Hilfe sein kann oder seine Nachforschungen womöglich gefährde …«

»Aber es ist kein Geheimnis, dass du Alexander vermisst.« Sie zieht eine Augenbraue hoch, als ob sie meine Gedanken gelesen hätte. »Seitdem er fort ist, scheint es, als wäre ein Teil von dir verschwunden. Willst du wirklich nicht zu ihm? Ist es wegen Jamies Drohungen?«

Ich schließe die Augen für einen Moment, atme tief ein. Es ist schwer, über das zu sprechen, was in meinem Kopf vorgeht. Ich vermisse mein Leben in Cambridge und ich würde sehr gern zurückkehren – doch nicht als Stella, sondern als ich selbst.

»Ich will zu ihm«, gestehe ich leise. »Ich mache mir Sorgen um ihn, weil er kaum auf meine Nachrichten reagiert. Aber ich habe auch Angst, die Wahrheit zu erzählen.«

Stella hat recht, es fühlt sich an, als hätte Alex mein Herz mitgenommen, als er überstürzt nach Cambridge zurückgeflogen ist. Wir hatten nicht einmal die Gelegenheit, darüber zu sprechen, wie es mit uns weitergehen *könnte*. Doch was würde geschehen, wenn ich zurückkehre? Könnte ich erneut die Rolle der Stella von Eisleben spielen, ohne alle anderen und vor allem mich selbst zu belügen? Ich habe meinen Freunden die Wahrheit lange genug verschwiegen. Diese Lüge fortzuführen, fühlt sich falsch an.

»Es ist nicht nur das …«, sage ich schließlich und versuche, meine Stimme so ruhig wie möglich zu halten. »Es geht nicht nur um Alexander. Es geht darum, was ich getan habe. Ich bin nicht du, Stella. Ich will mich nicht länger verstellen.«

Stella schaut mich eindringlich an. Ihr Blick wird weicher, dann nimmt sie meine Hand in ihre und drückt sie sanft.

»Warum machst du dir so viele Gedanken?«

»Ich habe meine Identität hinter deiner versteckt. Sobald ich zurück in Cambridge bin, wird der Schwindel auffliegen und ich weiß nicht, welche Konsequenzen das haben wird. Seitdem ich herausgefunden habe, dass es nicht nur um die Verlobung, sondern auch um *Hunter Construction* geht, fühle ich mich … machtlos.« Der Kloß in meinem Hals wird schwerer und mein Herz schlägt schneller.

Stella sagt nichts. Sieht mich nur an. Es dauert einen Moment, bis sie sich rührt. Dann steht sie langsam auf, geht zum Fenster. Der Regen hat inzwischen nachgelassen, doch der Himmel ist wolkenverhangen und finster. Giselle knurrt verstimmt, ehe sie sich neben mich legt.

»Clara«, beginnt Stella schließlich, »du hast nicht nur mir geholfen. Du hast dir selbst geholfen. Du hast dir die Chance auf eine Zukunft verschafft. Wenn du zurück nach Cambridge gehst, dann ... Dann bist du nicht mehr die, die sich versteckt. Du bist du. Und du musst nicht länger Angst haben, denn du bist stärker, als du glaubst.« Sie dreht sich zu mir um, ihre Augen weich und dennoch bestimmt. »Ich habe bereits versucht, mit meinem Vater zu sprechen, weil ich mehr über den Deal wissen will. Doch er ging nicht ans Telefon und meine Nachricht hat er nur knapp beantwortet. Ihm geht es wie immer nur um die Arbeit, nicht mal eine Minute hat er Zeit für mich ... Nur du kannst mir vor Ort helfen – und Alexander.«

Ich presse die Lippen zusammen, spüre, wie sich die Gedanken in meinem Kopf überschlagen. Was, wenn sie recht hat? Was, wenn ich mich von dieser Angst befreien könnte, die mich wie ein unsichtbares Gefängnis umgibt? Aber was, wenn alles schiefgeht und Jamie mich erneut bedrängt? Er könnte sich erneut zwischen Alex und mich stellen – ich habe Angst davor, dass er es schafft, uns zu entzweien. Sobald Theodor Hunter herausfindet, dass ich *nicht* Stella bin, wird er alles daransetzen, damit Alexander sich von mir trennt. Wird er sich dann für mich und gegen seine Familie entscheiden?

»Solange mein Dad in Dubai ist, wird der Schwindel nicht auffallen, wenn du es nicht darauf ankommen lässt. Alex wird dir den Rücken stärken. Wer soll Jamies Gerede glauben, wenn Alexander an deiner Seite ist?«

»Vielleicht hast du recht ...«, sage ich leise, den Blick auf meine Hände gerichtet. Stella kommt zurück zu mir und setzt sich, diesmal näher, sodass ich ihre Wärme spüren kann.

»Du musst es nicht jetzt entscheiden«, beteuert Stella.

»Aber du solltest wissen, dass du nicht allein bist, Clara. Warst du nie. Du hast mich an deiner Seite, hattest du schon lange. Und Alexander wird dir ebenfalls beistehen. Dieser Kerl liebt dich, auch wenn es gerade nicht so scheint. So, wie er dich angesehen hat – es war derselbe Blick, den ich auch von Enrico kenne.«

Irgendwann werde ich nach Cambridge gehen. Aber nicht heute. Vielleicht morgen. Oder nächste Woche, wenn die Angst weniger laut in meinem Kopf schreit. Ich will bei Alexander sein, auch wenn es nicht das ist, was sich seine Familie für ihn wünscht. Denn seitdem er bei mir in Köln gewesen ist, spüre ich diese Verbindung zwischen uns. Unsere Gefühle sind echt. Ich für meinen Teil werde für mein persönliches Glück kämpfen – und das finde ich nur an Alexanders Seite.

Ich schaue nun ebenfalls aus dem Fenster. Die grauen Wolken haben sich zurückgezogen, vereinzelte Sterne sind am schwarzen Nachthimmel zu erkennen. Vielleicht könnte ich vor Ort helfen, die Sache zu entwirren? Vielleicht ist es sogar der einzige Weg, um wirklich zu leben? Denn in Cambridge habe ich mich wohlgefühlt. Dort hatte ich echte Freunde und nicht nur solche, die mich dulden. Ich hatte sogar eine Familie, was ich mehr als alles andere vermisse.

»Ich …«, beginne ich, doch ein Klingeln an der Wohnungstür unterbricht mich.

Stella springt vom Bett auf. »Das wird unsere Pizza sein!«, ruft sie erfreut und verschwindet aus dem Schlafzimmer.

Kapitel 11

Alexander

Ich steige aus meinem Auto und lehne mich gegen die Fahrertür. Starre das moderne Gebäude hinauf, das sich vor mir in den Himmel reckt. Im obersten Stockwerk hat Dad sein Büro. Dort ist der Sitz von *Hunter Construction.* Ich hole tief Luft und straffe meine Schultern, um den letzten Funken Unsicherheit abzuschütteln. Dann umfasse ich den Griff der schwarzen Aktentasche fester.

Mit einem aufgesetzten Pokerface, jedoch bangem Herzen, betrete ich den Eingangsbereich des Wirtschaftsgebäudes. Die junge Dame am Empfangstresen mustert mich fragend, als ich an sie herantrete.

»Alexander Hunter«, stelle ich mich in souveränem Ton vor, der kein Zögern mehr zeigt. »Ich vertrete meinen Vater auf unbestimmte Zeit, bis er aus dem Krankenhaus entlassen wird.«

Die Frau runzelt die Stirn, sagt jedoch nichts. Als ich noch jünger gewesen bin, habe ich Dad oft in die Firma begleitet, weil ich mich brennend für die Baupläne und Zeichnungen interessiert habe. Damals hat hier eine ältere Dame aus Wales gearbeitet, die mir stets leckeres Gebäck geschenkt hat. An ihren Namen erinnere ich mich nicht, doch ich habe noch ihr freundlich lächelndes Gesicht vor Augen. Wie lange muss es her sein? Zehn Jahre? Bestimmt genießt sie längst ihren Ruhestand.

Die junge Frau tippt etwas in ihren Computer ein. »Mr Hunter hat diesbezüglich nichts erwähnt«, meint sie in näselndem Ton. »Da müsste ich erst Mr Richards –«

»Mein Vater *konnte* keine großen Ankündigungen machen«, falle ich der Frau energisch ins Wort. »Er wurde gestern am Herzen notoperiert. Mit meinem Onkel komme ich selbst zurecht, danke.«

Durch meinen schroffen Tonfall fühlt sie sich eingeschüchtert, sie nickt zaghaft, ehe sie mir einen Besucherausweis aushändigt. Ich bedenke das einlaminierte Papier an dem Schlüsselband mit einem spöttischen Blick. Ich bin der Sohn des Inhabers, kein verdammter Praktikant!

Achtlos stecke ich den Besucherausweis in meine Manteltasche und wende mich grußlos in Richtung der Fahrstühle zu meiner Linken. Nach meinem gestrigen Krankenhausbesuch bin ich zurück nach Hause gefahren, um mir die Unterlagen in Dads Büro anzusehen und seine Schlüsselkarte mitzunehmen. Dabei wurde es jedoch später als gedacht, bis ich mir einen groben Überblick über die Lage verschafft hatte.

Gerade, als ich den Knopf drücken will, springen die Türen auf und zwei Männer in dunklen Anzügen treten heraus. Sie werfen mir nur einen flüchtigen Blick zu, ehe sie an mir vorbeigehen. Schnell schlüpfe ich ins Innere des Aufzugs und drücke die Nummer zum zwölften Stock. Die Aktentasche in meiner Hand fühlt sich ungewohnt schwer an und mein Herz rast vor Aufregung, auch wenn ich mich äußerlich gelassen gebe. Wie zur Hölle soll ich meinen Vater in allen Angelegenheiten vertreten?

Wenn es nach mir ginge, hätte ich nicht einmal Wirtschaftsökonomie, sondern Architektur studiert. Ich bin immer noch sauer auf Dad, weil er mir das Studium in New York verwehrt hat. Deshalb wollte ich aus Trotz so wenig wie möglich mit dem Familienunternehmen zu tun haben. Diese Unachtsamkeit holt mich jetzt ein. Denn es ist mein Cousin Jamie, der als rechte Hand des CFOs und Teilhabers,

Simon Richards, in alle Projekte involviert ist, während ich wie ein Idiot nur an mich gedacht und mich amüsiert habe.

Im obersten Stockwerk angekommen, wende ich mich nach rechts und gehe den Korridor entlang, vorbei an verschlossenen Türen und an riesigen Fotografien vergangener Bauprojekte meines Vaters. An einem schwarz-weißen Foto halte ich inne. Es zeigt eine Villa aus einer früheren Epoche. Für die Errichtung dieses Bürogebäudes wurde die Villa damals abgerissen, statt restauriert und modernisiert zu werden. Es hat viel Überzeugungsarbeit gekostet, um dieses Bauvorhaben in Cambridge durchzubringen, denn die Stadt ist berühmt für ihre historischen Bauten.

Mit den Fingerspitzen streiche ich über das kühle Glas, fahre die Konturen des Hauses auf dem Bild nach, ehe ich zur Tür mit Dads Namen gehe und diese mit der Schlüsselkarte entriegele. Früher war das Büro voll von alten Büchern, deckenhohen Regalen mit Zeichnungen und verstaubten Akten. Der dunkle Eichenschreibtisch war überfüllt mit Papieren. Wann ist das alles ausgetauscht worden?

Die Wände sind kahl und weiß, genau wie der penibel aufgeräumte Schreibtisch aus hellem Holz. Mit gemischten Gefühlen gehe ich zum Tisch und lege die Aktentasche ab, ehe ich mich in den schwarzen Ledersessel dahinter setze. Die Hände über meinem Bauch gefaltet, drehe ich mich im Stuhl zur gigantischen Fensterfront in meinem Rücken und sehe in die Ferne.

Die Sonne steht hoch am Himmel und blendet mich. Unter mir liegt die Stadt, winzig und leise. Von Weitem kann ich den Fluss Cam erkennen, der sich zwischen den Grünanlagen schlängelt. Dieser Anblick erinnert mich an meinen Aufstieg auf den Kölner Dom und ich kann den Drang, Clara eine Nachricht zu schicken, nur schwer widerstehen. Am liebsten würde ich sie anrufen, um ihre Stimme zu hören.

In den vergangenen Tagen wusste ich nicht, wo mir der Kopf steht, dennoch vermisse ich sie furchtbar. Vielleicht ist es falsch von mir, sie aus allem heraushalten zu wollen. Wäre es Stella gewesen, in die ich mich in den letzten Monaten verliebt hätte, dann würde Jamie sie nicht bedrohen und ich müsste mir keine Sorgen machen, die Zukunftspläne meines Dads zu zerstören. Doch Stella liebt Enrico, hat ihn geheiratet, um ihrem Vater zu zeigen, dass sie auf seine Meinung und seinen Plan für sie pfeift. Sie hat ein Kunststudium begonnen, sich heimlich nach Barcelona abgesetzt und versucht, sich ein Leben fernab des Einflusses ihrer Eltern aufzubauen. Für diesen Mut bewundere ich sie.

Abermals seufze ich. Was Clara wohl in Köln macht? Ob wir uns bald wiedersehen werden? Ich nehme mir fest vor, Clara zu besuchen, sobald es Dad besser geht und er sich allein um die Belange der Firma kümmern kann.

Erst das Geräusch, als die Tür mit so viel Schwung geöffnet wird, dass sie gegen die Wand kracht, reißt mich aus meinen Überlegungen. Ich atme tief ein und drehe mich im Stuhl zum Schreibtisch. Es wundert mich nicht, meinem Cousin gegenüberzustehen.

»Was zur Hölle machst du hier?«, donnert Jamies wütende Stimme durch den Raum. Mit großen Schritten durchquert er das Büro und knallt seine Handflächen auf den Schreibtisch. Seine eisblauen Augen funkeln zornig.

»Wonach sieht es denn aus? Ich räume hinter dir auf«, entgegne ich gelassen, grinse Jamie dabei breit an, was ihn noch zorniger werden lässt. Ich bewege mich auf dünnem Eis, habe bisher kaum Beweise. Lediglich die Andeutungen meines Vaters und meine Vermutungen lassen mich darauf schließen, dass mein Cousin in die Sache verwickelt ist. Wenn ich ihn offen konfrontiere, kann ich ihn vielleicht aus der Reserve locken.

»Du hast doch keine Ahnung«, zischt er gepresst.

»Nein? Dann klär mich auf«, erwidere ich mit fester Stimme und ziehe einen der Verträge aus der Aktentasche, um ihn Jamie vor die Nase zu halten. »Warum wurde hier noch kein Baubeginn verzeichnet? Onkel Simon ist für dieses Projekt verantwortlich.«

Dann breite ich weitere Papiere vor Jamie aus.

»Genau wie dieser Hotelbau. Und diese Sanierung in Cornwell. Der Finanzierungsplan wurde von dir im Namen deines Vaters unterschrieben. Doch die Gelder stimmen nicht überein!«

»Das geht dich nichts an«, fährt mich Jamie an. Seine Miene verhärtet sich, sobald ich ihn auf dessen Vater anspreche. Mein Cousin ist seit zwei Jahren dessen Stellvertreter. Er *muss* einfach etwas wissen.

»Glaubst du, ich habe nicht mitbekommen, dass es mit der Firma bergab geht, seitdem du dich um die finanzielle Abwicklung kümmerst? Was planst du mit deinem Vater? Was springt für euch dabei raus, wenn ihr das Unternehmen gegen die Wand fährt?«, konfrontiere ich Jamie mit meiner Vermutung.

Ich habe heute Vormittag bereits einige der Bücher durchgesehen und offensichtliche Unstimmigkeiten entdeckt. Es sind Gelder geflossen, für die keine Projekte verzeichnet wurden. Jamie und sein Vater müssen etwas damit zu tun haben, anders kann ich es mir nicht erklären, wohin das Geld verschwunden ist.

Die Firma wies nach dem Tod meiner Mum ausreichend Kapital auf, das mit der Zeit weiter schrumpfte, je mehr Verträge unterzeichnet und Bauvorhaben geplant wurden. Es wurde jedoch nichts von Bedeutung umgesetzt, das diese enormen Ausgaben gerechtfertigt hätte.

»Misch dich nicht in etwas ein, von dem du keine Ahnung hast«, kontert Jamie ausweichend und sieht sich hektisch im Raum um, als fürchte er eine versteckte Kamera.

Energisch erhebe ich mich von meinem Platz. Mein Cousin wirkt auf einmal alles andere als kühl und beherrscht. Irgendetwas an dieser Sache lässt auch Jamie keine Ruhe, das spüre ich. Doch worin genau ist er verwickelt? Und wieso deckt er seinen Vater?

»Ach nein? So viel weiß ich: Als Chief Financial Officer sollte Simon die Finanzen im Blick behalten, doch der Firma gehen die Gelder aus. Und wenn es keine Firma mehr gibt, wirst du niemals CEO werden. Mit der nahenden Insolvenz schadet ihr nicht nur uns, sondern auch euch selbst.«

Nun verstehe ich auch, warum mein Dad sich nicht rechtzeitig um einen Firmenkredit gekümmert hat. Wegen der offenen Bauvorhaben und geplatzten Projekte hätte ihn keine Bank für kreditwürdig erachtet. Deshalb ist Dad vom Wohlwollen der von Eislebens abhängig, denn Stellas Vater galt schon früher als größter Investor. Die beiden Männer verband seit ihrer Jugend eine innige Freundschaft.

Zornesröte zeichnet sich auf Jamies blassen Wangen ab. »Wage es ja nicht, mich zu beschuldigen.«

»Wäre es denn zu Unrecht?« Ich beuge mich nun meinerseits bedrohlich zu Jamie vor. Wäre nicht der Schreibtisch zwischen uns, dann hätte ich ihn am Kragen gepackt. »Hast du die Gelder selbst veruntreut oder bist du nur die Marionette deines Dads?«

Ein gehetzter Ausdruck huscht über Jamies Gesicht, ehe er sich seine Miene wieder verhärtet. Er ballt die Hände zu Fäusten. »Du hast absolut keine Ahnung, Alexander. Wie es ist, immer unter Druck zu stehen, weil du *niemals* gut genug für etwas sein wirst, egal, wie sehr du dich anstrengst. Du warst stets sorglos, weil *du* Theodor als CEO nachfolgen wirst. Ich hingegen musste mir meine Position und das Ansehen meines Vaters hart erkämpfen. Wirf mir also nicht vor, ich würde die Firma gegen die Wand fahren!«, schleudert mir Jamie zornig entgegen. »Theodor kann nicht mit Geld umgehen. Er ist ein versoffener Tunichtgut, der seit Jahren in Selbstmitleid versinkt!«

Seine Worte machen meine Beherrschung zunichte. Mit einem schnellen Satz umrunde ich den Tisch und kralle meine Finger in das Revers seines Jacketts. Schwungvoll ziehe ich ihn zu mir, sodass er scharf die Luft einzieht, ehe er sich wieder fasst und mich verärgert anstarrt.

»Rede noch einmal schlecht über meinen Vater – und du wirst es bereuen!«, schleudere ich ihm entgegen. Mein Dad hat weiß Gott genug durchgemacht. Er hat es nicht verdient, dass Jamie herablassend über ihn spricht.

»Wenn du mich verprügelst, wird es dir auch nicht helfen«, meint mein Cousin mit höhnischem Lachen. Die Unsicherheit in seinem Gesicht verschwindet und er setzt wieder die kühle Maske auf. Wütend schubse ich ihn von mir, sodass Jamie einige Schritte nach hinten taumelt.

»Verschwinde«, zische ich und fixiere Jamie mit finsterem Blick. Diese Konfrontation hat mich in meiner Vermutung bestätigt, dass er in die Sache verwickelt ist. Seine Beweggründe erschließen sich mir nicht, dennoch werde ich alles tun, um alle Zusammenhänge herauszufinden.

Mein Cousin richtet seinen Anzug und strafft seine Schultern. Einzig die roten Flecken im Gesicht deuten auf unseren Streit hin.

»Das wird dir noch leidtun«, murmelt er vor sich hin, als er das Büro verlässt und die schwere Tür mit einem Knall ins Schloss fällt.

***

Das *Browns* ist brechend voll, als ich durch die Tür ins Innere des Cafés trete. Scheinbar will heute jeder dem kalten Januarwetter entfliehen. Ich erkenne Studierende mit Laptops, obwohl es noch einige Tage bis zum Unistart sind, ältere Stammgäste mit Zeitungen und verliebte Paare, die sich die Finger über dampfenden Getränken wärmen. An einem Tisch am Fenster entdecke ich die irischen Zwillinge, mit denen Clara fast täglich unterwegs gewesen ist. Poliana O'Brien schaut neugierig zu mir rüber, doch ich wende mich schnell ab und schiebe mich durch die engen Tischreihen, bis ich meine Freunde entdecke. Tod hat wie immer seinen Platz am Fenster beansprucht. Sebastian sitzt ihm gegenüber und starrt in sein Handy.

»Da ist ja unser Frontmann«, begrüßt mich Tod mit einem Grinsen. »Dachte schon, du würdest uns wieder versetzen.«

»Sorry, musste noch was für meinen Dad klären.« Ich streife mir meinen Mantel von den Schultern und lasse mich auf den freien Stuhl plumpsen. Ich fühle mich schlapp und müde, weil ich die vergangenen Tage wie unter Strom stand. Nun bin ich sogar froh, dass mich Tod zu dem Treffen überredet hat. In Gegenwart meiner Freunde kann ich mich für einen Augenblick fallenlassen, ehe ich wieder in die Rolle als zukünftiger CEO von *Hunter Construction* schlüpfen muss.

Sebastian steckt sein Handy weg. »Und? Hast du es dir überlegt? Wirst du mit Jenkins sprechen?«

Ich nickte. »Ja, ich will euch diese Chance nicht verwehren, ehrlich, Jungs. Sobald ich Luft habe, rufe ich ihn an und organisiere ein Treffen.«

Tod klatscht in die Hände. »Klasse! Wie wär's gleich mit einem Gig? Dann könnte sich Jenkins ein Bild von uns machen.«

»Gute Idee. Immerhin kennt er nur einen Track. Was haltet ihr von einem Auftritt im *Upstairs*? Ich könnte mit Chester sprechen, sicher macht er für uns kurzfristig einen Termin klar«, meint Sebastian mit einem Grinsen und prostet mir mit seinem Kaffeebecher zu. Ich zwinge mich zu einem Lächeln, denn ich kann die Freude der beiden nur bedingt teilen.

Eine junge Kellnerin kommt an unseren Tisch, um meine Bestellung aufzunehmen, doch ich beachte sie kaum. Sebastian stößt mir den Ellenbogen in die Seite, was mich aus meinen Gedanken reißt.

»Einen schwarzen Kaffee für unseren Freund«, bestellt er an meiner Stelle.

»Was ist los mit dir?«, fragt Tod, irritiert über mein Verhalten. »Du wirkst wie ein Anwalt, der gerade seine erste Klage verloren hat. Hast du Stress mit deinem Dad?«

Ich seufze und streiche mir die Haare aus der Stirn. Tod weiß noch nicht, was in den letzten Tagen passiert ist. Kurz blicke ich zu Sebastian, der lediglich mit den Schultern zuckt und den Kopf schüttelt, als wolle er mir damit sagen, dass er dichtgehalten hat.

»Dad ist im Krankenhaus. Er wurde am Herzen notoperiert – und nun stecke ich bis zum Hals in Arbeit …«

»Was ist passiert?«, fragt Tod mit ernster Miene.

»Die Baufirma steckt in ernsthaften Schwierigkeiten. Ich habe in die Unterlagen geschaut – da stimmt einiges nicht. Zahlungen an Firmen, die nie geliefert haben. Buchungen, die nicht nachvollziehbar sind. Und mein Vater … er ist nicht in der Verfassung, alles zu klären.«

»Wie geht es ihm gesundheitlich?«, fragt Tod vorsichtig. Er sieht ehrlich besorgt aus.

»Er hatte einen Herzinfarkt.«

Sebastian stößt einen leisen Pfiff aus. »Und du bist jetzt … was? Sherlock Holmes in einem Bauimperium?«

»So ähnlich«, murmele ich und kann mir das Grinsen über seinen Kommentar nicht verkneifen. Ein bisschen fühle ich mich so. »Aber ich weiß nicht, wie lange ich das noch durchhalte, sobald die Uni wieder losgeht.«

»Kann ich verstehen …«, meint Tod nickend, dann schiebt er seinen Kaffeebecher zur Seite und beugt sich ein Stück weiter über den Tisch zu mir vor. »Ich habe Gerüchte gehört … Die Leute reden über deine Familie, über *Hunter Construction* …«

»Was meinst du?«, frage ich und runzle die Stirn.

Sebastian sieht nervös zur Seite. »Dein Dad soll in illegale Geschäfte verwickelt sein. Er soll Firmengelder veruntreut haben, um ein gescheitertes Bauprojekt zu vertuschen«, erklärt Tod leise. »Aber ich kann mir das nicht vorstellen …«

»Bullshit! Dad hat nichts mit der Sache zu tun. Es ist Simon, der –«, setze ich zu einer Erwiderung an, verstumme jedoch, als ich eine Bewegung aus dem Augenwinkel wahrnehme. Lucy steuert zielstrebig auf unseren Tisch zu. Wie immer perfekt gestylt, in einem beigefarbenen Mantel, mit hohen Stiefeln und einem überheblichen Blick. Neben ihr läuft Hailey mit einem übergroßen Kaffeebecher in der Hand.

»Alex«, ruft Lucy übertrieben laut, um auf sich aufmerksam zu machen. »Ich dachte, du wärst noch in der Firma?«

»Irgendwann ist auch für mich Feierabend«, entgegne ich und versuche, die beiden Frauen zu ignorieren. Ich habe keinen Nerv, mich mit Lucys Freundin zu unterhalten. Es ist kein Geheimnis, dass Hailey etwas von mir will. Zwar habe ich ihr am Abend des Neujahrsballs deutlich zu verstehen gegeben, dass sie keine Chancen bei mir hat – trotzdem lässt sie nicht locker. Auch jetzt hat mich Hailey längst ins Visier genommen.

»Wie schön, dich zu sehen.« Sie beugt sich leicht vor, sodass ihr langer Schal fast meinen Arm berührt. »Du siehst ... gestresst aus. Aber auf eine interessante Art.«

Ich verziehe missmutig den Mund, bleibe jedoch stumm.

»Stress steht ihm«, kommentiert Tod trocken, während Lucy sich auf einem freien Stuhl niederlässt.

»Wir wollten eigentlich einen Kaffee-to-go holen«, erklärt sie, »aber Hailey wollte kurz Hallo sagen.«

»Na klar«, flötet Hailey und lässt ihren Blick über mich wandern, als wäre ich ein besonders interessantes Studienobjekt. »Sag mal, Alex, hast du Lust, nächste Woche auf dieses Jazz-Festival mitzukommen? Ich habe gehört, dass du Musik machst ...«

Ich öffne den Mund, doch bevor ich etwas sagen kann, kommt mir meine Schwester zur Hilfe.

»Hailey, er hat gerade andere Sorgen. Die Sache mit der Firma ... erinnerst du dich?«

Hailey blinzelt irritiert, dann zuckt sie mit den Schultern. »Oh. Klar. Die Firma.«

Ich wende mich wieder an Tod und Sebastian, während ich von meinem Platz aufstehe. »Tut mir leid, Jungs. Ich muss los. Wegen Jenkins melde ich mich, ja?«

Tod nickt mit einem verständnisvollen Lächeln. »Wir stehen hinter dir. Familie ist eine Sache. Musik die andere.«

Und obwohl Hailey immer noch versucht, mir durch ihr Lächeln eine Einladung aus der Nase zu ziehen, habe ich in dem Moment nur eines im Kopf: Ich muss herausfinden, wie ich meine Familie retten und gleichzeitig mich selbst nicht verlieren kann.

Kapitel 12

Clara

Ich bin völlig durchnässt, als ich am späten Nachmittag von meiner Schicht im Café zurück in meine Wohnung komme. Mühsam schäle ich mich aus meiner durchweichten Jacke und schlüpfe aus den Stiefeln. Die klammen Klamotten werde ich im Badezimmer los, wo ich schnell unter die Dusche springe. Es dauert eine Weile, bis das Wasser mich aufwärmt. Ich hebe mein Gesicht in den Wasserstrahl. Alexanders Nachricht schwirrt immer noch in meinem Kopf herum. Während der Arbeit habe ich diese drei Worte immer wieder angestarrt, als ich glaubte, mein Chef wäre nicht in der Nähe.

Alexander: Ich brauche dich.

Zuvor hatte ich ihm mehrmals geschrieben, mich nach seinem Vater erkundigt, doch keine Rückmeldung bekommen. Bis auf diese drei Worte heute Vormittag, die mich aus der Bahn geworfen haben. Er ist seit über einer Woche fort – und mein Herz zerreißt es bei dem Gedanken, noch länger von ihm getrennt zu sein.

Auf der Arbeit hatte ich keine Zeit mehr ihm zurückzuschreiben, und auf dem Rückweg musste ich mich wegen des plötzlichen Regenschauers beeilen. Jetzt, nach der wärmenden Dusche, fühle ich mich stark genug, ihm zu antworten. Denn ich brauche ihn auch. Ich vermisse ihn. Ich will bei ihm sein.

Ich steige aus der Duschwanne und trockne mich ab, ehe ich in Unterwäsche und Jogginghose schlüpfe. Dann ziehe ich mir meinen schwarzen Hoodie über den Kopf, in dem ich aus Cambridge zurückgekehrt bin. Die Haare zu einem lockeren Knoten am Hinterkopf gebunden, gehe ich zurück in mein Schlafzimmer. Dort werfe ich einen Blick auf mein Smartphone, das zwei weitere ungelesene Nachrichten zeigt. Sofort beschleunigt sich mein Puls, hoffe, dass sie von Alex sind. Aber es ist nur Poliana, die mir schreibt. Seufzend lasse ich mich auf die weiche Matratze sinken und öffne den Chatverlauf.

Poliana: Langsam ist es nicht mehr witzig, Stella. Wann kommst du zurück? Ich glaube kaum, dass du wegen der hohen Spende, die dein Dad jährlich an die Uni zahlt, von der Anwesenheitspflicht befreit bist. Die Ferien sind nächste Woche rum.

Poliana: Eins noch: Wenn du nicht bald auftauchst, wird Hailey dir deinen Verlobten vor der Nase wegschnappen. Ich habe neulich im *Browns* gesehen, wie sie um Alex herumscharwenzelt. Außer es ist dir immer noch egal, was der Typ treibt. Ich an deiner Stelle würde ihn für sein Verhalten in den Wind schießen!

Hailey? Für einen Moment bleibt mir vor Schreck die Luft weg. Polly weiß nichts davon, dass Alex bei mir in Köln gewesen ist und dass wir uns ausgesprochen haben. Doch warum glaubt sie, Hailey könnte Interesse an ihm haben? Ich kann mir kaum vorstellen, dass Alex sich auf Lucys Freundin einlassen würde ... oder doch? Aber warum schickte er mir dann diese Nachricht, er würde mich brauchen? Das ergibt für mich keinen Sinn.

Dennoch kann ich nicht verhindern, wie mich Pollys Neuigkeit verunsichert.

Clara: Ich werde zurückkommen, sobald ich meine Angelegenheiten in Köln geregelt habe.

Poliana: Na, hoffentlich dauert das nicht allzu lange. Seitdem Bobby mit Cassy zusammen ist, langweile ich mich zu Tode! Du fehlst mir.

Seufzend schließe ich die App und bleibe einen Moment reglos auf dem Bett sitzen, meinen Blick starr an die gegenüberliegende Wand gerichtet. Soll ich wirklich nach Cambridge zurückkehren? Doch was, wenn ich dadurch noch mehr Chaos anrichte? Ich fürchte, dass sich Polly und Bob von mir abwenden, sollten sie die Wahrheit über meine Identität herausfinden ...

Klar, in Köln spielt sich mein Leben ab ... Doch seitdem ich in Cambridge gewesen bin, fühle ich mich hier total fremd. Als würde ich nicht hierhergehören. Stella und Enrico sind bereits gestern zurück nach Barcelona geflogen, weil sie einen Anruf von einem Makler bekommen hat. Aufgeregt erzählte sie mir bei unserem Abschied, dass sie sich letztes Jahr eine kleine Galerie angesehen hat, in die sie sich sofort verliebt hatte. Und genau diese Galerie könnte sie kaufen, wenn sie schnell alle nötigen Unterlagen beim Makler einreicht.

Das Schellen der Türklingel reißt mich aus meinen Gedanken. Ich schrecke auf und lasse das Smartphone auf die Bettdecke fallen. Jedes Mal denke ich, es könnte erneut Alexander sein, der vor meiner Tür auftaucht und mich mit einer stürmischen Umarmung begrüßt.

Mit klopfendem Herzen erhebe ich mich vom Bett und gehe in den Flur, um den Summer zu betätigen. Dann ziehe ich die Wohnungstür auf und warte, als ich Schritte im Treppenhaus höre.

Es dauert eine Weile, bis Mareikes Lockenkopf am oberen Treppenabsatz auftaucht. Sie hat den Schal bis übers Kinn geschlungen, sodass ich ihr zaghaftes Lächeln kaum erkenne. In den Armen trägt sie einen Umzugskarton. Mit gerunzelter Stirn sehe ich meine Freundin an.

»Hey«, grüßt sie mich in lockerem Ton und stellt die Kiste zu meinen Füßen ab.

»Hey«, erwidere ich mit skeptischem Blick auf den Karton, als würde gleich ein Springteufel heraushüpfen, um mich zu erschrecken.

»Ich hatte meiner Mutter von deiner Rückkehr erzählt, und dass du eine neue Wohnung hast«, beginnt Mareike, nachdem wir uns einen Moment lang schweigend angesehen haben.

»Okay ...?«, entgegne ich mit hochgezogenen Augenbrauen. Seitdem ihr Freund Stefan aus New York zurückgekehrt ist, spüre ich eine Kluft zwischen Mareike und mir. Er steht wie eine Mauer zwischen uns, der das sowieso schwache Freundschaftsband immer weiter auseinanderreißt.

»Nun ... diese Kiste stand bei meinen Eltern im Keller. Es sind Sachen deiner Oma, glaube ich. Meine Eltern hatten sie für dich verwahrt, als das Haus an die Bank ging.«

Ich erinnere mich, dass ich viele Dinge auf dem Dachboden gefunden habe, als ich das Haus räumen musste. Damals habe ich alles eingepackt, was mir wichtig erschien. Marianne Schumacher bot mir an, die Sachen bei ihnen unterzustellen, bis ich eine Wohnung und genug Platz dafür hatte. Es fühlte sich damals zu schmerzhaft an, die alten Fotoalben meiner Familie durchzublättern, weshalb ich die Kiste aus meiner Erinnerung verdrängt hatte. Es war schon schwer genug, die persönlichen Dinge meiner Großmutter in ein Sozialkaufhaus zu bringen. Nur wenige Erinnerungsstücke blieben mir, wie das Foto, das auf meinem Nachttisch steht.

»Ähm, danke. Willst du nicht reinkommen? Ich kann uns einen Kaffee machen«, schlage ich vor und trete einen Schritt zurück, um Mareike die Tür weiter aufzuhalten. Meine Freundin schüttelt den Kopf. Ihre Wangen röten sich und sie sieht verlegen auf ihre Stiefelspitzen.

»Sorry, aber ich bin mit Stefan hier. Er hat mich hergefahren und wir wollen gleich weiter zu Freunden von ihm«, erklärt sie in entschuldigendem Ton. »Ein anderes Mal, ja?« Damit dreht sie sich um und steigt bereits die Treppe hinab. Auf halbem Weg schaut sie noch einmal über die Schulter und winkt mir zu, ehe sie aus meinem Blickfeld verschwindet.

Irritiert sehe ich ihr hinterher und rühre mich erst, als ich die Eingangstür ins Schloss fallen höre. Mittlerweile wundere ich mich kaum noch über Mareikes Verhalten. Sie scheint wie besessen von ihrem Stefan zu sein, macht alles, was er von ihr verlangt und noch mehr. Dabei vergisst sie ihre eigenen Wünsche und stellt ihre Bedürfnisse hintenan. Mareike ist hoffnungslos verknallt und sieht nicht, wie er sie lenkt. Doch ich kann ihr keinen Vorwurf machen, denn obwohl ich mich zuvor über ihre Art, ihm verfallen zu sein, aufregte, erging es mir mit Alexander nicht viel anders. Zwar habe ich mich nicht durch sein Verhalten leiten lassen, doch dieses Bedürfnis, ihm zu gefallen, habe auch ich verspürt.

Mit einem Seufzen schiebe ich die Kiste mit dem Fuß über die Schwelle in den Flur, ehe ich die Tür schließe. Dann hebe ich sie auf und gehe damit ins Wohnzimmer. Weil ich immer noch keine Couch habe, setze ich mich auf den Fußboden neben dem großen Fenster. Dort habe ich einige Kissen ausgelegt.

Regen prasselt rhythmisch gegen die Scheibe. Die Kiste vor mir verharre ich einen Moment mit klopfendem Herzen. Verrückt, dass mein halbes Leben dort drinnen ist. Meine Vergangenheit, meine Erinnerungen. Vieles davon habe ich nur verschwommen vor Augen, einige Dinge sehe ich glasklar. Wie den Moment, als die Polizei anrief, um meine Großmutter über den tödlichen Unfall meiner Eltern zu unterrichten. Was wäre gewesen, wenn meine Eltern immer noch lebten? Wäre ich dann glücklicher? Hätte ich nicht so hart für jedes bisschen Luxus arbeiten müssen? Aber dann hätte ich niemals Stella kennengelernt, wäre niemals an ihrer Stelle nach Cambridge geflogen und hätte mich nicht in Alexander verliebt.

Bei dem Gedanken an ihn spüre ich einen Stich im Herzen. Sofort fällt mir Pollys Nachricht wieder ein, in der sie mir von Hailey erzählt hat. Kann es wirklich sein, dass sich Lucys Freundin erneut für Alex interessiert?

Ich atme tief ein und schüttele den Gedanken ab, der sich wie ein Stachel in meinem Herzen festzusetzen versucht. So etwas darf ich nicht denken. Ich vertraue Alex ... Er würde mich nicht mit Hailey betrügen. Er hat mir seine Liebe gestanden, mir beteuert, dass er nur mich will, nicht Stella. Seine Gefühle sind echt, daran glaube ich fest.

Endlich fasse ich mir ein Herz und öffne den Umzugskarton. Darin befinden sich alte Fotoalben von meinen Eltern und meiner Großmutter, die ich bereits aus meiner Kindheit kenne. Zuoberst liegt ein graues Stofftier. Es ist ein Esel mit langen Ohren und abgenutztem Fell. Schmunzelnd nehme ich das Plüschtier heraus. Eins der Knopfaugen fehlt, außerdem haben sich Fäden an der Naht am Bauch gelöst, wo bereits Watte herausguckt. Als Kind habe ich diesen Esel geliebt. Meine Mutter hatte ihn mir zu meinem sechsten Geburtstag geschenkt, weil ich ihn in einem Schaufenster entdeckt hatte und wochenlang nur von diesem Stofftier gesprochen habe. Natürlich habe ich die Jahre danach weitere Geschenke bekommen, doch dieser kleine Esel war stets mein Liebling. In den Jahren nach dem Tod meiner Eltern wurde er zu meinem treuen Begleiter, der mir Trost spendete.

Sacht drücke ich das Plüschtier an meine Brust, nehme den leicht muffigen Geruch wahr, weil er so lange in einer Kiste im Keller lag. Ich lege den Esel neben mich auf eins der Kissen, ehe ich weiter im Karton stöbere. Darin liegen einige Romane, die meine Oma gern gelesen hat. Dazu finde ich drei dicke Fotoalben, und selbst gestrickte Schultertücher. Meine Puppe, die meine Großmutter mir geschenkt hatte, ist leider nicht dabei, was mich ein wenig traurig stimmt. Früher habe ich sie wie einen Schatz gehütet, weshalb ich mir sicher war, sie beim Umzug eingesteckt zu haben. Vermutlich ist sie irgendwo verloren gegangen.

Am Boden der Kiste entdecke ich ein in Leder gebundenes Notizbuch, an das ich mich nicht erinnern kann. Mit hochgezogenen Augenbrauen hole ich es heraus und drehe es in den Händen. Es ist in gutem Zustand. Der Einband ist zwar abgenutzt, die Seiten vergilbt, jedoch sorgfältig zusammengehalten.

Neugier breitet sich in mir aus, gepaart mit einer leisen Nervosität, die ich mir nicht erklären kann. Langsam schlage ich das Buch auf und lese die erste Seite. Die Schrift ist schön, an einigen Stellen verwischt, dennoch gut lesbar. Nach wenigen Zeilen stelle ich fest, dass es sich um ein Tagebuch meiner Mutter handelt, das sie vor meiner Geburt geführt hat. Sofort beschleunigt sich mein Herzschlag und meine Handflächen beginnen zu schwitzen.

Die Erinnerung an meine Eltern ist verschwommen, meine Trauer hat all die Momente mit ihnen größtenteils überlagert. Zudem habe ich keine Ahnung, wie Mama als junge Frau gewesen ist. Damals war ich zu klein, um meine Eltern nach deren Zeit ohne mich auszufragen. Selbst meine Großmutter wusste nicht jedes Detail, außerdem war es auch für sie zu schmerzhaft, über ihre verstorbene Tochter und ihren Schwiegersohn zu sprechen, weshalb ich aufgab zu fragen.

Jetzt hingegen brennt die Neugier in meinem Innern, mehr über meine Eltern herauszufinden.

Ich blättere weiter, bleibe an Passagen hängen und versuche, mir vorzustellen, wie Mama in ihrer Jugend gewesen ist. Eine fröhliche junge Frau mit kupferrotem Haar und braunen Augen, stets ein Lächeln auf ihren Lippen. Die Seiten fliegen schnell vorbei, ihre Worte erzählen mir von einer Zeit, die längst vergangen ist, aber für mich umso lebendiger wirkt.

12. November 2002
Köln, Deutschland
Ich habe es geschafft! Ich werde im neuen Jahr als Au-pair nach Cambridge gehen! Ich kann kaum in Worte fassen, wie sehr mich das freut. Ich wollte schon immer nach England, Mama hat mir so viel über ihre Heimat erzählt. Es ist eine unglaubliche Chance für mich, bei einer wohlhabenden Familie zu leben und in einer Stadt wie Cambridge zu arbeiten. Ich stelle mir jetzt schon vor, wie ich in diesem historischen, akademischen Umfeld, umgeben von so viel Kultur und Geschichte, an meinen freien Tagen durch die Straßen schlendere, die Bibliothek besuche oder in einem Café sitze.
Meine Gastfamilie hat mir einen netten Brief geschrieben. Der kleine Junge auf dem Foto, für den ich ein Jahr sorgen werde, sieht unglaublich süß aus. Noch habe ich kaum Erfahrung mit kleinen Kindern, doch auch das werde ich lernen – genau wie die Sprache, die ich zwar seit meiner Kindheit spreche, dies jedoch weiter vertiefen möchte.

Es wird sicherlich nicht einfach, so weit weg von Zuhause zu sein, aber ich weiß, dass ich diese Herausforderung meistern werde. Diese Chance ist ein neuer Anfang, und ich bin gespannt, welche Türen sich für mich öffnen werden.

03. März 2003
Cambridge, England
Die Tage hier in Cambridge sind so anders, als ich es mir je vorgestellt habe. Die Menschen, die Gespräche, der Regen, der immerzu fällt und trotzdem die Stadt so wunderschön macht. Ich verbringe gern Zeit mit dem Sohn meiner Gastfamilie. Er ist ein kleiner Sonnenschein. Es ist so schön, mit anzusehen, wie er aufwächst, die Welt entdeckt und täglich etwas Neues lernt. Aber was mich am meisten beschäftigt, ist Benjamin …
Er ist anders als alle anderen. Er versteht mich, ohne dass ich ein Wort sagen muss. Unsere Gespräche sind voller Gedanken, die ich noch nie mit jemandem geteilt habe. Aber es gibt eine Grenze, die wir beide kennen, auch wenn wir sie nicht ansprechen. Ich kann nicht bleiben. Meine Zeit hier ist begrenzt, denn wenn der Sommer vorbei ist, muss ich nach Hause zurückkehren. Danach beginnt mein Studium in Köln.
Benjamin versteht das, auch wenn es ihn schmerzt. Ich sehe es in seinen Augen, wenn er mich ansieht. Er weiß, dass ich gehen werde. Es ist wie ein Abschied, der bereits in der Luft hängt. Ich habe Angst, dass ich durch diese Trennung einen Teil von mir selbst hierlasse. Vielleicht ist es das, was mir die Entscheidung so schwer macht, mich ihm hinzugeben und seine Liebe anzunehmen.

Irritiert starre ich auf die Worte, die mich meiner Mutter näherbringen und sie doch wie eine mir völlig fremde Person dastehen lassen. Sie ist ebenfalls in Cambridge gewesen? Davon hat sie nie etwas erzählt. Selbst meine Oma hat über diese Tatsache geschwiegen. Fühlte ich mich deshalb wie magisch angezogen von dem Ort, der mir eigentlich fremd sein müsste? Ich habe mich ebenfalls in Cambridge, die Uni, die vielen kleinen Cafés und Boutiquen verliebt. Außerdem macht mich der Mann stutzig, den meine Mutter erwähnt hat. Ich hätte nicht gedacht, dass sie sich dort in jemanden verlieben würde ... Immerhin hat meine Großmutter immer erzählt, dass meine Eltern Jugendfreunde gewesen sind. Hat Mamas Herz etwa nicht von Anfang an meinem Vater Daniel gehört?

Mit angehaltenem Atem blättere ich zum nächsten Eintrag.

27. Juni 2003
Cambridge, England
Ich habe mich in etwas verrannt, das ich nicht mehr kontrollieren kann. Die Sache mit Benjamin ist aus dem Ruder gelaufen und ich fürchte, wir beide haben einen Fehler gemacht. Wenn unsere Affäre herauskommt – und das wird sie bestimmt – hat es nicht nur für mich, sondern auch für ihn Konsequenzen. Ich werde abreisen müssen, denn die Au-pair-Agentur wird mich in meinem Zustand nicht länger unter Vertrag behalten.
Es fällt mir schwer, ihn ohne eine Erklärung zurückzulassen. Sollte er jedoch den Grund für meine überstürzte Abreise aus Cambridge erfahren, wird er alles verlieren. Eine Verbindung mit mir könnte seine Stellung in der Gesellschaft gefährden. Ich habe nichts – außer meiner Liebe – das ich einem Mann wie ihm bieten könnte ...
Obwohl ich jede Verbindung zu ihm und nach Cambridge kappen muss, weiß ich mit Sicherheit, dass ich in meinem Herzen immer einen Platz für Benjamin haben werde. Es tut weh, ihn loszulassen, aber es schmerzt noch mehr, nicht zu wissen, wie es weitergehen wird. Ich werde ihn zurücklassen, aber ich weiß nicht, ob ich jemals wirklich über diesen Verlust hinwegkommen werde.

Die Worte meiner Mutter ziehen mich in ihren Bann. Die Traurigkeit, die in diesen Zeilen liegt, ist greifbar. Benjamin – dieser Name klingt vertraut in meinen Ohren. Es ist nicht so, dass ich mir dabei eine konkrete Person vorstelle, es ist mehr ein Gefühl von Verbundenheit. Ich versuche, mich an die Menschen in Cambridge zu erinnern, die mir während meines Aufenthalts auf den zahlreichen Veranstaltungen begegnet sind. Doch einen Benjamin gab es nicht unter ihnen.

Ein Schaudern durchläuft mich und ich lese den letzten Eintrag immer wieder. Hektisch wandert mein Blick über die Seiten, als versuche ich, etwas zu verstehen, das in den Zeilen verborgen ist. Ein Mann, ein Gefühl, das sie nie losgelassen hat. Und dann – am Ende der Seite und in krakeliger Schrift, als wäre der Eintrag nachträglich ergänzt worden – steht etwas, was mich stutzig werden lässt:

Ich werde Daniel heiraten. Er weiß von allem, trotzdem ist er der Einzige, der mir in dieser schweren Zeit Halt gibt. Ich bin mir sicher, dass er für mein Kind der beste Vater sein wird, den man sich wünschen kann. Aber was, wenn alles, was wir haben, nur ein Kompromiss ist? Was, wenn meine Liebe nicht genug ist und mein Opfer umsonst?

Die Seiten des Tagebuchs rascheln leise, als ich das Buch schließe und ehrfürchtig neben mich auf den Boden lege. Die Worte meiner Mutter hallen in meinem Kopf wider. Ihre leisen Andeutungen und die vielen Fragen, die für immer unbeantwortet bleiben, füllen meine Gedanken.

Die Erinnerung an Benjamin scheint mir wie ein Geheimnis, das sie nie loslassen konnte, auch wenn sie in ihrem letzten Eintrag versicherte, ihn zurückgelassen zu haben. Doch war das wirklich der Fall? Oder hat sie sich irgendwann selbst betrogen, sich eingeredet, dass sie Daniel lieben würde, weil es das Richtige war? Weil er ... *mein Vater* war?

Ich spüre, wie sich ein Knoten in meinem Magen bildet, eine Mischung aus Sorge und Unruhe. Es ist, als hätte ich einen Teil meiner Mutter entdeckt, den ich nie gekannt habe. Eine Welle der Verwirrung und Traurigkeit überkommt mich. Es gibt so viel, was ich über meine Eltern nicht weiß und niemals erfahren werde. Was bedeutet es, dass meine Mutter sich für Daniel entschieden hat, obwohl ihre Gefühle für Benjamin so stark waren?

Ein Kloß bildet sich in meinem Hals und Tränen bahnen sich einen Weg über meine Wangen, die ich jedoch mit dem Handrücken fortwische.

Meine Mama hat mir früher stets gesagt, dass ich nach meinem Vater komme und mich dabei immer mit einem wehmütigen Lächeln angesehen. Damals habe ich ihre Worte nicht verstanden, jetzt jedoch trifft es mich wie der Schlag. *Daniel wusste alles* ... Was genau meinte sie damit? Was hat mein Vater gewusst?

Das Tagebuch lässt mich völlig verwirrt zurück. Wie hängt Mamas Vergangenheit als Au-pair in Cambridge mit meinem Leben zusammen? Wenn ich nur wüsste, über welche Agentur sie damals die Stelle in England bekommen hat. Doch ich habe im Tagebuch weder einen Namen noch eine Adresse, oder andere Angaben gefunden. Zudem gibt es niemanden, den ich darüber ausfragen könnte, jede Person aus meiner Familie ist verstorben, die in die Geschichte involviert gewesen ist. Und über diesen ominösen Benjamin weiß ich rein gar nichts.

»Ich werde Daniel heiraten. Er weiß von allem, trotzdem ist er der Einzige, der mir in dieser Zeit Halt gibt.« Diese Worte gehen mir nicht aus dem Kopf. Ich schließe die Augen, versuche, den Gedanken zu fassen, aber er entgleitet mir. Es ist, als würde dieser Satz ein tiefes, verborgenes Geheimnis berühren. Was wusste Daniel? Warum hat meine Mutter ihn gewählt, obwohl ihre Liebe zu Benjamin so intensiv war?

Und warum hat sie mir nie von Benjamin erzählt? Hätte sie es mir erzählt, wäre sie noch bei mir? Ich habe immer geglaubt, dass ihre Liebe zu meinem Vater etwas Beständiges war. Sie sind immer so leicht miteinander umgegangen –

wie beste Freunde. Haben sie sich geliebt oder sind sie meinetwegen zusammengeblieben?

Eine plötzliche Erkenntnis trifft mich wie ein Blitz: Ich war nicht sein *biologisches* Kind. Fieberhaft versuche ich, mich an Situationen aus meiner Kindheit zu erinnern, doch es gibt absolut nichts, was mir aufgefallen ist, wenn ich an das Verhältnis zu meinem Vater denke. Er war stets liebevoll im Umgang mit mir und ich habe mich bei ihm immer sicher und geborgen gefühlt. Emotionale Distanz kannte ich nicht, von der Stella immer wieder erzählte, wenn sie mit mir über ihre Eltern sprach.

»Das ist doch unmöglich ...«, murmele ich. Aber das nagende Gefühl will nicht verschwinden. Etwas stimmt nicht. Irgendetwas stimmt ganz und gar nicht. Und ich werde es herausfinden.

Langsam stehe ich auf und gehe zum Fenster. Draußen ist es grau, doch der Regen hat nachgelassen. Ich atme tief ein, ehe ich meinen Blick in die Ferne schweifen lasse. Ich muss wissen, warum sich meine Mutter für diesen Weg entschieden hat. Warum sie ihre Liebe zu Benjamin versteckt hat. Und warum sie Daniel geheiratet hat – nicht aus Liebe, sondern aus Verpflichtung.

Ein Ruck geht durch meinen Körper und ich stürze zurück zu den Alben auf dem Fußboden. Knie mich auf das Sitzkissen und blättere mit wild klopfendem Herzen durch die Seiten, betrachte die Fotos meiner Großeltern und die Kinderfotos meiner Mutter nur flüchtig, ehe ich zu den Fotos gelange, die Mama in ihrer Jugend zeigen. Wie sie mit Zahnspange und breitem Lächeln bei der Abschlussfeier in der Mittelstufe in die Kamera grinst. Meine Mama zusammen mit ihren Freundinnen bei einem Geburtstag, Fotos eines gemeinsamen Familienurlaubs, weitere Bilder mit Freunden und auch zusammen mit Daniel.

Eingehend betrachte ich das Foto meines Vaters. Wie jung er aussah. Die Haare zerzaust, einen stoppeligen Dreitagebart und ein Glänzen in seinen Augen, während er meine Mama fest an sich drückte. Beide trugen elegante Kleidung, vermutlich ist es ein Bild vom Abiball, bevor sie als Au-pair nach Cambridge geflogen ist.

Mit den Fingerspitzen fahre ich das Bild meiner Eltern nach.

Mama beteuerte mir stets, ich käme nach meinem Vater, wenn ich nach meinem Aussehen fragte. Mamas Haare waren immer rötlich. Papa hatte dunkelbraunes Haar und braune Augen. Warum bin ich dann so blond? Ich hatte vermutet, dass mein Vater als Kind ebenfalls blond gewesen war, so etwas gibt es durchaus. Oder dass ich die Gene meiner Großeltern geerbt habe ... Auf einmal fühle ich mich wie eine Fremde in meiner eigenen Familie.

Plötzlich reift ein Entschluss in mir. Ich muss zurück nach Cambridge, mehr denn je. Nicht nur wegen Alexander oder Stella, sondern wegen meiner Mutter und ihrer Vergangenheit. Ich werde die Wahrheit herausfinden. Und vielleicht finde ich dabei mich selbst.

Kapitel 13

Alexander

Seit zwei Tagen sitze ich im Büro meines Dads und durchforste seine Bücher.

Unruhig trommele ich mit den Fingern der linken Hand auf der Tischplatte, in meiner Rechten halte ich einen Kugelschreiber, auf dem ich herumklicke. Das Geräusch macht mich jedoch nervöser, statt mich zu beruhigen.

Der Streit mit Jamie hat dazu geführt, dass auch mein Onkel erschienen ist. Simon hat nicht versucht, mich wegzuschicken, sondern war überaus freundlich zu mir. Er hat sich nach dem Zustand meines Vaters erkundigt und ihm die besten Grüße übermittelt. Zusätzlich hat er mir seine Hilfe und volle Unterstützung zugesichert. Ich könnte jederzeit zu ihm kommen, falls ich Fragen hätte. Immerhin wäre ich der zukünftige CEO von *Hunter Construction.*

Sein Verhalten hat mich stutzig gemacht, das Lächeln während seiner Ansprache wirkte aufgesetzt und die Freundlichkeit gestellt. Ich kenne meinen Onkel als kühle und berechnende Person, weshalb es verdächtig war, ihn so zuvorkommend zu erleben. Natürlich habe ich mir nichts anmerken lassen und mich für seine Unterstützung bedankt.

Genau aus diesem Grund sitze ich hier seit Stunden und starre Zahlen an, die keinen Sinn ergeben. Ich verstehe nicht, wie niemanden in der Buchhaltung auffallen konnte, dass etliche Aufträge und Bauvorhaben über Monate hinweg nicht ordnungsgemäß dokumentiert und Gelder nicht richtig verbucht wurden. An dieser Stelle müsste ich Jamie danach fragen, doch seit der Sache mit Clara traue ich meinem Cousin nicht über den Weg. Habe ich früher schon nicht, denn ich erinnere mich daran, wie er in der Vergangenheit sich in den Vordergrund drängte. Sich für meinen Dad und die Firma unabdingbar machte.

Keine Ahnung, was Jamie und sein Vater planen, doch ich werde nicht zulassen, dass sie Dads Vermächtnis zerschlagen. Mir ist die Firma in diesem Umfang nicht so wichtig – und wäre ich wirklich CEO, hätte ich längst einiges verändert, statt mich auf vergangenen Erfolgen auszuruhen. Ich hätte weiter gestreut, mich nicht bloß auf einen Investor verlassen, der dazu ein ehemaliger Freund ist.

Doch mein Dad ist anders. Er ist ein Mann mit Prinzipien, bewahrt Traditionen und vertraut auf die Werte der Familie, statt über den Tellerrand zu schauen und wirtschaftlich zu denken. Vielleicht ist das der Grund, warum er sich nach Mums Tod auf seinen Bruder Simon verlassen hat.

Wollen sich die Richards finanziell bereichern, um langfristig die vollständige Kontrolle über die Firma zu haben? Warum hätte Jamie sonst einen Keil zwischen Stella und mich treiben wollen? Ihre Mitgift muss etwas mit dem Erhalt der Firma zu tun haben, was den Richards schaden könnte ... Immerhin hat mein Vater ebenfalls etwas in dieser Richtung angedeutet. Oder ist es das Ziel, die Firma absichtlich in die Insolvenz zu treiben, um danach mit einem beachtlichen Vermögen neu zu starten?

Genervt stöhne ich auf und vergrabe mein Gesicht in den Händen. Mein Blick flackert, weil ich so lange auf den Bildschirm des Notebooks gestarrt habe. Elisabeth aus der Finanzabteilung war so freundlich gewesen, für mich die Daten zu allen offenen Projekten freizuschalten, damit ich sie prüfen konnte. Zusammen mit den Büchern der vergangenen Jahre ist es ein beinahe unmögliches Unterfangen. Es sind zu viele Daten, mit denen ich allein in so kurzer Zeit nicht fertigwerde. Doch wenn ich zu lange warte, wird Jamie einen Weg finden, um mich erneut zu hintergehen.

Noch einmal reibe ich mir über die Augen, dann klicke ich mich durch die Dateien. Dieser Hotelbau in Dubai hat enorme Summen gefressen ... Ich frage mich, warum der Deal so plötzlich geplatzt ist? Und was macht Benjamin von Eisleben schon seit zwei Wochen dort? Wenn er als Investor im Hotelbau involviert ist, müsste Dad doch davon wissen ...

Die Stille im Büro ist erdrückend. Ein Klick nach dem anderen – eine Routine, die mir inzwischen wie ein Albtraum vorkommt. Mein Smartphone klingelt neben mir, was mich aus meiner Starre reißt. Mit einem leisen Fluch auf den Lippen nehme ich das Gespräch entgegen.

»Hey, Mann«, grüßt mein Kumpel Sebastian gut gelaunt. »Wir hatten ja neulich über Jenkins gesprochen ...«

»Ja«, murmele ich und drehe mich auf dem Stuhl vom Schreibtisch weg, um aus dem Fenster zu schauen. Der Himmel ist grau, schwere Regenwolken hängen über der Stadt.

»Ich habe ihn eingeladen. Zum Gig. Chester hat uns einen Termin freigeschaufelt.«

»Okay.« Angespannt reibe ich mir mit dem Zeigefinger über die Schläfe.

»Sorry, wenn es zu schnell geht, aber es ist bereits dieses Wochenende«, erklärt Sebastian entschuldigend. »Jenkins hat nur an diesem Tag Zeit. Ich weiß ja, dass du gerade andere Sorgen hast, aber ... Die Sache ist für Tod und mich echt wichtig. Er will deinen Song live hören, um sich ein Bild zu machen.«

»Ich weiß, Seb. Es tut mir wirklich leid, dass ich aktuell nur wenig Zeit habe, mich um die Musik zu kümmern. Aber mein Dad braucht mich hier«, entgegne ich mit Nachdruck. Solange mein Vater auf der Intensivstation liegt, steht mir der Kopf nicht nach Musik.

Bei der Erwähnung des Songs muss ich sofort an Clara

denken. Sogleich wird mir das Herz schwer. Ob es Clara gut geht? Ich muss mich endlich bei ihr melden und ihr alles beichten. Ihr erklären, warum ich nur knapp oder gar nicht auf ihre Nachrichten reagiere.

»Hat es dir die Sprache verschlagen?«, brummt Sebastian.

»Sorry. Ich verspreche dir, da zu sein, okay? Glaub mir, ich freue mich über diese Möglichkeit, ich bin nur fix und fertig«, bestätige ich meinem Kumpel.

»Alles klar, Mann«, entgegnet er zufrieden. »Dann sehen wir uns Samstag. Bis dann.«

»Bis dann.« Ich beende das Gespräch und stecke mein Smartphone in die Brusttasche an meinem Jackett. Es ist immer noch ungewohnt für mich, täglich im Anzug in der Firma zu erscheinen.

Erneut drehe ich mich zum Notebook und entsperre den Bildschirm, um mich wieder meiner Arbeit zu widmen. Abermals scrolle ich mich durch Listen, vergleiche Zahlen und dann ... Überrascht reiße ich die Augen auf. Das kann nicht sein!

Wie gebannt starre ich auf den Bildschirm, während ich die letzten Transaktionen der Firma überprüfe, die wenige Wochen zurückliegen. Genau zu dem Zeitpunkt, als ich anfing, Clara zu daten ... Zuerst halte ich es für einen simplen Buchungsfehler, doch je tiefer ich grabe, desto mehr scheint etwas nicht zu stimmen.

Mit angespannten Schultern und wachsender Nervosität klicke ich mich durch die Finanzdaten der letzten Monate. Immer wieder stoße ich auf dieselbe seltsame Verschiebung: Zahlungen, die offiziell für Bauprojekte gebucht wurden, erscheinen nicht in den Projektabrechnungen. Ich fahre mit der Maus über eine dieser Transaktionen. 125.000 Pfund – angeblich für das Dubai-Projekt. Und dieselbe Summe finde ich, zwei Tage später, auf einem anderen Konto wieder – verschlüsselt unter dem Vermerk »interne Mittel«. Dazu wurden im System kein Projekt und keine Dokumentation angelegt. Was zur Hölle?

Mit jedem weiteren Klick verdichtet sich das Bild: ein ausgeklügeltes System von Geldumleitungen, sorgfältig verschleiert durch doppelte Buchungswege. Das ist keine Schlamperei. Dies wurde absichtlich herbeigeführt. Fuck! Hat Onkel Simon das alles veranlasst oder zumindest ohne Bedenken durchgewunken?

Solange Dad im Krankenhaus ist, gilt Simon Richards als alleiniger Bevollmächtigter für alle Belange der Firma. Und weil Jamie sein Stellvertreter ist, gilt das auch für ihn. Ich glaube kaum, dass Simon selbst diese Buchungen vorgenommen hat, aber er wird Jamie in dieser Sache freie Hand gelassen haben.

Erneut prüfe ich die Buchungen und entdecke weitere Zahlungen an Auslandsfirmen, die mir unbekannt vorkommen. Diese Namen habe ich in keinen der Verträge gefunden, die ich in den vergangenen Tagen durchgesehen habe. Mein Herz schlägt schneller, meine Kehle ist trocken. Ich lehne mich zurück und starre mit brennenden Augen auf den Bildschirm. Das ist interner Finanzbetrug. Nur jemand mit Zugang und dem nötigen Wissen kann so unbemerkt und systematisch Geld abzweigen – und das seit Monaten.

Meine Entdeckung bestätigt die leise Vermutung, die in meinem Innern heranwuchs. Jamie hat Gelder abgezweigt – Millionen, die für laufende Bauprojekte gedacht waren. Und jetzt? Jetzt liegt die Firma im Argen. Lieferengpässe haben alles noch weiter verschärft, bis alles eingebrochen ist.

Ich finde mehr dieser Konten. Vermutlich gehören diese zu Briefkastenfirmen, die keine Leistungen erbracht haben. Mir wird übel. Mein Atem geht flach. Ich starre auf den Bildschirm, die Gedanken in meinem Kopf überschlagen sich. Hat Onkel Simon Firmen im Ausland gegründet, um seine Pläne zu verwirklichen? Wie passt der Hotelbau in Dubai dazu, der durch mangelnde Geldmittel zum Erliegen gekommen ist?

Noch einmal rufe ich mir die Akte zu diesem Projekt auf und lese den Vertrag. Dort taucht immer wieder der Name von Stellas Dad auf. Kann es sein, dass die Richards dieses Projekt sabotieren wollten, weil sie nicht daran beteiligt waren? Weil es das einzige Bauvorhaben ist, in das Benjamin von Eisleben gemeinsam mit meinem Dad Milliarden gesteckt hat und diese – sollte der Deal platzen – zusätzlich verlieren werden? Wenn das passiert – und danach sieht es verdammt noch mal aus – wird es für uns, für *Hunter Construction*, keine Rettung geben, die Strafzahlung nach Vertragsbruch würde uns kollabieren lassen.

Schweiß rinnt mir über die Stirn. Fuck! Wie konnte Dad so etwas übersehen? Wieso hat ihn niemand aus der Buchhaltung auf diese Unstimmigkeiten aufmerksam gemacht? Oder wurde er gezielt im Unklaren gelassen, um eine Insolvenz voranzutreiben?

Ich springe vom Stuhl auf und durchquere mit wenigen Schritten den Raum, reiße eine der Schubladen im Wandregal auf und wühle mich durch die Hängeakten, bis ich die Akte mit dem Dubai-Projekt finde. Sofort springen mir die Mahnungen ins Auge. Anwaltsbriefe. E-Mail-Korrespondenz. Drohungen wegen Zahlungsverzug. Ich schließe die Augen und gehe meine letzten Entdeckungen in meinem Kopf durch. Das Verschwinden der Zahlungen, die Baustellen, die plötzlich stillstanden, die Lieferanten, die nicht bezahlt wurden. Ein Dominoeffekt, der nicht aufzuhalten war.

Mir läuft es eiskalt den Rücken herunter, als ich mich mit pochendem Herzen tiefer in den Stuhl sinken lasse. War Dad deshalb so erpicht darauf, dass ich mich an Stella heranmache? Wusste er längst von der nahenden Katastrophe? Verzweifelt raufe ich mir die Haare.

Wut steigt in mir auf und kämpft sich an die Oberfläche. Ich balle meine Hände zu Fäusten und stoße einen gedämpften Fluch aus. Die Ungerechtigkeit, die mich überkommt, macht mich rasend. Immer wieder atme ich tief ein, versuche, die Gedanken in meinem Kopf zu ordnen, als mich das schrille Klingeln des Telefons zusammenzucken lässt. Es ist eine unbekannte Nummer mit ausländischer Kennzahl, die auf dem Display angezeigt wird.

Nervös nehme ich das Gespräch entgegen. »Ja?«

»Alexander«, sagt eine tiefe Männerstimme. »Theodor sagte bereits, dass ich dich im Büro erreichen kann. Es geht um das Dubai-Projekt. Und um … Stella.«

Kapitel 14

Clara

Der Flug nach Cambridge war eine Qual. Nicht wegen der Angst, entdeckt zu werden – ich hatte mich inzwischen entschieden, dass ich der Vergangenheit nicht mehr entkommen konnte. Es war die Unsicherheit, die mich quälte. Die Entscheidung, nach Cambridge zurückzukehren, war nicht leicht gewesen. Aber nach allem, was ich erfahren hatte, wusste ich, dass ich es tun musste. Für mich, nicht für Stella.

Das Tagebuch meiner Mutter lässt mich nicht los, weshalb ich hoffe, in Cambridge Antworten auf meine Fragen zu finden. Wer war meine Mutter wirklich? Und vor allem: Wer ist mein Vater? Ich habe absolut keine Ahnung, wer mir helfen kann, doch vielleicht kann ich gemeinsam mit Alexander auf die Suche nach meiner Vergangenheit gehen ... Er kennt sich in den gehobenen Kreisen aus. Vielleicht könnte er nachhorchen, in welcher Familie vor zwanzig Jahren eine junge Frau aus Köln als Au-pair gearbeitet hat?

Die letzten zwei Tage in Köln habe ich damit zugebracht, mögliche Au-pair-Agenturen anzuschreiben, um mich nach Maria Hoffmann zu erkundigen. Doch es kamen wenig zufriedenstellende bis gar keine Rückmeldungen. Aus datenschutzrechtlichen Gründen könnte man mir keine Informationen herausgeben, vor allem weil die Sache so viele Jahre zurückliegt und Daten bereits archiviert oder schlichtweg vernichtet worden sind.

Der Flug verging für mich wie in Trance. Als wir landeten, holte mich die Realität schnell ein – ein vertrautes, kühles Cambridge begrüßte mich. Dieses Mal ist niemand hier, der mich vom Flughafen abholt, weshalb ich mit dem Taxi zu Eleonores Haus fahre. Es ist mir immer noch unangenehm, als Stella weiterzuleben, aber was bleibt mir anderes übrig?

Sollte ich Eleonore und Alfred einweihen, weiß ich nicht, welche Lawine ich damit lostrete. Ich werde mit Alexander darüber sprechen, sobald wir uns treffen. Gemeinsam werden wir den richtigen Zeitpunkt finden, um allen die Wahrheit zu erzählen.

Auf der Rückbank sitzend, checke ich mein Smartphone. Dann fasse ich mir ein Herz und schicke Alex eine kurze Nachricht, dass ich wieder in Cambridge bin. Vor meinem Aufbruch hatte ich keine Zeit, mich bei ihm zu melden.

Seufzend lehne ich mein Gesicht gegen die kühle Fensterscheibe und schaue in die Nacht. Straßen und Häuser fliegen an mir vorbei, bis das Taxi langsamer wird und in die Straße zum Haus von Stellas Verwandtschaft abbiegt. Das Taxi holpert über das Kopfsteinpflaster, ehe es vor dem Tor stehenbleibt. Ich bedanke mich beim Fahrer und zahle den Preis, ehe ich meinen Rucksack vom Rücksitz nehme und aussteige. Viel Gepäck benötigte ich nicht, denn in diesem Haus befindet sich alles, was ich für meine Rolle als *Stella von Eisleben* brauche.

Nachdem das Taxi abgefahren ist, bleibe ich einen Moment vor dem Herrenhaus stehen und sehe die schwach beleuchtete Fassade hinauf. Es ist wie ein Déjà-vu, dass ich erneut hier draußen stehe und mich nicht traue, hineinzugehen.

Die Zeit meines Cambridge-Aufenthaltes kommt mir weit weg vor, dabei war ich kaum drei Wochen in Köln. In diesen Wochen habe ich mich jedoch verändert, bin innerlich gewachsen. Hoffentlich kann ich nun dem Druck standhalten, dem ich in Cambridge ausgesetzt gewesen bin. Und vielleicht habe ich sogar den Mut, mich gegen Jamie zu behaupten und allen zu zeigen, dass Clara Hoffmann für sich einstehen kann.

Ich habe Eleonore nicht über mein Kommen informiert, weil ich Angst vor ihrer Reaktion habe. Schließlich bin ich mitten in der Nacht abgehauen, mit nichts als einer fadenscheinigen Notiz, ich würde die Ferien in Köln verbringen. Ein bisschen schäme ich mich für mein Verhalten, Eleonore und Alfred haben mich herzlich bei sich aufgenommen und wie ihre eigene Tochter umsorgt.

Nach einem tiefen Atemzug gehe ich auf die Haustür zu und klingele. Mein Herzschlag beschleunigt sich vor Aufregung und ich halte angespannt den Atem an, als ich Schritte hinter der Tür ausmache. Das Licht geht im Inneren an, scheint schwach durch die bunten Milchglasfenster. Kurz darauf wird die Tür einen Spalt aufgezogen und ich erkenne Alfreds hagere Gestalt.

Der Mann verengt die Augen zu Schlitzen und mustert mich hinter seiner runden Brille argwöhnisch. Wenn ich ihn nicht kennen würde, hätten mich seine abweisende Haltung und der misstrauische Gesichtsausdruck eingeschüchtert, doch ich weiß, dass Stellas Onkel hinter dem verkniffenen Blick ein herzensguter und loyaler Mann ist. Mit einem Lächeln mache ich einen Schritt auf ihn zu.

»Guten Abend, Alfred«, begrüße ich ihn höflich. Obwohl sich nur wenig Regung in dem faltigen Gesicht zeigt, erkenne ich ein freudiges Funkeln in seinen Augen.

»Stella«, spricht er den Namen aus, der zu einem Teil von mir geworden ist. Dann tritt er zur Seite und macht mir Platz, damit ich eintreten kann. Sofort spüre ich die Wärme, die mich jedes Mal überkam, wenn ich in dieses Haus gekommen bin. Es ist ein Zuhause für mich geworden ... Ein Zuhause, in das ich mich durch eine Lüge eingeschlichen habe. Ob Alfred mich wie selbstverständlich einlassen würde, wenn er wüsste, dass ich nicht Stella bin?

Kaum habe ich meinen Rucksack abgestellt, rauscht Eleonore aus dem Salon in die Diele.

»Stella, Darling!«, ruft sie aufgeregt und reißt mich in eine stürmische Umarmung. Über ihren Empfang muss ich leise lachen. Eleonore ist genauso, wie ich sie in Erinnerung habe: eine stattliche, elegante Frau in ihren späten Fünfzigern, deren Augen Schalk in sich tragen. Sie drückt mich fest an ihre Brust und es dauert, bis sie mich loslässt und mich wohlwollend betrachtet.

»Wie schön, dich wiederzusehen, Darling! Du siehst großartig aus.« Sie nimmt meine Hände in ihre und drückt sie sanft. Ein warmes Gefühl breitet sich in meinem Innern aus. Trotz der Lügen kann ich meine Freude über diesen Empfang nicht verbergen.

»Danke«, murmele ich verlegen. Am liebsten würde ich ihr alles erzählen. Den beiden erklären, wer ich bin und warum ich dieses Versteckspiel bisher nicht aufgedeckt habe. Eleonore und Alfred verdienen die Wahrheit – doch ich habe Angst.

»Alfred und ich haben jeden Tag mit deiner Ankunft gerechnet. Stimmt's, Alfred? Selbst Alexander war kurz hier, weil er nicht über deine Abreise informiert gewesen ist. Dabei habe ich geglaubt, wenigstes er wüsste, wie lange du in Köln bleiben wirst. Immerhin ist dein Vater gerade geschäftlich in Dubai und du allein in dem großen Haus. Vorgestern habe ich Benjamin diesbezüglich kontaktiert. Ich hatte gedacht, er könnte mir sagen, dass –«, sprudeln die Worte aus ihr heraus.

Als ich diesen Namen aus ihrem Mund höre, schrillen die Alarmglocken in meinem Kopf. Fuck! Nein!

Mit weit aufgerissenen Augen starre ich Eleonore an. »Meinen Dad? Aber …«

Mir bleiben die Worte im Hals stecken, denn mein Kopf ist vollkommen leer. Verdammt. Was genau hat sie ihm gesagt und wie hat Stellas Dad reagiert?

Eleonore tätschelt meinen Arm. »Ja, er war auch irritiert. Aber er sagte, dass er sich in Dubai um einen wichtigen Hotelbau kümmern muss. Er meinte, du würdest zum Unistart wieder auftauchen – und das bist du ja! Wir haben uns umsonst Sorgen gemacht.« Sie lächelt mich breit an, als habe sich das Problem damit erübrigt.

Mein Herz klopft jedoch laut in meinen Ohren, denn der Schreck darüber, Stellas Vater könnte durch diesen Anruf etwas ahnen, sitzt tief. Ich erwidere das Lächeln, versuche, mir meine Nervosität nicht anmerken zu lassen.

Eleonore klatscht in die Hände. »Ach, wo sind nur meine Manieren! Komm rein, komm rein! Ich koche uns einen Tee. Und ich habe noch Scones, Darling. Ich weiß doch, wie sehr du Scones liebst!« Mit diesen Worten verschwindet Stellas Tante in der Küche, aus der ich sogleich das Klappern von Geschirr höre. Als auch Alfred schweigend zurück in den Salon schlurft, atme ich erleichtert aus und schäle mich aus meiner Jacke.

***

Nachdem mich Stellas Verwandte nach einer geschlagenen Stunde entlassen haben, nicht ohne mich über meinen Aufenthalt in Köln ausgequetscht zu haben, ziehe ich mich in mein Zimmer zurück.

Bei meinen Erzählungen blieb ich so vage wie möglich, um mich nicht zu verraten. Ich berichtete von Giselle, um die ich mich im Haus von Stellas Vater gekümmert habe, über meinen Besuch auf dem Kölner Dom und das Treffen mit guten Freunden. Diese Informationen schienen Eleonores Neugier befriedigt zu haben.

Leise schließe ich die Tür und stelle den Rucksack mit meinen Sachen neben dem großen Himmelbett ab, auf das ich mich sinken lasse. Hier hat sich nichts verändert. Als hätte ich dieses Zimmer nie verlassen. Selbst das Kleid, das ich auf dem Neujahrsball getragen habe, hängt ordentlich über der Lehne des Schreibtischstuhls. Ich erhebe mich wieder, lasse meine Hand über den kühlen Stoff gleiten und fahre mit der Fingerkuppe den aufgerissenen Ausschnitt nach, wo sich die feine Spitze abgelöst hat. Ein kalter Schauder läuft über meinen Rücken und sofort bekomme ich eine Gänsehaut, weil ich wieder die Szene des Balls vor Augen habe.

»Du bist nicht Stella, sondern eine Hochstaplerin.«

»Was wird wohl Alexander dazu sagen, wenn er erfährt, dass du ihn nach Strich und Faden belogen hast? Er wird dich für diese Lüge verachten.«

»Was meinst du, würden sie sagen, wenn wir beide jetzt verkünden, wer du wirklich bist? Das gäbe einen riesigen Skandal.«

Eleonore hat mich nicht auf meine Identität angesprochen ... Heißt es, Jamie hat seine Drohung nicht wahr gemacht?

Meine größte Angst war es, dass sich Alex wegen der Wahrheit von mir abwenden könnte. Nun sieht die Sache anders aus, ich habe Alexander an meiner Seite. Er wird mich unterstützen, sollte ich gegen seinen Cousin vorgehen wollen. Immerhin stünde es Aussage gegen Aussage, falls er mir erneut drohen sollte. Außerdem könnte ich ihn für seinen Übergriff anzeigen.

Ich nehme das Kleid in die Hände und trage es ins angrenzende Ankleidezimmer, um es in der hintersten Ecke des Schrankes zu verstecken. Dann setze ich mich wieder aufs Bett und hole mein Smartphone heraus, um Stella anzurufen. Es ist beinahe Mitternacht – doch meine Freundin ist solche späten Anrufe von mir gewohnt. Während meiner ersten Zeit in Cambridge kam es nicht selten vor, dass Stella und ich bis in die frühen Morgenstunden miteinander telefonierten. Diese Stunden waren für mich kostbar und haben uns einander nähergebracht, als ich zu Beginn für möglich gehalten habe.

Stella ist zu meinem absoluten Herzensmenschen geworden, auch wenn wir nicht jede Ansicht teilen und sicher nicht immer einer Meinung sind. Trotzdem fühlt es sich an, als wären wir miteinander verbunden. Als hätten wir uns nicht gesucht, aber trotzdem gefunden.

Ich suche ihren Namen in meinem Telefonbuch und wähle. Dieses Mal dauert es eine Weile, bis Stellas müde Stimme an mein Ohr dringt.

»Ich hoffe für dich, dass es sehr wichtig ist, meine Liebe«, brummt sie, halb verärgert, halb amüsiert. »Ich lasse mich ungern aus meinem Schönheitsschlaf reißen, wenn ich gerade erst die Augen zugemacht habe.«

»Will ich wissen, was du davor getrieben hast?«, platzt es kichernd aus mir heraus.

»Glaub mir, willst du *nicht*!«, kommt es lachend von Stella, und nun klingt sie nicht mehr so müde, wie sie getan hat. »Ich freue mich, dass du dich meldest, auch wenn ich über einen Anruf am nächsten Morgen dankbarer gewesen wäre.«

Ich hole tief Luft. »Ich bin wieder in Cambridge.«

»Du ... was?!«, entfährt es Stella überrascht. »Aber du wolltest doch nicht mehr hin ... Was ist los?«

»Ja ... ich weiß. Aber ... ich habe ein Tagebuch meiner Mutter in meinen alten Sachen gefunden«, beginne ich und erzähle Stella alles, was ich in den vergangenen Tagen herausgefunden habe. Es tut gut, diese Gedanken mit jemandem zu teilen.

Stella zieht scharf die Luft ein, nachdem ich geendet habe. »Verdammt, das ist ... krass. Als hätte deine Mutter zwei Leben geführt.«

»Sie hat mir nie etwas über Cambridge erzählt. Niemand hat das. Aber ... ich habe auch nie gefragt, weil ich noch ein Kind gewesen bin. Keine Ahnung, ob Mama mir davon erzählt hätte, wäre sie noch am Leben ...« Eine Traurigkeit überkommt mich, die ich lange nicht mehr gespürt habe. Ich fühle mich einsam und verloren.

»Und dein Vater ...«

»Er hat mich geliebt«, werfe ich sofort ein. Ich habe alle möglichen Szenarien durchgespielt, aber Daniel hat mich nie an seiner Liebe zweifeln lassen, war immer für mich da. Ich war sein ›Sonnenschein‹ – so hat er mich immer mit einem Lachen genannt.

»Ich bezweifle nicht, dass er dich geliebt hat, Clara«, entgegnet Stella beruhigend. »Wer könnte dich nicht lieben? Du bist der gütigste und liebenswerteste Mensch, den ich jemals kennengelernt habe. Und glaub mir – ich kenne viele Menschen, die sich mehr als eine Scheibe von dir abschneiden könnten! Was ich sagen wollte, ist, ob mehr hinter dem plötzlichen Verschwinden deiner Mum aus Cambridge steckt. Vielleicht hat sie sich nicht getraut, die Worte niederzuschreiben, aus Angst, jemand könnte es finden und lesen.«

»Keine Ahnung«, murmele ich bedrückt.

»Du kannst es dir zunutze machen, dass du *Stella von Eisleben* bist und einflussreiche Fürsprecher hast«, kommt es nachdenklich von meiner Freundin. »Meine Tante –«

»Sie würde sofort Verdacht schöpfen«, falle ich ihr ins Wort.

»Theodor Hunter.«

»Er ist immer noch im Krankenhaus.«

»Lucy! Du könntest Lucy fragen«, sagt Stella. Einen Moment bin ich sprachlos.

»Alexanders Schwester? Seitdem ich ihr meine Meinung gesagt habe, ist sie noch schlechter auf mich zu sprechen als vorher. In ihren Augen bin ich am Bankrott ihrer Familie schuld.«

»Was völliger Blödsinn ist, und das weiß Lucy. Sie sucht nur einen Sündenbock für das, wovor sie die Augen verschließen will. So war sie schon immer. Aber Lucy ist deine Chance. Viele Familien holen sich Hilfe ins Haus. Als ich noch klein war, hatten wir einen Butler, eine Haushälterin und eine Nanny. Mum war kaum da, weil sie sich mehr um ihre Karriere als Schauspielerin gekümmert hat, statt um ihre eigene Tochter«, erklärt sie mir. Bei ihren Worten beginnt mein Herz, schneller zu schlagen.

»Wie hieß deine Nanny?«, will ich wissen, weil ich glaube, der Lösung nah zu sein.

»Victoria und sie hätte locker als meine Grandma durchgehen können. Mum hatte stets Angst, einer ihrer Liebhaber könnte eine Affäre mit meiner Nanny anfangen. Keine Ahnung, woher diese Angst kam, doch ich habe Victoria wirklich geliebt!«, erzählt Stella kichernd, was die leise Hoffnung in meinem Innern wie einen Ballon platzen lässt. Hatte ich wirklich gedacht, so schnell an die Wahrheit heranzukommen? Außerdem wäre es wirklich ein viel zu großer Zufall, wenn Mama in Stellas Haus gearbeitet hätte. Doch ihr Vater heißt Benjamin ... Ob es da einen Zusammenhang gibt?

»Wie auch immer. Du kannst dich bei Lucy und ihren Freundinnen umhören. Vielleicht findest du dadurch einen Anhaltspunkt.«

»Danke für den Tipp, Stella. Es gibt da noch etwas ...«

»Ja?«

»Dein Vater weiß, dass du – besser gesagt ich – in Köln gewesen bist. Eleonore hat ihn angerufen ... Es tut mir leid, Stella. Ich bin kopflos verschwunden, mit dem Gedanken, Cambridge für immer zurückzulassen. Ohne an dich und die Konsequenzen zu denken.«

Einen Moment ist es still in der Leitung, ehe Stella antwortet. »Was hat sie genau gesagt?«, will sie leise wissen. Ich verlagere mein Gewicht und lehne mich nach hinten gegen die weichen Kissen.

»Nicht viel. Nur, dass er sich nicht darum kümmern kann, weil er in Dubai feststeckt –«

Stella lacht auf. »Typisch! Seine Geschäfte gingen immer vor. Es hätte mich gewundert, wenn er sich nach meinem Wohlergehen erkundigt hätte. Bisher hab selbst ich kaum eine Nachricht von ihm erhalten. Aber wenigstens hat er die monatlichen Zahlungen an mich und an die Uni nicht eingestellt. Dad kennt nur eine Sprache, und das ist *Geld.*« Bitterkeit schwingt in ihrer Stimme mit.

Wieder versuche ich, mich an das Verhältnis zu meinem Vater zu erinnern. Auch wenn sich Daniel nicht als mein leiblicher Vater herausstellen sollte, habe ich von ihm immer Liebe und Zuneigung erfahren. Stellas zerrüttetes Verhältnis zu ihren Eltern tut mir wirklich leid.

»Clara?«, kommt es nach einer Pause leise von ihr.

»Ja?«

»Mach dir bitte keine Sorgen um mich, okay?«

»Ist gut«, murmele ich. »Gute Nacht, Stella.«

»Gute Nacht.«

Kapitel 15

Alexander

Es ist viel zu früh, als mein Wecker klingelt, da ich meinen Dad sehen will, bevor ich in die Firma fahre. Ich habe ihn einige Tage nicht mehr im Krankenhaus besucht, weil ich so viel auf der Arbeit zu tun hatte. Doch mein gestriges Telefonat mit Benjamin von Eisleben hat mich wachgerüttelt.

»Soll ich dich an der Uni absetzen? Schließlich sind die Winterferien vorbei«, frage ich meine Schwester, als ich sie wie jeden Morgen an der Frühstückstheke mit ihrer Schale Müsli sitzen sehe.

Lucy hebt den Kopf. »Schon gut, musst du nicht«, murmelt sie leise, was mir komisch vorkommt. Ich trete näher zu ihr. Schweigend rührt sie in der Milch herum.

»Alles okay bei dir?«, hake ich besorgt nach. Lucy wirbelt herum und funkelt mich mit einem verärgerten Blick an.

»Ob alles okay ist? Scheiße, Alex, ich bin das Gespött der Fakultät«, zischt sie, doch ihre Stimme bebt, als würde sie Tränen zurückhalten wollen. »Wie soll ich zurück, wenn … wenn …«

»Was ist passiert?«, frage ich ruhig und lege meine Hand auf ihre Schulter. Ein Zittern geht durch ihren schmalen Körper, ehe sie meine Hand energisch wegschiebt.

»Meine Kreditkarte ist gesperrt, Alex. Ich konnte gestern Nachmittag nicht meinen Kaffee bezahlen. Weißt du, wie peinlich mir das vor meinen Freundinnen war? Mary hat gelacht und mich mit höhnischem Blick angesehen, ehe sie demonstrativ ihre Kreditkarte gezückt hat. Gott, ich wäre am liebsten im Erdboden versunken vor Scham.« Tränen glänzen in ihren Augen, die sie schnell wegblinzelt.

Seufzend streiche ich mir die Haare aus der Stirn. Ich habe geglaubt, das Problem mit der Bank vergangene Woche geklärt zu haben. Sie hatten mein Limit einmalig erhöht, weil ich Papiere unterschrieben habe, in denen ich zusicherte, das Geld zum Ende des Monats zu beschaffen. Es war eine beachtliche Summe, die die Bearbeiterin auf unsere Konten verteilt hat – die kann doch nicht schon weg sein?

»Ich leih dir was, okay?«

Sie macht einen Schritt auf mich zu und stemmt die Hände in die Seiten. »Du verstehst das nicht, Alex. Es geht mir nicht um das Geld. Ich kann mich bei meinen Freundinnen nicht mehr sehen lassen. Sie lachen hinter meinem Rücken, dass wir bankrott sind! Wie kann ich mit diesem Wissen zurück in die Vorlesungen gehen, als wäre nichts gewesen? Und das alles nur wegen Stella!«

Aus einem Impuls heraus umfasse ich ihren Oberarm, kralle meine Finger fest in den dünnen Stoff ihrer Bluse. Zorn wallt in meinem Innern auf. Lucy lebt in einer Scheinwelt, kein Wunder, unser Dad und ich haben sie immer vor allem ferngehalten, um ihr nach dem Tod unserer Mum eine behütete Kindheit zu ermöglichen.

»Lucy! Es geht um viel mehr als deinen Luxusstandard!«, fahre ich sie zornig an. Meiner Schwester klappt der Mund zu. Erschrocken reißt sie die Augen auf. »Die Existenz der Firma wird bedroht – und daran können Stella oder ihr Dad nichts ändern. Auch wenn wir heiraten sollten, es wird nicht helfen. Stella wird uns nicht retten.«

»Liebst du sie etwa so sehr?«, zischt Lucy und reißt sich aus meinem Griff los. »Sie hat dich verlassen, warum also nimmst du sie in Schutz?«

»Das geht dich nichts an«, entgegne ich scharf. »Die Sache ist größer als Stella und ich.« Lucy schnaubt, doch ich sehe die Verwirrung in ihrem Blick. Sie weiß nicht, was wirklich vor sich geht – und das soll auch so bleiben. Ich will sie nicht in die Sache mit Jamie hineinziehen.

Plötzlich kommt mir ein Gedanke.

»Lucy?«, sage ich nun leiser.

»Was?«, faucht sie zurück, ihre Lippen zu einem mürrischen Strich gepresst. Ich betrachte sie nachdenklich. Meine Schwester ist ehrgeizig, zielstrebig, fast schon überambitioniert – aber loyal. So sehr sie die Firma verflucht, weil Dad deswegen kaum Zeit für uns hat, so sehr hängt sie auch daran. Wenn auch aus anderen Gründen als ich. Für sie bedeutet das Familienunternehmen Sicherheit, Kontrolle und Status.

»Was starrst du mich so an? Habe ich was im Gesicht?«, fragt sie irritiert und wischt sich über den Mund.

Ich atme tief durch. »Wenn du wirklich willst, dass wir die Firma retten ... dann solltest du anfangen, etwas dafür zu tun.«

Ihre Augenbrauen schnellen hoch. »Ich dachte, Stellas Dad –«

»Vergiss Benjamin von Eisleben«, unterbreche ich sie scharf. »Er kann uns nicht helfen. Wenn wir noch eine Chance haben wollen, müssen wir selbst aktiv werden. Ich war die letzten Tage in Dads Büro. Habe dort Verträge durchgesehen und Bauvorhaben geprüft – während du dich mit Mary und Hailey zum Brunchen getroffen und dabei amüsiert hast.«

»Ich habe mich nicht nur amüsiert!«, empört sie sich und verschränkt die Arme.

»Lucy, ich meine es ernst: Das ist nicht nur eine Finanzkrise, in der wir stecken. Die Insolvenz ist unabwendbar, dennoch bin ich der festen Überzeugung, dass Dad daran keine Schuld trifft. Die Zahlen ergeben keinen Sinn. Bauvorhaben wurden nie gestartet, obwohl Zahlungen eingegangen sind. Rechnungen wurden doppelt bezahlt. Ich glaube, Jamie und vielleicht auch Onkel Simon haben Dinge vertuscht, Geld abgezweigt und die Projekte manipuliert. All die Jahre nach Mums Tod, in denen Dad sich mühsam abgerackert hat ... Scheinbar hat Dad bis zum letzten Moment nichts davon bemerkt. Ich vermute, dass er deswegen ins Krankenhaus gekommen ist. All der Stress und der Druck waren schuld.«

Lucys Gesicht verfinstert sich. »Das glaubst du wirklich?«

Ich nicke. »Ich habe Indizien gefunden – aber ich komme allein nicht weiter. Du kennst dich mit Controlling besser aus als ich. Du weißt, wie man Cashflows nachverfolgt. Du kannst mit Excel-Tabellen umgehen, als wären sie Sudoku. Wenn wir das zusammen durchgehen, kommen wir schneller hinter die Wahrheit.«

Ich kann ihr förmlich ansehen, wie die Gedanken hinter ihrer Stirn rasen. Lucy ist nicht dumm. Sie weiß genau, was für uns auf dem Spiel steht, sollten wir nicht handeln. Doch das will ich nicht. Ich will Klarheit. Und ich will Clara zurück – das geht jedoch nur, wenn ich wieder etwas Luft habe.

»Und was, wenn du recht hast? Was dann?«, murmelt Lucy mit angehaltenem Atem. Scheinbar bin ich mit meinen Worten zu ihr durchgedrungen.

»Dann suchen wir nach stichhaltigen Beweisen. Wir holen uns die Firma zurück. Ohne Jamie. Ohne Onkel Simon. Und ohne Abhängigkeit von der Familie von Eisleben.«

Ein Moment herrscht Stille im Raum. Angespannt sehe ich meine Schwester an, die immer noch zu überlegen scheint.

Plötzlich breitet sich ein Grinsen auf ihrem Gesicht aus. »Wenn ich dir helfe ... bekommen wir dann wieder einen Chauffeur?«

Ich muss lachen. »Wenn das deine einzige Sorge ist, Schwesterherz.«

»Ist es nicht«, kontert sie wieder ernster. »Ich habe mich fast daran gewöhnt, zu Fuß zu gehen. Aber weißt du was? Es geht mir nicht ums Geld. Es geht um Dad. Um das, was er aufgebaut hat. Und um Mum. Sie hätte nicht gewollt, dass die Firma untergeht.«

Es tut gut, das von ihr zu hören. Und es fühlt sich beinahe so an wie nach Mums Tod – als Lucy und ich uns noch nah gewesen sind.

»Abgemacht.« Lucy streckt die Hand aus. Ich schüttle sie, und wir grinsen beide. Zum ersten Mal seit Wochen.

»Danke«, sage ich leise. »Und jetzt komm – ich fahr dich zur Uni. Heute läufst du nicht.«

»Wird ja auch Zeit«, murmelt sie und schnappt sich ihre Tasche.

***

Als ich wenig später im Krankenhaus ankomme und zum Zimmer meines Vaters komme, finde ich es leer vor. Irritiert sehe ich mich um und sogleich schnürt mir die Angst die Kehle zu. Wo ist er? Wurde er verlegt? Ich wurde nicht informiert. Ehe ich jedoch panisch losstürmen kann, wird die Tür geöffnet und zwei Pflegekräfte schieben ein Bett herein.

»Was ist mit ihm?«, frage ich einen der Männer im weißen Kittel, halte ihm am Arm zurück, als er das Bett feststellen will. Gelassen dreht er sich zu mir um und lächelt mild, was mich umso nervöser macht.

»Sie sind Alexander Hunter?«

Ich nicke angespannt, schaue jedoch am Mann vorbei zu meinem Vater, der schlafend auf dem Bett liegt. Er sieht wie eine Puppe aus, blass und reglos. Nur das leichte Heben und Senken seines Brustkorbs unter der weißen Bettdecke deutet darauf hin, dass er am Leben ist.

»Ihrem Vater geht es den Umständen entsprechend gut. Er bekam gestern Abend einen Anruf, der ihn aufgeregt hat. Dadurch sanken seine Vitalwerte und er musste medikamentös behandelt werden, um die Herzfrequenz und den Puls in den Normalbereich zu bringen. Jetzt ist er stabil. Er muss jedoch aufpassen, sagen Sie ihm das.« Mit diesen Worten lassen mich die beiden Pflegekräfte allein mit meinem Vater zurück.

Erleichtert atme ich aus und setze mich auf den Besucherstuhl. Eigentlich wollte ich mit ihm reden, ihm von meinem Fund berichten und ihn um Rat fragen. Es muss Benjamin gewesen sein, der gestern mit Dad gesprochen hat. Erneut läuft es mir kalt den Rücken herunter, als ich mich an das kurze Telefonat mit Stellas Vater zurückerinnere:

»Ich habe mit dem Scheich gesprochen ... Es war verdammt schwer, an ihn heranzukommen, doch ich habe es nach Wochen endlich geschafft. Der Hotelbau liegt auf Eis – bis die Finanzen geklärt worden sind. Wieso hat Theodor mich nicht eher über die finanziellen Engpässe informiert, statt alles selbst in die Hand zu nehmen? Warum habe ich es durch Dritte erfahren müssen, wie es um *Hunter Construction* steht?«, fragte er mit zurückgehaltenem Ärger.

Ich hatte absolut keine Antworten für Benjamin parat, mein Kopf plötzlich leer gefegt. Das, was ich Minuten zuvor entdeckt hatte, geriet völlig in den Hintergrund, als ich mit Stellas Dad konfrontiert wurde.

»Dad wusste nichts davon ... und ich auch nicht«, entgegnete ich ausweichend. Eine lange Pause entstand, in der ich nur das Knacken der Leitung hören konnte. War das Auslandsgespräch abgebrochen?

»Alexander«, erklang es dann, dieses Mal gedämpft. »Es kann nicht sein, dass Milliarden einfach so verschwinden. Ich will den Grund dafür wissen.«

»Ich ...« Ich holte tief Luft. Was würde Benjamin tun, wenn er die Wahrheit herausfinden sollte? Würde er meine Verlobung mit Stella beenden und kein Geld mehr in das Bauunternehmen stecken, weil er darin keinen Sinn mehr sah? Würde er uns in dieser schweren Stunde fallenlassen?

»Ich bin etwas auf der Spur«, presste ich aufgeregt hervor, weil ich meinen Fund nicht vor Dads bestem Freund verheimlichen konnte. Immerhin steckte Benjamin viel Geld in den Hotelbau. Vielleicht konnte er mir helfen, Simon zu überführen?

»Bei welcher Sache?«, hakte Stellas Dad nach, klang dabei jedoch kaum überrascht.

»Ich habe Auslandskonten in der Buchhaltung entdeckt. Briefkastenfirmen. Buchungen, die nicht zusammenpassen. Alles wurde durchgewunken ...«, begann ich mit meiner Erklärung. Erneut blieb es einen Moment still in der Leitung. Ich drückte mir den Telefonhörer fester ans Ohr, um kein noch so leises Geräusch zu überhören.

»So etwas in der Art habe ich mir gedacht«, brummte Benjamin. Seine Stimme vibrierte vor Zorn. »Wie konnte es passieren, dass die Richards die Oberhand über die Projekte erlangt haben?«

Ich suchte nach einer Erklärung, wollte ihn beschwichtigen und Dad dabei entlasten, doch mir fiel nichts ein, was ich Benjamin entgegenbringen konnte.

»Ist Stella bereits da? Ist sie bei dir?«, wechselte er auf einmal abrupt das Thema.

»Was? Sie war doch in Köln«, sagte ich, biss mir im selben Moment jedoch auf die Zunge. »Ich meine –« Fuck! Hatte ich Clara jetzt verraten? Sie hätte eigentlich nicht nach Köln fliegen dürfen, sondern ihre Zeit in Cambridge verbringen müssen.

»In Köln? Das passt nicht zu den Abbuchungen ihrer Kreditkarte«, murmelte Stellas Vater leise. »Ich hatte gedacht, sie würde dir helfen. Wie dem auch sei ... Ich habe eigene Nachforschungen betrieben. Du bekommst gleich eine Mail von mir, in der ich das Wichtigste zusammengefasst habe. Nutze dieses Wissen gut, vielleicht hilft es dir bei deiner Recherche. Und sag Stella, dass ich bald da sein werde.«

Das Gespräch ließ mich mit wildem Herzklopfen und schweißnassen Händen zurück. Die verschlüsselte Mail, die wenige Minuten später auf dem Account meines Dads eintrudelte, bestätigte meine Vermutungen bezüglich der veruntreuten Gelder. Ob das als Beweis ausreichen würde, um Onkel Simons Machenschaften nachzuweisen?

Ich verdränge die Erinnerung und ergreife Dads Hand, die schlaff auf der Bettdecke liegt.

»Alexander«, raunt mein Vater mit brüchiger Stimme. Ich hebe den Kopf und sehe in sein faltiges Gesicht. Wann ist er so sehr gealtert? In diesem Krankenhausbett wirkt er so gebrechlich wie ein alter Mann.

»Hallo, Dad«, sage ich leise und lächle ihn zaghaft an. Wir sind im Streit auseinandergegangen, was mir wirklich leidtut. Vielleicht knie ich mich deshalb so sehr in einen Job, den ich nicht will.

Mein Vater richtet sich mühsam auf und ich helfe ihm dabei, indem ich ihm das Kissen stützend in den Rücken lege. Obwohl er abgekämpft wirkt, ist sein Blick klar und wachsam.

»Du hast es bemerkt, oder?«, kommt es von meinem Vater, und ich weiß genau, wovon er spricht. Deshalb nicke ich bestätigend. Er faltet seine Hände über der Bettdecke, sieht an mir vorbei zu dem Gerät neben dem Bett, das seine Vitalwerte aufzeichnet.

»Es war ein Schock für mich, als die ersten Mahnungen vom Anwalt kamen. Und als der Baustopp durch unsere Subunternehmer in Dubai bekannt gegeben wurde, konnte ich meine Augen nicht länger verschließen.« Seine Stimme ist dünn, dennoch fest. Er krallt seine Finger in die Bettdecke. Sofort flimmern die Linien unkontrollierter über den Herzmonitor.

»Die Zeit nach dem Tod eurer Mutter war für mich wie ein langer Fall in einen tiefen Abgrund. Alles fühlte sich wie ein ewig langer Albtraum an, aus dem ich durch den Anruf unseres Kreditinstitutes jäh herausgerissen wurde. Ich habe kaum bemerkt, wie mein Bruder sich in den Vordergrund gedrängt hat. Zuerst war ich sogar froh, dass uns durch Simon und Jamie die Arbeit erleichtert wurde …« Sein Blick richtet sich auf seine Hände. »Ich habe die Unterlagen zum Bau des Hotels durchgesehen, um meinen Verdacht zu bestätigen«, erklärt er und dieses Mal nicke ich, weil ich mich an das Chaos in seinem Büro bei uns zu Hause erinnere. Dabei ist Dad einer der wenigen Menschen in unserer Familie, der penibel auf Ordnung achtet.

»Niemals hätte ich damit gerechnet, dass mein eigener Bruder etwas plant, immerhin gehört das Bauunternehmen zu einem Teil ebenfalls ihm. Simon konnte nicht ahnen, dass seine Anteile bald kaum noch Gewichtung bei Entscheidungen haben werden …« Er schluckt, als würde ihm das Sprechen schwerfallen.

»Was meinst du damit?«, hake ich mit gerunzelter Stirn nach. Soweit ich weiß, gehört das Familienunternehmen Dad und seinem Bruder Simon Richards jeweils zur Hälfte.

Dads dunkle Augen liegen tief in den Höhlen. Er sieht unsagbar erschöpft aus.

»Ich habe es dir nie gesagt, Junge, weil ich dachte, dass dieses Detail nicht relevant wäre«, meint er mit brüchiger Stimme, hält meinem Blick jedoch stand. »Nur durch Benjamins Wohlwollen sind wir erst zu unserem Wohlstand gekommen. Es gab einen Vorfall in der Vergangenheit, der dazu beitrug, dass mein Freund zwanzig Prozent der Firmenanteile an *Hunter Construction* erworben hat. Die Summe überstieg bei Weitem den Wert der Anteile, weshalb Simon keine Wahl hatte, als diesem Kauf zuzustimmen. Erst danach konnten wir internationale Projekte abwickeln.«

»Stellas Dad ist an der Firma beteiligt?«, frage ich perplex. So etwas hatte ich bereits vermutet, nachdem ich den Vertrag zum Dubai-Projekt gesehen habe.

Mein Vater nickt, dann atmet er tief ein, ehe er weiterspricht.

»Wir haben uns damals gegenseitig geholfen, woraus eine stille Teilhabe für Benjamin entstanden ist. Wäre uns Jamie nicht dazwischengekommen, hätten wir mit dem Bau des Luxushotels in Dubai die bisherigen Investitionen verdreifacht, sobald das Hotel an den Scheich verkauft wäre. So hat auch Benjamin eine beachtliche Summe verloren …«

»Sollte ich deshalb Stella heiraten? Weil ihr beide Geschäftspartner seid? Wolltest du deinen Freund durch diese Ehe an unsere Firma binden?«, platzt es aus mir heraus. Dieser Gedanke hinterlässt einen bitteren Nachgeschmack. Mein Vater kann doch nicht so berechnend sein, einen langjährigen Freund auf diese Weise auszunutzen?

Tatsächlich zeigt sich ein kleines Lächeln auf den Zügen meines Vaters. Sein Blick wird sanfter und er umfasst zu meiner Überraschung meine Hand. Es ist das erste Mal seit Jahren, dass er Körperkontakt zu mir aufbaut. Instinktiv versteife ich mich.

»Nein, Alexander. Unser Ziel war es, Simon aus dem Unternehmen zu drängen, denn er hat mich schon früher massiv unter Druck gesetzt. Jahrelang habe ich mich gekonnt gegen ihn widersetzt, doch seitdem Alice von uns gegangen ist …« Er senkt den Kopf, und ich erkenne den Schmerz in seinem Gesicht, der mir auch nach all den Jahren die Kehle zuschnürt. »Seitdem bin ich ein gebrochener Mann. Ich kann die Firma nicht mehr gewissenhaft leiten, und jetzt wird sie an Simon und seinen Sohn übergehen.«

»Was hätte denn eine Ehe mit Stella daran geändert?«, frage ich mit gerunzelter Stirn.

»Sowohl meine als auch Benjamins Anteile werden auf euch beide übergehen. Als Eheleute hättet ihr zusammen sechzig Prozent und könntet Simons Ausstieg aus dem Familienunternehmen fordern. Benjamin wollte einen offenen Konflikt vermeiden, denn so hätte es erhebliche Schwierigkeiten in der Fertigstellung offener Projekte gegeben.«

Fassungslos starre ich meinen Vater an. Dieser ominöse Deal diente dazu, meinen Onkel aus der Firma zu drängen? Hätte es da nicht andere Möglichkeiten gegeben, statt meine und Stellas Wünsche komplett zu ignorieren? Ich kämpfe meinen Ärger über diese Neuigkeit nieder.

»Hast du mich deshalb dazu gedrängt, mich an Stella heranzumachen? Damit wir beide kooperieren?«, presse ich hervor, unterdrücke meine aufwallende Wut.

»Versteh mich bitte. Es geht nicht *nur* um Simon. Benjamin liebt Stella und dich ebenfalls wie den Sohn, den er nie hatte. Für ihn steht das Glück seiner Tochter an erster Stelle.«

Ich schnaube verächtlich und lasse die Hand meines Vaters los. »Dann hätte er für Stella da sein müssen, statt sie jahrelang ins Internat im Ausland zu schicken.«

Müde legt mein Vater seinen Kopf in die Kissen. »Du kennst Benjamins Beweggründe nicht«, mahnt er mich in eindringlichem Ton, der überhaupt nicht zu seinem gebrechlichen Zustand passt.

»Auch wenn es euch nicht in den Kram passt, werde ich Stella nicht heiraten, weil –«, entfährt es mir energisch, doch ich kann mir rechtzeitig auf die Zunge beißen, ehe ich ihr Geheimnis verrate. Dad kann seine Anteile vergessen, denn Stella ist längst vergeben.

Mein Vater runzelt die Stirn und sieht mich eindringlich an. Sogleich beschleunigt sich mein Puls. Kann ich ihm die Wahrheit sagen, ohne seinen Zustand zu gefährden? Er macht sich schon genug Sorgen wegen der Firma. Sollte ich ihm die einzige Hoffnung auf finanzielle Unterstützung durch einen impulsiven Moment nehmen und dadurch seine Genesung gefährden? Auch wenn ich seinen Plan nicht gutheiße, ist er immer noch mein Vater …

»Weil?«, hakt mein Vater mit gerunzelter Stirn nach.

»Weil ich eine andere Frau liebe«, gestehe ich mit fester Stimme, bleibe dabei jedoch vage. »Außerdem braucht es diesen Deal nicht mehr. Ich habe Anhaltspunkte dafür gefunden, dass die Firmengelder über Briefkastenfirmen im Ausland umgeleitet wurden. Onkel Simon ist der Einzige, der zu so etwas befähigt ist. Jamie steckt ebenfalls mit drin.

Wenn ich ihnen diese Tat nachweisen kann, wird Simon keine andere Wahl bleiben, als sich dafür offiziell zu verantworten. Benjamin wird mir helfen, er hat bereits Unterlagen in Dubai gesammelt, die auf einen internen Betrug hindeuten. Wir müssen damit zur Polizei und –«

»Das ist ein Albtraum«, murmelt mein Vater und fährt sich mit der Hand durch das graue Haar. Diese Geste wirkt kraftlos und verzweifelt, genau wie sein Gesichtsausdruck.

Er atmet hörbar aus, sinkt dabei noch tiefer in die Kissen. Dieses Gespräch strengt ihn zunehmend an. Auch ich brauche einen Moment, um all das zu verarbeiten. Durch sein Handeln hat Simon Richards die finanzielle Struktur der Firma zerschlagen. *Hunter Construction* ist so gut wie bankrott. Außerdem sind da noch die Gerüchte über meinen Vater, er wäre in illegale Geschäfte verwickelt. Ob Jamie diese Gerüchte bewusst gestreut hat?

»Das, was ich vor meinem Herzinfarkt darüber herausfinden konnte, wäre ein Fall für die NCA. Wir haben es mit Wirtschaftskriminalität zu tun«, murmelt er undeutlich.

Plötzlich fällt mir ein, *wer* mir von der *National Crime Agency* erzählt hat. Diese Behörde ist dafür zuständig, Finanzdelikte wie Betrug, Geldwäsche und Korruption zu verfolgen. Wenn jemand Onkel Simon zur Rechenschaft ziehen kann, dann sie. Ein Gedanke formt sich in meinem Kopf, doch ich bin mir nicht sicher, ob mir mein Kontakt helfen wird, den Fall aufzuklären.

»Onkel Simon hat nicht allein gehandelt, da bin ich sicher«, entgegne ich nachdenklich. »Wenn das auffliegt, zerbricht alles. Nicht nur unser Ruf, sondern auch jede Grundlage, auf der unser Familienunternehmen steht.«

Viele Unternehmen überleben kleine Skandale, aber Wirtschaftskriminalität ist eine andere Liga. Wenn das, was Jamie getan hat, öffentlich wird, ist es kein Imageschaden, der durch eine PR-Abteilung geradegebügelt werden kann.

Mein Vater nickt schwach. »Es wird eine Untersuchung

geben, doch es ist der einzige Weg, um diesen Albtraum zu beenden. Wenn wir nicht handeln, kommt Simon ungestraft davon …«

»Überlass das mir, Dad. Wir werden es schaffen!« Damit verlasse ich das Krankenzimmer, weil bereits eine Idee in meinem Kopf Gestalt annimmt. Ich bewege mich auf dünnem Eis, doch wenn ich den Sprung nicht wage, wird alles noch viel schlimmer enden.

Kapitel 16

Alexander

Clara: Ich bin wieder in Cambridge. Bitte melde dich …

Mir schlägt das Herz bis zum Hals, als ich ihre Nachricht lese, nachdem ich das Krankenhaus verlassen habe. Ich bereue es, nicht früher mit ihr gesprochen zu haben, doch die Ereignisse der letzten Tage haben mich buchstäblich überrollt. Kurz bin ich versucht, sie anzurufen, kann mich im letzten Moment jedoch zurückhalten. Zuerst will ich mit meinem Kontakt sprechen, ehe ich mich auf Clara konzentriere.

Ich steige in mein Auto und fahre auf direktem Wege zur Judge Business School. Wenn mir einer weiterhelfen kann, dann ist es Lucys Freundin Hailey. Als ich sie kurz im Sommer gedatet habe, hat sie ihre ganze Lebensgeschichte vor mir offengelegt. Deshalb weiß ich auch von dem Job ihres Vaters bei der NCA!

Vielleicht kann sie den Kontakt zu ihrem Dad herstellen, um die Untersuchung zu beschleunigen.

Nachdem ich den Wagen auf dem Parkplatz abgestellt habe, durchquere ich den Campus mit schnellen Schritten, um durch den Haupteingang das Gebäude zu betreten. Heute ist die Uni wieder gestartet. Viele der Studierenden drehen sich nach mir um, ich höre sie tuscheln, ignoriere die Stimmen jedoch.

Von meiner Schwester weiß ich, dass Hailey dieselben Kurse wie sie besucht. Gerade müsste eine Vorlesung über Marketing vorbei sein, nach der Lucy eine längere Pause hat. Das ist die Gelegenheit, um Hailey in einer neutralen Umgebung abzupassen, ohne, dass es wie ein Date hingestellt wird.

Hastig steige ich die freie Treppe hinauf zu der Empore, nehme dabei zwei Stufen auf einmal, als ich am oberen Absatz beinahe mit meiner Schwester zusammenstoße.

»Gott, Alex, was zur Hölle machst du hier in diesem Aufzug?«, fragt Lucy überrascht und sieht an mir herunter. Sie hat nicht damit gerechnet, mich heute hier anzutreffen, weil ich den Tag im Büro verbringen wollte. Statt der Uniform unserer Fakultät trage ich einen eleganten schwarzen Anzug. Ich ignoriere ihren spöttischen Blick und umfasse ihren Unterarm, um sie beiseitezuziehen, weil sich andere Kommilitonen an uns vorbei die Treppe hinunterdrängen.

»Wo finde ich Hailey?«, will ich ohne Umschweife wissen. Meine Schwester blickt mich irritiert an. Sie ist wie üblich in Begleitung ihrer Freundinnen Cassy und Mary. Obwohl sie sich heute Morgen noch über deren Verhalten aufgeregt hat.

»Was willst du von ihr?«, platzt es aus Mary heraus. Ihre blassblauen Augen fixieren mich abschätzig. »Suchst du dir die nächste, die du um Geld bitten kannst? Deine Stella ist über alle Berge, seitdem deine Familie pleite ist, habe ich recht?« Ihr helles Lachen klingt gehässig in meinen Ohren und schürt die Wut in meinem Innern.

Lucy zuckt bei ihren Worten zusammen und ich bemerke, wie sie die Schultern hochzieht. Ob Mary in Jamies Plan eingeweiht gewesen ist? Ich habe sie in der Vergangenheit einige Male zusammen gesehen.

Energisch mache ich einen Schritt vor und baue mich vor Lucys Freundin auf.

»Unsere finanzielle Situation geht dich nichts an«, sage ich so ruhig wie möglich, um Mary keine Angriffsfläche zu bieten. Es reicht schon, dass Lucy ständig vor ihrem aufgeblasenen Gehabe kuscht. »Ich möchte bloß wissen, wo Hailey ist. Was ich von ihr will, ist allein meine Sache.«

Mary hält meinem Blick stand, reckt ihr Kinn vor und stemmt die Hände in die Seiten. »Willst du sie etwa um ein Date bitten? Du bist zwar heiß, Alexander Hunter, doch Hailey ist nicht so blöd, auf deine Masche hereinzufallen. Du hast ihr das Herz gebrochen, als du sie für Stella verlassen hast.«

»Ich habe sie nicht für Stella verlassen, weil wir gar nicht zusammen gewesen sind. Wenn Hailey sich etwas zusammenfantasiert hat, ist das nicht meine Schuld.« Ich sehe die drei Frauen der Reihe nach an. »Wisst ihr, wo sie ist oder nicht?«

»In der Bibliothek«, kommt es leise von Cassy. Lucys Freundin ist unerwartet zurückhaltend, seitdem sie mit Robert O'Brien ausgeht. Ich habe Gerüchte gehört, dass die beiden seit dem Neujahrsball ein Paar sind.

»Danke«, entgegne ich knapp und mache auf dem Absatz kehrt, um den Gang entlang zur fakultätsinternen Bibliothek zu gehen. Die neugierigen Blicke der Studierenden ignoriere ich geflissentlich. Sollen sie doch denken, was sie wollen.

Entschlossen stoße ich die schwere Eichentür zur Bibliothek auf und trete ein, dann sehe ich mich im riesigen Saal um. Die Bibliothek der Judge Business School ist nicht annähernd so groß und beeindruckend wie die *Cambridge Central Library*, trotzdem ist sie von Studierenden immer gut besucht. Suchend lasse ich meinen Blick schweifen. Ich gehe durch die Regalreihen und spähe in die unterschiedlichen Abteilungen. Ein bisschen erinnert mich diese Situation an meine erste Begegnung mit Clara, als ich noch glaubte, meine Verlobte getroffen zu haben.

Der Gedanke an Clara lässt mich unweigerlich schmunzeln und mein Inneres wird warm. Wie tollpatschig sie war, als sie in mich hineingestolpert ist. Mir hätte damals schon auffallen müssen, dass etwas an ihrem Verhalten anders war, doch ich habe mich zu dem Zeitpunkt nur oberflächlich für sie interessiert.

Endlich entdecke ich einen blonden Haarschopf am anderen Ende einer langen Regalwand in der Abteilung mit der Wirtschaftsliteratur. Die junge Frau blättert in einem dicken Buch. Ich straffe meine Schultern und gebe mich gelassen, während ich auf Hailey zugehe. Locker lehne ich mich mit der Schulter neben ihr gegen das Regal.

»Hallo Hailey«, begrüße ich sie und schenke ihr ein charmantes Lächeln. Sie klappt das Buch zu und dreht sich in meine Richtung. Ihre Augen weiten sich überrascht, ehe sie eine neutrale Miene aufsetzt.

»Alex.« Aus ihrem Mund klingt es nicht annähernd so schön wie bei Clara. »Suchst du nach einem Buch?«

»Nein, ich suche nach dir«, entgegne ich mit einem Lächeln, von dem ich hoffe, dass es nicht zu künstlich wirkt. Dann löse ich mich aus meiner Position und nähere mich Hailey. Als sie einen Schritt zur Seite macht, nutze ich die Gelegenheit und stütze meine Hand neben ihrem Kopf gegen das Bücherregal, um sie von den neugierigen Blicken der anderen abzuschirmen. Ungern möchte ich von anderen Kommilitonen mit ihr gesehen werden. Es gibt schon genug Gerüchte.

»Ich brauche deine Hilfe«, sage ich mit ernster Miene.

Hailey runzelt irritiert die Stirn.

»Warum sollte ich dir helfen? Du hast mich bei unserem Date auf dem Neujahrsball einfach stehengelassen«, entgegnet sie harsch, doch die Gefühle in ihrem Gesicht sprechen eine andere Sprache. Es tut mir ein bisschen leid, aber sie ist tatsächlich die Einzige, die mir helfen könnte, den Verlauf zu beschleunigen.

Immer noch lächelnd lege ich meine freie Hand an ihre Wange, streichle sacht über ihre weiche Haut, ehe ich eine der blonden Strähnen umfasse und zwischen meine Finger gleiten lasse.

»Ich glaube, da hast du etwas verwechselt. Es war kein Date. Du hast dich an mich drangehängt, weil ich ohne Begleitung zum Ball gekommen bin. Was hat denn Miles Simmons dazu gesagt, dass du ihn für mich abserviert hast?«, kontere ich und streiche ihr die Strähne hinters Ohr.

Haileys Wangen färben sich rosa vor Verlegenheit.

»Was willst du?«, fragt sie mit einem resignierten Seufzen. Ich mache einen Schritt zurück.

»Es geht um meinen Dad. Du kennst die Gerüchte um meine Familie. Und ich frage mich, ob du daran interessiert wärst, mit mir die Wahrheit ans Licht zu bringen?«

Lucys Freundin verengt die Augen zu Schlitzen. »Wie könnte ich dir bei dieser Sache helfen?«

»Dein Vater ist bei der NCA. Ich muss mit ihm sprechen. Es ist wichtig und duldet keinen Aufschub«, erkläre ich. Tatsächlich hatte ich auf dem Weg zur Uni bereits versucht, telefonisch zu der NCA durchzukommen, leider vergeblich. Die Dame am Telefon hatte mir einen Termin für kommenden Monat vorgeschlagen, doch so lange kann ich nicht warten. Ich muss handeln, ehe Jamie die Spuren verwischen oder sich absetzen kann.

Hailey überlegt einen Moment zu lange für meinen Geschmack. Auf einmal grinst sie breit.

»Also schön, Alexander Hunter. Ich werde dir ein Treffen mit meinem Vater organisieren. Aber unter einer Bedingung«, erklärt sie und sieht dabei sehr selbstgefällig aus. Sogleich verfinstert sich meine Miene und ich spanne mich an.

»Was willst du?«, entgegne ich in scharfem Ton. Hailey lächelt siegessicher und zupft mit ihren rot lackierten Fingernägeln an meiner Krawatte.

»Ein Date.«

Kapitel 17

Clara

Mir schlägt das Herz bis zum Hals, als ich einen Fuß ins Innere des Fakultätsgebäudes setze.

Ich habe mir gestern Abend vorgenommen, dort anzuknüpfen, wo ich aufgehört habe. Ich werde so tun, als wäre ich länger im Urlaub gewesen. Mehr nicht. Wenn mich jemand auf Stella oder meine Vergangenheit anspricht, werde ich jedes Wort widerlegen. Solange ich standhaft auf meine Meinung bestehe, wird mir niemand einen Strick daraus drehen.

Zögernd und viel unsicherer, als ich mich nach außen gebe, betrete ich den weitläufigen Eingangsbereich. Zwar habe ich mit Aufmerksamkeit gerechnet, doch dass mich jeder anstarrt, ist mir dennoch unangenehm. Um mich nicht angreifbar zu zeigen, recke ich das Kinn vor und richte meinen Blick nach vorne, während ich an meinen tuschelnden Kommilitonen vorbei zum Hörsaal gehe. Ich erreiche kaum die verschlossene Tür, als jemand von der Seite auf mich zustürmt und mir um den Hals fällt. Vor Schreck taumele ich einige Schritte rückwärts.

»Stella! Endlich bist du wieder da!«, kreischt mir Poliana ins Ohr, sodass ich erschrocken zusammenzucke. Es ist weniger die Tatsache, von ihr so lautstark überrumpelt zu werden, als die Erkenntnis, dass ich meine beste Freundin weiterhin anlügen muss.

Obwohl ich mich wegen der Lüge schlecht fühle, freue ich

mich, Polly wiederzusehen. Sie hat mir in Köln sehr gefehlt und jetzt bereue ich es, mich nicht mehr mit ihr unterhalten zu haben. Während meiner Abwesenheit habe ich den Kontakt zu ihr so gering wie möglich gehalten, um mein Herz zu schützen. Schließlich hatte ich geglaubt, nie wieder nach Cambridge zurückzukehren.

»Hier war es schrecklich langweilig ohne dich«, beschwert sich Polly und entlässt mich aus ihrer Umarmung. Dann stemmt sie die Hände in die Hüften und sieht mich mit grimmigem Blick an. »Und ich bin echt sauer auf dich! Welche beste Freundin verschwindet spurlos und meldet sich wochenlang nicht? Ich habe schon gedacht, du wärst entführt worden oder so!«

Ein Lachen löst sich aus meiner Brust. Es wirkt befreiend, sodass ich endlich erleichtert aufatmen kann.

»Ich wurde nicht entführt. Ich habe nur ein bisschen Urlaub gemacht. Ich brauchte etwas Abstand zu –« Erneut hole ich tief Luft, denn ich will nicht zu viel verraten. »Zu Alexander. Du weißt schon …«

Polly nickt eifrig, sodass ihre schwarzen Zöpfe wild hüpfen. »Dieser Vollidiot hat es nicht anders verdient. Wobei ich ihn auch seit Neujahr nicht mehr gesehen habe. Erst habe ich gedacht, ihr wärt nach dem Ball zusammen durchgebrannt«, meint sie kichernd und hakt sich bei mir unter. »Doch dann hat er Lucy zur Uni gefahren. Er ist *selbst* gefahren«, betont sie die Worte, als wäre es etwas Unvorstellbares. »In einem schwarzen Anzug. Er sah verdammt heiß aus, wenn ich das so sagen darf. Versteh mich nicht falsch, ich bin ja nicht so der Typ, der aufs Aussehen achtet. Sag, seid ihr immer noch zerstritten?«

Ich zögere mit meiner Antwort. Polly kennt mich mittlerweile gut genug, auch wenn ich meine wahre Identität vor ihr verberge.

»Es ist ein bisschen kompliziert«, entgegne ich vage, um keine hitzige Diskussion darüber anzufangen, wie es zwischen mir und Alex aussieht. Bisher hat er sich nicht dazu geäußert, dass ich in Cambridge bin, was mich sehr verunsichert. Nach seiner letzten Nachricht vor zwei Tagen hatte ich geglaubt, er würde sich freuen, mich wiederzusehen. Sobald wir uns wiedersehen, will ich Antworten von ihm. Diese Funkstille halte ich kaum noch aus.

Polly nickt. Sie scheint zwar mehr wissen zu wollen, lässt sich mit meiner Erklärung jedoch vorerst abspeisen. Vielleicht ahnt sie, dass ich etwas verschweige.

»Komm, wir sollten in die Vorlesung gehen«, sage ich zu Polly, die mich immer noch anlächelt. Enttäuschung zeichnet sich auf ihrem Gesicht ab, dann seufzt sie jedoch und akzeptiert meine Antwort.

»Also schön! Wenn du bereit bist, dann erzählst du mir alles, ja?«, meint sie mit strengem Blick und erhobenem Zeigefinger.

»Versprochen«, entgegne ich schmunzelnd und öffne die Tür zum Hörsaal.

***

Die Vorlesung verging erstaunlich schnell und ich hatte das Gefühl, als wäre ich niemals fortgewesen. Obwohl ich immer wieder neugierige Blicke bemerkte, sprach mich niemand auf meine Abwesenheit an. Erst hatte ich gedacht, Lucy würde mich mit Fragen löchern oder zumindest einen blöden Spruch abgeben, denn wir sind vergangenes Jahr nicht gerade im Guten auseinandergegangen. Doch zu meiner Überraschung war Alexanders Schwester nicht anwesend, genau wie ihre Freundinnen. Ob sie den Kurs gewechselt haben?

Nachdem der Professor uns am Ende seines Vortrags Themen für eine Präsentation zur Auswahl gestellt hat, verließ er den Hörsaal und meine Kommilitonen begannen, ihre Sachen zusammenzupacken.

Ich schalte Stellas Tablet ab und stecke es zusammen mit meinem Collegeblock in den Lederrucksack, den ich von Eleonore zu Weihnachten bekommen habe. Tatsächlich nutzte ich das Tablet häufiger, von dem Geld, das ich von Stella für meine Zeit in Cambridge bekommen habe, kaufte ich mir sogar einen neuen Laptop.

»Wollen wir einen Kaffee trinken gehen?«, fragt Polly in erwartungsvollem Ton, ehe sie ihr Smartphone zückt und darauf herumtippt. »Ich werde Bobby Bescheid geben. Er hat sicherlich verschlafen, weil er nicht zur ersten Vorlesung gekommen ist. Seitdem er mit Cassy zusammen ist, benimmt er sich merkwürdig.« Sie kichert leise und grinst mich an. »Stell dir vor, er geht sogar abends aus. Neulich kam er erst nach Mitternacht nach Hause. Normalerweise bin ich es, die ihn irgendwohin schleifen muss, weil er sich lieber hinter Büchern verkriecht. Cassy macht einen ganz neuen Mann aus meinem kleinen Bruder!« Ihre grünen Augen funkeln begeistert, und ich erkenne die Liebe in ihrem Blick, wenn sie über Robert spricht. Sofort beneide ich Polly für ihre Familie.

Auch ihre Eltern habe ich bei unserem ersten Kennenlernen auf ihrer Silberhochzeit direkt ins Herz geschlossen. Es war erfrischend, jemanden kennenzulernen, der sich gegen die Regeln der High Society auflehnt. Sicherlich haben die O'Briens dadurch nicht nur Freunde in der Gesellschaft, aber das scheint sie nicht zu stören. Es sollte mehr von solchen Menschen geben, dann wäre alles nicht so festgefahren.

»Was ist, wollen wir los?«, hakt Poliana noch einmal nach. »Bobby hat eben geschrieben, dass er mit Cassy beim *Fitzbillies* auf uns wartet. Sie waren zusammen in der Bibliothek und das Café liegt auf halben Weg. Oder möchtest du lieber ins *Browns*?«

»*Fitzbillies* klingt gut«, erwidere ich und ziehe mir meine Jacke über, ehe ich den Rucksack schultere. Polly lächelt zufrieden und geht vor mir die Stufen hinab durch die Sitzreihen. Hinter mir vernehme ich erneut das Tuscheln der anderen Studierenden.

Gemeinsam mit Polly verlasse ich das Gebäude. Die nächste Vorlesung beginnt erst in einer Stunde, sodass wir genug Zeit haben. Tatsächlich freue ich mich darauf, Robert wiederzusehen. Außerdem bin ich neugierig auf seine Beziehung zu Cassy. Lucys Freundin ist mir als stille und zurückhaltende Person in Erinnerung geblieben. Sie war eher eine Mitläuferin, statt Anführerin wie Mary.

Während Polly von den neuesten Geschehnissen aus dem Uni-Alltag erzählt, schweifen meine Gedanken immer wieder ab. Ständig frage ich mich, was Alexander wohl tut, seitdem er in Cambridge ist. Ich hatte geglaubt, er würde sich sofort bei mir melden, wenn ich hierherkomme. Stattdessen beantwortet er meine Nachrichten nicht.

Die eisige Winterluft weht mir entgegen und ich verfluche den Umstand, meinen Schal im Zimmer liegengelassen zu haben. Der Wind kriecht unter meine Jacke und lässt mich zittern.

»Es hat immer noch nicht geschneit«, meint Polly mit einem kurzen Seitenblick zu mir.

»In Köln auch nicht«, entgegne ich, während wir die Trumpington Street entlanggehen. Der Weg ist mir im Gedächtnis geblieben. Obwohl ich nur wenige Monate in Cambridge gelebt habe, ist vieles so vertraut. Die Straße, die Gebäude und die zahlreichen kleinen Cafés. Vor allem aber das weitläufige Unigelände mit den verschiedenen Fakultäten.

»Wie wars bei deinem Dad?«, will meine Freundin wissen.

»Er war wegen der Arbeit sehr beschäftigt«, erzähle ich das, was ich von Stella weiß. »Irgendetwas ist mit einem Hotel in Dubai schiefgelaufen, weshalb er die meiste Zeit dort verbracht hat.«

Wir kommen am Pembroke College vorbei. Ich verlangsame meine Schritte und betrachte andächtig die barocke Fassade mit den Zinnen und den Erkerfenstern über dem eisernen Eingangstor. Es steht offen, sodass ich einen Blick in den Innenhof erhaschen kann. Ob Alexander heute mit seinen beiden Freunden Tod und Sebastian Musik macht?

»Ja, ich habe so etwas in der Art auch gehört. Hat dein Vater nicht etwas mit der Baufirma von Alexanders Dad zu tun? Ihr seid deshalb verlobt, oder? Es kursieren nämlich Gerüchte, dass Theodor Hunter Gelder veruntreut hat. Und als er die Sache vertuschen wollte, ist er wegen eines Herzinfarktes im Krankenhaus gelandet.«

»Das kann ich nicht glauben«, entfährt es mir geschockt. Geht es Alexanders Familie deshalb finanziell so schlecht?

Polly zuckt mit den Schultern. »Bestimmt handelt es sich nur um Gerüchte, die die Neider streuen. Ich gebe nicht viel darauf, was andere Leute erzählen.« Gutgelaunt geht sie voraus. An der Straße bleiben wir stehen und lassen einige Autos vorbei, die an der Kreuzung beim *Fitzbillies* abbiegen. Als Poliana meine Hand nimmt, damit ich ihr folge, bleibe ich wie vom Donner gerührt stehen. Nur wenige Meter von uns entfernt, kommt eine vertraute Gestalt aus dem Café heraus. Es ist Alexander!

Seine sonst zerzausten halblangen Haare, die ihm frech in die Augen fallen, sind streng nach hinten frisiert. Er trägt einen schwarzen Anzug unter dem offenen Trenchcoat. Sein Gesichtsausdruck wirkt kühl und distanziert.

Es durchläuft mich eiskalt, als ich die Person sehe, die sich dicht an seine Seite schmiegt.

Hailey.

Ein stechender Schmerz fährt durch meine Brust. Hailey. Alexanders Ex-Freundin. Die Frau, mit der ich ihn auf dem Neujahrsball gesehen habe, ehe Jamie mich bedroht hat.

Ihre Hand umklammert seinen Unterarm, ihre Stimme klingt aufgeregt, auch wenn ich die Worte aus der Entfernung nicht richtig vernehmen kann. Ich kann nicht hinsehen. Will nicht hinsehen. Dennoch starre ich die beiden an. Sie sind so vertraut miteinander, wirken intim durch den engen Körperkontakt, den Alex nicht zu unterbrechen versucht. Es ist, als wäre die Zeit zurückgedreht worden. Wir wieder auf Anfang – und Hailey zwischen uns!

Ein grauer Schleier legt sich über mein Herz. Ich fühle, wie ich förmlich erstarre. War das der Grund, warum Alexander sich nicht bei mir gemeldet hat? Hat er mich während meiner Abwesenheit mit seiner Ex-Freundin betrogen? Warum hat er mir nicht die Wahrheit gesagt, statt mich mit kryptischen Nachrichten im Dunkeln tappen zu lassen? Hat er gehofft, ich würde nicht nach Cambridge zurückkommen?

Die Enttäuschung, die sich in meinem Innern breitmacht, ist scharf wie der Wind, der mir den Atem nimmt. Meine Beine fühlen sich plötzlich schwer an, mein Magen dreht sich. Ich will weglaufen, verschwinden und mich irgendwo verkriechen, doch meine Füße gehorchen mir nicht. Ich stehe wie festgewurzelt da und beobachte, wie Hailey ihn umarmt. Wie Alexander sie für einen Moment an sich drückt.

»Stella, was ist denn los?«, fragt Poliana verwundert, ehe sie ihren Blick nach vorne richtet und Alexander und Hailey in inniger Umarmung bemerkt.

»Ach du scheiße!«, entfährt es meiner Freundin erstickt. »Der Kerl hat tatsächlich –«

Ihre restlichen Worte vernehme ich nicht mehr, zu laut rauscht das Blut in meinen Ohren. In meinem Kopf dreht sich alles und mir wird auf einmal schwindelig. Einerseits will ich schreien, zu ihm gehen und ihn zur Rede stellen, doch andererseits einfach davonlaufen. Instinktiv entscheide ich mich für Letzteres, mache auf dem Absatz kehrt und renne.

Kapitel 18

Alexander

Eine Stunde zuvor

»Ich hätte gern einen White Chocolate Mocha und einen Blaubeermuffin«, bestellt Hailey bei der jungen Bedienung, die an unseren Tisch kommt. Nickend notiert sie ihre Auswahl, ehe sie mich erwartungsvoll anschaut. Dabei ruht ihr Blick einen Moment länger als nötig auf meinem Gesicht, was mich innerlich genervt die Augen verdrehen lässt. Früher habe ich die bewundernden Blicke der Frauen genossen, mich regelrecht daran erfreut. Doch seitdem ich Clara begegnet bin, ist es nur noch nervig. Die anderen interessieren mich schlichtweg nicht mehr.

»Einen Kaffee. Schwarz«, sage ich knapp und hoffe, die Kellnerin durch meine schroffen Worte abgeschreckt zu haben. Tatsächlich zeichnet sich Enttäuschung auf ihrem Gesicht ab, die sie jedoch schnell mit einem Lächeln überspielt. Sofort entfernt sie sich von unserem Tisch, um unsere Bestellung zu bearbeiten.

Ich lehne mich auf dem Stuhl zurück und drehe mich zum Fenster, um das Treiben auf der Straße zu beobachten. In dicke Mäntel gehüllt gehen Passanten am Café vorbei. Um dieses Gespräch nicht auf die lange Bank zu schieben, habe ich Hailey direkt mit hierher genommen. Mein Wagen parkt an der gegenüberliegenden Straßenseite, denn zu Fuß hierher zu gehen, war mir zu riskant. Ich wollte keine neugierigen

Blicke riskieren, was zu weiteren Gerüchten an der Uni führen würde. Es reicht wirklich, dass Lucy und ihre Freundinnen mich zusammen mit Hailey haben weggehen sehen. Deshalb habe ich auch das *Fitzbillies* anstelle des *Browns* ausgewählt, denn hierher verirren sich nur selten die Studierenden der Judge Business School.

Ich spüre Haileys warme Finger auf meiner Hand, weshalb ich mich ihr zuwende. Sie lächelt mich an.

»Worum wolltest du mich bitten?«, will sie neugierig wissen. Ihre Augen funkeln und eine leichte Röte liegt auf ihren Wangen, während sie mit ihrem Zeigefinger Kreise auf meinem Handrücken zeichnet. Ich entziehe ihr meine Hand.

»Hailey«, beginne ich mit fester Stimme, »auch wenn du dir etwas von diesem Treffen versprichst, lass mich gleich eins klarstellen: Zwischen uns wird nichts laufen. Ich bin mit Stella verlobt.«

Hailey schiebt die Unterlippe vor und schaut mich trotzig an. Sie wirkt gekränkt, versucht, es sich nicht anmerken zu lassen. Tatsächlich tut es mir nicht leid, sie enttäuscht zu haben, immerhin wollte sie ein Date mit mir und das bekommt sie jetzt. Wir trinken gemeinsam einen Kaffee und gehen danach getrennte Wege. Mehr kann und werde ich ihr nicht geben.

»Ich habe gehört, Stella ist zurück zu ihrem Dad nach Deutschland geflogen. Deshalb dachte ich …«

»Es ist nur vorübergehend«, falle ich Hailey ins Wort. »An meinen Gefühlen zu Stella hat sich nichts geändert. Wenn sich die Lage entspannt, werden wir wie geplant heiraten.« Ich versuche, so überzeugend wie möglich zu klingen, obwohl ich nicht weiß, wie es mit Clara und mir weitergehen wird.

Seitdem ich von meinem Vater weiß, dass Stella und ich wegen der Firmenanteile miteinander verlobt wurden, herrscht Chaos in meinem Kopf. Benjamin würde uns vermutlich nicht mehr mit den Nachforschungen in Dubai helfen, sollte er von Stellas Ehe mit Enrico erfahren. Clara kann sich jedoch nicht ewig als Stella ausgeben, das kann und will ich nicht von ihr verlangen. Immerhin will ich mit Clara zusammen sein.

Wenn Hailey mir mit der NCA hilft und das Vergehen der Richards dadurch ans Licht kommt, kann ich mich öffentlich zu Clara bekennen.

Unsere Getränke kommen und ich nehme einen großen Schluck von meinem Kaffee. Warm fließt er durch meine Kehle und sorgt für mehr Klarheit in meinem Kopf. Ich sehe Hailey fest in die Augen.

»Ich möchte an deinen Gerechtigkeitssinn appellieren. Du hast die Gerüchte gehört ...«

»Ja«, entgegnet sie, und ich erkenne Neugier in ihrem Blick. »Dein Dad soll Gelder veruntreut haben, die in ein milliardenschweres Bauprojekt hätten fließen müssen. Deshalb steht die Firma kurz vor der Insolvenz und ihr seid damit offiziell bankrott. Lucy hatte neulich gejammert, weil du euren Chauffeur gefeuert hättest. Kannst du ihn nicht länger bezahlen?«

Ihre Sensationsgier ist größer als ihre Gefühle für mich, die vermutlich nur gespielt waren. Ein bitteres Lachen entfährt mir. Kein Wunder, denn die High Society, in der meine Familie sich mein Leben lang bewegt hat, besteht nur aus arroganten Heuchlern.

»Das ist Bullshit! Dad wurde hintergangen. Von seinen engsten Vertrauten.« Ich hole tief Luft, denn obwohl ich mir sicher bin, dass ich das Richtige tue, fällt es mir schwer, darüber zu sprechen. Immerhin handelt es sich hierbei um meine Familie ... »Es war Simon Richards, der seit Jahren ein falsches Spiel treibt. Vermutlich steckt mein Cousin Jamie ebenfalls in der Sache mit drin«, erkläre ich ihr, kralle dabei meine Hand fest um den Griff der Kaffeetasse. Ich hole tief Luft, um mich zu beruhigen.

Hailey sieht mich mit offenem Mund an. »Jamie? Wirklich?«

Ich nicke mit finsterer Miene. Jamie hat es schon immer geschafft, die Menschen in seiner Umgebung zu manipulieren. Selbst ich habe jahrelang geglaubt, er hätte nur Gutes im Sinn, bis er mich und Stella auf der Benefizveranstaltung seiner Familie im Sommer vor über fünf Jahren hintergangen hat. Zu spät habe ich damals seine wahren Absichten bemerkt. Er hatte keineswegs Gefühle für Stella, sondern wollte lediglich einen Keil zwischen uns treiben.

»Was willst du also tun?«, fragt Hailey leise.

Ich zucke ratlos mit den Schultern.

»Ich weiß es nicht. Eigentlich hatte ich gehofft, dein Dad könnte mir helfen ...«

Abermals greift sie nach meiner Hand, doch dieses Mal wirkt die Geste weniger wie ein Annäherungsversuch.

»Ich werde meinem Vater davon erzählen. Je mehr stichhaltige Beweise du hast, desto schneller kann die NCA eingreifen. Ich werde dir helfen, Alex. Auch ohne Gegenleistung«, bestätigt Hailey mit einem schüchternen Lächeln. »Ich bin zwar gekränkt, weil du mich auf dem Ball stehengelassen hast ... Doch diese Sache hat nichts mit uns beiden zu tun. Es richtet sich gegen die Gesellschaft ... Und ich habe meinen ausgeprägten Gerechtigkeitssinn von meinem Vater, weshalb ich solche hinterhältigen Machenschaften nicht akzeptieren kann! Zu gern würde ich Jamies dummes Gesicht sehen, wenn die NCA in seinem Büro einmarschiert und ihn in Gewahrsam nimmt.« Sie kichert hinter vorgehaltener Hand und grinst mich breit an.

Erleichtert grinse ich zurück.

»Sicher, dass Wirtschaft das Richtige für dich ist? Wäre ein Studium in Richtung Kriminalkommissarin nicht passender?«

Hailey lacht noch lauter. »Vielleicht. Tatsächlich interessiere ich mich brennend für solche Themen. Aber du kennst es ja selbst ... Was tut man nicht für die Familie?« Noch einmal zwinkert sie mir zu, ehe sie den letzten Schluck ihres

Getränks austrinkt. Den Muffin hat sie während unseres Gesprächs nicht angerührt.

Ich leere meine Tasse ebenfalls und sehe mich nach der Kellnerin um, damit ich unsere Rechnung begleichen kann. Statt der jungen Bedienung sehe ich jedoch Cassy, die zusammen mit ihrem neuen Freund Robert O'Brien das Café betritt und sich nach einem freien Tisch umsieht. Bob bemerkt mich nicht sofort, doch als Cassy Hailey zuwinkt, sieht er ebenfalls in meine Richtung. Seine Augenbrauen fliegen überrascht in die Höhe und ich erhebe mich sofort von meinem Platz.

»Hailey, was machst du denn hier? Hast du nicht eine Vorlesung?«, ruft Cassy ihrer Freundin zu. Ehe sich diese jedoch zu unserem Tisch durchdrängen kann, krame ich einige Scheine aus meinem Portemonnaie und lege sie neben meine Kaffeetasse. Dann greife ich Hailey am Arm, um sie grob auf die Beine zu ziehen.

Mit verwirrtem Gesichtsausdruck stolpert Hailey mir hinterher aus dem Café. Die Panik in meinem Innern legt sich, sobald wir auf der Straße stehen. Dabei habe ich das *Fitzbillies* absichtlich für unser Gespräch ausgewählt, um niemanden aus der Uni zu begegnen. Wieso musste jetzt ausgerechnet Cassy mit ihrem Freund hier auftauchen? Ob Robert Clara von diesem Treffen erzählen wird?

»Was ist denn los?«, fragt Hailey irritiert, legt dabei ihre Hand auf meinen Unterarm.

»Ach, nichts. Ich musste nur raus, weil –« Weiter komme ich nicht, denn plötzlich schlingt Hailey ihre Arme um mich und presst ihren schlanken Körper an mich. Wie erstarrt verharre ich in meiner Bewegung. Was zur ...?!

»Diese Sache überfordert dich«, murmelt sie gegen den dünnen Stoff meines Hemdes. Ihr warmer Atem kitzelt mich. »Mach dir keine Sorgen, Alex. Ich werde dir helfen, versprochen.«

Langsam nicke ich, immer noch überrumpelt von dieser

plötzlichen Nähe. Ich lege meine Hände auf ihre Schultern, will sie von mir schieben, als ich wie vom Donner gerührt in der Bewegung innehalte. Erschrocken reiße ich die Augen auf. Das ... kann nicht sein!

Wenige Meter von mir entfernt entdecke ich Clara, wie sie mich mit kalkweißem Gesicht anstarrt. Grob stoße ich Hailey von mir, was ihr einen erschreckten Protestschrei entlockt. Doch ich achte nicht mehr auf Lucys Freundin. Meine Sinne sind auf Clara fixiert.

Sie steht etwas abseits von Poliana, die im Begriff ist, die Straße zu überqueren. Über die fahrenden Autos hinweg sehen wir uns in die Augen, als läge nichts zwischen uns. Und jetzt realisiere ich das Ausmaß der Situation: Clara hat mich mit Hailey im Arm erwischt!

»Cla–« Fuck, beinahe hätte ich ihren Namen verraten! Hektisch sehe ich ihr nach, wie sie davonrennt und zwischen den Mauern des Pembroke Colleges verschwindet. Fuck! Wie konnte das passieren? Wieso zur Hölle musste mich Clara mit Hailey sehen?

»Alex, was ist mit dir?«, dringt Hailey Stimme zu mir durch, doch ich ignoriere sie und renne über die Straße, den Blick auf Clara gerichtet.

»Hey, du Spinner! Bist du lebensmüde?!«, zischt eine wütende Männerstimme zu meiner Linken, als ein Fahrradfahrer panisch vom Rad springt, vor das ich gelaufen bin. Ich taumele, weiche dem Zusammenprall aus und hetze über den Gehweg weiter in Richtung Pembroke College. Ich muss dieses Missverständnis sofort aufklären!

Kapitel 19

Clara

Ich höre Alexander hinter mir, bevor ich ihn sehe. Seine Schritte schnellen über den Gehweg, während er mir folgt. Mein Herz hämmert in meiner Brust, als würde es mich zerreißen wollen. Der Schmerz breitet sich immer weiter aus, lähmt meine Gedanken. Dennoch laufe ich immer weiter. Tränen verschleiern meine Sicht und ich gerate ins Straucheln, als ich mit dem Absatz zwischen dem Kopfsteinpflaster steckenbleibe.

»Stella!«, ruft er. Seine Stimme ist angespannt, fast panisch. »Warte!«

Alex nähert sich mir, dennoch renne ich weiter. Husche durch den massiven Torbogen und laufe in den Innenhof des Pembroke College. Die kahlen Bäume geben mir keine Zufluchtsmöglichkeit. Ich schaue panisch über meine Schulter und sehe Alexander auf mich zueilen. Seine Miene ist angespannt, sein Blick fest auf mich gerichtet. Erneut knicke ich mit dem Fuß um und rudere hilflos mit den Armen. Alex ist mit einem Satz bei mir und ergreift meine Hand, bevor ich zu Boden stürze. Das glatte, vom Regen rutschige Pflaster, ist nicht gemacht für eine Verfolgungsjagd.

Meine Atmung geht stoßweise, und auch Alexander keucht heftig, als hätte ihn der kurze Sprint angestrengt. Unsere erste Begegnung habe ich mir anders vorgestellt. Nicht so ... zerrüttet! In meinem Innern brodelt es, Enttäuschung und Wut mischen sich mit der Erkenntnis, dass erneut etwas zwischen uns steht, das ich nicht überwinden kann.

Der Kloß in meinem Hals wächst, schnürt mir die Kehle zu. Ich schlucke die Tränen hinunter und reiße mich aus seiner Umklammerung los, bringe Abstand zwischen uns, indem ich mich rückwärts entferne.

Alexanders Stirn ist gerunzelt, er hat seine Hände in den Taschen seines Mantels vergraben. In seinem Mienenspiel erkenne ich, wie er nach den richtigen Worten sucht. Als ahne er, dass ich zerbreche, sobald er den Mund aufmacht.

»Was sollte das eben?«, fahre ich ihn an. Meine Stimme klingt ungewohnt rau. Schmerz überschattet meine Gefühle, lässt mein Herz einfrieren.

Alexander fährt sich mit einer Hand durchs Haar, wodurch er seine ordentliche Frisur ruiniert. Der Blick seiner dunklen Augen ruht auf meinem Gesicht, durchdringt mich regelrecht, während er einen weiteren Schritt auf mich zumacht. Der Innenhof liegt verlassen dar, niemand der Studierenden befindet sich auf dem Campus. Nur der eisige Wind pfeift durch die kahlen Äste der Bäume.

»Cla–, Stella, hör mir bitte zu«, sagt er und versucht, den Schein aufrechtzuerhalten, sollte uns jemand zufällig belauschen. In seinen Augen blitzt ein Funken Unsicherheit auf. »Es ist nicht, wie du denkst.«

»Ach wirklich?« Ich lache, doch es klingt bitter. Denn obwohl mein Herz vor Sehnsucht nach diesem Mann beinahe zerbrochen ist, fühle ich nur maßlose Enttäuschung über seinen Verrat. »Weil es so aussah, als ob du mit deiner Ex-Freundin ein Date hast und sie an dir klebt, als gäbe es zwischen uns keine Gefühle. Hast du *mich* je geliebt? Oder ist es immer noch die Vorstellung von Stella?«

Langsam kommt er einen Schritt näher, doch dieses Mal weiche ich vor ihm zurück, als könnte ich mich dadurch vor der wachsenden Wut in meinem Innern in mir schützen.

»Vergiss Stella! Sie bedeutet mir nichts ... Du musst mir

glauben, wenn ich dir sage, dass ich dich nicht mit Hailey betrogen habe! Ich. Liebe. *Dich.*« Seine Stimme klingt regelrecht aggressiv, weshalb ich mich kurz erschrecke, bevor ich innerlich eine Mauer um mein Herz hochziehe.

Ich weiß nicht, was ich glauben soll. Erst fliegt er zu mir nach Köln und versichert mir, ich wäre ihm wichtig. Dann meldet er sich kaum auf meine Nachrichten und ignoriert mich, obwohl ich mir schreckliche Sorgen um ihn mache. Zu guter Letzt erwische ich ihn in inniger Umarmung mit seiner Ex-Freundin. Meine Enttäuschung ist bodenlos und meine Wut kennt keine Grenzen.

Außerdem katapultiert mich diese Szene in die Situation zurück, als ich ihn hier im Innenhof des Pembroke College gemeinsam mit Jamie gesehen habe. Damals habe ich herausgefunden, dass Alexanders Familie pleite ist und er Stellas Mitgift braucht, um die Firma aus dem finanziellen Ruin zu retten.

»Nicht betrogen?«, will ich mit bebender Stimme wissen. Jetzt laufen mir doch die Tränen über die Wangen. »Was war das dann für eine Umarmung? Wie nennt man das, wenn man sich so nahe kommt?«

Das Schuldgefühl in seinen Augen, das er zu unterdrücken versucht, kann er nicht verbergen. Was steckt hinter seinem Treffen mit Hailey?

»Es war ein Missverständnis«, wiederholt er, und seine Stimme klingt fast verzweifelt. »Hailey und ich haben uns nur unterhalten.«

»Du hast dich kaum bei mir gemeldet, Alexander. Kein Anruf, kaum eine Nachricht. Du hast mich im Dunkeln gelassen, was in Cambridge passiert. Und jetzt sehe ich dich mit ihr und soll glauben, dass das alles harmlos ist? Ich weiß nicht, ob ich dir noch vertrauen kann.«

Ich spüre, wie sich mir die Kehle zuschnürt, weil ich die Enttäuschung kaum ertragen kann.

»Ich bin hergekommen, um an deiner Seite zu sein, Alex.

Zum ersten Mal in meinem Leben hatte ich das Gefühl, dass ich mich jemandem öffnen darf. Dir. Und ich dachte ... ich dachte, du wolltest das auch.«

Mit dem Handrücken wische ich mir die Tränen aus dem Gesicht und will mich von ihm wegdrehen, doch er macht einen Satz zur Seite und blockiert meinen Weg. Ich erkenne eine Veränderung in seinem Gesicht – der Ausdruck von Unsicherheit und Bedauern mischt sich zu der Verwirrung.

»Clara ... es tut mir leid«, sagt er leise meinen Namen, was mir durch Mark und Bein geht. Er greift nach meinen Händen, aber ich ziehe sie zurück.

»Ich habe geglaubt, wir würden das hier gemeinsam durchstehen«, fahre ich leise fort, ohne ihm in die Augen zu sehen. »Ich habe gehofft, du würdest mich in dein Leben lassen – so, wie ich dich in meins gelassen habe. Vielleicht hätte ich in Köln bleiben sollen ...«

Ich wische mir über meine brennenden Augen. Und plötzlich ist da dieser Gedanke, der sich ungebeten in meinen Kopf schleicht: Ich bin mit dem Vorsatz hergekommen, stark zu sein. Ich wollte als Clara zurückkehren – nicht als Stella. Ich wollte ihm meine Stärke und Entschlossenheit zeigen. Ihm zeigen, dass ich keine Angst mehr habe und mich meiner Aufgabe stelle, damit er auf meine Hilfe zählen kann. Doch keine vierundzwanzig Stunden später bin ich ein heulendes Häufchen Elend.

Das war zumindest der Plan. Und jetzt? Jetzt wünsche ich mir nichts sehnlicher, als dass jemand mich hält und mir sagt, alles wird gut. Und schlimmer noch: Ich wünsche mir, dass *er* dieser jemand ist.

Seine Hand bewegt sich, als wolle er mich berühren, doch er lässt sie kraftlos sinken.

Meine Beine fühlen sich an wie aus Blei, und in meinem Brustkorb zieht sich mein Herz schmerzhaft zusammen. Ich hatte gehofft, das Wiedersehen mit Alexander würde die Sorge in mir beruhigen. Stattdessen fühle ich mich komplett verloren. Ich habe ihn vermisst. Jede Sekunde, in der ich nichts von ihm gehört habe, hat sich angefühlt wie ein leises Misstrauen. Und trotzdem habe ich mir eingeredet, dass er viel um die Ohren hat wegen der Firma und dem Herzinfarkt seines Vaters.

Und noch etwas schmerzt: Dass ich ihn immer noch will. Trotz der Enttäuschung und der Unsicherheit. Ich will ihn. Aber nicht zu diesem Preis.

Ich will mich endgültig abwenden, doch er umfasst mein Handgelenk.

»Es war nicht meine Absicht, dich zu verletzen, das musst du mir glauben. Hailey und ich haben eine Vergangenheit, auf die ich nicht stolz bin. Und ehrlich, ich würde mich auch nicht von ihr abhängig machen, wenn es nicht absolut notwendig wäre. Aber ich liebe *dich*, Clara. Du bist alles, was mir wichtig ist. Ich habe dich nicht betrogen. Hailey wird uns helfen!«

Ich stoße scharf die Luft aus, versuche, mein wild klopfendes Herz zu beruhigen. Sanft legt er seine Hand an meine Wange, streicht mir die aufsteigenden Tränen aus dem Augenwinkel – und dieses Mal halte ich still, zucke nicht zurück.

»Helfen? Wie könnte deine Ex-Freundin uns helfen? Hast du ihr erzählt, dass ich mich als deine Verlobte ausgebe?«

Alexander schüttelt den Kopf und lässt erneut seine Hand sinken. »Lass mich dir alles erklären, ja? Danach kannst du mich immer noch zum Teufel jagen.«

Kapitel 20

Alexander

Ich schließe für einen Moment die Augen, versuche, die richtigen Worte zu finden, doch es ist, als würde sich ein Knoten in meiner Kehle bilden. Es fühlt sich alles falsch an, aber ich weiß, dass ich es jetzt erklären muss. Dass ich es für uns beide tun muss, wenn ich eine Chance haben will, Clara zurückzugewinnen.

»Clara, ich …« Ich hole tief Luft, versuche, ruhig zu atmen. »Es tut mir leid. Ich hätte mit dir reden müssen.«

Sie sagt nichts, doch ich erkenne, wie sich ihr Blick verhärtet. Bevor sie etwas erwidern oder sich erneut von mir abwenden kann, fahre ich fort. Es ist nicht der richtige Ort, um ihr mein Herz auszuschütten, doch wenn ich noch länger schweige, könnte ich Clara endgültig verlieren.

»Ich habe dich im Dunkeln gelassen, weil ich das Chaos in meinem Kopf erst sortieren wollte, bevor ich dich mit hineinziehe. Dabei wollte ich dich nicht ausschließen. Und das tut mir unendlich leid.«

Sie hebt das Kinn leicht. Ihre Haltung ist aufrecht, fast trotzig, aber in ihren Augen glänzen Tränen.

»Warum hast du gedacht, dass du das allein klären musst?«, fragt sie leise. »Ich hatte nicht einmal die Gelegenheit, mich für dich zu entscheiden, weil du wegen deines Dads überstürzt nach Cambridge geflogen bist und dann den Kontakt so gut wie abgebrochen hast.«

Ich höre den deutlichen Vorwurf in ihrer Stimme und kann es ihr nicht verübeln, dass sie sauer auf mich ist. Ich bin es ebenfalls, denn ich hätte wirklich offen mit Clara reden sollen, statt mich kopflos in die Arbeit zu stürzen. Dass sie mir mit ihrer Rückkehr nach Cambridge zuvorgekommen ist, habe ich nicht geahnt. Wieso ist sie überhaupt hier?

»Man teilt in einer Beziehung alles – das Gute, aber auch das Schlechte. Oder sollte das zwischen uns keine Beziehung sein?«, will sie energisch von mir wissen. Diese Worte treffen mich hart, weil sie der Wahrheit näher sind, als mir lieb ist.

»Ich habe noch nie eine richtige Beziehung geführt«, gestehe ich ehrlich. »Nichts, das länger gehalten hat als wenige Wochen. Nichts, das so ... ernst war wie mit dir.« Ihre Augen weiten sich leicht, und in der Stille, die folgt, höre ich das wilde Pochen meines Herzens.

»Ich habe dir vertraut, Alex. Mehr als irgendwem davor. Ich bin zurückgekommen, weil ich dachte, wir haben etwas Echtes.« Ihre Stimme bricht beinahe.

Ich mache vorsichtig einen Schritt auf sie zu, überbrücke den Abstand zwischen uns. Clara blinzelt mehrmals, weil sie die Tränen nicht mehr zurückhalten kann. Abermals bahnen sie sich einen Weg über ihre Wangen. Ich hebe die Hand, zögere kurz, dann streiche ich sie sanft fort.

»Ich weiß, ich hab's nie richtig gesagt. Nicht in Köln. Nicht davor. Aber ich will das. Uns. Dich. Ich will eine Beziehung mit dir, Clara. Und ich weiß, dass ich einen Fehler gemacht habe, indem ich dich so lange im Unklaren gelassen habe. Aber wenn du bereit bist, mir noch einmal zu vertrauen – dann will ich es richtig machen«, versichere ich ihr mit fester Stimme. Keine Worte habe ich je ehrlicher gemeint als diese.

Für einen Moment schweigt sie. Clara sieht mich lange und eindringlich an. Ihr Blick ist nicht mehr so hart, nicht mehr so voller Zweifel wie zuvor und lässt mich aufatmen.

Sie atmet tief ein, und ich sehe, wie ihre Züge wieder weicher werden. Ein sanftes Lächeln breitet sich auf ihren Lippen aus. Es ist klein, aber es ist ein Anfang.

»Du bist wirklich ein Idiot, Alexander Hunter«, meint sie, und ihre Stimme klingt beinahe liebevoll, was mein Herz hüpfen lässt.

Ich kann es kaum glauben, als sie schließlich einen Schritt auf mich zukommt. Die Kluft, die sich bei meiner Rückkehr nach Cambridge zwischen uns aufgetan hat, ist kleiner geworden. Clara überwindet den letzten Abstand zwischen uns und legt ihre Stirn an meine. Diese Geste sorgt dafür, dass die Anspannung von mir abfällt.

»Ich will das auch. Dich. Eine richtige Beziehung. Ohne dieses Versteckspiel. Ohne Heimlichkeiten. Nur du und ich.«

Einen Moment verharren wir in dieser Position. Reglos. Mit klopfendem Herzen. Der eisige Wind weht durch ihr offenes Haar und zerzaust es. Seufzend hebe ich erneut die Hand, um ihr eine Strähne hinters Ohr zu streichen. Ich sehne mich danach, Clara in den Arm zu nehmen und zu küssen, doch ich spüre auch, dass es nicht der richtige Zeitpunkt ist. Zu viele ungesagte Dinge stehen noch zwischen uns.

»Ich wollte dich niemals außenvorlassen, Clara, das musst du mir glauben. Doch ich habe in den vergangenen Tagen Ungeheuerliches erfahren. Die Sache mit meiner Verlobung diente dafür, um meinen Onkel aus der Firma zu drängen und sich dessen Einfluss zu entziehen«, sprudeln die Worte aus mir heraus, ehe ich sie zurückhalten kann.

Sie zieht fragend die Augenbrauen zusammen. »Dein Onkel? Jamies Vater?«

Ich nicke zustimmend. »Benjamin wollte seine Anteile an Stella abtreten, sobald wir verheiratet wären, um die Baufirma ohne Simon führen zu können. Ich habe etwas aufgedeckt, das Simon – und vermutlich auch Jamie – zu verschleiern versucht haben.«

Clara runzelt verständnislos die Stirn, sodass ich weiter aushole. Kurz sehe ich über meine Schulter, um mich zu vergewissern, dass wir immer noch allein auf dem Campus sind. Meine Worte sind nicht für fremde Ohren bestimmt, doch warten, bis wir an einem anderen Ort sind, traue ich mich nicht mehr. Zu lange habe ich Clara im Unklaren gelassen.

»Es geht nicht mehr um interne Fehler oder einen PR-Skandal. Simon hat mit Jamies Hilfe systematisch Gelder verschoben und Verträge manipuliert, wodurch der Hotelbau in Dubai zum Erliegen gekommen ist. Wir haben Klagen in Milliardenhöhe am Hals. Das ist Wirtschaftskriminalität im großen Stil.«

Clara wirkt auf einmal nachdenklich. »Okay, aber so was passiert andauernd? Es vergeht keine Woche ohne irgendeinen Finanzskandal. Große Firmen beauftragen ihre PR-Leute, zahlen eine Strafe und machen weiter.«

Ich schüttele den Kopf, fahre mir mit einer Hand durchs Haar und sehe mich abermals gehetzt um.

»Das hier ist kein Imageschaden«, erkläre ich ihr. »Ich habe die Bücher gewälzt. Es tauchen Briefkastenfirmen im Ausland auf, wohin unser Geld verschwunden ist. Jamies Plan, Stella und mich auseinanderzubringen, hing vermutlich damit zusammen, Zeit zu schinden und die Anteilsübertragung so weit wie möglich hinauszuzögern.«

Clara wirkt blass, als sie das Ausmaß meiner Worte begreift. »Und was willst du tun?«

»Hailey hilft uns bei den Ermittlungen«, rede ich weiter. »Sie war nicht hier, weil wir Gefühle füreinander haben, Clara. Ihr Vater arbeitet bei der NCA, einer Behörde, die sich auf Wirtschaftskriminalität spezialisiert hat. Wenn wir eine Chance haben, Simon und Jamie zu stoppen und das Unternehmen zu retten, dann mit ihrer Hilfe. Aber es wird Monate dauern, alles aufzuklären, und wir stehen dabei selbst mit in der Schusslinie.« Erneut hole ich Luft und befeuchte meine trockenen Lippen mit der Zunge.

»Lucy ist ebenfalls eingeweiht. Meine Schwester mag zwar eine verwöhnte Göre sein, die sich auf ihrer Kreditkarte ausruht, doch sie hat sich in den vergangenen Wochen zum Positiven verändert. Außerdem ist sie verdammt schlau und hat ein Händchen für Controlling.«

Claras Augen weiten sich, doch sie wirkt immer noch misstrauisch. »Das klingt verrückt …«, meint sie schließlich. »Warum hast du mir nichts davon gesagt? Warum hast du mir *gar nichts* gesagt?«

Ich habe sie enttäuscht und es gibt nichts, was ich tun kann, um diese Wunde zu heilen.

»Das tut mir auch schrecklich leid«, antworte ich. »Ich wusste nicht, wie ich es dir erklären sollte, ohne dass du denkst, ich wäre in irgendetwas verwickelt. Ich wollte dich aus der Sache heraushalten, um dich zu beschützen. Im Grunde hat es nichts mit *dir* zu tun …«

»Weil ich nicht Stella bin«, ergänzt sie und senkt den Kopf.

Ich will ihre Zweifel zerstreuen, also ziehe ich sie ohne ein weiteres Wort in meine Arme. Erst vorsichtig, noch zögerlich, lehnt sie sich gegen mich. Langsam hebe ich meine Hand und streiche mit dem Daumen über ihre Wange. Ihre Haut ist warm und feucht von den Tränen. Aber sie weicht nicht zurück. Im Gegenteil – sie schließt die Augen und schmiegt sich in meine Berührung.

»Ich wollte dich nie verletzen«, flüstere ich, auch wenn diese Worte nicht ansatzweise das ausdrücken, was ich fühle.

»Ich weiß«, entgegnet sie leise. »Aber du hast es trotzdem getan.«

Claras Ehrlichkeit trifft mich wie ein Messer ins Herz, doch ich bin ihr dankbar, dass sie mir nichts vormacht, wie so manch anderer Mensch in meinem Leben zuvor. Weil sie mir noch immer genug vertraut, um die Wahrheit zu sagen. Wir sehen uns tief in die Augen, und als ihre Lippen endlich meine finden, weiß ich, dass alles gut werden kann.

Es ist kein dramatischer, filmreifer Kuss. Kein Aufeinandertreffen von Leidenschaft und Feuerwerk. Der Kuss ist weich und voller Versprechen. Und für einen Moment, in der Stille der historischen Mauern, fühle ich mich endlich zu Hause.

Ich halte Clara fester, lasse meine Hand in ihren Nacken gleiten und spüre gleichzeitig ihre Finger in meinem Haar. Wir küssen uns langsam, fast ehrfürchtig. Als müssten wir erst begreifen, dass es wirklich passiert. Der Kuss wird behutsamer, bis sich unsere Lippen nur noch sanft berühren.

Die Sonne steht bereits tief am Horizont, ein rötliches Leuchten liegt auf den alten Steinen des Pembroke Colleges, während der Himmel in ein tiefes Blau übergeht. Die Laternen in den Gassen springen eine nach der anderen an. Ihr warmes Licht flackert auf dem Kopfsteinpflaster. In der Ferne ertönt das leise Läuten einer Kirchenglocke.

Clara lehnt sich leicht an mich, ihre Stirn an meiner Schulter, während ich meine Arme um sie schließe. Wir sagen nichts, genießen die Stille des Augenblicks. Ich streiche mit den Fingern über ihren Rücken.

»Ich hätte nicht gedacht, dass du wirklich kommst«, durchbreche ich flüsternd das Schweigen. Mein Herz schlägt erneut schneller, weil ich endlich begreife, dass sie wieder bei mir ist. *Wirklich* bei mir, in meinen Armen. Und dass wir es für den Moment geschafft haben, alle Missverständnisse beiseite zu räumen.

»Ich auch nicht«, murmelt sie, ohne aufzusehen. »Aber ich bin froh, dass ich es getan habe.«

Ein schwaches Lächeln spielt um ihre Lippen, als sie den Kopf hebt und mich erneut ansieht. Ich neige mich noch einmal vor und küsse sie. Und diesmal ist da kein Zögern mehr zwischen uns. Der erste Kuss war ein Versprechen. Dieser ist der Beginn von *uns*.

***

Keine Ahnung, wie lange wir eng umschlungen dastehen, irgendwann bemerke ich das Vibrieren meines Smartphones in der Tasche meines Jacketts. Widerwillig löse ich mich von Clara, die mich verdutzt ansieht.

»Sorry, da muss ich drangehen«, sage ich zu ihr, weil es vielleicht mein Vater sein könnte. Doch als ich den Namen auf dem Display sehe, verdrehe ich die Augen.

»Was ist?«, fragt Clara und versucht, einen Blick auf mein Handydisplay zu erhaschen.

»Es ist Sebastian ...«, brumme ich mit einem Seufzen. Seit Tagen versucht mein Kumpel, mich zu einem Gig zu überreden, der erneut im *Upstairs* stattfinden soll. Seit dem Neujahrsball habe ich unsere Lieblingskneipe nicht mehr besucht – einfach, weil mir das Wasser bis zum Hals steht. Weil das Smartphone in meiner Hand nicht aufhört zu klingeln, nehme ich das Gespräch entgegen.

»Mann, Alex, wie lange denn noch?«, kommt es amüsiert von Sebastian. »Das läuft bei euch ja ab wie in einer Soap! Mir wird schon beim Hinsehen schwummerig.« Sein Lachen dringt an mein Ohr, was mich irritiert die Stirn runzeln lässt.

»Was zum ...?!« Perplex sehe ich mich um, bis mein Blick die aus sandfarbenem Backstein gemauerte Fassade des Unigebäudes zu meiner Rechten entlanggleitet. In einem der Erkerfenster erkenne ich eine dunkle Gestalt. »Fuck, beobachtest du uns?«

Sebastian lacht noch lauter. »Jap. Untertitel wären nicht schlecht, aber ich konnte auch so erkennen, dass Stella nicht erfreut war, dich zu sehen. Was hast du ihr angetan, Mann?«

»Nichts, das dich etwas angehen würde«, sage ich entschieden und will bereits auflegen, doch mein Freund hält mich auf.

»Schon gut, sorry, Alex«, entschuldigt er sich in beschwichtigendem Ton. »Ich wollte dich nur ein bisschen aufziehen. Es geht um den Gig ... Jenkins hat den Termin vorverlegt. Es ist heute ... Du kommst doch, oder?«

»Heute?«, entgegne ich überrumpelt. Ich war immer noch der Annahme, der Auftritt wäre erst Samstag. Heute ist Mittwoch. Fuck! Ich hatte keine Zeit, mich vorzubereiten. »Wieso hast du nichts gesagt?«

»Habe ich versucht. Ich hab dir vor Stunden eine Nachricht geschickt«, kontert Sebastian. Wegen der Sache mit Dad und Hailey habe ich nicht auf mein Smartphone geschaut. Energisch lasse ich die Luft aus meinen Lungen entweichen und streiche mir die Haare aus der Stirn.

»Okay ... heute also. Ich werde da sein, Mann. Ich lasse euch nicht hängen.«

»Danke, Alex. Das bedeutet Tod und mir wirklich viel. Na, dann will ich dich und deine Herzallerliebste nicht länger stören. Bis später«, meint Sebastian amüsiert und legt auf. In der Ferne erkenne ich, wie sich der Schatten vom Fenster entfernt.

Genervt stecke ich das Smartphone weg und knöpfe meinen Trenchcoat zu, den ich mir in der Eile nur übergeworfen habe. Erst jetzt bemerke ich die Eiseskälte in meinen Gliedern. Auch Clara zittert merklich. Instinktiv nehme ich meinen Schal ab, der bloß locker über meinen Schultern hängt, und lege ihn ihr um. Sie schenkt mir ein dankbares Lächeln, während sie sich den weichen Stoff umwickelt, bis nur noch ihre Nasenspitze zu sehen ist.

»Alles okay?«, will Clara wissen. Ihre Stimme klingt gedämpft.

Ich streiche mir erneut die Haare aus der Stirn, dann ergreife ich ihre Hand und führe sie über den Innenhof. Weil sie zittert, ziehe ich Clara enger an mich. Gerade jetzt brauche ich ihre Nähe, in Claras Gegenwart fühle ich mich endlich vollständig.

»Sebastian hat mich an einen spontanen Gig erinnert«, beantworte ich ihre Frage, als wir außer Sichtweite der Studierenden sind und ihr Getuschel nicht mehr hören können. Gemeinsam mit Clara gehe ich den Weg zum *Fitzbillies* entlang, wo ich meinen Bentley geparkt habe.

»Ein spontaner Gig?«, hakt sie interessiert nach.

»Ja ... ich hab's den Jungs versprochen. Meine Freunde erhoffen sich dadurch, bei einem Londoner Produzenten zu punkten, der bei dem Auftritt auf dem Wintermarkt auf uns aufmerksam geworden ist. Eigentlich habe ich anderes im Sinn, als mit ihnen auf der Bühne zu stehen und Musik zu machen, aber –«

»Aber es würde dir guttun, den Kopf freizubekommen, oder?«, ergänzt Clara meine Worte, als könnte sie meine Gedanken erahnen. Tatsächlich weiß ich schon lange nicht mehr, wo mir der Kopf steht und wie ich die Sache mit der Baufirma anpacken soll. Vielleicht könnte mir ein spontaner Abend mit meinen Freunden wirklich helfen, die Dinge klarer zu sehen. Außerdem möchte ich den Abend gemeinsam mit Clara verbringen. Zu lange habe ich ihre Nähe vermisst, sodass ich sie jetzt nicht mehr gehenlassen will.

Als wir vor meinem Auto ankommen, hole ich den Schlüssel aus der Manteltasche und entriegele es. Dann öffne ich die Beifahrertür. Clara sieht mich einen Moment zögernd an, nimmt sie den Rucksack von ihren Schultern und steigt ein. Ich nehme hinterm Steuer Platz.

»Ehrlich gesagt habe ich lange nicht mehr gespielt«, erkläre ich ihr und starte den Motor. Die Gitarre habe ich seit unserem letzten Auftritt nicht mehr angerührt, weshalb sie vermutlich in Tods Van liegt. Ich könnte also direkt ins *Upstairs* fahren ...

»Trotzdem wirst du großartig sein«, bestätigt Clara mit einem Funkeln in ihren blauen Augen, das mein Inneres mit Wärme flutet. Scheiß auf den Gig, ich will mit ihr allein sein! Am liebsten in meinem Bett. Doch diesen Gedanken schiebe ich schnell beiseite, lächle sie kurz an und konzentriere mich auf die Straße. Ich muss mich zügeln, wenn ich ihr Vertrauen nicht erneut auf die Probe stellen will.

»Sag mal«, beginne ich zögernd, setze den Blinker und biege um die nächste Straßenecke, »möchtest du mitkommen?«

»Zu dem Gig?«

»Genau. Es geht in zwei Stunden los ...«

Clara überlegt kurz. »Ist es okay, wenn ich Polly mitnehme? Ich habe sie eben stehengelassen und ich glaube, sie wird sauer sein. Schließlich bin ich heute erst wieder an der Uni gewesen.«

»Klar. Lad sie ruhig ein. Ich glaube, sie fährt ziemlich auf Tod ab.«

Kichernd nimmt Clara ihr Smartphone in die Hand und schickt ihrer Freundin eine Nachricht.

»Weiß sie von ... dir? Von uns?«, hake ich nach. Ich weiß nicht, inwieweit Clara noch ihre Rolle spielt. Wir sollten jedoch möglichst schnell darüber sprechen, damit uns keine Fehler passieren.

»Polly weiß nichts. Genauso wenig wie Eleonore und Alfred.« Sie seufzt traurig. Ich strecke meine Hand nach ihr aus, unsere Finger verhaken sich ineinander. Die Wärme ihrer Haut beruhigt mich.

»Halt noch ein bisschen durch, Clara. Sobald ich unseren Fall an die NCA übergeben habe, ist die Verlobung hinfällig«, bestätige ich ihr und drücke ihre Hand fester. Die Ampel vor mir wird rot. »Dann werde ich mich öffentlich zu *dir* bekennen.«

»Dass ich nicht Stella bin, wird sicher hohe Wellen schlagen«, murmelt sie besorgt. Ich führe ihre Hand zu meinen Lippen und hauche einen Kuss auf ihre Fingerknöchel.

»Schon möglich. Aber auch das ist mir egal. Wir stehen es durch. Und auch Stella wird diesen Skandal überleben, immerhin hat sie in Enrico eine starke Stütze. Sobald es nichts mehr gibt, was mich an meinen Vater bindet, kann ich meine Entscheidungen frei treffen.«

»Das könntest du jetzt auch ...«

»Ja und nein. Ich fühle mich meinem Dad und Lucy verpflichtet ... Es ist bescheuert, ich weiß. Aber ich kann nicht aus meiner Haut. Meinem Vater geht's schlecht, er liegt nach der Operation weiterhin im Krankenhaus und es ist nicht klar, wann er nach Hause kommen darf. Ich bin seine einzige Stütze im Unternehmen, weil er sich von Simon verraten fühlt. Dad hat es ziemlich zerstört, als ich ihm von meinen Entdeckungen erzählt habe.«

Die Ampel wechselt von Rot zu Grün.

»Ich verstehe ... Soll ich mich für deinen Auftritt umziehen?«, wechselt sie das Thema und sieht an der Uniform ihrer Fakultät herab. Auch ich trage immer noch meinen Anzug.

»Soll ich dich zu Eleonore bringen? Ich könnte im Auto warten«, schlage ich vor. Etwas Zeit bis zum Auftritt bleibt uns noch, beides würden wir jedoch nicht schaffen. Ich könnte Sebastian schreiben, dass er mir Klamotten von sich mit ins *Upstairs* bringt, damit ich nicht in diesem Aufzug auf die Bühne muss. Ich fühle mich sowieso unwohl in dieser steifen Kleidung.

»Wäre das für dich okay?«

»Sicher. Obwohl mir eigentlich egal ist, was du trägst«, entgegne ich mit einem Zwinkern und kann ein Grinsen kaum unterdrücken. »Du könntest auch einen Kartoffelsack anhaben. Für mich wärst du darin immer noch sexy.«

Clara lacht auf. »Darin würde ich dich vor der High Society blamieren.«

»Das wäre eine willkommene Abwechslung! Weißt du, es hat mir imponiert, als du in diesem schwarzen Jumpsuit zur Silberhochzeit der O'Briens erschienen bist. Da hat die wahre Clara durchgeblickt. Stella hätte sich nie im Leben getraut, sich gegen die festgefahrenen Regeln aufzulehnen. Dafür ist sie nicht gemacht.« Ich merke kaum, wie die Zeit vergeht und ich bereits in die Einfahrt des Herrenhauses einbiege, in dem Stellas Verwandte wohnen. Clara betätigt einen Knopf am großen Tor, um unsere Ankunft über die Gegensprechanlage anzukündigen. Kurz darauf öffnet sich das automatische Tor knatternd, sodass ich langsam über das Kopfsteinpflaster hinauffahre.

»Hast du es damals schon gewusst?«, will sie nach einem Moment der Stille wissen. Ich nicke.

»Nicht mit Gewissheit, aber die Beweise sprachen gegen dich, Clara Hoffmann.«

»Schuldig«, entgegnet sie grinsend und schnallt sich ab.

Mit der Hand am Türgriff will sie bereits aussteigen, doch ich halte sie am Arm zurück. Ziehe sie zu mir und presse meinen Mund auf ihre Lippen. Clara keucht überrascht auf und sinkt zurück in den Autositz. Besitzergreifend lege ich meine Hand in ihren Nacken und ziehe sie dadurch über die Mittelkonsole. Dieses Mal kann ich mich nur wenig beherrschen, sodass unser Kuss viel inniger und leidenschaftlicher wird als der auf dem Innenhof des Pembroke College.

Ich lege all meine Sehnsucht hinein, all mein ungestilltes Verlangen, das ich in den vergangenen Tagen in meinem Herzen eingeschlossen habe und nun kaum bändigen kann. Mein Herz schlägt so laut, dass ich fast glaube, Clara könnte es ebenfalls hören. Und sie antwortet ebenso intensiv, als hätte sie auf diesen Moment genauso gewartet.

Unser Kuss wird tiefer, dringlicher. Ich verliere mich in Claras Wärme und in dem Verlangen, das zwischen uns auflodert. Meine Finger gleiten in ihr weiches Haar. Am liebsten würde ich nie mehr damit aufhören, sie zu küssen, doch bald haben wir beide keinen Atem mehr.

Und dann, als wir uns voneinander lösen, muss ich leise lachen. Für einen Augenblick hatte ich gedacht, alles wäre ein Traum, doch Clara ist immer noch da. In meinem Herzen und in diesem Moment, der so viel mehr ist als nur ein Kuss.

Kapitel 21

Clara

Verdammt, was war das gerade? Mein Herz schlägt Purzelbäume, während ich in Alexanders braunen Augen versinke, die mich in sein Innerstes sehen lassen. Wie konnte ich an der Aufrichtigkeit seiner Gefühle zweifeln? Unser Kuss war so intensiv, dass mir schwindelig ist vor lauter Endorphine.

»Ich sollte mich besser umziehen, ehe wir zu spät kommen«, sage ich. Mein Blick hängt immer noch an seinen Lippen. Alex streicht sich in einer lockeren Geste die Haare aus der Stirn.

»Richtig. Du hast recht«, murmelt er.

Ich schnappe mir meinen Rucksack und verlasse eilig das Auto, ehe ich den Schlüssel aus meiner Jackentasche heraushole und die Tür aufschließe. Noch einmal sehe ich über die Schulter zum Bentley, der in der Einfahrt parkt, und bekomme Herzrasen. Gerade unser Streit hat mir gezeigt, wie verknallt ich in Alex bin. Noch einmal könnte ich es nicht ertragen, mich von ihm trennen zu müssen. Hoffentlich regelt sich bald alles mithilfe der NCA, damit wir dieses Versteckspiel beenden können.

»Bist du das, Stella?«, höre ich Eleonores Stimme durch die Diele rufen, als ich bereits die Bogentreppe hinaufsprinte. Mitten in der Bewegung halte ich inne, umfasse mit beiden Händen das Geländer und beuge meinen Oberkörper hinab. Stellas Tante kommt aus dem Salon zu mir in den Eingangsbereich, eine bauchige Vase mit Rosen in den Armen.

»Hallo, Tante Eleonore«, begrüße ich sie atemlos. Sie hebt fragend die Augenbrauen.

»Darling, du bist ja ganz rot im Gesicht. Alles in Ordnung?«, fragt sie und mustert mich eindringlich, ehe sie die Vase auf die Kommode neben der Treppe abstellt.

»Alles gut. Ich bin nur ein bisschen in Eile«, beschwichtige ich sie und streiche mir die Haare hinter die Ohren. »Alexander wartet draußen auf mich. Wir wollen mit ein paar Freunden ausgehen.«

Eleonore schmunzelt. »Ach, junge Liebe! Ich kann mich noch gut an die Zeit erinnern, als Alfred um mich geworben hat. Du musst wissen, er war nicht immer dieser griesgrämige Kerl, der er heute ist.« Sie kichert und sieht mich mit geröteten Wangen an, als wäre sie wieder achtzehn und frisch verliebt. Ich schenke Eleonore ein offenes Lächeln.

»Ich muss mich noch umziehen.«

»Aber natürlich. Dann gehe ich davon aus, dass wir nicht auf deine Rückkehr warten sollten, richtig?« Sie zwinkert mir zu und wartet die Antwort nicht ab, da sie wieder zu ihrem Mann in den Salon geht.

Mit klopfendem Herzen flitze ich in mein Zimmer und schließe die Tür, bevor ich im Bad verschwinde, um mein Make-up aufzufrischen und die vom Kuss zerwühlten Haare zu kämmen.

In Stellas Ankleidezimmer bin ich einen Herzschlag lang überfordert, was ich für Alexanders Gig anziehen soll. Nach einem kurzen Blick über die überfüllten Kleiderstangen entscheide ich mich für den schwarzen Jumpsuit, den ich bereits auf der Silberhochzeit getragen habe. Darin habe ich mich nicht overdressed gefühlt – und Alex hat das Outfit ebenfalls gefallen. Schnell schlüpfe ich hinein und hole die Silberkette aus dem Schmuckkästchen auf meinem Nachttisch, um sie anzulegen. Kurz fahre ich mit den Fingerkuppen über das kühle Metall. Es war ein Schreck für mich, als ich glaubte, die Kette verloren zu haben.

Das Vibrieren meines Handys reißt mich aus meinen Gedanken. Es ist eine Nachricht von Polly.

Poliana: Bob und Cassy kommen auch. Ansonsten habe ich mit dir ein Hühnchen zu rupfen. Hoffentlich hast du eine gute Erklärung für mich, warum du mich stehen gelassen hast.

Sie schickt grinsende und zwinkernde Emojis hinterher, was ihre Worte entschärft. Ich kann mir vorstellen, wie verwirrt Polly in diesem Moment gewesen ist – aber ich war es auch. Ohne ihr zu antworten, stecke ich das Smartphone in meine Handtasche und verlasse das Zimmer.

»Da bist du ja«, sagt Alex und hebt den Blick von seinem Handy, als ich wieder neben ihm einsteige. »Und du siehst bezaubernd aus.« Er betrachtet mich mit einem Lächeln, das mir die Röte in die Wangen treibt.

»Danke.«

Einen Moment herrscht Stille zwischen uns. Nur das leise Surren der Lüftung erfüllt den Wagen. Dann holt Alex tief Luft.

»Ich wollte mich noch einmal bei dir entschuldigen«, sagt er leise. »Für alles. Für mein Verhalten und dafür, dass ich dich nicht früher eingeweiht habe. Ich war ... feige. Und überfordert. Aber das ist kein Grund dafür, wie ich dich behandelt habe.«

Seine Stimme klingt aufrichtig, aber auch zögerlich. Fast so, als hätte er immer noch Angst, ich könnte für immer verschwinden. Doch ich bin hier, bei ihm. Ich starre auf meine Hände in meinem Schoß, die sich ineinander verkrampfen.

»Es hat wehgetan«, sage ich schließlich. Ich liebe ihn aufrichtig – trotzdem wird es einige Zeit brauchen, bis ich ihm sein Verhalten verzeihen kann. »Nicht nur, dass du mich ausgeschlossen hast. Sondern auch, weil ich dachte, ich hätte mich in dir geirrt. In dem, was da vielleicht zwischen uns war. Ich habe selbst wenig Erfahrung mit richtigen Beziehungen«, ergänze ich und versuche dadurch, mit diesem beklemmenden Gefühl in meiner Brust abzuschließen.

Vermutlich liegt es nicht einmal an Alexanders Handlung, dass ich mich so verloren fühle. Vermutlich ist es auch die Erkenntnis über meine Mutter, die mir den Boden unter den Füßen weggezogen hat. Weil sie eine Affäre hatte ... Und ihre Liebe für immer ein Geheimnis gewesen ist, das sie schlussendlich mit ins Grab genommen hat.

Alex legt vorsichtig eine Hand auf meine. Nicht fordernd, nur als stilles Angebot. Ich lasse sie liegen.

»Ich kann dir nicht versprechen, dass ich immer alles richtig machen werde«, sagt er mit einem Seufzen. »Aber ich will ehrlich mit dir sein. Wenn du mich lässt.«

Ich atme tief ein. Es ist kein perfekter Moment, kein Märchen, sondern etwas Reales. Etwas, das wir beide erst lernen müssen. Doch ich fühle, dass die Verbundenheit zwischen uns stärker geworden ist, seitdem wir uns ausgesprochen haben.

Als ich nicke, huscht ein Lächeln über sein Gesicht. Dann startet er den Motor.

Die Fahrt in die Stadt verläuft schweigend, weil ich erneut dieses Knistern spüre, das die Luft zwischen uns vibrieren lässt. Ob Alex sich ebenso elektrisiert fühlt? Er lässt sich zumindest nichts anmerken, denn er sieht konzentriert auf die Straße. Er parkt das Auto etwas abseits der Kneipe, ehe er aussteigt und mir die Tür aufhält.

»Wie galant«, bemerke ich und reiche ihm die Hand. Er verneigt sich grinsend vor mir, bevor er mich zum Eingang der Kneipe führt. Gemeinsam steigen wir die Stufen in den Keller hinab. Alex stößt die schwere Metalltür auf und lässt mir den Vortritt. Sofort umhüllt mich der dröhnende Klang von Rockmusik sowie das Stimmengewirr der Gäste. Menschen drängen sich an der Bar und an den Tischen. Das Licht ist gedämpft, vereinzelt flackern die Spots, die den Raum in ein rotes, grünes und bläuliches Spiel tauchen.

Ich schiebe mich zwischen den eng stehenden Tischen hindurch, Alexander dicht hinter mir. Aus der Entfernung erkenne ich Poliana und ihren Zwillingsbruder. Meine Freundin winkt aufgeregt mit beiden Armen und hüpft auf der Stelle, als sie mich zwischen den anderen Kneipengästen entdeckt.

»Da bist du ja endlich!«, schreit mir Polly entgegen und umarmt mich überschwänglich. Dann wirft sie Alexander einen finsteren Blick zu. »Und du ... ich hoffe wirklich, du hast eine verdammt gute Ausrede dafür, was du mit Hailey gemacht hast!«

»Habe ich«, bestätigt Alex schmunzelnd, ehe er mir einen kurzen Kuss auf die Wange gibt. »Ich muss zu meinen Freunden. Ihr könnt euch etwas zu trinken bestellen. Geht auf mich.«

»Sehr spendabel«, kommt es von Robert, der sich neben Cassy an den Tisch setzt. »Aber wenn man den Gerüchten glauben kann, sind die Hunters bankrott.«

»Gib nicht so viel auf Gerüchte, Bruderherz«, schaltet sich Polly direkt ein. Besorgt sehe ich Alexander nach, der zwischen den anderen Gästen verschwindet. Er tut so, als würde die Sache an ihm abprallen, dennoch konnte ich erkennen, wie sich seine Schultern anspannten.

Ich setze mich neben Poliana, die sich direkt zu mir beugt. »Was war das vorhin mit Hailey? Für einen Moment habe ich geglaubt, du würdest Alexander die Augen auskratzen. Doch nun seid ihr wieder ein Herz und eine Seele?«

»Hailey behauptet, sie hatten ein Date«, antwortet Cassy für mich.

»Ein Missverständnis«, korrigiere ich sie. Sie schaut mich

verdrießlich an, sagt jedoch nichts mehr, sondern drückt sich bloß enger an Roberts Seite. Vermutlich ist Cassy keine schlechte Person, schließlich kann sie nichts für das Verhalten ihrer Freundinnen. Und ich glaube, sie versucht, sich aus Marys und Lucys Einfluss zu lösen.

»Ein Missverständnis?«, hakt Polly neugierig nach und wirkt so, als würde von mir eine weitere Erklärung erwarten, doch diese bleibe ich ihr schuldig, da auf einmal das Licht im Raum gedimmt wird.

Sogleich drehe ich mich zur Bühne um, die von Strahlern erleuchtet wird. Seit meinem letzten Besuch hier hat sich die Bühne deutlich verändert. Scheinbar hat die Kneipe ein neues Konzept ausgearbeitet, das regelmäßige Indie-Konzerte ins Programm aufnimmt. Die nun professionell installierte Lichtanlage sorgt für Konzertfeeling und auch die feste Bühne, um die die Tische aufgebaut sind, fungiert als Mittelpunkt des Raumes.

Ein Kellner bringt uns Getränke, die Polly und ihr Bruder zuvor bestellt haben. Auch vor mir stellt der junge Mann mit dem grünen Irokesen und den Piercings in den Augenbrauen ein Bier ab. Dankend nehme ich einen großen Schluck, denn auf einmal steigt die Aufregung in mir. Noch ist die Bühne leer, lediglich die Instrumente stehen bereit. Eine kurze Lichtershow setzt ein und es erklingt der erste Ton, bevor Tod und Sebastian von der Seite auf die Bühne stürmen.

»Gott, er sieht so gut aus!«, kreischt Polly neben mir und umfasst meinen Arm. Ihre Euphorie und der verträumte Blick, den sie auf den blonden Schlagzeuger heftet, lässt mich innerlich schmunzeln. Tod hat meiner Freundin schon beim letzten Konzert äußerst gut gefallen.

Die beiden Männer nehmen ihre Positionen an den Instrumenten ein und Tod schlägt die Drums, als gäbe es kein Morgen. Das Schlagzeug tönt durch den überfüllten Raum, das Publikum lacht und johlt über diesen kleinen Einschub, bevor Sebastian am Keyboard eine mir bekannte Melodie anstimmt. Er spielt das Intro zweimal, ehe Alexander langsam auf die Bühne kommt.

Ich höre seine Stimme, bevor ich ihn sehen kann, bis ihn ein Lichtkegel erfasst und zur Bühne begleitet. Die Worte, die er ins Mikrofon singt – erst leise, dann immer leidenschaftlicher – gehen mir bis ins Mark. So oft habe ich mir dieses Lied nachts in meinem Bett angehört, während ich mich in den Schlaf geweint habe. Der Text hat sich in mein Herz gebrannt – und vermutlich werde ich ihn nie mehr vergessen. Es ist der Song, den er für *mich* geschrieben hat.

I find my home in your eyes,
With you by my side, I feel free.
Every moment with you is like a dream,
I never want to be alone again, never again.
And when you are with me,
the whole world stands still,
Everything revolves around us,
and I know what I want.
Because you are the song in my heart,
my day, my night, my star.
With you everything becomes bright,
you are what I want,
you are my heart, my home, my everything.

Ich merke kaum, wie mir die Tränen über die Wangen laufen, ehe Poliana mich mit dem Ellenbogen anstößt. »Stella, alles okay? Was ist mit dir?«

Schnell wische ich mir mit dem Handrücken übers Gesicht. »Klar, alles bestens. Das Lied macht mich nur emotional«, entgegne ich und schenke meiner Freundin ein kleines Lächeln. Sie ahnt nicht, wie viel mir dieser Song bedeutet. Der Song ist zu meinem Begleiter geworden. Also zücke ich mein Smartphone und nehme Alexander auf, um mir das Video später ansehen zu können. Seine Ausstrahlung auf der Bühne ist unglaublich, genau wie seine klare Stimme und sein Gitarrenspiel.

Dieser Gig ist sehr wichtig für die Band, das weiß ich und genau das bringen sie auch rüber. Alexanders Stimme hallt durch den Raum, die Menge tobt – und ich bin mittendrin. Der Song ist eine Botschaft an mich. Nicht für irgendeine Ex. Nicht für ein Publikum. Denn ich weiß, dass er diesen Song für *mich* geschrieben hat.

Zum ersten Mal seit Tagen spüre ich Frieden in mir. Vielleicht ist nicht alles vergessen. Aber es ist ein Anfang. Und ich bin bereit, wieder an uns zu glauben.

Nachdem das Lied endet, spielt die Band einige Coverversionen von Coldplay. Bei ihrer Interpretation von *Feels like I'm falling in love* bekomme ich wieder eine Gänsehaut. Vermutlich werde ich nie wieder Coldplay hören können, ohne mir dabei vorzustellen, wie Alexander den Song singt. Mit diesem verdammt attraktiven Grinsen auf den Lippen, das mir den Verstand raubt. Ich reiße meinen Blick von meinem Freund los und sehe mich in der überfüllten Kneipe um. Ob dieser Produzent wirklich gekommen ist, für den die Jungs dieses Event geplant haben? Hoffentlich klappt es und seine Freunde bekommen den Plattenvertrag. Ich würde es mir für sie wünschen.

Als der letzte Ton verklingt, tobt das Publikum. Die Jubelrufe der Gäste hallen in meinen Ohren, mein Herz schlägt immer noch im Rhythmus von Tods Drums. Poliana springt kreischend von ihrem Stuhl auf, sodass dieser nach hinten auf den Boden kippt.

»Wahnsinn! Das war phänomenal«, ruft sie, und ihre Stimme geht im tosenden Applaus unter. Auch ich erhebe mich, getrieben vom Jubel der Menge, und klatsche begeistert Beifall.

»Danke, Leute!«, ruft Alex dem Publikum zu. Die Bandmitglieder lachen erschöpft, während sie die Instrumente zur Seite legen und die Bühne verlassen. Der Raum ist immer noch durchzogen von der Musik, die letzten Töne klingen in meinem Kopf nach. Mein Inneres bebt – und als Alexander auf mich zukommt und mich in seine Arme schließt, drücke ich mich glücklich an seine Brust.

Kapitel 22

Alexander

Die Endorphine rauschen durch meine Adern, während ich Clara umarme. Mein Herz hüpft freudig in meiner Brust, was nicht allein dem Auftritt zuschulden ist. Auch die Tatsache, dass Clara bei diesem Konzert dabei gewesen ist – und das in der Rolle meiner Freundin, ohne unsere Gefühle füreinander verstecken zu müssen – sorgt für ein zusätzliches Hochgefühl.

»Also wirklich, ihr beide seid mir ein Rätsel«, meint Poliana kopfschüttelnd, als ich mich von Clara löse, ihre Hand jedoch festhalte. »Ein bisschen wie Katz und Maus. Ich komme nicht dahinter, wann ihr euch liebt und wann ihr euch die Pest an den Hals wünscht!« Sie kichert amüsiert und auch ich muss grinsen, lege Clara dabei den Arm um die Schulter und ziehe sie enger an meine Seite.

»Nun, wir sind immerhin verlobt. Ist es da nicht normal, wenn wir uns näherkommen?«, werfe ich schmunzelnd ein. Clara macht einen Schritt zurück und boxt mich gegen den Oberarm.

»Das ist kaum der Grund, wieso ich mich mit dir abgebe«, brummt sie in beleidigtem Ton, doch ich weiß, dass sie nur Spaß macht. Denn in ihren blauen Augen liegt ein liebevoller Ausdruck.

»Stimmt. Du kannst dich mir nicht entziehen, weil ich einfach unwiderstehlich bin.«

Clara schnaubt und Poliana bricht in Gelächter aus.

»Ihr zwei seid eine Nummer für sich. Ich hatte dich immer als eingebildeten Kotzbrocken in Erinnerung, Alexander. Stella scheint eine ganz neue Seite an dir herausgekitzelt zu haben«, meint Polly und stemmt ihre Hände in die Seiten.

Clara zuckt neben mir kaum merklich zusammen, lächelt jedoch weiterhin, um nicht zu zeigen, wie sehr es sie mitnimmt, ihrer besten Freundin die Wahrheit verschweigen zu müssen. Robert stößt mich von der Seite an, der sich gemeinsam mit Cassy zwischen den anderen Gästen hindurch an unseren Tisch schiebt und Getränke vor uns abstellt. Sie haben das Bier selbst organisiert, denn seitdem das Konzert vorbei ist, kommen die Kellner mit den Bestellungen nicht mehr hinterher.

Ich schiebe einen Stuhl zurück, den ich Clara anbiete, doch sie bleibt neben mir stehen. Robert greift nach einem der Biergläser und reicht es mir, ehe sich auch die anderen bedienen.

»Auf euren Auftritt«, sagt Poliana feierlich und hebt das Bierglas in die Höhe. »Es war großartig! Ihr Jungs solltet viel öfter Musik machen. Apropos, wo sind die anderen beiden?« Sie sieht sich nach meinen Freunden um. Nach dem Auftritt bin ich direkt zu Clara geeilt.

Während ich an meinem Bier nippe, entdecke ich Sebastians Lockenkopf abseits der Bühne, wo es in einen Hinterraum geht, in dem die Musikinstrumente gelagert werden. Neben ihm steht ein hochgewachsener, hagerer Mann in einem schwarzen Anzug. Ob das Will Jenkins ist?

Nach einem weiteren Schluck stelle ich mein Bierglas auf der Tischplatte ab. »Entschuldigt mich einen Moment. Ich muss etwas klären«, sage ich und entferne mich von den anderen, um mich zu Sebastian durchzukämpfen. Von Tod ist weit und breit nichts zu sehen, vermutlich hat er sich unter die Gäste gemischt. Ich lege Sebastian die Hand auf die Schulter, sodass sich dieser zu mir umdreht. Auch der Fremde wird auf mich aufmerksam. Mein Kumpel sieht nicht gerade erfreut aus, was mich irritiert die Stirn runzeln lässt.

»Da sind Sie ja, Mr. Hunter«, kommt es von dem Mann im Anzug. Er streckt mir förmlich die Hand entgegen. »Mein Name ist Will Jenkins von *Island Records*. Sicher haben Sie bereits von mir gehört.«

Ich nicke stumm, schaue jedoch noch einmal zu Sebastian, der eine undurchdringliche Miene aufgesetzt hat. Der Auftritt war gigantisch, daran müsste Jenkins nichts auszusetzen haben ...

»Nun, wie ich ihrem Bandkollegen mitgeteilt habe, können wir Sie unter den gegebenen Umständen nicht unter Vertrag nehmen. So leid es mir für Sie und Ihre Freunde tut.«

»Unter welchen Umständen?«, frage ich verdattert. Sebastian ballt neben mir die Hände zu Fäusten. Der Produzent zupft seine Krawatte zurecht.

»Gerüchten zufolge ist ihr Vater in illegale Geschäfte verwickelt. Er hätte Gelder veruntreut und versucht, diese Tatsache nun zu vertuschen, indem er sich aus der Firma zurückzieht.«

Völlig perplex starre ich den Kerl an. Was zur Hölle redet er da? Und woher weiß er von unseren Zahlungsschwierigkeiten? Dad ist wegen eines Herzinfarkts im Krankenhaus – nicht, weil er irgendetwas vertuschen will! Jenkins kommt aus London – wie konnte er von den Gerüchten erfahren, die in Cambridge ihre Kreise ziehen?

Mir läuft es eiskalt den Rücken herunter, als ich Sebastians enttäuschte Miene betrachte.

»*Ich* habe nichts mit der Firma oder diesen Gerüchten zu tun. Tod und Sebastian schon gar nicht!«, fahre ich Jenkins an, doch dieser scheint völlig unbeeindruckt.

»Es ist unerheblich, wie gut Sie Musik machen. Solange diese Gerüchte nicht offiziell widerlegt sind, werde ich mich zu keinem weiteren Termin mit Ihnen treffen.« Er dreht sich weg, schaut jedoch noch einmal kurz über die Schulter. »Einen gut gemeinten Rat habe ich noch, Mr Hunter: Der Apfel fällt nicht weit vom Stamm, also seien Sie nicht so leichtsinnig wie ihr Vater. Sie wissen ja, wie diese Gesellschaft funktioniert. Man steigt schnell auf, kann jedoch noch tiefer fallen.«

Perplex und mit brodelnder Wut im Bauch sehe ich dem Mann nach, der zwischen anderen Gästen in Richtung Ausgang verschwindet.

»Fuck!«, stoße ich zwischen den Zähnen hervor und balle die Fäuste. Aus dem Augenwinkel sehe ich Sebastians Hand auf mich zu schnellen, reagiere jedoch nicht. Grob packt er mich am Kragen des Shirts, das ich für den Auftritt angezogen habe. Mein Anzug liegt ordentlich gefaltet auf dem Rücksitz meines Bentleys.

»Fuck, Alex!«, fährt er mich mit zornigem Blick an. Ich erkenne bodenlose Enttäuschung in seinen Augen. »Dieser Abend hätte unser Durchbruch werden können. Wir waren so kurz davor ... Hatten bereits einen Fuß in der Tür!«

»Ich habe dir doch gesagt, dass es in der Baufirma Schwierigkeiten gibt«, erkläre ich so ruhig wie möglich. Seine Enttäuschung kann ich nur zu gut verstehen, auch die Wut darüber, dass Jenkins nicht mit meinen Freunden zusammenarbeiten will, solange diese Gerüchte um *Hunter Construction* in der Welt kursieren.

Sebastian hält mich mit eisernem Griff fest, sieht mich forschend an. Ich rühre mich nicht, weil ich ihm keine Gelegenheit geben will, an meinen Worten zu zweifeln. Es war niemals meine Absicht, meinen Freunden zu schaden. Auch wenn ich kaum glaube, dass ich für eine Musikkarriere geschaffen bin, träumen Tod und Sebastian seit der Oberstufe davon. Es wäre für beide eine große Chance, direkt nach dem Musikstudium bei einem Plattenlabel wie *Island Records* unter Vertrag genommen zu werden.

»Glaub mir, Mann. Es sind alles Lügen, die über meinen Vater verbreitet werden.«

Sein Griff lockert sich, dann lässt er seine Hand kraftlos sinken.

»Ich habe mir so viel von diesem Abend erhofft«, murmelt er gepresst. »Es fühlt sich verdammt scheiße an, wenn man ins Gesicht gesagt bekommt, dass man nicht wegen mangelnden Talents, sondern wegen der persönlichen Umstände nicht weiterkommt, weißt du? Im ersten Moment war ich so wütend auf dich. Ich hätte dir am liebsten eine verpasst.« Ein kleines Grinsen umspielt seine Lippen.

»Das kannst du immer noch«, entgegne ich und meine Mundwinkel zucken amüsiert.

»Sag das nicht, sonst mache ich das vielleicht«, meint er und sein Grinsen wird breiter. Dann klopft er mir auf die Schulter. »Sorry, dass ich ausgerastet bin. Ich werde mal schauen, wo Tod steckt.«

Seufzend fahre ich mir mit der Hand durchs Haar. »Danke, Mann.«

Nickend verschwindet Sebastian zur überfüllten Bar, während ich mich wieder zurück zu Clara und ihren Freunden durchschlage. Meine Freundin sitzt wieder auf ihrem Platz neben Polly und unterhält sich angeregt mit den anderen. Ich nähere mich ihr und lege meine Hand auf ihre Schulter, ehe ich mich leicht über sie beuge und mit meinen Lippen ihre Wange streife.

»Lass uns von hier verschwinden«, raune ich Clara ins Ohr, was sie leicht erschaudern lässt. Sie dreht ihren Kopf in meine Richtung und ich gebe ihr einen kurzen Kuss. Mit einem knappen Nicken schiebt sie ihren Stuhl zurück und ich reiche ihr die Hand, um sie auf die Beine zu ziehen.

»Ihr wollt etwa schon gehen?«, protestiert Poliana. »Ihr könnt mich nicht mit den Turteltäubchen allein zurücklassen.« Mit dem Finger deutet sie auf Robert und Cassy, die knutschend ineinander verschlungen sind.

»Weißt du, ich habe Tod eben an der Bar gesehen. Vielleicht gehst du rüber und heiterst ihn ein bisschen auf? Er könnte etwas Beistand gebrauchen«, sage ich mit einem Zwinkern – und Poliana springt direkt von ihrem Stuhl auf.

Gemeinsam verlassen Clara und ich die Kellerkneipe. Es ist bereits spät und die kalte Winterluft lässt Wölkchen um unsere Münder entstehen. Draußen auf der Straße legt Clara ihren Kopf in den Nacken und sieht in den schwarzen Himmel.

»Schau mal«, sagt sie plötzlich und dreht ihre Handfläche nach oben. Ich sehe erst zum Himmel, dann zu Clara. Meinen Schal fest um ihren Hals gewickelt, die blonden Haare hängen ihr locker über die Schultern. Sie sieht so wunderschön aus im schwachen Licht der Straßenlaternen, sodass ich meinen Blick nicht von ihr lösen kann. Und dann fällt mir auf, was Clara mir zeigen will. Weiße Flöckchen fallen vom Himmel. Sanft legt sich der Schnee auf ihre Handfläche und verfängt sich in ihren Strähnen.

Sie strahlt mich an. »Der erste Schnee!«

Mit einem Lächeln nähere ich mich ihr und hebe die Hand, um die Schneeflocken aus ihren Haaren zu streichen. Binnen Sekunden wird der Schneefall dichter und die Luft um uns herum kälter. Clara strahlt mich an. So begeistert habe ich sie bisher nicht erlebt.

»Ich liebe Schnee! Ich hatte die Hoffnung bereits aufgegeben, dass es diesen Januar noch schneien würde«, sagt sie freudestrahlend.

»Ich mag eher den Sommer, aber es ist schön zu sehen, wie du dich darüber freust«, entgegne ich leise, lege meine Hand an ihre Wange. Seufzend schließt sie die Augen, was mich in meinem Vorhaben bestärkt, sie zu küssen. Sanft verschließe ich ihre Lippen mit meinem Mund. Sie ist warm – ein Kontrast zu der Januarkälte um uns herum. Clara schlingt ihre Arme um meinen Hals und auch ich ziehe sie enger an mich heran, bis kein Blatt mehr zwischen uns passt.

Der Druck meiner Lippen wird fester, bis sie ihren Mund mit einem leisen Seufzen öffnet und meine Zunge hereinlässt. Ich vertiefe den Kuss, lege all meine Sehnsucht und Hoffnung hinein, um ihr zu zeigen, wie wichtig sie mir ist und wie sehr ich sie in dieser schweren Zeit brauche. In einer Zeit, in der die Firma meiner Familie mein Leben überschattet und sich Intrigen um mich spinnen, aus denen ich nicht aus eigener Kraft herauskomme. Ich brauche Hilfe – vor allem von Clara, denn sie ist meine Stütze. Solange sie an meiner Seite ist, habe ich keine Angst, mich gegen die Gesellschaft zu stellen.

Die Zeit um uns herum bleibt für einen Augenblick stehen. Ich spüre bloß ihre Wärme, ihre weichen Lippen und die Schneeflocken um uns herum. Und für diesen Moment vergesse ich, wer wir sind. Dass wir nicht als *Clara und Alexander* zusammen sein dürfen. Dass unsere Liebe von meiner Familie nicht akzeptiert wird, weil für meinen Vater der wirtschaftliche Erhalt des Unternehmens oberste Priorität hat.

»Kommst du mit zu mir?«, frage ich Clara leise, streife mit meinen Lippen ihr Ohrläppchen.

»Ja«, haucht sie die Antwort, auf die ich gehofft habe und die mein Herz freudig klopfen lässt.

***

»Wir müssen leise sein«, raune ich ihr zu, während wir uns aus unseren Mänteln schälen. Hastig trete ich mir die Schuhe von den Füßen.

»Ist Lucy hier?«, murmelt Clara mit einem scheuen Blick durch den dämmrigen Flur. Ich zucke mit den Schultern, umfasse erneut ihre Taille und ziehe sie an mich heran.

»Schon möglich. Seitdem jeder weiß, dass uns das Geld

ausgeht, wird meine Schwester nicht mehr zu Veranstaltungen eingeladen. Deshalb schließt sie sich beleidigt in ihrem Zimmer ein und schmollt.« Ich senke mein Gesicht und hauche Clara einen Kuss auf den Hals. »Vielleicht arbeitet sie auch gerade an dem Fall. Ich hatte ja erzählt, dass ich Lucy eingeweiht habe. Sie wollte mir helfen.« Ehe ich heute Nachmittag zu Dad aufgebrochen bin, hatte ich meiner Schwester die Freigabe geschickt, damit sie auf Dads Rechner die Konten durchsehen kann. Hailey meinte, je konkreter die Beweislage, desto schneller kann die NCA eingreifen, ohne selbst lange zu prüfen.

»Dann sollten wir nicht im Flur herumstehen«, flüstert Clara mir zu und zupft leicht an meinen Haaren. Ich lache leise und sie erschaudert, weil mein Atem ihre empfindliche Haut kitzelt.

Unwillig löse ich mich von ihr, ergreife ihre Hand und ziehe sie hinter mir her die Treppe hinauf. Es kann mir nicht schnell genug gehen, bis wir im Schutz meines Zimmers verschwinden. Nachdem ich die Tür hinter Clara abgesperrt habe – um sicherzugehen, dass Lucy nicht zufällig hereinplatzt – reiße ich sie stürmisch in meine Arme.

»Alexander!«, keucht sie überrascht auf und lacht leise, weil ich sie so fest umarme. Ich vergrabe mein Gesicht in ihrem weichen Haar, das nach Blumen und kalter Winterluft duftet.

»Gott ... du hast mir so sehr gefehlt, Clara«, murmele ich erstickt, unterdrücke den Kloß in meiner Kehle.

»Du mir auch«, entgegnet sie, ohne zu zögern.

Erneut finden sich unsere Lippen zu einem innigen Kuss, den keiner von uns unterbrechen will. Sie vergräbt ihre Finger in meinen Haaren, streicht mit ihren Nägeln über meinen Nacken. Eine wohlige Gänsehaut breitet sich auf meinem Körper aus. Ich spüre das Verlangen heiß in meinem Innern und verfluche Claras hochgeschlossenen Jumpsuit, auch wenn sie darin unwiderstehlich aussieht. Mit den Händen streiche ich über ihre Seiten, und jetzt ist sie es, die ihre Fingerspitzen unter den Saum meines weißen Shirts schiebt. Instinktiv spanne ich den Bauch an, als sie darüberstreicht.

»Eitel?«, kommt es amüsiert von ihr.

»Kein bisschen«, entgegne ich schmunzelnd. Obwohl ich kein Sportler bin, ist mein Körper dennoch definiert. »Deine Berührungen sorgen dafür, dass ich bald meine Beherrschung verliere.«

Sie kichert leise. Ich hebe die Arme, damit sie mir das Shirt über den Kopf ziehen kann. Dann umschlinge ich sie erneut und küsse sie heftig auf den Mund. Clara keucht, gibt sich jedoch meinem feurigen Kuss hin. Erwidert ihn mit derselben Intensität und fordert mich damit heraus. Sie krallt ihre Finger in meine Schultern, ihre Nägel hinterlassen Spuren auf meiner Haut. Unser Kuss bringt mich um den Verstand und mein Herz klopft so wild in meiner Brust, dass ich glaube, sie kann es spüren.

Mit den Fingern finde ich den Reißverschluss an ihrem Rücken und ziehe ihn mit einem Ruck hinunter bis zu ihrer Taille. Clara hält still, während ich ihr das Oberteil über die Schultern streife. Dabei küsse ich jeden Zentimeter Haut, den ich freilege. Mit den Lippen zeichne ich die Kontur ihres Schlüsselbeins nach, bevor ich seufzend meine Nase in ihrem Dekolleté vergrabe. Clara klammert sich an mich und wirft den Kopf in den Nacken, ihre blonden Haare kitzeln dabei mein Gesicht.

»Ich habe dich so vermisst«, murmele ich gegen ihre Haut, küsse die Stelle zwischen ihren Brüsten, wo der Herzanhänger baumelt.

»Ich dich auch«, entgegnet sie und ihre Stimme stockt kurz, weil sie scharf die Luft einzieht, als ich mit flinken Bewegungen den Verschluss ihres BHs löse. »Ich hätte es nicht ertragen, wärst du wieder mit Hailey zusammen.«

Ich hebe den Kopf und sehe Clara fest in die Augen. »Das wird nicht passieren. Ich werde für uns kämpfen.«

»Obwohl dein Vater darauf besteht, dass du *Stella* heiratest?«, fragt sie bang. Ich schenke ihr ein Lächeln, streiche mit meinem Daumen über ihre Lippen, gleite mit der Handfläche weiter über ihren Hals, das Schlüsselbein entlang und umfasse ihre rechte Brust. Claras Lider flattern, sie sieht unter ihren dichten Wimpernkranz zu mir auf.

»Stella hat uns einen Vorteil verschafft. Ich kann sie nicht mehr heiraten, weil sie *bereits verheiratet ist.* Jetzt haben wir unsere Zukunft selbst in der Hand.« Unsere Nasenspitzen berühren sich. Ich spüre ihren warmen Atem bei jedem Seufzen, den ich ihr durch meine sanften Berührungen entlocke.

Clara presst sich enger an mich, während wir uns immer wieder küssen. Das Blut pulsiert heiß in meinen Adern, sammelt sich in meiner Körpermitte.

»Lass mich nicht länger warten«, raunt mir Clara ins Ohr, sodass sich meine Beherrschung komplett verabschiedet. Ich umschlinge sie, und wir taumeln knutschend zu meinem Bett. Sie lässt sich rückwärts auf die Matratze fallen und zieht mich mit sich, sodass ich über ihr liege.

Clara befreit sich von ihrem BH und ich helfe ihr dabei, den Jumpsuit über ihre langen Beine zu ziehen, bis sie nur noch im Slip unter mir liegt. Erneut bedecke ich ihre helle Haut mit Küssen, lasse keinen Zentimeter aus. Meine Hände gleiten über ihre Seiten und ich hake meine Finger in ihren Slip, um ihr das Kleidungsstück ebenfalls abzustreifen.

Clara keucht auf und presst ihren Hinterkopf fester ins Kissen, als ich zwischen ihre Schenkel abtauche.

»Alex«, flüstert sie immer wieder meinen Namen. Rau, abgehackt, seufzend. Ihre Stimme und das Beben ihres Körpers spornen mich an, sie weiter zu verwöhnen, bis sie sich mir entgegenbäumt.

»Hör nicht auf«, keucht sie matt.

»Keine Sorge«, entgegne ich mit einem Grinsen und küsse die Innenseite ihrer Schenkel, streichle sie und warte ab, bis

Claras Atem wieder regelmäßiger wird. Erst dann komme ich zu ihr hoch und küsse sie. Lange und intensiv. Clara schiebt ihre Hand zwischen uns und öffnet den Knopf meiner Jeans.

»Ich sollte nicht die Einzige sein, die befriedigt wird«, raunt sie mir zu. Ihre Hand schließt sich um meine Erektion. Ich unterdrücke ein Stöhnen und vergrabe mein Gesicht an ihrer Halsbeuge. Ihre Hand gleitet auf und ab, lässt mich beben. Ich muss meine ganze Willenskraft aufbringen, um Clara zu stoppen.

»Ich bin auch nur ein Mann, okay? Wenn du so weitermachst, ist es schnell vorbei«, keuche ich und richte mich auf. Ziehe mir die Jeans aus, die in meinen Kniekehlen hängt und entledige mich meiner Boxershorts. Dann robbe ich über das Bett, um Kondome aus meiner Nachttischschublade zu holen. Mit einer schnellen Bewegung streife ich mir das Kondom über, ehe ich wieder zwischen Claras Schenkel gleite.

Sie lächelt mich mit glühenden Wangen an und empfängt mich bereitwillig. Ich schiebe mich in sie, stoße hörbar die Luft aus und verharre in der Position, um ihr die Möglichkeit zu geben, sich an das Gefühl zu gewöhnen. Doch im Grunde bin ich es, der einen Moment braucht, um all die Empfindungen, die sich in meinem Innern stauen, verarbeiten zu können. Sie bei mir zu haben, mit ihr eins zu werden, flutet mein Herz mit tiefer Liebe.

Clara streckt die Hand aus und legt sie an meine Wange. Einen Herzschlag lang sehen wir uns stumm an, versinken im Blick des jeweils anderen, bevor ich mich zu ihr herunterbeuge und sie küsse. Es ist ein sanfter Kuss, in den ich all meine Liebe lege, die ich für sie empfinde. Keine Frau vor ihr hat mich so vollständig gemacht, hat mich so fühlen lassen wie sie.

Vorsichtig bewege ich mich und es dauert nicht lange, bis sie sich meinem Rhythmus anpasst, sich enger an mich drückt und mich anspornt, endlich loszulassen und die Kontrolle abzugeben. Ich lasse mich von meinem Verlangen treiben, das ich bisher in meinem Innern verschlossen habe. Unser Keuchen vermischt sich, unsere Herzen schlagen im selben Takt, während unsere Bewegungen verschmelzen und wir eins werden.

Kapitel 23

Clara

Den Blick auf die Decke gerichtet, liege ich neben Alexander und meine Brust hebt sich unter meinen unkontrollierten Atemzügen. Der Moment unserer Vereinigung hängt noch in der Luft. Obwohl ich zufrieden in seinen Armen liege, keimt tief in mir eine Mischung aus Sehnsucht und Unsicherheit auf. Ich spüre die Wärme seines Körpers, doch gleichzeitig schleicht sich die Angst ein, dass diese Nähe nur vorübergehend sein könnte. Die Stille zwischen uns fühlt sich plötzlich schwer an, als ob unausgesprochene Worte zwischen uns stehen. Und ich frage mich, ob er sich genauso unsicher fühlt wie ich.

Und trotzdem ... es war schön! Es war mehr, als ich erwartet habe. Es war so echt, so intensiv. Meine Haut prickelt an den Stellen, wo er mich berührt hat. Ich versuche, mich nicht in den Fragen zu verlieren, die mein Kopf in rasender Geschwindigkeit stellt. Es gibt noch so vieles, worüber wir reden müssten.

»Clara, ist alles okay?«, fragt Alexander leise. Ich drehe meinen Kopf in seine Richtung.

»Ja ...«, gebe ich stockend zurück und atme tief ein. »Ich habe Angst, dass dieser Augenblick nur ein Traum ist, aus dem ich gleich erwache.«

Alexander beugt sich über mich, seine Haare fallen in mein Gesicht und kitzeln meine Wange. Wir sehen uns tief in die Augen, dann schnellt seine Hand vor und er kneift mich in die Wange.

»Hey, was soll das?«, empöre ich mich. Er grinst mich breit an, ehe er meine Nasenspitze küsst.

»Schau, ich bin immer noch da. Du träumst nicht«, meint er mit einem Zwinkern.

Ein befreites Lachen löst sich in meiner Brust. Richtig, Alex ist immer noch hier. Es gibt nichts, worüber ich mir Sorgen machen müsste.

»Ich weiß ... ich war am Anfang nicht gerade nett zu dir. Immerhin musste ich mich an jemanden heranmachen, den ich kaum kannte. Nur, weil mein Vater darauf bestand ...«, beginnt Alexander leise und streicht mir eine Haarsträhne aus dem Gesicht. Instinktiv schmiege ich mich in die Berührung.

»Stimmt. Du warst ziemlich eingebildet«, entgegne ich kichernd, was ihn beleidigt das Gesicht verziehen lässt. Seine Augen funkeln jedoch amüsiert. Eine Weichheit legt sich über seine Züge, die mir die Kehle zuschnürt.

»Aber jetzt ...« Er holt tief Luft und lächelt mich mit einer Offenheit an, dass mein Herz zu flattern beginnt. »Jetzt würde ich alles in meiner Macht Stehende tun, um dich nicht zu verlieren. Auch wenn das bedeutet, mit meiner Familie zu brechen. Sobald der Name Hunter reingewaschen ist, bin ich definitiv raus! Ich will mir eine eigene Zukunft aufbauen. Mit dir.«

Seine Worte lassen meinen Bauch aufgeregt kribbeln. Tatsächlich ist Alexander ein anderer Mann, als ich ihn bei meiner Ankunft in Cambridge kennengelernt habe. Er ist viel einfühlsamer und aufmerksamer, nicht der arrogante Playboy. Diese Fassade hat er mir gegenüber schnell abgelegt.

Wir liegen dicht aneinandergeschmiegt, seine Hand auf meinem Rücken. Ich lausche dem rhythmischen Schlagen seines Herzens – und plötzlich wage ich zu träumen. Von einer Zukunft, in der wir einfach nur Clara und Alexander sind – zwei junge Menschen, die sich an der Uni kennengelernt haben.

»Könntest du wirklich alles hinter dir lassen?«, frage ich vorsichtig. »Nicht nur deine Familie. Auch ... Cambridge?«

Alex denkt einen Moment nach, dann nickt er. »Ich habe schon darüber nachgedacht, meinen Master in Köln zu machen. Oder ein neues Studium anzufangen. Du weißt ja, wie sehr ich denkmalgeschützte Architektur liebe. Für Dad kam dieser Traum nie infrage ...« Ein bitterer Zug zeigt sich um seinen Mund, doch er versteckt seine wahren Gefühle wieder hinter einem Lächeln.

»Du solltest deinen Träumen folgen«, bestätige ich, denn ich wünsche mir für ihn, dass er sich aus den Zwängen seiner Familie und der High Society lösen kann. Alex drückt mir einen Kuss auf die Schläfe.

»Mit dir an meiner Seite werde ich es sicher schaffen, ich selbst zu sein. Vorausgesetzt, ich darf bleiben. Dort, wo du bist.«

Seine Worte hängen bedeutungsschwer zwischen uns. Ich richte mich ein Stück auf. Will er etwa ... mit mir nach Köln? Oder sogar ... Mein Herzschlag beschleunigt sich und ich wage kaum zu hoffen.

»Du meinst, wir ... also ... wir könnten ... zusammenziehen?«

Er sieht mich an, als wäre das für ihn das Natürlichste der Welt. Dabei könnten unsere Leben nicht unterschiedlicher sein.

»Warum nicht?«, fragt er mit einem offenen Lächeln. »Wir könnten uns was suchen. Vielleicht ein Häuschen am Stadtrand, mit Blick aufs Wasser? Mir hat es am Rheinufer wirklich gefallen.«

Ich schmunzle, verdränge die Gedanken daran, dass dieser Traum weit entfernt ist. »Und morgens einen Kaffee auf der Terrasse trinken ...« Eigentlich weiß ich, dass die Vorstellung mit Alexander nach Köln zu ziehen bloß ein Traum ist – dennoch ist es ein wunderschöner!

»Ich hätte gern einen Hund«, ergänze ich. »Früher durfte ich nie einen haben, weil ein Hund viel Verantwortung bedeutet. Deshalb habe ich mich so gern um Giselle gekümmert.«

Fragend hebt Alex die Augenbrauen. »Giselle?«

»Die kleine Pudeldame von Stellas Vater. Ich war ihre Sitterin – und habe Stella deshalb kennengelernt«, erkläre ich ihm. Erkennen zeichnet sich in seinem Gesicht ab.

»Der Hund ... richtig. Ich habe dich mit ihm beim Haus gesehen. Am Abend, als ich in Köln angekommen bin.«

»Du hast mich beobachtet?«

»Schon möglich«, meint er mit einem Zwinkern. »Aber nur zufällig. Ich bin froh, dass du an diesem Abend dort gewesen bist. Sonst hätte ich dich nicht gefunden. Immerhin hatte ich keinerlei Anhaltspunkte über deinen Aufenthalt.« Erneut breitet er die Arme aus und ich schmiege mich an seine Brust. Ich spüre diese Verbundenheit zwischen uns, die mein Herz höherschlagen lässt. Zwischen den Worten, die wir nicht aussprechen und dennoch denken. War es das, was meine Mutter in ihrem Tagebuch meinte, als sie über ihre große Liebe gesprochen hat? Dass man sich ergänzt und dasselbe fühlt, ohne darüber zu sprechen?

»Warum bist du nach Cambridge zurückgekehrt?«, fragt er nach einer Weile, in der wir schweigend miteinander kuscheln. Alex streichelt sanft meinen nackten Rücken. »Lag es an deiner Sehnsucht nach mir?«

Kichernd gebe ich ihm einen kleinen Klaps gegen die Brust und rücke ein Stück von ihm weg. Das Licht der Straßenlaternen scheint durch sein Zimmerfenster und lässt Schatten auf seinem attraktiven Gesicht tanzen.

»Bild dir nicht so viel ein. Immerhin hast du dich rargemacht. Eigentlich bin ich deswegen immer noch sauer auf dich ...«

»Ich wollte dich nicht in die Sache hineinziehen, ehe ich selbst wusste, was los ist.«

»Kann ich verstehen«, gebe ich seufzend zurück. »Es hat mich nur fertiggemacht, nicht zu wissen, wie es dir geht.«

»Es tut mir leid, Clara«, murmelt er betroffen und gibt mir einen Kuss, den ich kaum genießen kann, weil er zu schnell vorbei ist. Ich richte mich im Bett auf und ziehe mir die Decke bis zum Kinn hoch.

»Ich bin nicht *nur* deinetwegen hier«, beginne ich zaghaft, denn ich muss Alexander von meiner Entdeckung erzählen. Stella weiß es bereits, aber sie konnte mir wenig helfen. Vielleicht hat Alex eine Idee, wo ich mit meinen Nachforschungen anfangen könnte.

Neugierig hebt er die Augenbrauen, dann richtet er sich ebenfalls auf und setzt sich im Schneidersitz mir gegenüber. Dabei rutscht ihm die Decke von den Schultern und enthüllt seinen definierten Oberkörper und die breiten Schultern.

»Bevor ich mich dazu entschlossen habe, wieder als *Stella von Eisleben* hierher zurückzukommen, habe ich einige persönliche Dinge meiner Großmutter gefunden, die ich nach dem Umzug bei einer Freundin untergebracht hatte. Darunter war auch das Tagebuch meiner Mutter.« Ich hole tief Luft, weil sich bei dem Gedanken an meine verstorbene Familie ein bleiernes Gewicht auf meine Brust legt. »Es gibt einige Einträge, aus denen deutlich wird, dass Mama in ihrer Jugend als Au-pair in Cambridge gelebt hat. Vor zwanzig Jahren. Sie ist jedoch urplötzlich zurück nach Köln geflogen, wo sie meinen Vater heiratete. Die Einträge enden abrupt und werfen viele Fragen auf, die ich mir kaum zu stellen wage. Deshalb bin ich hier ... Eine *Clara Hoffmann* würde von dieser Gesellschaft keine Antworten bekommen, oder?«

Alex legt seine Stirn in Falten und zuckt mit den Schultern. »Keine Ahnung ... Aber ich schätze, eine *Clara Hoffmann* würde auch nicht zu einer Benefizgala eingeladen werden, wo sie einigen Leuten ihre Fragen stellen könnte«, meint er mit nachdenklichem Gesichtsausdruck.

»Benefizgala?«, hake ich irritiert nach. Er nickt zustimmend.

»Ja, sie findet an diesem Wochenende im Haus der Fitzroys statt. Sie sind eine der angesehensten Familien der Stadt und Geldgeber für viele soziale Projekte. Mein Dad hat vor einigen Jahren ein Bürogebäude für Maxwell Fitzroy errichtet, in dem sich nun seine Stiftung befindet. Wegen der alten Geschäftsbeziehungen hat mein Vater ebenfalls eine Einladung bekommen. Da er jedoch nicht fit genug ist, werde ich an seiner Stelle hingehen. Es wäre die perfekte Gelegenheit, uns gemeinsam zu präsentieren. Dadurch könnten wir mögliche Gerüchte zerstreuen, sollte etwas über deine Identität durchgesickert sein.«

Mit einem Anflug von Nervosität nicke ich. Es hat mich bereits viel Überwindung gekostet, wieder in die Uni zu gehen. Mich der High Society öffentlich zu zeigen, wird mich erneut Kraft kosten.

»Ich werde dir beistehen, Clara«, bekräftigt Alexander und nimmt meine Hand in seine, die ich während unseres Gesprächs in die Bettdecke gekrallt habe. Sanft fährt er mit dem Zeigefinger die Linien in meiner Handfläche nach. Seine Berührung beschert mir eine Gänsehaut.

»Wird Jamie dort sein?«, frage ich mit bangem Herzen. Ich würde Alexanders Cousin ungern wieder unter die Augen treten, zu präsent ist sein Übergriff auf mich. Stella hat ihre Profile in den sozialen Netzwerken direkt gelöscht, als ich ihr von Jamies Nachforschungen erzählt hatte. Wegen meiner falschen Identität hätte er in dieser Hinsicht zumindest keine Beweise mehr. Dennoch fürchte ich, dass ihm eine Möglichkeit einfällt, um Alexander und mich vor der Gesellschaft bloßzustellen.

Alex drückt meine Hand fester. »Ich schätze schon. Doch wir werden uns von ihm nicht kleinkriegen lassen, oder? Solange ich bei dir bin, werde ich nicht zulassen, dass er sich dir nur einen Schritt nähert, Clara. Du hast mein Wort. Sollte er es wagen, wird er nicht nur Probleme mit der NCA bekommen. Ich werde persönlich dafür sorgen, dass der Kerl eine Anzeige wegen sexueller Belästigung an den Hals kriegt.« Er verzieht wütend sein Gesicht.

»Danke«, sage ich zu ihm und rutsche etwas näher an ihn heran, damit er mich in seine Arme schließen kann. Seufzend lehne ich meinen Hinterkopf gegen seine Brust. »Vielleicht hast du recht und ich könnte auf dieser Veranstaltung etwas über meine Mutter herausfinden. In welchem Haushalt sie als Au-pair angestellt war und wer dieser Benjamin sein könnte, in den sie verliebt gewesen ist ...«

»Benjamin? Ich kenne einige Männer mit diesem Namen. Der behandelnde Arzt meines Vaters heißt Benjamin Whitestone ...«, gibt Alex grübelnd zurück. »Aber er ist bereits Ende fünfzig und vermutlich nicht der Mann, nach dem du suchst.« Er lacht leise und seine Brust vibriert dabei hörbar. Dann bleibt er einen Augenblick still, Falten bilden sich auf seiner Stirn.

»Tods Vater heißt ebenfalls Benjamin ... Er würde vom Alter eher passen«, meint er nachdenklich. Sogleich beschleunigt sich mein Herzschlag. Ich habe Alexanders Bandkollegen bereits kennengelernt. Er ist ein lebensfroher junger Mann. Meine Mutter hatte in ihrem Tagebuch geschrieben, dass sie auf einen kleinen Jungen aufpassen musste. Vielleicht war dieser ja Tod? Doch etwas passt nicht – Benjamin war nach ihrer Darstellung der Freund ihrer Gastfamilie und nicht der Vater des Kindes, oder? Durften sie deshalb nicht zusammen sein? Weil Benjamin bereits eine eigene Familie hatte? Was, wenn Tod mein ...? Mich durchläuft es eiskalt.

»Ich habe keinerlei Anhaltspunkte«, erzähle ich seufzend, schiebe den Gedanken weit weg, weil ich Angst vor der Wahrheit habe. »Mama war Hals über Kopf in diesen Mann verliebt, den sie jedoch wegen seiner gesellschaftlichen Stellung verlassen musste. Ich habe Angst herauszufinden, dass …« Ich schlucke den Kloß in meinem Hals herunter, denn diese Worte auszusprechen, kommt mir wie ein Verrat an mir selbst vor. Wenn ich sage, was in meinem Kopf seit meiner Entdeckung herumspukt, werden sich diese Gedanken manifestieren. Noch einmal atme ich tief ein, ehe ich den Mut fasse weiterzureden.

»Dass dieser ominöse Benjamin aus Cambridge mich nicht will, verstehst du? Wusste er von der Schwangerschaft? Wieso hat er nie nach mir gesucht, sich nicht einmal die Mühe gemacht, mich kennenzulernen?« Diese Worte treiben mir Tränen in die Augen. Dass Daniel nicht mein leiblicher Vater gewesen ist – damit habe ich abgeschlossen, er war mir trotz allem ein wundervoller Dad. In meinem Herzen wird es immer so bleiben. Dennoch verunsichert es mich sehr, dass mein leiblicher Vater kein Bedürfnis verspürt hat, sich bei mir zu melden. War seine Liebe zu meiner Mutter nicht so tief, wie sie es in ihrem Tagebuch beschrieben hatte?

»Ich werde dir helfen, Clara. Gemeinsam werden wir herausfinden, was damals gewesen ist. Und ich bleibe bei dir, egal, ob er dich sehen will oder nicht. Du musst das nicht allein durchstehen«, bestätigt Alex und lächelt mir zu.

»Mama hat damals auf einen kleinen Jungen aufgepasst. Benjamin war ein Freund der Familie«, ergänze ich meine Erklärung, auch wenn mir das Sprechen schwerfällt.

»Ein kleiner Junge«, murmelt er in sich hinein. »Ich habe keine Ahnung, wer vor so vielen Jahren eine Au-pair beherbergt hat. Doch Cassy hat einen Bruder. Sicher bin ich mir nicht, aber bestimmt hatten sie eine Au-pair oder zumindest eine Nanny, weil ihre Mum früher lange Zeit krank gewesen ist.«

»Danke«, murmele ich, denn seine Worte bedeuten mir wirklich viel.

»Aber jetzt sollten wir schlafen.« Alexander gibt mir einen kurzen Kuss, dann lehnt er sich mit mir im Arm zurück in die weichen Kissen.

***

»Ich kann nicht fassen, dass sie hier ist!«, hallt Lucys Stimme durch den Raum.

Erschrocken sehe ich von meinem Kaffee auf, den Alex mir vor wenigen Minuten in die Hand gedrückt hat. Lucy fixiert mich aus einiger Entfernung, als würde sie sich nicht trauen, die geräumige Küche zu betreten. Mit über der Brust verschränkten Armen und hoch erhobenem Kopf verharrt sie im Türrahmen. Alexanders Schwester ist bereits am frühen Morgen top gestylt, während ich eins von Alexanders weiten Shirts trage, das mir bis zu den Knien reicht.

»An den Anblick wirst du dich gewöhnen müssen«, erwidert Alex mit fester Stimme, ehe ich etwas sagen kann. Er kommt mit einem Teller Rührei an die Frühstückstheke und gibt mir einen Kuss auf die Wange, dann stellt er den Teller vor mir ab. »Außerdem warst du es doch, die von dieser Verbindung überzeugt gewesen ist, Lucy.« Sein Grinsen wird immer breiter und ich verstehe, dass er Lucy bloß aufziehen will.

Lucy schnaubt verächtlich und geht zum Kühlschrank, um Milch herauszuholen. Dann füllt sie eine Schale mit Müsli, mit der sie sich mir demonstrativ gegenübersetzt.

»Ich hoffe doch, dass ihr nach der Hochzeit auszieht? Ehrlich gesagt bin ich nicht erpicht darauf, euch jedes Mal beim Sex zuzuhören!«

Bei ihren Worten steigt mir die Röte ins Gesicht. Hat sie uns gestern Nacht etwa gehört? Hoffentlich hat sie unser anschließendes Gespräch nicht belauscht, denn dadurch könnte sie hinter meine wahre Identität kommen.

Alexander lacht auf und legt mir den Arm um die Schultern. »Keine Sorge, Schwesterherz. Ich habe bereits meine eigenen Pläne … auch was die Firmennachfolge angeht.«

Lucy reißt erstaunt die Augen auf. »Was soll das heißen?«

»Das erfährst du, wenn es so weit ist«, meint er geheimnisvoll. Lucy runzelt die Stirn und lässt den Löffel in ihre Müslischale sinken.

»Alex, du weißt, wie wichtig es für die Familie ist, dass *du* der nächste CEO von *Hunter Construction* wirst! Dad hat niemanden, auf den er sich verlassen könnte.«

»Er hat meinen Vater«, werfe ich ein und meine damit Benjamin von Eisleben, der in das Familienunternehmen der Hunters als Investor involviert ist. Schließlich sollten wir die Fassade für den Augenblick aufrechterhalten. Lucy fixiert mich mit finsterem Blick.

»Der sich meilenweit weg in Köln verschanzt und sich nicht mehr blicken lässt, seitdem –« Sie bricht ab und zieht scharf die Luft ein.

»Seitdem was?«, hake ich mit einem Anflug von Nervosität nach. Weiß Lucy vielleicht irgendetwas, dass die Firma und Stellas Verlobung betreffen, von dem Alex und ich nichts ahnen?

»Seitdem unsere Mum tot ist«, beendet Lucy und ein trauriger Ausdruck zeichnet sich auf ihren Zügen ab, den sie jedoch sogleich durch eine undurchdringliche Miene ersetzt. »Ich kann mich erinnern, dass Benjamin uns viel häufiger besucht hat. Mum hat mich oft mit in die Firma genommen, wo ich Dad mit Benjamin habe über Pläne grübeln sehen.«

»Da warst du kaum fünf Jahre alt«, meint Alex mit gerunzelter Stirn.

»Na und? Glaubst du, ein kleines Kind kann sich nicht erinnern?«, meint sie schnippisch und erhebt sich von ihrem Platz, um die immer noch halb volle Müslischale zur Spüle zu tragen. Lucys Worte lassen mich nachdenklich zurück.

»Warte mal«, rufe ich ihr plötzlich nach, als sie mit

schnellen Schritten die Küche verlassen will. Lucy dreht sich langsam zu mir um und stemmt die Hände in die Seiten.

»Was denn? Ich habe es eilig, in die Uni zu kommen. Marys Chauffeur holt mich ab – weil mein großer Bruder mit wichtigeren Dingen beschäftigt ist!«

Ich übergehe ihre spitze Bemerkung. »Weißt du, ob jemand von deinen Freundinnen früher eine deutsche Au-pair bei sich aufgenommen hat? Vor ungefähr zwanzig Jahren?«, frage ich sie mit wildklopfendem Herzen. Keine Ahnung, warum, aber ich habe das Gefühl, Lucy könnte mir bei meiner Suche tatsächlich behilflich sein.

Sie legt ihre Stirn in Falten.

»Eine deutsche Au-pair? Jeder hatte eine Nanny oder Ähnliches. Schon möglich, dass auch Au-pairs dabei waren. Nicht jede von meinen Freundinnen hatte so ein Privileg wie ich. Mum war stets bei mir, soweit ich mich erinnern kann. Wir hatten *nie* eine Nanny im Haus, oder, Alex?«

Alexander zuckt mit den Schultern.

Enttäuschung macht sich in meinem Innern breit, anscheinend holt sich jede Familie der High Society Hilfe ins Haus, gemischt mit Erleichterung, weil die Hunters nicht in diese Sache involviert sind. Es wäre eigenartig, wenn sich die Geschichte wiederholen würde: Ein Mädchen aus einfachen Verhältnissen verliebt sich in jemanden mit hohem Ansehen, sodass ihre Liebe wegen der gesellschaftlichen Stellung unter keinem guten Stern steht.

Lucy sieht noch einmal stumm zwischen ihrem Bruder und mir hin und her, dann wendet sie sich ab und lässt uns allein.

»Willst du nichts essen? Dein Rührei wird kalt«, sagt Alexander und durchbricht die Stille, die sich immer weiter ausdehnt.

»Sorry, aber ... irgendwie habe ich keinen Hunger«, entgegne ich leise und schiebe den Teller beiseite. Alexander ergreift meine Hand, seine Augen ruhen fragend auf meinem Gesicht.

»Was ist los?«, will er besorgt wissen.

»Ich hatte gehofft, Lucy wüsste was.«

Ich rutsche vom Barhocker, doch Alexander fängt mich auf, hält mich fest umklammert. Sogleich beschleunigt sich mein Puls, als ich in seine Augen schaue, in denen ein entschlossenes Funkeln liegt.

»Wir werden jemanden finden, der uns weiterhelfen kann. Vertrau mir. Zumindest sollten wir die Hoffnung nicht aufgeben«, bestätigt er, legt seine Hand an meine Wange und nähert sich mir. Ich schließe erwartungsvoll die Augen, ehe ich seine weichen Lippen auf meinen spüre.

Kapitel 24

Alexander

Nachdem ich Clara eine Stunde später in die Uni gefahren habe, mache ich mich auf den Weg ins Bürogebäude. Dort will ich weitere Unterlagen durchsehen, die mir Lucy per Mail geschickt hat. Während ich Zeit mit Clara verbracht habe, hat meine Schwester tatsächlich einen Anhaltspunkt gefunden, der relevant für unsere Recherche ist. Danach werde ich mich mit der NCA in Verbindung setzen.

Hailey hat mir bereits zugesichert, dass ihr Dad sich des Falls annimmt, sobald ich mich bei ihm melde. Zum Glück brauche ich dank ihrer Hilfe auf keinen Termin im nächsten Monat zu warten.

Auf meinem Weg ins Büro laufe ich Jamie in die Arme, der sich mit einer jungen Sekretärin unterhält. Die beiden flirten heftig miteinander. Wieso zur Hölle flirtet der Kerl mit unseren Angestellten, wenn er Lucys Freundin Mary datet? Zumindest weiß ich, dass die beiden sich mehrmals vor dem Neujahrsball getroffen haben.

Jamie wird auf mich aufmerksam. Sogleich wendet er sich mir zu.

»Mein lieber Cousin«, begrüßt er mich mit süffisantem Grinsen, »wie schön, dich zu sehen. Wir haben gerade über dich gesprochen. Wie gehts meinem Onkel Theodor?«

Ich setze eine undurchdringliche Miene auf. »Danke der

Nachfrage, er erholt sich gut und kann es kaum erwarten zurückzukehren, um den Laden auf Vordermann zu bringen.«

Jamies rechtes Auge zuckt kaum merklich, das Grinsen entgleitet ihm kurz, doch er bewahrt weiterhin die Fassung. Nichts an ihm deutet auf sein Verhalten vom letzten Mal hin.

»Er wird alles zu seiner Zufriedenheit vorfinden«, bestätigt er scheinheilig. Innerlich schäume ich vor Wut, will es jedoch nicht vor der Sekretärin zeigen, die neugierig zwischen Jamie und mir hin und her sieht.

»Du meinst wohl das, was noch übrig ist?«, brumme ich. »Ich bin hier, um deinen Dreck wegzukehren. Und glaub mir, es wird nicht mehr lange dauern, bis ihr euch für eure Taten verantworten müsst.«

Mein Cousin verengt seine eisblauen Augen zu Schlitzen und macht einen bedrohlichen Schritt auf mich zu, ich weiche jedoch nicht zurück.

»Hör auf, mir etwas zu unterstellen«, raunt er mir leise zu. »Das sind alles nur leere Drohungen.«

»Ich sage die Wahrheit, Jamie. Und diese wird früher oder später ans Licht kommen«, kontere ich eben so leise, dann trete ich von ihm zurück und zupfe meine Krawatte zurecht. »Sag, wo ist dein Dad? Hat er sich bereits mit dem Geld abgesetzt und dich im Stich gelassen, damit *du* deinen Kopf für *seine* Machenschaften hinhalten musst?«

»Er betreut einen wichtigen Kunden, der wegen *deines* Dads sein Bauvorhaben entziehen will«, korrigiert Jamie mit finsterer Miene. Natürlich! Simon betreibt Schadensbegrenzung, um meinen Vater in schlechtem Licht dastehen zu lassen. Die Richards wollen uns ihrerseits aus dem Unternehmen drängen. Scheinbar gab es bereits vor Jahren einen Zwist zwischen den beiden Brüdern. Sonst hätten mein Vater und Benjamin von Eisleben niemals die eigenartige Verlobung eingefädelt, bei der es um die Mehrheit der Firmenanteile geht ...

Ich stemme die Hände in die Seiten und funkle Jamie zornig an. »Wie löblich von meinem Onkel, sich um weitere Aufträge und finanzielle Stabilität zu kümmern, wo die Firma doch kurz vor der Insolvenz steht. Sag, habt ihr auch so ein beachtliches Vermögen verloren, weil das Dubai-Projekt geplatzt ist? Wie kommt ihr über die Runden, Jamie? Und wer bezahlt deine ausschweifenden Partyexzesse? Etwa die Frauen, mit denen du dich umgibst?« Ich werfe der Angestellten hinter dem Schreibtisch einen vielsagenden Blick zu, was sie mit hochrotem Gesicht verlegen wegschauen lässt.

»Du ...«, zischt Jamie ungehalten, wagt es jedoch nicht, einen Streit vom Zaun zu brechen.

Mit einem triumphierenden Grinsen nicke ich der Sekretärin zu, dann gehe ich an Jamie vorbei und durchquere den langen Korridor in der obersten Etage, um zu Dads Büro am Ende des Gangs zu kommen.

Mit der Schlüsselkarte öffne ich die Tür und lege drinnen meine Aktentasche auf den Schreibtisch. Dann lasse ich mich seufzend auf den Chefsessel sinken. Den Kopf in den Nacken gelegt drehe ich mich zur großen Fensterfront hinter mir um. Die Stadt liegt im Nebel, obwohl es bereits später Vormittag ist.

Erneut kreisen die Gedanken unaufhörlich in meinem Kopf. Wenn Simon weitere Kunden akquiriert, die sauer auf meinen Dad sind und ihm dadurch ihr Vertrauen entziehen – dann bekommt mein Onkel mehr Unterstützung. Durch die Gerüchte, die über meine Familie gestreut wurden, ist es nicht leicht für mich dagegenzuhalten. Ich muss die Richards schnellstmöglich auffliegen lassen.

Also drehe ich mich zurück zum Schreibtisch und starte den Laptop, um mich abermals durch die Bücher zu wühlen. Außerdem will ich Lucys Mail bearbeiten. Sie hat für mich einige der fragwürdigen Unterkonten sortiert und ihnen Verträge zugeordnet, deren Bauprojekte über die angeblichen Briefkastenfirmen laufen. Hierzu ist jedoch nichts in

Dads Unterlagen verzeichnet. Diese Firmen tauchen einfach nicht weiter auf.

Seufzend klicke ich mich durch die Konten und vergleiche Summen, gleiche interne Nummern ab und überprüfe, wohin Gelder geflossen sind, die für externe Dienstleister oder Projektbudgets vorgesehen waren. Nichts davon passt zueinander, genau, wie Lucy es in ihrer Mail zusammengefasst hat.

Plötzlich bleibt mein Blick an einem Namen hängen: *Scott Milford.* Er ist ein Mitarbeiter aus der Finanzabteilung, in Vollzeit bei uns angestellt. Dennoch taucht sein Name regelmäßig in Verbindung mit einer Firma namens *Clearwater Dynamics* auf. Ich runzle die Stirn. Diese Firma ist mir bislang nie aufgefallen. Sie muss eine von den Briefkastenfirmen sein, auf die ich bei meiner letzten Recherche gestoßen bin.

Mit wachsender Anspannung gebe ich *Clearwater Dynamics* in die Suchleiste meines Internetbrowsers ein. Tatsächlich finde ich eine Website, die auf den ersten Blick wie von einem Grundschüler zusammengeschustert aussieht. Kein vollständiges Impressum, keine nachweisbaren Projekte. Alles wirkt erstaunlich leer. Fast wie eine Fassade. Dennoch taucht ein Name auf: *Scott Milford.* Er ist als Geschäftsführer eingetragen.

Das kommt mir sehr verdächtig vor, weshalb ich erneut in die laufende Buchhaltung wechsle, um die Geldflüsse abermals unter die Lupe zu nehmen. Und dann entdecke ich wiederkehrende Positionen: Beratungsleistungen, überwiesen an *Clearwater Dynamics* – angeblich für ›technische Optimierungsprozesse‹ innerhalb der Firma. Diese Leistungen liefen zur gleichen Zeit wie interne Projekte, an denen Scott offiziell mitgearbeitet hat, was ich anderen Protokollen entnehmen kann.

Mir tritt der Schweiß auf die Stirn und ich beuge mich weiter vor, fixiere die Zahlen auf dem Bildschirm. Mein Herz schlägt plötzlich schneller. Habe ich ihn gefunden? Ist Scott derjenige, der für Onkel Simon die Drecksarbeit macht? Doch wie passt es mit Jamies Verhalten zusammen?

Welche Rolle spielt Scott in diesem Spiel und was hat er mit Jamie und meinem Onkel zu schaffen? Hat Jamie sich nur das schwächste Glied der Firmenstruktur herausgepickt, weil er der Meinung war, Scott nach seinen Wünschen lenken zu können? Wer ist der Drahtzieher und wer die Marionette?

Zwar kenne ich Jamie mein ganzes Leben, trotzdem könnte ich nicht sagen, wie es *wirklich* in ihm aussieht. Was sind seine Vorlieben, was treibt ihn an? Wer sind seine Freunde und engsten Vertraute? Gehört Scott zu diesem ausgewählten Kreis oder ist er ein völlig Fremder, der zufällig in die Sache verwickelt wurde? Ich kenne diesen Mann kaum, bin ihm vielleicht zufällig im Firmengebäude über den Weg gelaufen. Doch sein Name kommt mir bekannt vor. Vielleicht weiß meine Schwester etwas über ihn? Immerhin hat sie gestern Abend diese Unterlagen durchgesehen und für mich zusammengestellt.

Sofort zücke ich mein Handy und wähle Lucys Nummer. Es dauert wenige Sekunden, bis meine Schwester das Gespräch entgegennimmt.

»Ist etwas mit Dad?«, fragt sie sofort, ohne mich zu begrüßen. Natürlich, sie glaubt, ich würde sie anrufen, weil es Neuigkeiten gibt.

»Nein, keine Sorge. Dad geht's unverändert. Er kommt auf die Beine, meinte Dr. Whitestone. Ich habe eine andere Frage: Kennst du einen Scott Milford?«

Lucy überlegt einen Herzschlag lang, in dem ich angespannt den Atem anhalte.

»Ja, das ist Marys älterer Bruder. Wir haben uns vor einigen Jahren auf einem Firmenevent kennengelernt, erinnerst du dich?«, erzählt sie mir. Ich durchforste mein Gedächtnis, doch zu diesem Namen habe ich kein Bild vor Augen.

»Er hat lange in New York studiert«, versucht Lucy, mir auf die Sprünge zu helfen, doch bei mir klingelt es immer noch nicht. »Seine Familie hatte ihn nach einem Skandal am *Eton College* aus Cambridge weggeschickt. Das ist diese hoch angesehene Jungenschule, Prinz William war ebenfalls dort ...«

Lucys Ausführungen schweifen ab, weshalb ich ihrer Erklärung nur mit einem Ohr folge. Doch seitdem sie Eton erwähnt hat, dämmert es mir, wer Scott sein könnte. Ich erinnere mich an einen schlaksigen Jungen mit dicker Hornbrille und strähnigem Haar. Schüchtern und in sich gekehrt, ohne viele Freunde und immer im Schatten seiner bildhübschen Schwester Mary.

Die Milfords waren schockiert, als herauskam, dass sich Scott mit einem älteren Mitschüler eingelassen hatte, weshalb sie ihn zu Verwandten nach New York schickten. Diese Geschichte kursierte lange in der High Society und war Zündstoff für viele Gerüchte, die die Milfords zu gern unter den Teppich kehren wollten. Da passte es ihnen gut in den Kram, den unliebsamen Spross so weit weg wie möglich zu wissen.

»Und dann hat Scott –«, führt Lucy immer weiter aus, doch ich schneide ihr das Wort ab.

»Danke, Schwesterherz, du hast mir sehr weitergeholfen«, sage ich schnell und lege auf.

Einen Moment überlege ich, dann rufe ich mir Scotts Personalakte auf. Scott hat vor zwei Jahren in der Finanzabteilung angefangen. Fast genauso lange wie Jamie als rechte Hand seines Vaters bei *Hunter Construction* tätig ist. Kann es sein, dass er in den Komplott verwickelt ist? Was hat Jamie gegen ihn in der Hand, dass er sich zu dieser illegalen Tat hat überreden lassen? Ich schaue genauer auf die Gehaltskonten und entdecke regelmäßige Zahlungseingänge auf Scotts Konto, die zusätzlich zu seinem Gehalt ausgezahlt wurden. Okay, das bestätigt meinen Verdacht. Kann es sein, dass er die Gelder auf Konten umgeleitet hat, um ebenfalls ein Stück vom Kuchen abzubekommen? Oder steckt noch mehr dahinter? Doch wie passt Jamie in dieses Puzzle? Oder hat mein Cousin überhaupt nichts mit der Sache zu tun?

Mit einem zufriedenen Lächeln klappe ich den Laptop zu und greife nach dem Telefonhörer.

»Miranda? Ist Mr Milford heute im Büro?«, frage ich die junge Sekretärin, die mit Jamie auf dem Flur geflirtet hat. Ich höre leises Tippen.

»Mr Milford ist in seinem Büro. Soll ich Sie zu ihm durchstellen?«

»Nein. Schicken Sie ihn zu mir nach oben«, fordere ich Miranda auf und beende das Gespräch. Ich will mir ein eigenes Bild machen. Vielleicht kann ich ein Geständnis aus ihm herauskitzeln.

Ungeduldig trommele ich mit den Fingern auf die Holzplatte des Schreibtischs. Das Ticken der Wanduhr scheint lauter als sonst. Meine Nerven sind zum Zerreißen gespannt. Das leise Klopfen an der Bürotür lässt mich förmlich zusammenzucken.

»Ja, herein?«

Die Tür wird aufgeschoben und ein hochgewachsener Mann betritt das Büro. Er strafft die Schultern und geht selbstsicher auf mich zu, bis er vor dem Schreibtisch stehenbleibt. Ich mustere ihn neugierig, er hat nichts mit dem Typen gemein, den ich von früher kenne. Dieser Mann ist breitschultrig und muskulös, der dunkelgraue Anzug sitzt an ihm wie eine zweite Haut. Die schwarze Krawatte ist ordentlich gebunden und die dunklen Haare streng nach hinten gegelt. Seine Brille scheint er durch Kontaktlinsen ersetzt zu haben. Er hat markante Gesichtszüge, wirkt dabei jedoch nicht kühl, sondern offen. Lediglich in den grauen Augen liegt ein Funken Misstrauen. Er ist ein wirklich attraktiver Mann.

»Mein Name ist Alexander Hunter«, stelle ich mich förmlich vor. Scotts Augen verengen sich.

»Guten Tag, Mr. Hunter«, entgegnet er steif. Reglos steht er vor mir, als könnte er nicht begreifen, was er in diesem Büro zu suchen hat.

»Setzen Sie sich doch«, biete ich ihm mit einer einladenden Geste an. Scott schiebt den Besucherstuhl vor meinem Schreibtisch zurück und setzt sich. Unter dem Tisch ziehe ich mein Smartphone aus der Hosentasche. Kurz wende ich mich von Scott ab und drehe mich im Chefsessel zum Fenster, um eine dramatische Pause zu machen. Tatsächlich aktiviere ich dabei heimlich die Aufnahme-App, weil ich insgeheim hoffe, Scott könnte mir etwas über *Clearwater Dynamics* verraten. Wenn er als Geschäftsführer eingetragen ist, dann muss er etwas dafür bekommen. Ich kann nicht glauben, dass Scott allein handelt.

Mein Smartphone schiebe ich mir unauffällig in die Brusttasche des Jacketts, ehe ich mich wieder umdrehe. Ich nutze die angespannte Stimmung und setze eine undurchdringliche Miene auf.

»Mr. Milford«, beginne ich mit fester Stimme und lasse ihn nicht aus den Augen, beobachte jede Regung seines Gesichts, »Ihnen ist sicher die instabile finanzielle Lage dieses Unternehmens zu Ohren gekommen.«

Er nickt vorsichtig, in seinen dunklen Augen liegt jedoch ein lauernder Ausdruck. Scott weiß mehr über die Sache, da bin ich mir sicher. Dennoch versucht er, sich hinter einem Pokerface zu versstecken.

»Und Sie kennen sicherlich auch die Konsequenzen, die damit einhergehen. Es müssen viele Stellen gestrichen werden, damit wir wieder auf die Beine kommen. Personal muss eingespart werden.«

Erneut nickt er, doch sein Kehlkopf hüpft verräterisch.

»Deshalb ist mein Dad, der CEO Theodor Hunter, und auch ich als sein Stellvertreter, jedem Angestellten für seine Mithilfe in dieser heiklen Situation dankbar. Sagen Sie, sind

Ihnen in den vergangenen Wochen und Monaten ungewöhnliche Transaktionen aufgefallen?«

Sofort schüttelt Scott den Kopf und wirkt dabei viel zu voreilig. »Nein, mir ist nichts aufgefallen.«

»Gut, dann wird es Ihnen nichts ausmachen, mir zu erklären, wie es zu diesen Zahlungen gekommen ist?«

So gelassen wie möglich klappe ich den Laptop auf und öffne Lucys Excel-Tabelle, um diese Scott zu präsentieren. Sie zeigt alle Briefkastenfirmen auf einen Blick, zudem die Umbuchungen auf unbekannte Unterkonten. *Clearwater Dynamics* ist mit übertrieben hohen Summen mehrmals vertreten, genau wie die Projektaufträge, an denen Scott intern mitgewirkt hat. Ich habe vorhin alles gegenübergestellt, um diese Verbindung auch für mich zu entwirren.

»Da mein Dad in den letzten Wochen wenig über die Vorkommnisse informiert wurde – was wirklich bedauerlich ist – gehe ich davon aus, dass sie in enger Zusammenarbeit mit Jamie Richards standen? Ich weiß, dass Sie meinem Cousin in der Finanzabteilung unterstellt sind. Aus Ihren Bewerbungsunterlagen geht hervor, dass Sie vor knapp zwei Jahren auf Jamies Wunsch eingestellt wurden.«

Scott rutscht tiefer in den Besucherstuhl, strafft seine Schultern und räuspert sich. Bei der Erwähnung von Jamies Namen entgeht mir nicht, wie sich seine Wangen röten. Interessiert mustere ich den Mann. Er wirkt nervös, ich erkenne einen leichten Schweißfilm auf seiner Stirn. Vielleicht sollte ich deutlicher werden, um ihn aus der Reserve zu locken?

Ich räuspere mich. »Nun, Mr. Scott, ich will Ihnen nicht zu nahetreten, aber mich beunruhigen diese hohen Buchungen zu *Clearwater Dynamics*. Erklären Sie mir bitte, worum es sich dabei handelt. Welche ›Prozessoptimierungen‹ wurden intern vorgenommen? Leider erschließt es sich mir nicht, warum mein Vater bisher keine Kenntnis von diesen Dienstleistungen hatte.«

Erschrocken weiten sich Scotts Augen. Gut so.

»Ich habe nichts mit *Clearwater Dynamics* zu tun«, entgegnet er gepresst.

Ich ziehe die Augenbrauen zusammen. »Ach nein? Aber Sie sind als Geschäftsführer eingetragen. Schauen Sie hier.« Mit einigen Klicks rufe ich die Website der Firma auf und deute beim Impressum auf Scotts Namen. »Oder gibt es noch einen weiteren Scott Milford?«

»Sicherlich gibt es etliche Männer mit demselben Namen«, meint Scott ausweichend. Seine Augen huschen nervös durch den Raum und er vermeidet es, mich anzusehen.

»Also schön. Wenn Sie nicht mit mir reden wollen, sollte ich anders vorgehen. Ich werde Simon Richards darüber informieren, dass Sie neben Ihrer Anstellung bei uns als Geschäftsführer einer sehr fragwürdigen Firma tätig sind, obwohl aus ihrem Vertrag ein deutliches *Konkurrenzverbot* hervorgeht.«

»Was?«, platzt es aus Scott heraus. Seine ruhige Fassade bröckelt. »Aber Mr Richards hatte selbst … Jamie meinte, es sei in Ordnung, wenn –« Die Worte bleiben ihm im Hals stecken, als plötzlich donnernd die Tür aufgeht und mein Cousin hereinplatzt.

»Was zur Hölle sollte das, du elender Mistkerl?«, brüllt er mir entgegnen und durchquert den Raum. Rote Flecken zeichnen sich auf seiner blassen Haut ab.

»Was meinst du?«, frage ich ungerührt, ohne auf Scotts Anwesenheit zu achten.

»Du wolltest mich vor Miranda bloßstellen.«

»Ich bitte dich! Als ob es dich kümmern würde, was unsere Angestellten von dir halten«, gebe ich mit einer abwinkenden Handbewegung zurück.

»Du hast kein Recht, solche Gerüchte über mich in der Firma zu streuen.«

»Ach nein?« Ich sehe ihm fest ins wutverzerrte Gesicht. »Und was gibt dir das Recht zu behaupten, mein Dad hätte Gelder veruntreut und dadurch das Dubai-Projekt sabotiert?

Ich will nicht länger mit dir darüber diskutieren, Jamie. Ich habe gerade Wichtigeres mit Mr Milford zu besprechen. Bitte, geh.«

Wie vom Donner gerührt ruckt Jamies Kopf zur Seite und er starrt auf Scott hinab, der ziemlich verwirrt auf dem Besucherstuhl hockt.

»Scott«, murmelt Jamie fassungslos und jegliche Farbe weicht aus seinem Gesicht. Mit schreckgeweiteten Augen starrt er den Mann an. Bisher gab es nur wenige Situationen, in denen ich meinen Cousin so *menschlich* erlebt habe. Immer wirkte er kühl und distanziert, als hätte er keinerlei Gefühl. Sein Zusammentreffen mit Scott zeigt ihn jedoch von einer anderen Seite. Es wirkt beinahe so, als habe Jamie Angst davor, Scott könnte etwas verraten haben. Steckt Jamie also doch hinter den Briefkastenfirmen, die über Scotts Namen laufen? Haben beide diesen Plan zusammen ausgeheckt?

Ehe ich etwas sagen kann, erlangt Jamie seine Fassung wieder. Er macht einen Satz zu Scott, zerrt ihn am Arm auf die Beine und schiebt sich zwischen ihn und den Schreibtisch.

»Was tust du hier?«, fährt Jamie den Mann energisch an. »Ich hatte doch gesagt, du sollst mit niemanden sprechen außer mir.«

»Aber …«, kommt es hilflos von Scott. Seine Augen huschen über Jamies Gesicht und er krallt seine Hände in dessen Oberarme, als wollte er meinen Cousin schütteln.

»Jamie, was zur Hölle …?!«, fahre ich meinen Cousin verärgert an. Ruckartig erhebe ich mich von meinem Platz und umrunde den Schreibtisch.

Wieder fährt Jamie zu mir herum und stößt mir mit den Handflächen gegen die Brust. »Misch dich nicht in meine Angelegenheiten ein! Das hier geht dich nichts an.«

»*Deine* Angelegenheiten? Es geht mich sehr wohl etwas an, wenn Scott für *dich* Gelder verschwinden lässt, die eigentlich für das Luxushotel in Dubai eingeplant waren. Nur dein Vater kann die nötigen Freigaben für solche Transaktionen veranlassen. Es gab Kontobewegungen in den letzten Tagen, die du als sein Stellvertreter angewiesen hast. Ich habe Nachweise darüber, dass Scott ebenfalls darin verwickelt ist. Deswegen haben wir millionenschwere Vertragsstrafen am Hals! Wie hast du es geschafft, Scott für deine Sache zu gewinnen? Hilft er dir nur, weil du seine Schwester datest?«, brause ich zornig auf und meine Beherrschung verabschiedet sich vollends.

Jamie sieht auf einmal so aus, als hätte ich ihm einen Fausthieb ins Gesicht verpasst.

»Was?«, frage ich und gehe dabei in die Offensive. »Hat es dir die Sprache verschlagen? Ich weiß über dich und Mary Bescheid, du hast nie einen Hehl aus deinen Affären gemacht. Doch wieso benutzt du ihren Bruder dazu, um deine Drecksarbeit zu machen? Hast du ihm diese Stelle nur aus diesem Grund gegeben? Um ihn zu kontrollieren?«

Jamie zieht scharf die Luft ein. Einen Herzschlag lang herrscht Stille im Raum. Scotts Hand schnellt so plötzlich vor, dass ich es nicht kommen sehe. Er dreht Jamie so ruckartig zu sich herum und packt ihn am Revers seines Jacketts, dass selbst mein Cousin vor Überraschung zusammenzuckt. Genau wie ich hat auch er nicht mit Scotts heftiger Reaktion gerechnet.

»Fuck, Jamie. Du bist mit meiner Schwester zusammen?« Seine Stimme bricht und die Enttäuschung in seinem Gesicht könnte nicht größer sein. »Ich habe dir mit diesen Firmen geholfen, weil du ...« Verärgerung und Verletztheit spiegelt sich in seinen dunklen Augen. Scott fährt sich mit der Hand übers Gesicht und durchs schwarze Haar. Dann fixiert er Jamie und strafft die Schultern.

»Niemals hätte ich bei diesem Plan mitgemacht, wenn ich gewusst hätte, dass du ein falsches Spiel mit meinen Gefühlen treibst. Ich habe wirklich geglaubt, das mit uns wäre etwas Ernstes. Aber ... meine eigene Schwester? Ernsthaft? Weiß Mary, dass du auch mit ihrem Bruder ins Bett steigst?« Seine Stimme überschlägt sich vor Zorn.

»Was ...? Nein! Ich bin nicht mit Mary zusammen, da war nichts mit Mary!«, entfährt es Jamie und er umfasst Scotts Handgelenk, als könnte diese Geste etwas an der Situation retten. »Es war wegen Stella, okay? Ich brauchte eine Einladung zum Neujahrsball der Judge Business School. Ohne Mary wäre ich nicht reingekommen. Ich wollte sichergehen, dass Stella verschwindet ...«

Völlig perplex sehe ich zwischen ihnen hin und her. Verdammt, worin bin ich hier reingeraten? Die beiden scheinen mich komplett vergessen zu haben. Aber ... dann hatte ich recht mit meiner Vermutung, dass Scott für Jamie arbeitet. Und dieser handelt vermutlich im Auftrag seines Vaters.

Ich räuspere mich geräuschvoll, was Jamie erneut zu mir herumfahren lässt. »Dann stimmt es also, dass die Briefkastenfirmen auf deinen Mist gewachsen sind, Jamie«, stelle ich fest. »Doch was bringt es dir, wenn *du* Gelder verschwinden lässt? Erhoffst du dir dadurch ein schönes Leben? Unabhängigkeit von deinem Vater? Damit du dich –« Ich nicke in Scotts Richtung. »Damit du dich mit ihm absetzen kannst?«

Rote Flecken zeichnen sich auf Jamies blasser Haut ab. Zorn flackert in seinen eisblauen Augen auf und lässt ihn alles andere als gefühlskalt aussehen. Scott schiebt meinen Cousin beiseite und macht einen Schritt auf mich zu.

»Das ist –«, setzt er zu einer Verteidigung an, doch Jamie legt ihm die Hand auf die Schulter.

»Scott, du solltest gehen. Das hier hat nichts mit *dir* zu tun.«

»Nein, das werde ich nicht. Mich geht diese Sache genauso an. Immerhin habe ich den Kopf für dich hingehalten, weil du mir das Blaue vom Himmel versprochen hast. Fuck, Jamie. Was genau ist das mit uns?«, braust dieser verärgert auf. »Hast du mich genauso benutzt wie Mary, um an dein Ziel zu gelangen?«

»Nein«, entgegnet Jamie verzweifelt und rauft sich die Haare. Auf einmal sieht er so verloren aus, dass ich für den Bruchteil einer Sekunde Mitleid mit ihm bekomme.

»Ich will nicht wissen, was ihr beide miteinander zu schaffen habt«, versuche ich, mich in das Gespräch zu drängen. »Mich interessieren nur deine Pläne, Jamie.«

»Meine Pläne«, echot er mit einem bitteren Lachen. »Wenn es nach mir ginge, wäre ich längst CEO und müsste mich nicht mit hinterhältigen Intrigen herumschlagen. Ich hätte mit offenen Karten gespielt. Hätte dich in einem ehrlichen Kampf besiegt, statt hinter deinem Rücken Ränke zu schmieden.«

Irritiert ziehe ich die Augenbrauen zusammen. »Was meinst du damit?«, hake ich nach. Die Anspannung wächst in meinem Innern. Bekomme ich durch diese seltsame Fügung, Jamies geheime Beziehung zu Scott aufgedeckt zu haben, das Geständnis, auf das ich gehofft habe?

»Es ist ja schön, dass du dich auflehnst. Aber ich kann es nicht. Ich *will* die Anerkennung meines Vaters. Ich will diesen Posten als CEO, egal, was es mich kostet«, presst Jamie hervor.

»Auch, wenn du dich dafür selbst verleugnen musst?«, frage ich ihn und sehe zwischen Scott und Jamie hin und her. Scott hat Mühe, sich zu beherrschen – und auch in Jamies Augen glänzen Tränen.

Ich hätte niemals gedacht, dass Jamie bis zum Äußersten gehen würde, nur, um von seinem Dad *akzeptiert* zu werden. Ihn so verzweifelt zu sehen, zerstört das Bild, das ich mir all die Jahre von ihm gemacht habe. Von dem kaltherzigen Jamie, der mit dem Kopf durch die Wand geht, um seine eigenen Ziele umzusetzen und davon zu profitieren. Dabei war er all die Jahre abhängig vom Wohlwollen seines Vaters, der die Gefühle seines Sohnes nie gutheißen konnte.

»Hast du mich deshalb so sehr gehasst, weil du glaubst, ich würde das bekommen, was du nie erreichen kannst?«

Jamie ballt die Hände zu Fäusten. »Dad hat mir immer wieder unter die Nase gerieben, wie schlau und beliebt *du* bist. Wie gut *du* in die Firma passt. Und ich weniger wert bin, weil ich … weil ich auf Männer stehe! Er hat mich jahrelang unter Druck gesetzt«, gesteht mein Cousin stockend. Wut und Enttäuschung schwingen in seiner Stimme mit. »Er konnte nie akzeptieren, dass Scott und ich ein Paar sind. Früher nicht, und jetzt erst recht nicht.«

Meine Gedanken überschlagen sich. Dann war … Überrascht reiße ich die Augen auf, erkenne die Traurigkeit in Scotts Blick und sehe, wie er nach Jamies Hand tastet. Ihre Finger verflechten sich ineinander. Gott, war Jamie etwa der ältere Schüler, mit dem Scott vor Jahren erwischt wurde, und er deswegen Cambridge verlassen musste? Gingen ihre Gefühle so tief, dass die beiden immer noch zusammen sind? War etwa dieses Ereignis der Auslöser für Jamies Verhalten?

Ich bin erschüttert darüber, wie meinem Cousin mitgespielt wurde. Er hat sich aus Verzweiflung auf die Machenschaften seines Vaters eingelassen.

Jamie ist nicht so stark wie Stella. Er wurde vor Jahren gebrochen, als seine Liebe nicht akzeptiert wurde.

Jetzt sehe ich meinen Cousin mit anderen Augen. Er wirkt nicht mehr so bedrohlich auf mich, ist nur noch ein zitterndes Häufchen Elend. Kaum wiederzuerkennen.

»Was hat dein Vater von dir verlangt, Jamie? Was solltest du für ihn tun?«

Jamies Schultern sinken hinab. Einen Herzschlag lang ist es still. Ich ziehe scharf die Luft ein, warte angespannt auf Jamies Reaktion.

Mein Cousin hebt den Kopf und fixiert mich. Es dauert einen Moment, bis er zum Sprechen ansetzt. Ich kann ihm ansehen, dass er damit hadert, sich mir anzuvertrauen. Zu viele Jahre der Konkurrenz stehen zwischen uns, die unsere

Beziehung zermürbt haben. Nun weiß ich wenigstens, woran es lag, dass wir uns nie nahe waren: Onkel Simon hat seinem Sohn immer wieder eingetrichtert, er müsse besser sein als ich. Er hat ihm das Gefühl gegeben, nie genug zu sein. Und diese Worte haben aus dem unbeschwerten Jungen einen berechnenden und kaltherzigen Mann gemacht. Vielleicht kann er mit Scotts Hilfe, sobald er sich von den Fesseln seiner Familie gelöst hat, wieder langsam zu seinem alten Ich zurückfinden?

Denn es ist Scott, der zuversichtlich Jamies Hand drückt, bevor Jamie zu sprechen beginnt:

»Dad hat mir versichert, ich würde CEO werden, wenn ich ihm helfe, deinen Vater aus der Firma zu drängen. Durch die Briefkastenfirmen sollte so viel Kapital wie möglich beiseitegeschafft werden, um *Hunter Construction* in seiner ursprünglichen Form in den Ruin zu treiben, ohne groß Aufsehen zu erregen. Wenn die Presse glaubt, Theodor wäre in illegale Geschäfte verwickelt, könnten wir unbemerkt bleiben, um anschließend als großer Investor aus der Sache herauszukommen. Ich wollte Dad beweisen, dass ich es schaffen kann. Dass ich es wert bin, von ihm gesehen zu werden ...« Bitterkeit schwingt in seiner Stimme mit. Seine Schultern beben. Scott legt Jamie die Hand auf den Arm, dreht ihn ein Stück zu sich.

»Das habe ich nicht gewusst ...«, murmelt Scott.

»Wie solltest du auch? Als Dad herausfand, dass ich dich in die Finanzabteilung eingeschleust hatte ... Er wurde rasend vor Wut. Ich konnte ihn nur überzeugen, dich nicht direkt zu kündigen, weil ich dich für unsere Pläne brauche. Du würdest mir helfen ... Ich wollte dich nicht in die Sache hineinziehen, aber ich wusste mir keinen Rat.« Jamie seufzt tief.

Ich bin wirklich erschrocken über seine Worte. Über sein Geständnis. Über die Ansichten meines Onkels. Über das, was er Jamie durch den psychischen Druck angetan hat.

»Du bist nicht weniger wert, nur, weil du einen Mann liebst, Jamie«, sage ich und versuche, so aufrichtig wie möglich zu klingen. »Dein Dad hat kein Recht, über dein Leben zu bestimmen. Du allein solltest *deine* Zukunft in die Hand nehmen. Und – verdammt – wenn du mit Scott glücklich bist, dann solltest du mit ihm zusammen sein. Öffentlich. Egal, was dein Vater oder irgendjemand anderes denkt.«

Jamie sieht mich argwöhnisch an. »Das sagt sich so leicht. Du hast immerhin die ach so perfekte Stella.«

»Ich werde Stella nicht heiraten«, entgegne ich mit einem leichten Lächeln, dann wende ich mich ab und verlasse das Büro, um Jamie und Scott Zeit für sich zu geben.

Das Gespräch liegt mir schwer im Magen, als ich mein Handy herausnehme, um die Aufnahme zu stoppen. Wenigstens habe ich jetzt ein Geständnis und genug Stoff, um meinen Onkel ans Messer zu liefern. Wenn ich die Aufnahme der NCA zukommen lasse, werden sie hier einmarschieren und den Laden auf den Kopf stellen. Zwar sehe ich meinen Cousin nun mit anderen Augen, dennoch wird Jamie nicht um eine Strafe herumkommen. Vielleicht würde er sich für Scott bereiterklären, gegen seinen Dad auszusagen, um sein Strafmaß zu schmälern.

Schnellen Schrittes verlasse ich das Bürogebäude. Noch im Gehen tippe ich eine Nachricht an Hailey.

> **Alexander:** Ich habe den Beweis! Jetzt geht es meinem Onkel an den Kragen.

Kapitel 25

Clara

»Du siehst fantastisch aus!«, bestätigt meine Freundin nickend, als ich mich in meinem Kleid vor ihr drehe. »In diesem Kleid wirst du jeder anderen Frau die Show stehen.«

»Vielleicht möchte ich das nicht«, entgegne ich schmunzelnd und streiche noch einmal mit der Hand über die nachtblaue Spitze des Abendkleides, das ich mir aus Stellas Ankleidezimmer für den heutigen Anlass herausgesucht habe. Der Rock fällt ab dem Knie weit auseinander, sodass ich mich gut darin bewegen kann. Das Kleid hat lange Ärmel und einen hochgeschlossenen Kragen, wenn es auch meine Taille sehr betont. Darin fühle ich mich wohler als in den anderen Kleidern aus Stellas Garderobe.

»Deine Kette kommt auf diesem dunklen Stoff besonders gut zur Geltung«, meint Polly und löst einen ihrer Zöpfe, bis ihr die schwarzen Haare in sanften Wellen über die Schultern fallen. Dann erhebt sie sich von meinem Bett und streicht ihren Tüllrock glatt. Sie trägt ein knallpinkes Petticoatkleid.

»Du siehst ebenfalls bezaubernd aus«, sage ich zu Poliana und schenke ihr ein Lächeln. Insgeheim bin ich froh, sie in Cambridge an meiner Seite zu haben. Mit jedem Tag nagt jedoch das schlechte Gewissen an mir, weil ich sie wegen meiner Identität belüge. Alexander hatte versprochen, dass es sich nur noch um wenige Tage handeln müsste, bis die NCA ein offizielles Verfahren gegen Simon Richards einleitet. Danach ist das Versteckspiel vorbei und ich kann Polly die Wahrheit gestehen.

»Danke. Wir sollten los, oder?«, fragt Polly mit einem kurzen Blick auf ihr Handy. Robert und Cassy fahren separat, und auch Alexander werde ich vor Ort treffen. Deshalb wird Stanley uns zum Veranstaltungsort nach Cambridgeshire fahren. Die Fitzroys haben für die Benefizgala die *Wimpole Hall* ausgesucht, das als größtes Landhaus der Gemeinde Wimpole für Veranstaltungen in dieser Größenordnung geeignet ist.

»Maxwell Fitzroy gehört zum ehemaligen Adel«, erklärt Poliana, während wir die Treppe hinab in die Diele steigen, wo Stanley bereits auf uns wartet. »Er veranstaltet jedes Jahr eine Benefizgala, um Gelder für seine Stiftung zu sammeln. Die Fitzroys unterstützen viele gemeinnützige Projekte und sind großzügige Sponsoren der Uni.«

Stanley hilft mir in meinen Mantel.

»Ihr beide seht bezaubernd aus«, meint Eleonore, die sich ebenfalls herausgeputzt hat. Sie trägt ein bodenlanges Kleid aus rotem Samt und eine festliche Stola um die Schultern, während Alfred in einen schwarzen Smoking gekleidet ist.

»Danke«, antworte ich. Gemeinsam gehen wir zum Auto. Mein Handy klingelt in der Handtasche, als ich mich zwischen Polly und Eleonore auf die Rückbank des Wagens setze. Stanley startet den Motor und fährt über die lange Auffahrt hinab zur Straße. Ich ziehe das Smartphone heraus.

»Willst du nicht drangehen?«, fragt Poliana irritiert und schielt auf mein Handydisplay, auf dem Stellas Name erscheint. Schnell drücke ich den Anruf weg und stecke es zurück in die Handtasche.

»Ach, das ist nur eine Freundin aus der Schweiz«, lüge ich mit einem aufgesetzten Lächeln.

Stella hatte bereits vor zwei Stunden versucht, mich zu erreichen, doch weil Poliana in meinem Zimmer gewesen ist, konnte ich das Gespräch nicht annehmen. Keine Ahnung, was für Stella so wichtig ist, dass es keinen Aufschub duldet. Auf der Party werde ich mir einen ruhigen Ort suchen, um sie zurückzurufen.

Die halbstündige Fahrt lausche ich dem Monolog über die royalen Vorfahren der Fitzroys, den Eleonore zum Besten gibt. Alfred brummt ab und zu bestätigend und von Polly höre ich begeisterte *Oh*s und *Ah*s. Ich schaue aus dem Fenster in die Dämmerung. Die Sonne geht bereits unter, taucht den weiten Himmel in rötliche Farben. Schweigend betrachte ich die vorbeiziehende Landschaft, die kahlen Bäume und Felder. Leider ist der Schnee nicht liegengeblieben.

Wimpole Hall taucht hinter einer letzten Biegung auf – groß, herrschaftlich und einschüchternd. Die Fassade leuchtet durch die letzten Sonnenstrahlen und entlockt mir ein ehrfürchtiges Seufzen. Ich recke den Hals und sehe an Polly vorbei aus dem Fenster, die sich kaum für die Umgebung außerhalb des Wagens interessiert. Verdammt, wo bin ich hier gelandet? Dieses Anwesen ist so gigantisch – als wäre ich die Prinzessin und das Gebäude vor mir ein Märchenschloss!

Natürlich hatte ich bereits Bilder im Internet gesehen – doch dieser Anblick übersteigt alles. Der Wagen rollt durch das Tor über die lange Schottereinfahrt hinauf zum Haupteingang. Obwohl es für Mitte Januar sehr kalt ist, sind die angelegten Grünflächen zu beiden Seiten in einem sehr ordentlichen Zustand. Als könnte die winterliche Kälte den Büschen und dem akkurat geschnittenen Rasen nichts anhaben. In der Ferne recken sich sorgsam gestutzte Buchsbaumhecken, durchzogen von schmalen Kieswegen, die sich in geometrischen Mustern verlieren. Die Einfahrt weitet sich zu einem großzügigen Vorplatz aus, gesäumt von steinernen Figuren aus weißem Marmor.

Stanley fährt bis vor den Eingang und schaltet den Motor ab. Sogleich öffnet Poliana die Tür und steigt als erste aus.

Ich folge ihr langsam, immer noch völlig überwältigt. Wimpole Hall wirkt auf mich wie ein Überbleibsel aus einer anderen Zeit. Die Fassade ist aus honigfarbenem Sandstein, unzählige Fenster durchziehen das Hauptgebäude. Hoch und schmal, mit dunklen Rahmen. Über dem Eingang thront ein imposanter Giebel mit einem geschnitzten Wappen. Links und rechts des Haupttrakts ziehen sich Seitenflügel in zwei elegante Bögen, was das Anwesen noch imposanter aussehen lässt. Vor allem aber ist es das große hell erleuchtete Eingangsportal, das meinen Blick fesselt.

»Stella, willst du denn nicht mitkommen?«, dringt Eleonores Stimme zu mir durch und holt mich aus meinen Gedanken. Ich war so gefangen von diesem Anblick, dass ich nicht mitbekommen habe, wie sich meine Begleiter längst auf dem Weg gemacht haben. Polly hat bereits die Treppe erreicht und dreht sich nun zu mir um.

Der Kies unter meinen High Heels gibt leise nach, als ich mich von der Stelle rühre. Und während ich langsam die Stufen hinaufsteige, fühle ich mich wie Cinderella, die auf dem Ball ihrem Traumprinzen begegnen wird.

Meine Begleiter betreten den Saal zuerst, während ich mich auf dem Treppenpodest umdrehe und hinunter in den imposanten Garten schaue. Stanley fährt gerade den langen Schotterweg zurück. Er wird in der Nähe warten, bis Eleonore und Alfred die Veranstaltung verlassen wollen. Einige andere Autos fahren zum Anwesen und weitere Gäste steigen aus, kommen mir entgegen und grüßen kühl. Ich kenne niemanden von ihnen, doch vermutlich kennen alle Stella von Eisleben.

»Ich hoffe nicht, dass du hier draußen nach deinem Prinzen Ausschau hältst. Ich wäre enttäuscht«, raunt mir eine leise Stimme ins Ohr, was mich sogleich erschaudern lässt. Ich wirble herum und sehe in Alexanders Gesicht, der mich voller Wärme anstrahlt. Sogleich hüpft mein Herz aufgeregt in meiner Brust.

»Schon möglich«, entgegne ich grinsend und schlinge meine Arme um seinen Hals. Instinktiv zieht er mich näher zu sich heran und sofort umhüllt mich sein vertrauter Duft. »Vielleicht habe ich auch nur die Aussicht bewundert.«

Staunend betrachte ich meinen Freund. Er trägt einen perfekt sitzenden schwarzen Anzug, der seine breiten Schultern und seine Taille betont. Das blütenweiße Hemd bringt sein gebräuntes Gesicht zur Geltung und die dezente nachtblaue Krawatte passt zu meinem Kleid.

Alexander lacht leise, ehe er sich zu mir hinunterbeugt und seine Lippen auf meine presst. Der Kuss ist weich und voller Sehnsucht. In seinen Armen vergesse ich die Kälte und den beißenden Wind, der mir durch das offene Haar fährt. Alles, was ich spüre, ist sein Herz, das gegen meines schlägt, und seine Wärme, die mich durchströmt.

Ein Räuspern lässt mich zusammenzucken und Alexander löst den Kuss. Es ist Lucy, die uns missbilligend ansieht, während Hailey neben ihr leise kichert, ehe sie Alex zunickt und seine Schwester am Arm packt, um sie ins Innere des Gebäudes zu ziehen. Lucy hat ihrem Bruder zwar geholfen, die Buchhaltung von *Hunter Construction* auseinanderzunehmen, aber ist immer noch nicht glücklich darüber, dass Alex und ich zusammen sind. Immerhin glaubt sie, ich wäre Stella von Eisleben, deren Vater die Familie Hunter im Stich gelassen hat.

Alexander nimmt meine Hand in seine. Ihm ist der Blick nicht entgangen, mit dem ich Hailey nachgeschaut habe.

»Keine Sorge wegen Hailey«, beschwichtigt er mich. »Ich habe gute Neuigkeiten: Gestern konnte ich Jamie ein Geständnis abringen, das ich sogar auf Band habe. Haileys Vater hat bereits die Unterlagen und wird sich bald mit mir in Verbindung setzen. Dann sind Richards Tage in unserer Firma gezählt.«

»Das ist ja großartig!«, entfährt es mir und ich falle Alex erneut um den Hals. Ich bin froh, dass er einen Schritt weiter ist. Das heißt auch, dass wir bald unsere Liebe offen zeigen können, ohne dass ich mich als Stella ausgeben muss. Plötzlich fällt mir Stellas Anruf ein.

Ich löse mich von Alexander und hole mein Smartphone heraus.

»Stella hat mehrmals versucht, mich zu erreichen ...«, erzähle ich ihm und will schon die Wahlwiederholung drücken, als Alex mich an der Hand nimmt und zur Seite schiebt, weil sich Besucher an uns vorbei zum Eingang drängen.

»Das sind Cassys Eltern und ihr Bruder Justin«, meint er und deutet mit einem Kopfnicken zu dem Paar, das eben an uns vorbeigegangen ist. Sogleich vergesse ich den Anruf und stecke das Handy zurück in meine Handtasche. Nervosität breitet sich in mir aus.

»Meinst du, wir könnten sie fragen ... du weißt schon, wegen meiner Mum ...?«

»Zumindest könnten wir es versuchen«, entgegnet Alex, legt seinen Arm um meine Taille und führt mich hinein. Hinter der doppelflügeligen Tür empfängt uns ein Butler, der uns unsere Mäntel abnimmt. Unsicher durchquere ich auf meinen High Heels den Empfangssaal, durch das lange Kleid sind meine Schritte langsamer als gewohnt.

Neben Alexander trete ich durch einen großen Bogen zu einer Brüstung, von der ich hinab in den hell erleuchteten Tanzsaal schaue. Staunend sehe ich zu den zahlreichen Menschen, die sich zu Grüppchen zusammengefunden haben, miteinander reden oder mit Champagnerflöten in den Händen durch den Saal schreiten. Klassische Musik hallt von den hohen Wänden wider und verschluckt die Gespräche. Irgendwo dort unten muss Polly sein, die ihren Zwillingsbruder suchen wollte.

»Wollen wir?«, fragt Alex förmlich und reicht mir seinen Arm, während er mit einem Grinsen auf die lange Bogentreppe zu unserer Linken deutet. Ich lächle ihn an und mache einen leichten Knicks, was in diesem Kleid schwerer ist als gedacht. Er lacht leise und ich stimme mit ein, weil mich ein Gefühl von Leichtigkeit überkommt. An diesem Abend an Alexanders Seite zu sein, nimmt mir die Angst, mich der Gesellschaft entgegenzustellen.

Ich hake mich bei Alex unter und schreite hoch erhobenen Hauptes mit ihm die Treppe hinab. Einige der Anwesenden recken ihre Köpfe nach uns, ich sehe ihre teilweise höhnischen, teilweise bewundernden Blicke. Seit dem Neujahrsball kursieren genug Gerüchte um unsere Verlobung, da bin ich mir sicher. Vielleicht ist es wirklich von Vorteil, gemeinsam mit Alexander auf dieser Veranstaltung zu erscheinen, um zu demonstrieren, dass es bloß Gerüchte sind. Ob sich jemand von ihnen wirklich für die Wahrheit interessiert, mag ich zu bezweifeln.

Alexander führt mich an einigen Leuten vorbei, die ich von der Silberhochzeit der O'Briens kenne und denen ich durch ein leichtes Kopfnicken signalisiere, dass ich ihr Tuscheln verstehe. Zwei Damen drehen sich mit pikiertem Gesichtsausdruck schnell von uns weg, was mich innerlich lachen lässt. Mit der Zeit habe ich gelernt, mit diesen Menschen umzugehen und mir ihre Meinung über mich nicht zu Herzen zu nehmen.

Sollen sie hinter meinem Rücken tuscheln. Solange Alexander zu mir hält, kann mir der Rest der Welt gestohlen bleiben.

Polianas Mutter kommt auf uns zu. »Stella, Darling! Wie bezaubernd du aussiehst!«, flötet sie und umarmt mich zur Begrüßung. Genau wie Polly trägt sie ein Petticoatkleid, jedoch in einem schlichten Beigeton, statt erneut farblich über die Stränge zu schlagen. »Eigentlich hatte ich gehofft, dich wieder in einem etwas unkonventionellerem Outfit anzutreffen. Stell dir vor, es haben tatsächlich einige der Damen eine Wette abgegeben, ob du erneut die Party sprengst.« Sie kichert mädchenhaft, was sie viel jünger aussehen lässt. Dann legt sie mir ihre Hand auf den Oberarm. »Aber in diesem Kleid siehst du wunderschön aus. Wie eine Dame von Welt. Nun, aber das bist du ja auch. Obwohl ich sagen muss, dass dir zum Glück die kühle Ausstrahlung deiner Mutter fehlt. Sag, dreht sie immer noch für die Rolle der Hexe in diesem neuen Hollywoodstreifen? Wie heißt er noch gleich?«

»*Hunter's Maid*«, antwortet Alexander an meiner Stelle, damit ich mir nicht die Blöße geben muss, ahnungslos zu stottern. Ich habe absolut keine Ahnung, in welchem Film Kate Smith mitspielt.

Pollys Mutter lacht auf. »*Hunter's Maid*, ach, wie passend. Sie sehen ebenfalls sehr ansprechend aus, Mr. Hunter. Sagen Sie, wie geht es Ihrem Vater? Der arme Theodor tut uns sehr leid. Dieser Herzinfarkt muss schlimm für ihn gewesen sein«, sagt sie in bedauerndem Ton und tätschelt Alexander den Arm.

Alex schenkt ihr ein aufgesetztes Lächeln. »Danke der Nachfrage, er erholt sich gut.«

»Sehr schön. Falls Sie, Ihr Vater oder Ihre Schwester etwas brauchen, scheuen Sie sich nicht zu fragen, Mr. Hunter.« Sie drückt mich noch einmal, dann winkt sie und verschwindet zwischen den anderen Gästen.

Eine Bedienung kommt an uns vorbei und Alex nimmt zwei der gefüllten Champagnerflöten vom Tablett, von denen er mir eine reicht. Ich nehme einen kleinen Schluck von der goldgelben Flüssigkeit. Der Champagner prickelt in meiner Kehle, schmeckt jedoch furchtbar trocken.

»Soll ich dir Cassys Familie vorstellen?«, fragt er an mich gewandt, während ich meinen Blick über die vielen Menschen schweifen lasse. »Wir könnten auch tanzen.« Alex führt mich zu einem der kleinen Stehtische am Rand des Saals, auf den er ein halb volles Champagnerglas abstellt. Auch ich stelle meins daneben. Dann hole ich tief Luft und straffe die Schultern.

»Okay«, erwidere ich mit fester Stimme. Ich bin bereit, etwas über meine Mutter herauszufinden. Alexander sieht sich kurz um, dann deutet er zu einer Gruppe von Menschen.

»Dort drüben, das ist Oliver Grey und seine Frau Miranda«, erklärt er mir, während wir auf die Gruppe zugehen. »Und daneben ist unser Gastgeber Maxwell Fitzroy mit seinen beiden älteren Töchtern Lucienne und Izabel. Beide sind verheiratet und haben eine hohe Stellung innerhalb der Familienstiftung.«

»Arbeitet irgendjemand von euch etwas *Normales*?«, frage ich verblüfft und halte mir erschrocken die Hand vor den Mund. Alexander lacht leise, dann beugt er sich ein Stück zu mir herab.

»Tatsächlich lassen die meisten hier das Geld *für sich* arbeiten. Aber ja, nur die wenigsten aus dieser piekfeinen Gesellschaft haben jemals einen Finger krumm gemacht. Vielleicht mit Ausnahme von meinem Dad.« Seine Lippen streifen flüchtig meine Wangen. Eine angenehme Gänsehaut überzieht meinen Nacken, kriecht über meine Wirbelsäule hinab bis in meine Fingerspitzen.

»Mr. Hunter!«, höre ich eine tiefe Männerstimme und wende den Kopf. Maxwell Fitzroy winkt uns zu sich herüber. »Und seine reizende Begleitung, Ms von Eisleben.«

Ich lächle den Mann an, während Alexander ihm die Hand schüttelt.

»Ich habe das von Ihrem Vater gehört. Wie tragisch«, sagt eine der jungen Frauen, die Alex vorhin als Maxwells Tochter bezeichnet hat. Mir ist bereits aufgefallen, wie die Leute uns ansehen. Neugierig, aber auch voller Spott. Liegt es daran, dass Alexanders Familie in aller Munde ist? Weil jeder hinter einem Skandal hinterher ist? Wie oberflächlich muss man sein, um keine aufrichtige Anteilnahme an Theodors Schicksal zu nehmen?

Ich lächle weiterhin stumm und versuche, mir meine Gedanken nicht anmerken zu lassen.

»Danke, aber Dad ist bereits auf dem Weg der Besserung«, erklärt Alex ruhig, auch wenn er sich bestimmt unwohl dabei fühlt, immer wieder darauf angesprochen zu werden. Die junge Frau verzieht kurz den Mund, vermutlich hatte sie auf eine ausführlichere Erklärung gehofft, die sie an ihre Freundinnen weitertragen kann.

»Ich bedanke mich für die Einladung«, sagt Alexander an Mr. Fitzroy gewandt, »und bedauere es sehr, dass mein Vater nicht hier sein kann. Ich werde ihn würdig vertreten und –« Er neigt kaum merklich den Kopf. »Und werde selbstverständlich an die Organisation spenden.«

»Falls noch ein Pfund auf seinem Konto ist«, murmelt eine der beiden Frauen hinter vorgehaltener Hand, erntet jedoch einen Rippenstoß von ihrer Schwester.

»Izabel, sei leise«, zischt die andere und umfasst Izabels Arm, ehe sie sich schnell von uns verabschiedet. Ich sehe den beiden Frauen nach, die tuschelnd davongehen.

»Entschuldigt meine Tochter. Sie nimmt kein Blatt vor den Mund«, meint Mr. Fitzroy und lacht.

»Ein Glück hat sie in Nick Kent einen Mann gefunden, der mit ihrer spitzen Zunge umzugehen vermag«, kommt es kichernd von Miranda Grey. Unauffällig betrachte ich die Frau. Cassy ist das Abbild ihrer Mutter, jedoch ein wenig schlanker und mit dunklerem Haar.

Alexander räuspert sich. »Mrs Grey, tatsächlich wollte meine Verlobte mit Ihnen sprechen«, beginnt er und ich spanne mich instinktiv an, denn ich habe mir keine Worte zusammengelegt, um diskret vorzugehen. Ein Glück übernimmt Alexander das Reden für mich. Seine Finger ruhen locker an meiner Taille und geben mir Halt.

»Ach ja? Was möchtest du wissen, Darling?« Ihre Augen huschen neugierig über mein Gesicht.

»Ich, ähm …«

»Stella hat von Cassy gehört, dass Sie vor Jahren eine junge Au-pair in ihrem Haus aufgenommen hatten. Stella hat selbst lange in der Schweiz gelebt und mit dem Gedanken gespielt, als Au-pair ins Ausland zu gehen. Das hat wegen des Studiums noch nicht funktioniert«, erzählt Alexander.

Ich nicke sofort. »Genau, mein Vater fand es zu riskant, weil –«

»Wegen ihrer gesellschaftlichen Stellung«, ergänzt Alexander mit einem charmanten Lächeln. »Deshalb wollte sie sich informieren.«

»Oh, ja, ich kann mich erinnern«, sagt Miranda nach kurzem Zögern. »Ein liebreizendes Ding, kaum zwanzig Jahre alt und so hilfsbereit. Leider war sie nicht lange genug bei uns, um mir auch mit meiner Cassy zu helfen. Sie war ein furchtbar anstrengendes Baby. Weißt du noch, wie sie hieß, mein Lieber?« Bei ihren Worten beginnt mein Herz, schneller zu schlagen. Kann es sein, dass die Frau von meiner Mutter spricht?

Oliver Grey legt seine Stirn in Falten, dann erhellen sich seine Züge.

»Gabriella«, verkündet er mit erhobenem Zeigefinger. »Sie hieß Gabriella und kam aus Pero. Ich kann mich an das spanische Kinderlied erinnern, das sie unserem Junior beim Einschlafen vorgesungen hat.«

Mein Lächeln verrutscht, doch ich versuche, mir meine Enttäuschung nicht anmerken zu lassen.

»Was genau wolltest du wissen, Darling?«, fragt Miranda an mich gewandt.

»Ich ...«

»Mum, Robert wollte dich begrüßen«, flötet Cassys helle Stimme und sie kommt gemeinsam mit Bob zu uns. Sogleich richtet Mrs Grey ihre Aufmerksamkeit auf ihre Tochter und deren Freund. Bob zwinkert mir zu, als habe er bemerkt, in welcher peinlichen Situation ich mich befunden habe. Erleichtert atme ich aus.

»Schon gut, ich möchte Sie nicht länger mit meinen Fragen belästigen«, gebe ich förmlich zurück, dann umfasse ich Alexanders Unterarm und ziehe ihn fort. Erst, nachdem wir außer Sichtweite sind, atme ich aus und lasse Alex los. Dieser sieht über seine Schulter.

»Okay, scheint, als müssten wir weitersuchen«, meint er schulterzuckend, dann legt er seine Hand an meine Wange. »Hey, mach dir keine Sorgen. Wir werden herausfinden, wo deine Mum gearbeitet hat.«

»Keine Ahnung, ob ich es überhaupt herausfinden will«, murmele ich seufzend, wende meinen Blick ab und betrachte die tanzenden Menschen. Mein Vater gehört in diese feine Gesellschaft. Er hat sich jahrelang auf Bällen und Veranstaltungen wie dieser amüsiert. Meine Mutter war ihm wohl nicht wichtig genug, sonst hätte er sie niemals ziehen lassen, oder? Bestimmt war sie für ihn nur eine von vielen ... Ich habe längst erkannt, wie oberflächlich die Beziehungen der Oberschicht sind.

Alexander nimmt meine Hand in seine. »Darf ich Sie um diesen Tanz bitten?«, fragt er schmunzelnd.

»Liebend gern, Mr. Hunter«, entgegne ich mit roten Wangen. »Wenn es Ihnen nichts ausmacht, sollte ich auf Ihre Füße treten.«

»Keineswegs, meine Liebe.« Grinsend führt mich Alex auf die Tanzfläche, wo wir uns zwischen die anderen Gäste mischen. Die Musik setzt ein – ein langsamer Walzer – und ich spüre, wie mein Herz im Takt zu schlagen beginnt.

Alexander verbeugt sich leicht, dann reicht er mir die Hand, und ich lege meine hinein. Seine Finger sind warm und lösen ein angenehmes Kribbeln in mir aus. Mit der anderen Hand zieht er mich dichter an sich, wahrt jedoch den Anstand und lässt sie auf meinem oberen Rücken liegen. Wir sehen uns in die Augen – und die Welt versinkt um uns herum. In diesem Augenblick existieren nur wir und die Musik, die uns wie eine unsichtbare Strömung trägt.

Wir gleiten über das Parkett. Der Saal ist erfüllt vom Licht, das sich in den Kristallen der Kronleuchter über unseren Köpfen bricht. Die Seide meines Kleides rauscht bei jeder Drehung, und ich versinke in Alexanders braunen Augen, die warm funkeln.

Die anderen Paare verschwimmen. Ihre Gesichter sind nur Schatten, ihre Bewegungen ein Flimmern in meinem Augenwinkel. Ich verliere mich in der Bewegung und in der Leichtigkeit dieses Moments. Alex' Hand an meinem Rücken lenkt mich mit einer Selbstverständlichkeit, die mich atemlos macht. Ich lasse mich fallen – nicht ins Stolpern, sondern in ihn.

Doch plötzlich werde ich zur Seite gestoßen. Jemand wankt auf mich zu, den ich aus dem Augenwinkel nicht so schnell identifizieren kann. Alexanders Griff wird lockerer, er löst seine Finger aus meinen und ich erkenne Fassungslosigkeit in seinem Gesicht. Strauchelnd taumele ich rückwärts und kann mich gerade noch auf den Beinen halten, als eine große Gestalt vor mir auftaucht. Wie erstarrt sehe ich in das wutverzerrte Gesicht des Mannes vor mir.

»Du bist hier, obwohl ich dich gewarnt habe, *Stella von Eisleben*? Hast du etwa geglaubt, ich würde bluffen? Jetzt wirst du mich kennenlernen«, zischt Jamie. Sein Atem riecht nach Alkohol. Der Kerl ist komplett betrunken!

Erschrocken mache ich einen Schritt nach hinten, doch er greift so schnell nach meinem Arm, dass ich kaum reagieren kann. Starr vor Schreck sehe ich in seine eisblauen Augen. Mir läuft ein Schauder über den Rücken und ich kann mich nicht rühren, weil mich die Erinnerung an seinen vergangenen Angriff überrollt.

»Jamie, was ist in dich gefahren?«, höre ich Alexanders zornige Stimme wie durch einen Nebel. Seine Worte hallen wie ein Echo in meinem Kopf, können die Panik jedoch nicht vertreiben. Mit einem Satz ist Alexander bei mir und reißt seinen Cousin an der Schulter herum, der mein Handgelenk weiterhin in einem eisernen Griff festhält.

»Du tust mir weh!«, fahre ich Jamie an und versuche, mich aus seiner Umklammerung zu befreien.

Alexander schnappt Jamie am Revers seines Jacketts und zieht ihn mit einem Ruck zu sich. »Lass meine Verlobte los, du Mistkerl!«

»Du hast mein Leben zerstört«, zischt Jamie, fixiert Alex dabei mit wutverzerrtem Gesicht. Ich habe keinen Schimmer, was sein Cousin meint. Ob er auf das Geständnis anspielt? »Jetzt zerstöre ich deines.«

Ein höhnisches Lachen entrinnt Jamies Kehle und lässt mich erschaudern. Plötzlich ist es um uns herum so still, dass man eine Stecknadel hätte fallen hören. Zahlreiche Augenpaare sind auf uns gerichtet und sorgen dafür, dass ich mich am liebsten verstecken will.

»Diese Frau ist eine Hochstaplerin, die sich als Stella ausgibt!«

Ein Raunen geht durch die Gäste und auf einmal wird ein Tumult laut, alle reden durcheinander und starren mich an. Ich fühle mich nackt unter ihren strafenden Blicken. Als wäre diese Demütigung nicht genug, entdecke ich auf einmal ein bekanntes Gesicht zwischen den Gästen. Ein hochgewachsener Mann steht neben Eleonore und Alfred, die mich mit schreckgeweiteten Augen anstarren. Und in seinem Gesicht sehe ich, dass zumindest *er* die Wahrheit hinter Jamies Worten erkannt hat!

Mein Herz überschlägt sich vor Panik und in meinem Kopf macht sich ein einziger Gedanke breit: Flucht!

Bevor Alexander seinen Cousin von sich stoßen kann, mache ich eine halbe Drehung und befreie mich von ihm. Stolpernd raffe ich meinen langen Rock und kämpfe mich durch die Menschen, die einen dichten Kreis um uns geschlossen haben.

»Warte!«, ruft Alexander mir hinterher.

Ich muss hier raus, bevor Stellas Vater mich erreichen kann. So schnell ich kann, eile ich zur Bogentreppe, die mir auf einmal gigantisch vorkommt. Jeder Schritt hallt auf dem blanken Marmor wie ein Donnergrollen. Ich achte kaum auf meine Füße, stolpere immer weiter hinauf, bis ich oben mit einer dunkel gekleideten Gestalt zusammenstoße. Perplex starre ich in ein Gesicht, das mir so ähnlichsieht.

»Stella?«, hauche ich völlig überrumpelt. Warum ist sie hier?

Stella zieht sich die Kapuze ihres dunklen Hoodies vom Kopf, die Flut blonder Haare ergießt sich über ihren Rücken. Sie ergreift meine Hand.

»Ich habe dich angerufen und wollte dich warnen. Dad ist hier!«, sagt sie mit eindringlicher Stimme. »Wir sollten schleunigst verschwinden. Enrico wartet draußen im Wagen.«

»Ich habe ihn gesehen!« Mit panischem Blick sehe ich über die Schulter die Treppe hinab, an deren unteren Absatz ich Alexander mir nachsprintet. Auch Benjamin von Eisleben kämpft sich durch die Schaulustigen zu uns durch.

»Komm schon!« Stella zieht an meiner Hand und holt mich aus meiner Starre.

Gemeinsam mit Stella haste ich durch den Empfangssaal. Die irritierten Blicke des Butlers ignorierend, stößt Stella die Tür auf und zerrt mich in die dunkle Nacht. Stella springt die steinernen Stufen leichtfüßig hinab, während ich auf meinen High Heels mühsam hinter ihr her stolpere.

Ich spüre die eisige Kälte kaum, weil mein Blut vor Aufregung kocht. Die Schleppe meines Kleides fliegt hinter mir her und wäre ich gerade nicht auf der Flucht vor der Wahrheit, würde ich mich wie Cinderella fühlen, die um Mitternacht den Ball verlässt. Hoffentlich verliere ich keinen meiner Schuhe.

»Warte! Clara!«, höre ich Alexanders Stimme. Instinktiv wende ich den Kopf und strauchle über die lange Schleppe, sodass ich mich mit einem Schreckensschrei am Geländer festklammern muss. Er macht bereits einen Satz auf mich zu, als Stellas Vater ebenfalls durch die Tür nach draußen kommt. Er stoppt an der Brüstung und sieht zu mir hinab.

»Was wird hier gespielt, *Fräulein Hoffmann*?«, fragt er ruhig, doch mit so viel Autorität, dass es mir eiskalt den Rücken herunterläuft. Stella stellt sich sofort an meine Seite. Abermals ergreift sie meine Hand und verschränkt ihre Finger mit meinen. Dann strafft sie ihre Schultern und reckt ihr Kinn vor. Ein entschlossener Ausdruck liegt auf ihrem Gesicht.

»Sie hat nichts damit zu tun, Dad. Das alles war meine Idee.«

Kapitel 26

Stella

Vier Stunden zuvor

»Verdammt, geh ran!« Panisch starre ich auf das Smartphone in meiner Hand, aus dessen Lautsprecher die Ansage der Mailbox tönt, während ich mit der freien Hand wahllos Klamotten in meinen Koffer werfe. »Mensch, Clara ... Wo steckst du nur?«

Die Gedanken in meinem Kopf überschlagen sich, seitdem ich die Nachricht meines Vaters gelesen habe.

> **Dad:** Ich erwarte, dich heute bei der Benefizgala der Fitzroys zu treffen. Mir sind Dinge über dich zu Ohren gekommen, die mir zu denken geben, Stella.

Seine Worte waren wie immer kühl und prägnant, doch ich habe die deutliche Warnung hinter ihnen verstanden. Mein Vater ahnt, dass etwas nicht stimmt, und will nach dem Rechten sehen. Er vertraut mir nicht, wie so oft, und das zu Recht. Immerhin habe ich seit jenem Sommer vor fünf Jahren keinen Fuß mehr nach Cambridge gesetzt. Doch wenn er auf Clara trifft, wird es ein großes Chaos geben. Ich muss zu ihr und sie warnen – und mich endlich meiner Verantwortung meiner Familie gegenüber stellen.

»Was ist denn los?«, fragt Enrico mit einem irritierten Blick auf meinen offenen Koffer. Er kommt gerade aus der Dusche und seine dunklen Locken kleben ihm feucht an der Stirn. Enrico tritt an mich heran und schlingt seine Arme von hinten um mich, legt sein Kinn auf meiner Schulter ab und gibt mir einen kurzen Kuss auf die Wange.

Normalerweise würde ich auf seine Zärtlichkeiten eingehen, ich kann nicht genug von ihm bekommen. Doch gerade bin ich zu sehr durch den Wind, um den Kuss zu erwidern.

Enrico lässt mich los und setzt sich mir gegenüber aufs Bett. »Stella? Was tust du da?«, fragt er mit einem Anflug von Panik in der Stimme. Besorgt sieht er mich an. Genauso hatte er mich auch damals angesehen, als ich mitten in der Nacht zu Clara nach Köln geflogen bin, als sie mir von ihrer Rückkehr berichtet hatte.

»Ich muss nach Cambridge«, sage ich knapp und verschließe den Koffer.

Enricos Miene wird ernst, dann nickt er und erhebt sich wieder.

»Dann sollten wir keine Zeit verlieren«, meint er nur und beginnt, seinen eigenen Koffer zu packen.

Liebe flutet mein Inneres und mir wird die Brust eng. Genau das ist es, was ich an diesem Mann liebe: Er steht zu mir, egal, worum es geht. Ohne meine Handlungen zu hinterfragen oder zu kritisieren, vertraut er meiner Entscheidung. Ganz anders als meine Eltern, die jeden meiner Schritte seit frühster Kindheit diktiert haben, fragt er mich nach meiner Meinung und hört mir zu, wenn ich nach seinem Rat frage. Er hat mich beim Kauf der kleinen Kunstgalerie unterstützt, die ich vergangene Woche von meinen Ersparnissen erworben habe und mir bei der Renovierung geholfen. Es tut wirklich gut, von Enrico *gesehen* zu werden.

»Hast du einen Flug gebucht?«, fragt er mich, als wir die Koffer in sein Auto laden.

»Noch nicht«, entgegne ich knapp. »Mache ich auf dem

Weg. Hoffentlich gibt's einen ... Ich will nicht zu spät kommen.«

Enrico nickt stumm, dann setzt er sich hinters Steuer und ich mich auf den Beifahrersitz. Tatsächlich finde ich einen viel zu teuren Flug von Barcelona nach London, den ich, ohne zu zögern, für uns beide buche. Wieso sollte ich das Geld meines Vaters, das er mir monatlich für mein vermeintliches BWL-Studium überweist, nicht dafür nutzen, um Clara zu helfen? Nun bereue ich es, so lange gezögert zu haben, meinem Dad die Wahrheit zu erzählen ...

Die Fahrt zum Flughafen kommt mir wie eine Ewigkeit vor, ich starre angespannt aus dem Fenster, während ich mein Smartphone fest umklammert halte. Clara hat noch nicht auf meine Nachrichten reagiert und auch meine Anrufe nicht entgegengenommen. Ob Dad vielleicht schon dort ist? Hoffentlich kommen wir nicht zu spät!

***

Mit entschlossener Miene sehe ich zu meinem Vater hoch, der eine ausdruckslose Miene aufgesetzt hat. Doch in seinen Augen kann ich einen Funken Entsetzen mit einer Mischung Überraschung erkennen. Es wundert mich, dass er Clara erkannt hat, denn sie sieht mir ohne Brille und mit offenem Haar zum Verwechseln ähnlich. Zumindest aus der Ferne hätte er sie für mich halten müssen ...

Claras Finger in meiner Hand sind eiskalt. Ich drücke sie, versuche, ihr die Angst zu nehmen, die ihr ins Gesicht geschrieben steht. Wenn sich jemand vor dem Zorn meines Vaters rechtfertigen muss, dann bin ich das. Schließlich war dieser Rollentausch meine Idee und im Grunde ziemlich egoistisch von mir. Dadurch habe ich Clara in Gefahr gebracht. Als sie mir nach ihrer Rückkehr aus Cambridge unter Tränen von Jamies Übergriff erzählt hat, durchfuhr es mich eiskalt. Alexanders Cousin hätte sicher nicht gezögert, mich ein zweites Mal zu bedrängen.

»Stella ... du solltest mit mir kommen«, sagt mein Vater ruhig, während er die Treppenstufen zu uns hinabsteigt. »Wir haben einiges zu bereden, mein Kind.«

Er sieht weniger wütend aus, als ich vermutet habe, was mich zunehmend nervös macht. In einigem Abstand bleibt Dad vor uns stehen, sieht langsam zwischen Clara und mir hin und her. Sein Blick wandert über meine Gestalt, er runzelt die Stirn, als er Clara ebenfalls eingehend betrachtet. Verblüffung spiegelt sich in seinen Augen. Natürlich entgeht ihm die Ähnlichkeit zwischen uns beiden nicht. Jeder, der uns zum ersten Mal zusammen sieht, könnte uns verwechseln. Doch mein Dad kennt mich, ihm werden die Unterschiede sicher auffallen, die auch ich mit der Zeit an Clara entdeckt habe.

»Mr. von Eisleben«, dringt Alexanders feste Stimme zu mir durch. Er ist ebenfalls zu uns getreten. »Es ist anders, als Sie vielleicht glauben ...«

»Ich kann alles erklären«, fällt auch Clara in das Gespräch ein. Ihre Stimme zittert, klingt dünn, als hätte sie jegliche Kraft verloren.

Clara hat in den vergangenen Monaten in Cambridge viel durchstehen müssen, worum ich sie nicht beneide. Dabei ihre Liebe zu finden, sich das Herz brechen zu lassen und eine neue Chance zu bekommen – das muss entsetzlich hart gewesen sein. Diese Achterbahn der Gefühle hat sie wachsen lassen, dennoch wirkt sie neben mir zart und zerbrechlich, sodass ich sie am liebsten vor allem Unheil schützen würde. Deshalb will ich sie hinter meinen Rücken schieben, damit sie vor Vaters Zorn verschont bleibt.

Doch mein Dad überbrückt den Abstand zwischen uns schneller, als ich reagieren kann. Zu meiner Verblüffung zieht er Clara in seine Arme und drückt sie fest an sich.

Kapitel 27

Clara

Vor Überraschung bleibt mir die Luft weg. Völlig steif stehe ich da, während mich Stellas Vater umarmt, als hätte er sein Leben lang nach mir gesucht. Mein Herz klopft heftig gegen meinen Brustkorb – und ich bin mir nicht sicher, ob vor Panik oder vor Aufregung. Diese Situation, vor der ich mich am meisten gefürchtet habe, entfaltet sich anders als erwartet. Schlagartig fühle ich mich erleichtert. Als hätte man mir eine tonnenschwere Last genommen, die ich jahrelang mit mir herumgeschleppt habe.

Die feste Umarmung des Mannes beruhigt mich, ich fühle mich unerklärlicherweise geborgen.

Er löst sich von mir und macht einen Schritt zurück, räuspert sich und richtet seine Krawatte. Dann sieht er an mir vorbei und runzelt die Stirn.

»Und Sie sind …?«, fragt er. Ich drehe mich um und bemerke, wie Enrico zu uns getreten ist. Seine Hand ruht auf Stellas Schulter.

»Dad, das ist –«

»Enrico Gonzales«, stellt er sich in perfektem Englisch vor. »Stellas Ehemann. Es freut mich sehr, Sie endlich persönlich kennenzulernen, Mr. von Eisleben.«

Für den Bruchteil einer Sekunde entgleiten Stellas Vater die Gesichtszüge, doch er fasst sich schnell wieder. Dann räuspert er sich.

»Ich schätze, wir haben einiges miteinander zu besprechen«, sagt er schließlich und sieht jeden von uns der Reihe nach an. »Dafür sollten wir uns einen Ort suchen, wo es weniger Schaulustige gibt. Ein Skandal reicht mir für diesen Abend.« Stella tritt stumm zur Seite, als Benjamin von Eisleben an ihr vorbei die letzten Treppenstufen hinabgeht. Ich rühre mich nicht vom Fleck, bis ich Alexanders Nähe spüre. Erleichtert lehne ich mich gegen ihn und er weicht nicht von meiner Seite, gibt mir Halt.

Die vergangenen Minuten waren so verrückt, dass ich es kaum realisieren kann. Stella ist hier. Ihr Vater ebenfalls. Und er ist nicht vor Wut an die Decke gegangen, wie wir alle es zuvor vermutet haben. Zumindest zeigt er sich immer noch beherrscht ...

»Das war keine Bitte«, kommt es auf einmal von Stellas Dad, der von unten zu uns heraufschaut. »Ich gehe davon aus, dass dieser Wagen euch gehört?« Er deutet mit einer leichten Kopfbewegung auf den schwarzen SUV, der mit laufendem Motor mitten auf dem Schotterweg vor der Treppe parkt. Enrico ist der Erste, der aus seiner Starre erwacht. Sogleich geht er zum Wagen.

»Ja, Sir«, entgegnet er förmlich und öffnet die Beifahrertür für seinen Schwiegervater. Benjamin von Eisleben setzt sich kommentarlos auf den ihm dargebotenen Platz. Suchend taste ich nach Alexanders Hand, während ich langsam hinter Stella her zum Auto gehe. Gemeinsam setzen wir uns auf die Rückbank.

Routiniert wendet Enrico den Wagen und fährt über den Schotterweg in die Nacht hinein.

»Wohin fahren wir?«, fragt Stella nach einer Weile in die erdrückende Stille hinein. Enrico sieht mit einem fragenden Gesichtsausdruck zu ihrem Vater, da er bisher nur auf die Hauptstraße in Richtung Cambridge abgebogen ist.

»Zum Anwesen der Hunters«, kommt es knapp von ihm. »Fahr bitte weiter über die Cambridge Road, bis du nach links in die Newham Road abbiegen kannst. Wenn du der Straße folgst, kommt die Cambridge Central Library in Sicht.«

»Dort in der Nähe wohne ich«, ergänzt Alexander. Er lässt sich nicht anmerken, was in ihm vorgeht. Doch vermutlich ist er genauso angespannt wie ich.

Erneut legt sich Stille wie eine Glocke über uns. Zwischen Stella und Alex auf der Rückbank eingekeilt, versuche ich, meine Gedanken zu ordnen. Warum hat mich Stellas Vater aus heiterem Himmel umarmt, statt mich für dieses Schmierentheater zum Teufel zu jagen? Und warum fühle ich eine plötzliche Verbundenheit zu ihm, die ich mir nicht erklären kann?

Seufzend lehne ich meinen Kopf gegen Alexanders Schulter und schließe die Augen, in der Hoffnung, dass meine Gedanken dadurch weniger laut sind. Leider kann ich die Angst und Unsicherheit, wie es nun weitergeht, nicht aus meinem Herzen verbannen. Auch Alexanders Hand, die sanft mein Knie drückt, kann mich nicht ablenken. Genauso wenig Stellas leise gemurmelte Worte, es würde alles gut werden ...

***

Nachdem Benjamin von Eisleben an der Tür geklingelt hat, lässt uns eine ältere Dame herein, vermutlich die Haushälterin. Die Holzdielen im dämmrigen Flur knacken leise unter unseren Schritten, während Stellas Vater zielstrebig den langen Korridor durchquert und die schwere Flügeltür zum weitläufigen Wohnzimmer aufstößt. Ich erinnere mich an die hohen Decken, die breite Fensterfront mit den hellen Vorhängen, die bei jedem Windhauch leise raschelnd über den Parkettboden wehen. Den weißen Flügel in der Mitte des Raumes, an dem mir Alex den Song vorgespielt hat, der sich in mein Herz gebrannt hat.

Meine Augen wandern durch den schwach erleuchteten Raum und ich entdecke einen weiteren Mann. Er ist gebeugt, mit schütterem grauem Haar und älter, als ich ihn mir vorgestellt habe. Das also ist Theodor Hunter, Alexanders Vater.

»Dad, was machst du hier?«, entfährt es Alex erschrocken und er eilt zu seinem Vater, der zusammengesunken im Rollstuhl sitzt.

»Dieser Fuchs hat mich hierhergebracht«, erwidert Theodor und blickt zu seinem Freund, der mit über der Brust verschränkten Armen neben dem Kamin steht. Sein Gesicht ist ausdruckslos, doch ich kann das leichte Zucken seiner Mundwinkel erkennen.

»Du hast lange genug faul im Krankenhausbett gelegen, alter Mann«, entgegnet Stellas Dad schmunzelnd. »Es wird Zeit, dass du dich deinen Pflichten stellst.«

»Pflichten, die du viel zu lange vernachlässigt hast«, brummt Theodor verstimmt und schiebt Alexander mit einer forschen Handbewegung von sich.

»Ihr solltet euch setzen, denn es könnte eine längere Unterhaltung werden«, meint Stellas Dad und deutet mit einem Kopfnicken zu der Sitzgruppe am anderen Ende des Raums. Die Haushälterin kommt schweigend herein und stellt ein Tablett mit Tee und Gebäck auf den Couchtisch. Als könnte ich in dieser Situation etwas essen!

Seufzend schiebt Alex mich zu dem Sofa, auf dem Stella bereits neben Enrico Platz genommen hat. Benjamin will Theodor mit dem Rollstuhl helfen, doch sein Freund stößt dessen Hand weg und schiebt sich selbst vorwärts.

»Untersteh dich. Ich bin kein alter Greis, der deine Hilfe benötigt«, mault der stolze Geschäftsmann und kommt zwischen zwei Ohrensesseln zum Stehen. Seufzend setzt sich Benjamin in einen von ihnen, dann greift er nach der kunstvoll verzierten Teekanne und gießt sich eine Tasse ein.

Angespannt kralle ich meine Finger in den Stoff meines Kleides, dieser klebt auf einmal unangenehm an meiner

Haut. Als könnte es sich jeden Moment in Luft auflösen und enthüllen, wer ich wirklich bin: eine junge Frau, die eine Rolle gespielt hat, die nicht zu ihr passte. Eine Hochstaplerin, wie Jamie es vor der gesamten High Society laut herausposaunt hat. Und trotzdem bin ich hier und werde bleiben. An Alexanders Seite, auch wenn es schwer ist. Auch wenn ich Angst habe, bin ich dennoch erleichtert, nicht länger lügen zu müssen.

Ein dicker Kloß bildet sich in meinem Hals, den ich versuche hinunterzuschlucken. Die angespannte Stimmung im Raum erdrückt mich regelrecht. Ich will etwas sagen, die Situation erklären, doch kein Wort kommt über meine Lippen. Mein Kopf ist wie leer gefegt. Ich kann nur stocksteif auf diesem Sofa sitzen und atmen. Atmen und hoffen, dass der Sturm bald vorüberzieht.

Benjamin von Eisleben räuspert sich und stellt die Teetasse ab. Er hebt den Blick und fixiert mich, sieht mir in die Augen und sofort werde ich wieder nervös. Es fühlt sich eigenartig an, so intensiv gemustert zu werden.

»Fräulein Hoffmann«, beginnt er, räuspert sich erneut. »Clara ...«

Plötzlich springt Stella auf und schneidet ihrem Vater dadurch das Wort ab. Irritiert sieht er Stella an, auch ich schaue zu meiner Freundin, die die drückende Stille mit ihrer impulsiven Art zerrissen hat.

»Bevor du etwas sagst und unsere Tat verurteilst: Ich liebe ihn!«

»Was?«, entfährt es ihrem Dad. Er runzelt die Stirn. Selbst Theodor Hunter ist einen Augenblick lang verwirrt über Stellas Worte.

Sie deutet mit ausgestreckter Hand auf Enrico, der auf dem Sofa sitzt, die Beine locker übereinandergeschlagen und einen Arm auf der Lehne. Ein leichtes Lächeln umspielt seine Lippen und ein Ausdruck von Stolz zeigt sich in seinem Gesicht, weil Stella endlich über ihren Schatten gesprungen ist und ihrem Vater ihre Gefühle offenbart hat. Auch mein Inneres wird von Wärme geflutet.

»Ich liebe Enrico! Und ich habe es satt, dass du mich für deine Pläne verbiegst, bis ich einknicke. Lange genug habe ich dieses Spiel mitgespielt. Aber Alexander werde ich nicht heiraten, nur, damit du deinen Plan vom großen Geld verfolgen kannst. Ich bin längst verheiratet und führe mein eigenes Leben. Mit ihm baue ich mir eine Zukunft in Barcelona auf«, sprudelt es aus ihr heraus. Ihre Wangen färben sich rot und Tränen der Wut und Enttäuschung füllen ihre blauen Augen.

»Stella, bitte ...«

»Du und Mum ... ihr habt mir immer eure Regeln aufgedrängt, statt mich meine eigenen Entscheidungen treffen zu lassen. *Jetzt* habe ich eine Entscheidung getroffen, die ich nicht bereue. Und ich werde mit Enrico zusammen zurück nach Barcelona fliegen, um dort in meiner Kunstgalerie zu arbeiten. Außerdem hasse ich BWL! Ich werde mein Kunststudium fortführen, auch wenn du mir den Geldhahn zudrehst. Das ist mir egal!« Sie atmet immer schneller durch die Nase, als bekäme sie kaum noch Luft.

Enrico erhebt sich und tritt an Stella heran, legt ihr beschützend den Arm um die Schultern. Sofort drückt sie ihr Gesicht in seinen Pullover, als wollte sie sich in seinen Armen vor der Welt verstecken.

Lange ist es still im Raum, selbst Alexander hält neben mir die Luft an. Um den Anflug von Panik zu unterdrücken, zähle ich in Gedanken bis zehn.

»Stella. Es tut mir leid, dass du dich durch unser Verhalten –«

Stella wendet sich abermals an ihren Vater und macht erneut eine harsche Handbewegung. Nun ist sie richtig in Fahrt. Tränen rinnen über ihre Wangen, hinterlassen dunkle Mascaraspuren auf ihrer hellen Haut.

»Ihr habt mich nie geliebt. Immer warst du ... arbeiten. Es

war deine Ausrede für *alles.* Arbeit!«, schleudert sie ihrem Vater entgegen. »Da passt es dir natürlich in den Kram, wenn ich den Sohn deines Geschäftspartners heirate, damit wir beide für *euch* arbeiten können! Was ich denke oder fühle, war dir immer gleichgültig. Aber nun kannst du nicht mehr über mich bestimmen, denn ich kann und werde diesen Kerl nicht heiraten.« Sie deutet auf Alexander, der Stella mit hochgezogenen Augenbrauen und leicht geöffnetem Mund anstarrt. Wahrscheinlich hat er nicht mit diesem Ausbruch gerechnet.

Alex sprachlos zu sehen, ist selbst für mich eine neue Erfahrung. Und wäre diese Situation nicht so angespannt, hätte ich laut losgelacht.

»Komm, so schlimm bin ich nicht«, entgegnet Alex schmunzelnd, der seine Sprache wiedergefunden hat.

Stella rümpft die Nase und wischt sich mit dem Handrücken über die tränennassen Wangen.

»Vielleicht. Aber für mich bist du nicht der Mann, mit dem ich mir eine Zukunft vorstellen kann«, entgegnet sie fest. »Ich bin längst verheiratet, Dad. Mit der Liebe meines Lebens«, fügt sie leise hinzu und plötzlich bricht ihre Stimme, geht in ein Schluchzen über.

»Stella hat recht«, sagt Enrico ruhig, sieht seinem Schwiegervater dabei in die Augen. »Wir haben aus Liebe geheiratet. Und ich werde sie für immer lieben. Es tut mir leid, dass wir uns unter diesen Umständen kennenlernen müssen, aber Stella hat keinen anderen Ausweg gesehen, um ihrem Schicksal zu entkommen.«

Er küsst Stellas Scheitel, dann führt er sie zurück zum Sofa, auf dem sie beide Platz nehmen. Eine lange Pause entsteht, in der ich kaum zu atmen wage.

Benjamin von Eisleben setzt eine ausdruckslose Miene auf, doch ich kann erkennen, wie es hinter seiner Stirn arbeitet. Dass er nach den richtigen Worten sucht, um diese Situation zu entschärfen.

Es ist Theodor, der als erster das Wort ergreift. »Wir haben nur das Beste für euch im Sinn gehabt.«

»Bullshit! Eher für die Firma«, kontert Alex mit finsterer Miene. »Stella wäre mit mir niemals glücklich geworden. Wir passen nicht zusammen.« Er scheint immer noch sauer auf seinen Vater zu sein, weil dieser ihn wegen der Firmenanteile mit Stella verheiraten wollte.

»Das sehe ich«, meint Theodor Hunter mit strengem Blick in meine Richtung. »Du hast uns ganz schön an der Nase herumgeführt, Mädchen!«

»Ich wollte nur –«, beginne ich, doch Alex schüttelt langsam den Kopf, sodass ich wieder verstumme. Er nimmt meine Hand in seine und drückt meine eiskalten Finger.

»Clara trifft keine Schuld. Sie wurde unwissend in diese Sache hineingezogen«, erklärt er. Erneut fixiert mich Stellas Dad, was mich erschaudern lässt.

»Ich habe wirklich keine Ahnung, wie Stella und du euch kennengelernt habt, geschweige denn dieses Versteckspiel aushecken konntet, aber –« Benjamin holt tief Luft, als würden ihn die Worte nur schwer über die Lippen kommen. »Aber als ich dich gesehen habe ... ich konnte es nicht glauben! Ich habe eine Weile gebraucht, um die Zeichen zu deuten und zu verstehen, was passiert ist. Aber ...« Abermals atmet er tief ein, als müsste er sich wappnen. »Clara, du bist meine Tochter.«

Kapitel 28

Benjamin

Zweiundzwanzig Jahre zuvor

»Verdammt, Theodor, wo ist sie?«, fuhr ich meinen Freund an. Dieser drehte sich zu mir um, seine buschigen Augenbrauen flogen in die Höhe.

»Wo ist wer?«, fragte er irritiert.

»Maria!«

Ich konnte ihm ansehen, dass er mich nicht verstand. Aber ich hatte keine Zeit für lange Erklärungen.

»Maria ... Mary. Die Au-pair deiner Familie. Sie hat mir einen Brief hinterlassen«, erklärte ich und holte einen zerknitterten Umschlag aus der Brusttasche meines Jacketts heraus. Diesen Brief hatte ich in den vergangenen Stunden so oft gelesen, dass ich den Inhalt auswendig kannte. Mir schien, als wäre es ihre Stimme in meinem Kopf, die mir diese Worte vorlas. Nun war sie weg und ich hatte keinen Anhaltspunkt über ihren Aufenthalt. Maria war vor mir geflohen ...

»Ja, ich glaube, Alice hatte erwähnt, dass sie zurück zu ihrer Familie wollte. Das arme Mädchen hatte Heimweh ...«

»Das *arme Mädchen* ist schwanger!«, schleuderte ich meinem langjährigen Freund entgegen. Theodor riss überrascht die Augen auf.

»Sie ... was? Davon hat Alice nichts gesagt ...«

»Natürlich nicht. Ich habe es auch nur durch den Brief erfahren.«

»Wer ist denn der Vater?«

Ich knallte ihm den Brief vor die Brust. »Gott, Theodor, hast du keine Augen im Kopf?!«, schmetterte ich ihm entgegen – wütend und verzweifelt zugleich. »Ich. Ich bin der Vater dieses Kindes. Maria und ich hatten eine ... Affäre. Aber ich liebe sie ... Ich habe sogar mit dem Gedanken, gespielt Kate für sie zu verlassen. Doch nun ist sie weg und ich weiß nicht, wo ich nach ihr suchen soll.«

Theodor entfaltete den Brief und überflog die wenigen Zeilen, die sich in mein Hirn gebrannt hatten.

»Wusste sie denn, dass du verheiratet bist?«, wollte er nachdenklich wissen.

Ich nickte mit zerknirschtem Gesichtsausdruck. »Ich habe es ihr erzählt. Und auch, dass ich Kate verlassen werde. Da wusste ich noch nichts von dem Kind ...«

»Hättest du denn jetzt deine Meinung geändert?«

»Um Himmels willen, Theodor, natürlich nicht! Wer, wenn nicht du weiß, wie sehr ich mir eine eigene Familie wünsche?! Kate kann – oder will – nicht schwanger werden. Sie konzentriert sich lieber auf ihre Karriere als Schauspielerin, obwohl ich ihr deutlich gemacht habe, dass es mir nicht ums Geld geht. Davon habe ich durch mein Erbe mehr als genug. Von mir aus müsste sie nie wieder im Leben arbeiten, wenn wir nur ein Kind haben könnten ...«

Verzweifelt strich ich mir die Haare aus der Stirn, während ich ruhelos im Büro meines besten Freundes auf und ab ging. Kate war nicht die Liebe meines Lebens, es war eine arrangierte Zweckehe nach meinem Studium. Und für uns beide völlig okay, denn wir sahen die Vorteile in dieser Verbindung. Ich gab Kate die Stabilität, sich zu entfalten und als Schauspielerin in Hollywood Fuß zu fassen, während ich mich in Cambridge sesshaft machte, was das Erbe ermöglichte, das Kates Großvater nach der Eheschließung auf mich übertrug. Ich hatte nichts von meiner Frau verlangt, hatte jede ihrer Launen geduldet. All die vergangenen Jahre lang.

Doch sie konnte mir meinen Wunsch nach einem Kind, einer Familie, bisher nicht erfüllen.

Kate war eine schöne und stolze Frau. Jemand, für den mich die Gesellschaft beneidete. Jemand wie ich, der aus Köln zum Studieren nach Cambridge gekommen war, blieb trotz all des Geldes und Ansehens ein Fremder in der eingeschworenen High Society. Erst nach der Hochzeit mit Kate wurde ich in den Kreis der Vertrauten aufgenommen.

»Vielleicht ist es nicht deins?«, mutmaßte mein Freund und gab mir den Brief zurück.

Entgeistert starrte ich ihn an.

»Unterstellst du Maria ... Mary ... etwa, dass sie mich betrogen hat?«

Theodor zuckte mit den Schultern. »Warum hätte sie sonst ihre Anstellung aufgegeben?«

»Weil sie genug Taktgefühl besitzt, um meine Ehe nicht zu gefährden«, entgegnete ich scharf. »Mehr Taktgefühl als du, scheint mir! Mary hätte sich niemals zwischen Kate und mich gedrängt.«

»Und dieses Kind?«, fragte Theodor mit gerunzelter Stirn.

»Ein Unfall, schätze ich. Keine Ahnung. Ich habe nicht aufgepasst, ich ... Gott, ich war so verliebt – bin es immer noch. Es war nur ein einziges Mal nach der Party bei den Fitzroys. Du weißt doch, dass ich etwas zu viel mit Maxwell getrunken habe ...«

»Und dann bist du in *mein* Haus gekommen und hast *meine* Au-pair geschwängert?«, wollte Theodor in amüsiertem Ton wissen. Er verstand meine Lage nicht, konnte meine Verzweiflung nicht nachvollziehen. Immerhin war er schon lange verheiratet und Vater eines wunderbaren Jungen, bei dessen Lachen mir jedes Mal das Herz aufging. Alexander war ein kleiner Sonnenschein, der jeden in seiner Nähe für sich einnahm.

»Die Au-pair deiner Frau«, korrigierte ich ihn mit erhobenem Zeigefinger.

»Benjamin, setz dich endlich, du machst mich noch verrückt mit deinem Gerenne«, mahnte mein Freund mich. Ich stoppte abrupt, dann ließ ich mich in den Stuhl vor seinem Schreibtisch sinken. Jegliche Kraft wich aus meinen Gliedern.

»Du und Mary also … Ich habe nichts davon geahnt. Wusste Alice Bescheid? Mary und sie standen sich relativ nahe.«

Ich zuckte ratlos mit den Schultern. Maria war deutlich jünger als ich, gerade achtzehn Jahre alt und eine wirklich bemerkenswerte Frau. Ich liebte ihre klugen Augen, den Klang ihrer Stimme mit dem leichten Akzent, wenn sie Englisch sprach. Ihr sanftes Wesen und ihre Leidenschaft. Wir hatten uns sofort ineinander verliebt, als Alice uns einander vorgestellt hatte, und mit jeder weiteren Begegnung waren diese Gefühle gewachsen.

Ich war oft zu Gast bei den Hunters, schließlich war ich ein Freund der Familie. Außerdem wartete zu Hause nur Kate, von der ich mich in den vergangenen Jahren immer weiter distanzierte. Da war es kein Wunder, dass mein verletztes Herz sich nach Liebe sehnte und diese in Maria fand.

»Wir waren diskret«, erklärte ich ihm, nahm einen Kugelschreiber vom Schreibtisch und spielte mit ihm. Ließ die Mine klicken, um meine Gedanken in eine andere Richtung zu lenken. »Mary hatte Angst, die Anstellung bei euch zu verlieren. Außerdem durfte Kate nichts erfahren …«

»Die sie letztendlich doch aufgegeben hat«, ergänzte Theodor. »Ich habe sie seit gestern Morgen nicht mehr gesehen. Sie muss zurück zu ihren Eltern geflogen sein. Wenn sie wirklich schwanger ist, dann wird sie es allein nicht leicht haben und auf die Unterstützung ihrer Familie hoffen.«

Ich sprang von meinem Stuhl auf und knallte die Handflächen auf die Tischplatte vor mir. »Hilf mir, sie zu finden!«

»Und wie soll ich das deiner Meinung nach anstellen? Ich bin nicht Sherlock Holmes«, entgegnete Theodor mit zusammengezogenen Brauen. »Du bist derjenige von uns mit Kontakten nach Deutschland.«

»Keine Ahnung«, gab ich verzweifelt zurück und sank in den Stuhl. »Ihr habt einen Vertrag mit der Au-pair-Agentur geschlossen, oder? Dort werden Daten vermerkt sein. Vielleicht eine Adresse oder Telefonnummer. Sie kann nicht vom Erdboden verschluckt worden sein.«

Theodor lachte auf. »Du dramatisierst das Ganze zu sehr, mein Freund. Bist du sicher, dass Kate in eurer Ehe die Schauspielerin ist?«

Zu meiner Verzweiflung mischte sich Verärgerung, weil Theodor meine Probleme nicht ernst nahm. Er bemerkte meinen finsteren Blick und hob beschwichtigend die Hände.

»Ich werde dir helfen, Benjamin. Du bist mein bester Freund und ich will nicht zusehen müssen, wie du an einem gebrochenen Herzen zugrunde gehst. Auch wenn ich glaube, dass du dich verrannt hast. Dieses Mädchen ist frei, während du gebunden bist. Für sie ist es leichter, ein neues Kapitel aufzuschlagen. Doch du würdest deine Stellung in der Gesellschaft verlieren, wenn du dich gegen Kate und für ein einfaches Leben mit Mary entscheidest. Denk darüber nach.«

»Das ist mir gleich! Ich gehöre sowieso nicht hierher. Es geht mir nicht um Geld oder Ansehen – ich will die Liebe meines Lebens finden«, beharrte ich auf meine Meinung, und Theodor nickte mit einem Lächeln. Dann legte er mir seine Hand auf den Oberarm.

»Ich werde Alice nach den Unterlagen fragen. Vielleicht finden wir dadurch einen Hinweis auf Marys Aufenthalt.«

***

Es dauerte eine Woche, bis ich endlich nach Köln fliegen konnte, ohne, dass Kate davon Wind bekam. Meine Frau war in dieser Zeit noch schlechter gelaunt als sonst, sodass ich vermutete, sie ahnte etwas. Wir stritten uns wegen jeder Kleinigkeit, denn die Tatsache, dass sie keine Familie mit mir gründen wollte, während Maria von mir schwanger war, sorgte bei allem für einen Kurzschluss in meinem Kopf.

Um keinen weiteren Streit vom Zaun zu brechen, fädelte Theodor einen Deal mit einem deutschen Bauunternehmen ein, den ich vor Ort für ihn bestätigen sollte. Also flog ich nach Köln, um nach Maria zu suchen.

Natürlich konnte ich sie unter der Nummer, die Alice mir auf einem Zettel notiert hatte, nicht erreichen. Ich hatte mir bereits gedacht, dass sie die Handynummer wechseln würde, dennoch war da eine leise Hoffnung in mir, sie hätte es nicht getan. Kaum war ich im Hotel untergekommen, machte ich mich auf den Weg zur angegebenen Adresse. Doch auch dort hatte ich kein Glück.

Eine Nachbarin erklärte mir, dass Maria vor einer Woche unbekannt verzogen war. Meine Enttäuschung sank ins Bodenlose. Wie könnte ich in einer Stadt wie Köln nach ihr suchen, wenn ich keinen Anhaltspunkt hatte? Keine Adresse, keine Telefonnummer, nicht einmal ein Foto. Nur einen zerfledderten Brief, dessen Tinte an einigen Stellen bereits verblasste.

Ich blieb in Köln. Ich besiegelte Theodors Deal. Ich funktionierte. Und ich dachte immer wieder an Maria. Jede junge Frau, die mir in der Stadt begegnete und ihr nur annähernd ähnlichsah, brachte mein Herz zum Stolpern. Egal, was ich tat, ich konnte sie nicht finden. Selbst als ich die Agentur aufsuchte, über die sie die Au-pair-Stelle in Cambridge bekommen hatte, konnte und wollte man mir aus datenschutzrechtlichen Dingen nicht weiterhelfen.

Aus den Tagen wurden Wochen und aus den Wochen Monate. Mittlerweile müsste man Maria die Schwangerschaft bereits ansehen ... Der Gedanke daran, dass ich mein Kind womöglich niemals sehen würde, schnitt mir wie ein Messer ins Fleisch. Weil ich die Einsamkeit Kölns nicht mehr länger ertrug, flog ich zurück nach Cambridge zu meiner Frau Kate. Sie empfing mich kühl, jedoch nicht abweisend. Wir stritten uns nicht mehr so sehr wie im Sommer, gingen uns dafür mehr aus dem Weg.

Der Gedanke an Maria beherrschte mich, auch wenn ich meinen ehelichen Pflichten nachging. Es war nicht so, dass ich den Sex herbeisehnte und auch Kate tat es vermutlich nur, um mich an sich zu binden, weil die Kluft zwischen uns wuchs.

Und dann überraschte sie mich Mitte Februar mit einer Neuigkeit, mit der ich nicht gerechnet hatte.

»Ich weiß, was du getan hast. Doch du wirst diese Frau vergessen. Für dein Kind«, sagte Kate kühl, während wir uns schweigend gegenüber beim Abendessen saßen.

Perplex starrte ich sie an. »Du bist schwanger?«

Sie nickte bloß, dann erhob sie sich und verließ den Raum.

Kapitel 29

Clara

Ich starre Benjamin an, unfähig, etwas zu sagen. Seine Worte erschüttern das Fundament meines Lebens. *Clara, du bist meine Tochter.* Wie kann er das wissen? Vor wenigen Minuten hatte ich gedacht, alles wäre vorbei – nun habe ich einen Vater?

Bevor ich mich sortieren kann, beginnt Benjamin, langsam zu sprechen. Ich kralle meine Finger in den Stoff meines Kleides und halte angespannt den Atem an.

»Ich weiß, es klingt verrückt. Ich habe es selbst kaum glauben wollen.« Seine Augen flackern und er holt tief Luft. »Vermutlich hätte ich nicht nach dir gesucht, wenn sich Alex nicht verplappert hätte. Genau wie die eigenartige Info von Eleonore, als sie sich wegen Stellas Verbleib bei mir erkundigte.«

Seine Stimme ist leise, jedoch fest, dennoch wirkt seine Mimik zerstreut, aufgelöst. Ich bin genauso verwirrt wie er, vielleicht sogar mehr. Schließlich hatte ich keine Zeit, mich mit dem Gedanken anzufreunden, plötzlich meinem leiblichen Vater gegenüberzusitzen.

»Ich hatte mit Alex telefoniert. Wegen des Dubai-Projekts.« Er fährt sich mit der Hand über das Gesicht, als könnte er damit seine letzten Zweifel abwischen. »Es war etwas Banales, was mir jedoch zu denken gegeben hat: Stella hätte nicht in Köln sein sollen. Auch Eleonore meinte, dass sie zu mir geflogen wäre. Doch nur die echte Stella wusste, dass ich über Neujahr in Dubai gewesen bin. Ich hatte es ihr in einer Nachricht mitgeteilt. Diese Ungereimtheit hat mich stutzig gemacht.«

Benjamin sieht kurz zu Stella, die ihn entschuldigend anlächelt.

»Erneut habe ich Eleonore angerufen. Sie meinte, Stella sei glücklich in Cambridge und komme gut zu Recht – aber zur selben Zeit hat Stella mit ihrer Kreditkarte mehrere Einkäufe in Spanien getätigt. Ich habe die Abbuchungen zurückverfolgt. Sie reichten gut mehrere Monate ins vergangene Jahr. Zuerst dachte ich an Identitätsdiebstahl, aber …« Er schüttelt den Kopf. Ein bitteres Lächeln zuckt über sein Gesicht. Ich versteife mich auf meinem Platz.

Benjamin fixiert mich erneut, dann wird sein Blick sanfter und Tränen glänzen in seinen Augen. Es sind dieselben blauen Augen, die Stella von ihrem Vater hat. Genau wie meine eigenen …

»Weil ich eine Vollmacht über Stellas Konten habe, habe ich mich bei ihrem Kreditinstitut nach den letzten größeren Transaktionen erkundigt. Dabei ist mir eine Summe aufgefallen, die Anfang Oktober auf ein deutsches Bankkonto eingezahlt worden ist. 25.000 Euro. Dazu monatliche Zahlungen in einer Höhe, die ich mir nicht erklären konnte. Doch der Name … Es war *dein* Name, Clara. Als ich es schwarz auf weiß gesehen habe, viel es mir wie Schuppen von den Augen. Auf dasselbe Konto habe ich eine Zahlung getätigt: dein Gehalt als Hundesitterin.« Er macht eine dramatische Pause, dann lächelt er mich an. Ich schlucke schwer.

»Ich bin in den nächsten Flieger aus Dubai zurück nach Köln gestiegen, um Klarheit zu bekommen. Es konnte einfach nicht sein. Du warst die ganze Zeit in derselben Stadt, sogar direkt vor meiner Nase, in meinem Haus. Und doch habe ich nichts bemerkt!« Benjamins Stimme bricht, er atmet ein und versucht, sich zu sammeln. Auch ich beginne zu zittern, als ich die Tragweite seiner Worte begreife. Mein Vater war da ... Aber hat er zuvor wirklich nichts von meiner Existenz gewusst?

Haltsuchend taste ich nach Alexanders Hand, der sie sofort ergreift und fest drückt. Ihn an meiner Seite zu wissen, gibt mir die Kraft. Angespannt höre ich zu.

»Maria – oder Mary, wie sie sich hier in Cambridge nannte – hat mir einmal gesagt, wie sie ihre Tochter nennen würde, sollte sie je eine bekommen. *Clara*, nach ihrer Großmutter. Und *Maria* als zweiten Namen. Das habe ich nie vergessen.«

Er sieht mir wieder in die Augen. »Und als ich deinen Namen auf Stellas Kontoabbuchungen gelesen habe, konnte ich es nicht länger für einen Zufall halten. Sofort habe ich deine Bewerbungsunterlagen herausgeholt und die Daten verglichen. Warum ist mir nicht aufgefallen, dass du im passenden Zeitraum geboren wurdest wie Marias Kind? Wie ... mein Kind.« Benjamin legt den Kopf in den Nacken und fährt sich mit beiden Händen übers Gesicht.

Die Emotionen in seinen Augen machen etwas mit mir – ich fühle mich überrumpelt, fassungslos und zugleich euphorisch. Ich ... ich habe einen Vater. Einen, der lebt. Der an mich gedacht hat. Das alles ist zu viel für mich. Ich schlucke gegen den Kloß in meinem Hals an, kann die Tränen nicht mehr zurückhalten.

»Zuerst hielt ich es für Einbildung. Wunschdenken. Durch Theodors Nachforschungen wusste ich, dass du vor langer Zeit bei dem Autounfall ums Leben gekommen bist ...«

»Ich saß nicht mit meinen Eltern im Auto«, schluchze ich und Alex zieht mich an sich. »Aber die Zeitungen haben damals berichtet, dass Familie Hoffmann bei dem Unfall ums Leben gekommen ist. Meine Großmutter hat dies nicht korrigiert, um mich zu schützen.«

Benjamin nickt abgehackt. »Als ich dich bei der Benefizgala gesehen habe – dich *wirklich* gesehen habe, neben Stella – da war sie plötzlich wieder da. Maria. Es war, als würde ich einen Geist sehen.«

Seine Stimme bricht, doch ein leichtes Lächeln umspielt seine Lippen, das nur mir gilt. Mein Herz schlägt immer schneller. Es kommt mir vor, als wären Benjamin und ich allein im Raum. Ohne meine Freunde. Alex' Dad. Als drehe sich alles nur um uns ...

Tränen laufen mir über die Wangen. *Benjamin von Eisleben.* Benjamin ... Er ist der geheimnisvolle Mann, den meine Mutter in ihrem Tagebuch erwähnt hat. Stellas Dad ist *mein* Vater. Gott, dieser Gedanke klingt so absurd und gleichzeitig absolut logisch! Binnen weniger Minuten hat sich mein Leben um hundertachtzig Grad gedreht. Jetzt habe ich nicht nur einen lebenden Vater, sondern auch eine Schwester, die in den vergangenen Monaten zu meiner besten Freundin geworden ist!

»Fuck«, entfährt es Alexander leise. Diese Neuigkeit hat auch ihn überrumpelt. Fassungslos starrt er Stellas Dad an. Alexander fährt sich mit der Hand durchs Haar. »Das heißt dann ... Clara ist Stellas –« Er überlegt einen Moment. »Ältere Schwester. Dann war ihre Mum in unserem Haus als Au-pair! Wieso hast du mir das nie erzählt?« Anklagend sieht er seinen Vater an, der bloß mit den Schultern zuckt.

»Es schien mir nicht wichtig. Ich hatte zu der Zeit sehr viel wegen der Baufirma um die Ohren und Alice kam nicht allein mit dir zurecht. Sie war mit Lucy schwanger und fühlte sich überfordert, weshalb wir eine Au-pair für eine gute Idee hielten«, erklärt Theodor schulterzuckend.

Alex stößt ein Schnauben aus, das Stellas ähnelt, als sie ihrem Vater vorwarf, sich nur auf die Arbeit zu konzentrieren.

»Warum hast du nie nach mir gesucht?«, frage ich verunsichert, wische mir die Tränen aus den Augen. »Hätte ich nicht Mamas altes Tagebuch gefunden ... hätte ich nichts über meinen leiblichen Vater gewusst!«

Benjamin sieht mich irritiert an. »Tagebuch?«

Zaghaft nicke ich. »Ja. Ich habe es … in meinem Zimmer. Bei Eleonore.«

Ich kann deutlich sehen, die Benjamin sich wieder anspannt. Scheinbar bringt ihn die Tatsache, etwas von Maria hier zu wissen, aus dem Konzept. Dann räuspert er sich und wird wieder ernst.

»Ich *habe* gesucht, Clara. Ich habe die Hölle durchquert auf der Suche nach deiner Mutter und dir. Aber es gab keine Spur, keinen Hinweis auf ihren Verbleib. Als wollte sie nicht von mir gefunden werden. Maria ging ohne ein persönliches Wort des Abschieds. Lediglich ein kurzer Brief blieb mir als Erinnerung an sie. Vermutlich wusste sie, dass ich alles für sie und das Kind getan hätte. Gott, ich hätte mein Leben in Cambridge aufgegeben. Hätte alles hinter mir gelassen, nur, um mit ihr zusammen zu sein. Doch sie wollte sich nicht zwischen mich und Kate drängen … Deshalb ist sie verschwunden. Als ich von ihrem Tod erfahren habe, brach für mich erneut die Welt zusammen.«

Ich wende mein Gesicht von ihm ab, presse die Hand auf meinen Mund. Auch meine Welt zerbricht – und gleichzeitig schiebt sich ein fehlendes Teil zurück in mein Herz. Kann ich wirklich hoffen?

Ein lautes Schluchzen durchbricht die drückende Stille im Raum. Es ist Stella, die ihre Nase geräuschvoll hochzieht.

»Hast du mich und Mum je geliebt? Wie du über Maria gesprochen hast …«, murmelt sie unter Tränen und sieht erst ihren Vater, dann mich an. Auch ich kann kaum glauben, was ich in den vergangenen Minuten erfahren habe. Stella ist … meine Schwester! Diese Worte von Benjamin zu hören, muss grausam für sie sein. Immerhin hatte sie all die Jahre geglaubt, sein einziges Kind zu sein.

Benjamin fährt sich seufzend mit der Hand übers Gesicht. Plötzlich sieht er müde und abgekämpft aus, so, als hätte er tagelang nicht geschlafen. Er beugt sich in seinem Sessel ein

Stück nach vorne, umklammert mit beiden Händen die Armlehnen, um Halt zu finden.

»Ich liebe dich, Stella. Habe ich immer. Ich konnte es dir nur nicht richtig zeigen, weil –«

»Weil du meine Mutter nicht vergessen konntest«, ergänze ich leise, denn langsam verstehe ich, wie das zerrüttete Verhältnis zu Stella zustande gekommen ist. Benjamin glaubte, die Liebe seines Lebens verloren zu haben, und konnte trotz all der Zeit, die vergangen war, nicht mit seiner Trauer abschließen. Warum sonst hätte er sich von seiner Frau getrennt und lebte allein in Köln, als einzige Gesellschaft die kleine Pudeldame Giselle?

Zögernd sehe ich zu Stella, die ihren Kopf gegen Enricos Schulter gelehnt hat. Auch ihre blauen Augen glänzen feucht. Die Tränen haben Spuren aus Mascara auf ihren Wangen hinterlassen. Vermutlich sollten wir reden, sobald wir uns alle ein wenig beruhigt haben. Wieso bin ich nicht eher darauf gekommen, Stellas Vater ins Visier zu nehmen? Vermutlich, weil er in Köln lebt und ich keinerlei Verbindung nach Cambridge gesehen habe, als die Zusammenarbeit mit den Hunters.

Mit einem Ruck erhebe ich mich und gehe die wenigen Schritte bis zum Sessel, in dem mein Vater sitzt. Irritiert hebt er den Kopf und sieht mich an, als ich zitternd vor ihm stehe. Dann sinke ich in die Knie und schlinge meine Arme um ihn. Presse mein Gesicht gegen seine Brust und weine. Lasse all den Schmerz der vergangenen Jahre raus. Weine um meine Mutter, um Daniel, der mir der beste Vater auf der Welt gewesen ist. Um meine geliebte Großmutter und den Großvater, den ich nie kennenlernen durfte. Um all die Jahre der Entbehrungen. Und um Stella, die sich ihre Kindheit und Jugend nach der Zuneigung ihres Vaters gesehnt hatte, die er ihr wegen seines Verlustes nicht geben konnte.

Kapitel 30

Alexander

Ich schließe die Tür meines Schlafzimmers leise, um Clara nicht zu wecken, ehe ich mich die Treppe hinab ins Büro meines Dads schleiche. Es ist bereits nach Mitternacht und er sitzt immer noch mit Benjamin zusammen, um sich wegen der nächsten Schritte zu beraten.

Dr. Whitestone hat ausdrücklich gesagt, dass Dad sich nicht aufregen und sich auch keine Sorgen machen soll. Benjamins Auftauchen und auch der heutige Abend tragen keineswegs dazu bei, dass er sich erholt. Außerdem bin ich immer noch überrascht darüber, warum er so plötzlich aus dem Krankenhaus entlassen werden konnte.

Ich klopfe gegen die angelehnte Bürotür, hinter der ich leise Stimmen vernehme.

»Ja?« Es ist Benjamin von Eisleben, der anstelle meines Vaters antwortet. Also schiebe ich die Tür auf und trete in den Raum. Die beiden Männer sitzen tief über Verträge gebeugt am Schreibtisch.

»Alexander, du bist ja noch wach«, kommt es erstaunt von meinem Vater. Seine Stimme klingt wieder fest, kaum eine Spur Unsicherheit liegt darin. Den kurzen Moment der Schwäche scheint er überwunden zu haben.

Ich straffe die Schultern und komme auf die beiden Männer zu. Benjamin von Eisleben trägt immer noch seinen eleganten Anzug, als würde er jeden Moment zu einem Bankett gehen, während ich wieder Shirt und Jogginghose angezogen habe. Nachdem ich die völlig aufgelöste Clara in mein Bett verfrachtet hatte, bin ich schnell unter die Dusche gesprungen, um den Nebel in meinem Kopf zu vertreiben.

»Ich muss mit euch beiden sprechen«, verkünde ich, denn diese Situation geht auch mich etwas an. Immerhin sollte ich der nächste CEO einer Firma werden, die es in der jetzigen Form nicht mehr geben wird. Sobald die Vertragsstrafen fällig sind, bleibt uns kaum ein Pfund übrig.

»Dad, ich hatte dir doch von Hailey erzählt ...«, beginne ich.

»Deiner Ex-Freundin?«, fragt er mit hochgezogenen Augenbrauen.

»Ja, das auch. Sie ist eine von Lucys Freundinnen«, erkläre ich mit einer abwinkenden Handbewegung. »Aber das ist nicht der Punkt: Du hattest mir gesagt, dass nur die NCA helfen könnte, Onkel Richards Machenschaften aufzudecken.«

»Worauf willst du hinaus, Junge?«, will Stellas Dad wissen. Er mustert mich eindringlich. Es ist ein komisches Gefühl, dass er gleichzeitig auch Claras Vater ist.

»Ich habe Kontakt zu der NCA aufgenommen. Haileys Dad arbeitet dort«, verkünde ich ruhig.

»Richtig. Ich konnte mich bisher nicht selbst darum kümmern«, meint Dad nickend.

Ich stütze mich mit den Handflächen auf dem Schreibtisch ab, sehe meinem Vater dabei fest ins Gesicht. »Wie hättest du in deinem Zustand etwas bewirken können? Du musst dich darauf konzentrieren, vollständig gesund zu werden.«

»Dein Junge hat Grips, Theodor. Die NCA einzuschalten, war ein kluger Schachzug. Wenn sie bestätigen, dass nicht du, sondern dein Bruder hinter der Veruntreuung steckt, könntest du deinen Ruf wiederherstellen«, erklärt Benjamin.

»Natürlich hat er Grips. Schließlich ist er *mein* Sohn«,

stellt Dad mit einem stolzen Lächeln fest. Seine Worte treffen mich unerwartet.

»Dad, ich habe meinen Teil dazu beigetragen. Doch nun bin ich raus. Jetzt, wo es nicht mehr um Anteile oder Ähnliches geht, sage ich es dir noch einmal deutlich: Ich will nicht CEO sein, wollte ich noch nie. Und das weißt du!«

Skeptisch runzelt mein Vater die Stirn. »Alex ... sieh mich an: Ich bin alt geworden.«

»Du bist kaum Ende vierzig, Dad«, falle ich ihm ins Wort.

»Dennoch. Ich werde nicht ewig hier sein. Es ist mein Wunsch, dass du mein Werk fortführst, in das ich mein Herzblut gesteckt habe.«

Ich grinse meinen Vater an, denn nun ist es an der Zeit, meinen letzten Trumpf auszuspielen, mit dem ich mich von der lästigen Pflicht befreien könnte.

»Und was ist mit Lucy?«, frage ich. Erstaunen spiegelt sich auf dem Gesicht meines Vaters.

»Deine Schwester?«

»Sie ist ebenfalls eine Hunter. Lucy ist sehr ehrgeizig und pflichtbewusst, viel mehr als ich. Und im Gegensatz zu mir würde sie alles für die Familie tun. Sie hat großartige Arbeit geleistet und mir bei der Suche der Beweise geholfen. Ohne sie wäre ich nicht auf die Verbindung der Briefkastenfirmen und Scott Milford gekommen. Wenn du einen würdigen Nachfolger haben willst, dann solltest du auf deine Tochter bauen. Jemanden mit mehr Ehrgefühl und Zielstrebigkeit wirst du nicht finden, Dad.«

»Lucy also ...«, murmelt er in die Stille hinein, die nach meiner Ansprache entstanden ist.

»Ja, Lucy«, bestätige ich meine Worte. »Ich bin fest davon überzeugt, dass sie es gut machen wird. Du solltest ihr mehr zutrauen und ihr die Chance geben, sich zu beweisen. Ihre Noten an der Uni sind herausragend. Sie hat ein Händchen für Wirtschaft, während ich mich ewig damit abquälen musste, weil mich BWL schlichtweg nicht interessiert. Du weißt, dass ich viel lieber Architektur studiert hätte, um mich danach alten Bauwerken zu widmen.« Ein leichter Vorwurf schwingt in meiner Stimme mit, denn ich nehme es Dad immer noch übel, dass er mein Studium in New York verweigert hat.

Dad nickt langsam. Dieses Gespräch hatten wir bereits vor dem Tod meiner Mum geführt – doch danach kam alles zum Erliegen. Ich habe mich gefügt, um die Familie zusammenzuhalten. Nun kann ich endlich meine Fesseln abschütteln.

»Sobald Mr Blair alle Beweise gesichtet hat, meldet er sich bei mir, wurde mir gesagt. Wir müssen nun abwarten und die Füße stillhalten«, erklärt Benjamin nach einer kurzen Pause. Nachdem ich Jamies Geständnis an Hailey weitergeleitet hatte, habe ich auch Stellas Dad in einer Mail über die Geschehnisse informiert, um ihn auf dem Laufenden zu halten.

»Außerdem will ich mit Clara zusammen sein«, entgegne ich selbstsicher. »Ich will an ihrer Seite sein. Und das kann ich nicht als CEO von *Hunter Construction.*«

Claras Vater faltet seine Hände vor der Brust und sieht mich eindringlich an. Seine blauen Augen sind Claras so ähnlich. »Du liebst sie wirklich, hab ich recht?«, fragt er ruhig.

»Ja«, sage ich, ohne zu zögern. Verrückt, dass ich mich doch noch in eine Tochter von Benjamin von Eisleben verliebt habe. »Ich habe mein Herz an sie verloren. Auch wenn's die *falsche* Tochter war.« Über diese Worte muss ich leise lachen und auch Benjamin und mein Dad können sich ein Grinsen nicht verkneifen.

»Nun gut. Ich will nicht länger an etwas festhalten, das keine Zukunft hat. Ihr jungen Leute habt euren eigenen Kopf, egal, wie gut man es mit euch meint«, gibt Benjamin schmunzelnd zu. »Stella ist ihrem Herzen gefolgt und Clara hat sich in dieses riskante Versteckspiel gestürzt, um ihrer Schwester zu helfen.«

»Da kommen deine Kinder sehr nach dir, mein Freund«, kommt es von meinem Vater. Ein wehmütiger Ausdruck liegt auf seinem sonst so ernsten Gesicht. »Wer hätte gedacht, dass deine beiden Töchter genauso stur sind wie du. Du konntest die Suche nach Mary ebenfalls nicht aufgeben, bis deine Ehe schlussendlich daran zerbrochen ist.«

Benjamin seufzt tief. »Auf kurz oder lang hätte ich es mit Kate sowieso nicht ausgehalten. Ich habe diese Frau nicht geliebt, Theodor. Und um ehrlich zu sein, bin ich froh über den Starrsinn meiner Mädchen. Beide sollen aus Liebe heiraten – nicht aus Profitgier. Diesen Fehler habe ich gemacht und bitter bereut. Aus den falschen Gründen wollte ich auch Stella in so ein Leben drängen. Diese Maskerade hätte nicht sein müssen, wenn sie nur offen mit mir gesprochen hätte …«

»Das wollte Stella«, werfe ich ein und räuspere mich. »Doch niemand hat ihr zugehört. Selbst ich war so lange der Meinung, die Familienpflicht zu erfüllen, wäre wichtiger als meine eigenen Wünsche. Erst Clara hat mir die Augen geöffnet, und darüber bin ich verdammt froh!«

***

So leise wie möglich öffne ich meine Schlafzimmertür. Clara schlummert friedlich in meinem Zimmer. Als ich näher an das Bett herantrete, kann ich ihre schlafende Gestalt unter der Bettdecke erkennen. Sanftes Mondlicht fällt durch die halb zugezogenen Vorhänge auf ihren Körper, der sich unter regelmäßigen Atemzügen leicht bewegt.

Vorsichtig setze ich mich zu ihr auf die Bettkante, um sie nicht aus Versehen zu wecken.

Ich betrachte ihr Gesicht, die geschwungenen Lippen, die leicht geöffnet sind. Die gerade Nase und die langen Wimpern, die wie Schmetterlingsflügel auf ihren Wangen liegen. Zaghaft strecke ich die Hand aus und berühre ihr weiches Haar, das sich wie ein Wasserfall auf dem Kopfkissen ausgebreitet hat. Es ist länger als bei unserer ersten Begegnung, nicht so blond wie Stellas und fällt in natürlichen Wellen über ihren Rücken, wenn sie es offen trägt.

Gedankenverloren spiele ich mit einer Strähne, lasse sie durch meine Finger gleiten. Stella und Clara sehen sich ähnlich, doch nur auf den ersten Blick. Wenn man genauer hinschaut, könnten die beiden Frauen kaum unterschiedlicher sein. Ein Wunder, wie Clara dieses Versteckspiel so lange aufrechterhalten hat. Es muss ihr sehr schwergefallen sein, sich so zu verbiegen, um als Stella von Eisleben zu bestehen.

Clara regt sich unter meinen Fingern, die blonde Haarsträhne entgleitet mir und sie dreht mir ihr Gesicht zu. Träge schlägt sie die Augen auf und blickt mich mit einer Mischung aus Verwunderung und Freude an.

»Habe ich dich geweckt? Sorry, das wollte ich nicht«, murmele ich in die Stille des Zimmers. Clara lächelt mich an.

»Schon gut, ich habe nicht wirklich tief geschlafen. Die Gedanken in meinem Kopf sind viel zu laut.«

Ich nicke verständnisvoll und streichle Clara über die Wange, und sie schmiegt sich mit geschlossenen Augen in die Berührung. Ihre Haut ist warm und weich – und sorgt für ein angenehmes Kribbeln in meinen Fingerspitzen.

»Kann ich mich zu dir legen?«, frage ich, auch wenn ich nicht mit einem *Nein* rechne. Dennoch will ich Clara den Raum geben, den sie braucht, um die Geschehnisse des Abends zu verdauen.

Es war nicht leicht für sie, zu erfahren, dass der Mann, der Stella in eine Ehe mit mir drängen wollte, in Wahrheit ihr leiblicher Vater ist. Clara hat zudem in den letzten Monaten ein Lügenkonstrukt um sich herum aufgebaut, das mit einem Mal eingerissen wurde. Nun muss sie die Scherben aufsammeln und sich den Menschen stellen, die ihr wichtig sind. Ich werde sie dabei, so gut es geht, unterstützen, denn ich weiß, wie schwer es ihr fallen wird, sollten sich ihre Freunde wegen dieser Geschichte von ihr abwenden.

Clara nickt, dann hebt sie die Bettdecke ein Stück an.

Schnell schlüpfe ich aus meiner Jogginghose, lasse das Shirt jedoch an, dann lege ich mich zu ihr. Ihre Wärme umhüllt mich wie eine weiche Wolke, sodass ich mich direkt geborgen fühle. Sanft ziehe ich Clara in meine Arme und gebe ihr einen Kuss auf die Stirn. Sie drückt ihren Körper instinktiv an mich, ich spüre ihren pochenden Herzschlag durch das Shirt.

Ihr Abendkleid hängt ordentlich an einem Bügel neben meinem Anzug an der Kleiderstange. Morgen früh wird sie sich Klamotten von Lucy borgen müssen, wenn sie nicht in einem meiner Shirts zu Eleonora und Alfred fahren will. Wie die beiden wohl reagieren werden, wenn auf einmal zwei Frauen vor ihrer Tür auftauchen, die behaupten *Stella von Eisleben* zu sein?

»Was ist so lustig?«, fragt sie leise, denn sie hat mein Lächeln an ihrer Schläfe gespürt. Ich küsse sie auf eine Stelle neben ihrem Ohr, dann rücke ich von ihr weg, um ihr ins Gesicht zu schauen. Ihre Umrisse sind deutlich zu erkennen, auch wenn ich den Ausdruck in ihren Augen in der Dunkelheit meines Schlafzimmers nicht deuten kann.

»Nichts. Ich habe mir nur vorgestellt, wie ich reagiert hätte, wäre Stella gemeinsam mit dir vor mir aufgetaucht, ehe ich die Wahrheit gewusst hätte.«

»Meinst du, du hättest uns beide verwechselt?«, will Clara mit einem Anflug von Neugier in der Stimme wissen. Erneut muss ich lachen.

»Ich hätte dich niemals mit Stella verwechselt. Du bist einzigartig«, entgegne ich und drücke meine Nase gegen ihre. Sie lächelt mich an und ich kann nicht anders, als sie zu küssen.

Als sich unsere Lippen berühren, ist es, als würde Clara für einen Moment die Luft anhalten. Es ist kein stürmischer, hastiger Kuss, sondern vorsichtig, wie eine Frage, auf die wir beide die Antwort kennen. Meine Hände finden wie von selbst den Weg zu ihrem Nacken, während sich Claras Finger sanft in meinen Rücken graben.

Mit jedem Atemzug wird der Kuss tiefer und inniger. Es ist, als würden wir durch ihn alles sagen, was wir uns nie getraut haben, laut auszusprechen. Ich verliere das Gefühl für Raum und Zeit – es zählt nur dieser Moment und die Nähe, die sich wie ein Versprechen zwischen uns aufbaut. Claras Lippen schmecken nach allem, was ich nie zu fühlen gewagt habe. Die Sehnsucht nach ihr ist mit jedem Tag gewachsen, seitdem ich sie kenne. Früher konnte ich mir kaum vorstellen, eine Frau so sehr in mein Herz zu lassen, dass jeder Augenblick der Trennung eine Qual für mich ist. Doch Clara hat es geschafft, mir zu zeigen, was Liebe bedeutet.

Clara erwidert meinen leidenschaftlichen Kuss – und ich spüre, wie sie alles loslässt. Die Zweifel. Die Angst. Die Unsicherheit. Alles, was sie in den vergangenen Wochen gequält hat, entlädt sich in der Vereinigung unserer Lippen.

Als wir uns voneinander lösen, bleibe ich still. Stirn an Stirn, die Augen geschlossen. Meine Brust hebt und senkt sich viel zu schnell. Ich spüre Claras Nähe, ihren Atem auf meiner Haut. Und plötzlich ist da dieses warme Gefühl in mir, weil ich etwas gefunden habe, das ich so lange vermisste, ohne zu wissen, dass es mir je fehlte …

Kapitel 31

Clara

»Du hast mir einen Schrecken eingejagt, meine Liebe!«, kommt es von Eleonore zum wiederholten Male.

Stellas Tante kann sich kaum beruhigen, so viele Sorgen hat sie sich nach meinem Verschwinden von der Benefizgala gemacht. Das tut mir leid, ich wollte ihr keinen Kummer bereiten. Doch der vergangene Abend war für mich nervenaufreibend. Ich hatte keinen Kopf, mich bei Eleonore zu melden und mich auch ihrem Kreuzverhör zu stellen.

Eleonore lässt sich in den Sessel mir gegenüber plumpsen. »Mädchen, Mädchen. Was für ein Durcheinander!«, sagt sie tadelnd, doch ein Lächeln erscheint auf ihrem Gesicht. Sie sieht erst mich, dann Stella an. »Ich habe es tatsächlich nicht bemerkt ... Du etwa, Alfred?« Sie sieht über ihre Schulter zu ihrem Mann, der wie immer mit einer Tasse Tee am großen Esstisch im Salon sitzt und uns über den Rand seiner Tageszeitung hinweg beobachtet.

Stellas Onkel zuckt bloß mit den Schultern und vertieft sich wieder in seine Lektüre.

»Ach, aus dir wird man nicht schlau«, murrt Eleonore, doch ich weiß, dass sie ihre Worte nicht böse meint. Eleonore ist ein herzensguter Mensch, weshalb es mir wirklich leidtut, sie so lange belogen zu haben.

»Hör mal, Tantchen, es tut uns wirklich leid –«, beginnt

Stella, wird jedoch durch eine harsche Handbewegung unterbrochen.

»Nenn mich nicht ›Tantchen‹, Darling. Da fühle ich mich uralt«, entgegnet sie und kichert wie ein junges Mädchen, obwohl sie auf die sechzig zugeht. Darüber muss ich schmunzeln.

Ich bin unsagbar erleichtert, dass Stellas Verwandtschaft unseren Rollentausch einfach hinnimmt. Als ich gemeinsam mit Stella vor Eleonores Tür aufgetaucht bin, hat sie uns fest umarmt, als gehörten wir beide schon immer zur Familie. Und irgendwie ist es auch so, denn ich bin Stellas Halbschwester ... Gott, dieser Gedanke ist immer noch so surreal.

»Ich weiß nicht, ob ich meinen Dad hassen oder ihm dankbar sein soll, weil er Mum untreu gewesen ist«, meinte Stella zu mir, nachdem sie am frühen Morgen ungeniert in Alexanders Schlafzimmer gestürmt ist, um mir ein paar Klamotten von Lucy zu bringen. Alexander war längst aufgestanden, nach dem Aufwachen war seine Betthälfte bereits kalt.

Verdattert und ein bisschen scheu sah ich Stella an, wusste nicht, was ich darauf erwidern sollte. Doch meine Sorge war unbegründet, denn zu meiner Überraschung fiel mir Stella um den Hals. Ein lautes Schluchzen verriet mir, dass auch sie völlig überfordert mit dieser Tatsache war. Die Angst, sie könnte mich hassen, verflüchtigte sich in dem Moment. Sacht strich ich ihr über das blonde Haar, tröstete zum ersten Mal nicht nur meine gute Freundin, sondern meine kleine Schwester.

Diese Frau war mein Spiegelbild, ein Teil von mir – und plötzlich viel näher, als ich es für möglich gehalten hatte. Ein Teil meiner Familie, die ich unerwartet gefunden hatte! Wenn ich an das vergangene halbe Jahr zurückdachte, wurde mir schwindelig von den vielen Ereignissen. Schmerz und Freude darüber, was passiert ist, tobten immer noch in meinem Innern. Vermischt mit unsagbarer Erleichterung, dass wir uns nicht mehr hinter einer Maske aus Lügen verstecken mussten.

»Ich meine ... wir beide gehören zusammen, oder?«, fragte Stella schluchzend und lächelte mich zaghaft an.

»Ich schätze schon«, erwiderte ich leise. »Es ist alles so ... surreal. Du bist meine Schwester. Das alles hier – dieses Leben. Ist das nun wirklich ein Teil von mir?«

Stella nickte freudestrahlend. »Verdammt richtig! Und ich werde nicht zulassen, dass du dich wieder aus meinem Leben stiehlst. Ich liebe dich, Clara. Ich habe diese Verbindung zu dir bereits gespürt, als wir uns kaum gekannt haben. Jetzt weiß ich auch, warum sich mein Herz niemals vollständig gefühlt hat. *Du* hast gefehlt!«

Ihre Worte brachten mich zum Weinen und es dauerte eine Weile, bis ich mich wieder beruhigen konnte. Es war schön, von Stella im Arm gehalten und getröstet zu werden. Sie hatte recht, auch mir hatte stets etwas gefehlt, doch ich schob es immer auf den Verlust meiner Eltern. Aber das war nicht alles – es fühlte sich an, als würde ich mein Leben lang auf etwas warten, das ich verloren hatte. Und nun war mein Herz übervoll vor Liebe zu Alexander, zu Stella, selbst zu Eleonore und Alfred. Ich hatte so viele Menschen um mich, ohne die ich mir mein Leben kaum noch vorstellen konnte!

»Du hättest dich mir anvertrauen können, Darling«, meint Eleonore in vorwurfsvollem Ton, holt mich damit aus meinen Gedanken.

»Es tut mir leid«, murmele ich verlegen, doch sie lächelt mich breit an.

»Dafür musst du dich nicht entschuldigen. Ich hätte dir gern geholfen und dir dieses Versteckspiel erspart. Aber ich verstehe, dass du Stella nicht in den Rücken fallen wolltest. Ein ausgeklügeltes Spiel habt ihr beide euch ausgedacht. Wirklich originell!«

»Danke, dass du dich um Clara gekümmert hast«, kommt es von Stella. Sie nimmt meine Hand und drückt sie kurz.

»Das war doch selbstverständlich! Für dich hätte ich das Gleiche getan, meine Liebe.« Eleonore lacht erneut auf. »Es ist verrückt, dass unser Benjamin plötzlich zwei Töchter hat. Niemand hätte das je vermutet.«

Stella nickt mit einem tiefen Seufzen. »Ich habe es auch erst gestern Abend erfahren. Für mich war es ebenfalls ein Schock, dass Dad eine andere Frau mehr geliebt hat als meine Mutter. Doch er war meinetwegen mit ihr zusammen, bis er Mums distanzierte und egoistische Art nicht länger ertragen hat ... Ich kann es ihm nicht verübeln, denn auch ich war insgeheim froh, in der Schweiz zu leben, statt in ihrem Haus aufzuwachsen. Kate wollte immer nur Karriere machen. Keine Ahnung, warum sie sich überhaupt dazu bereiterklärt hat, mich auf die Welt zu bringen, wenn sie es so sehr gehasst hat, eine Mutter zu sein!« Ein bitterer Zug erscheint um Stellas Mund.

Sie hatte keine leichte Kindheit, genauso wenig wie ich. Doch jetzt haben wir einander gefunden und können uns gegenseitig Halt geben. Und vielleicht kann ich Stella dabei helfen, sich ihrem Vater wieder anzunähern, den auch ich besser kennenlernen möchte.

»Du kannst natürlich weiterhin hierbleiben, Darling. Ihr beide! Wir haben genug Platz und freuen uns sehr über Gesellschaft, nicht wahr, Alfred?«

Stellas Onkel sieht von seiner Zeitung auf und nickt, brummt etwas Unverständliches, ehe er seine Aufmerksamkeit wieder den Nachrichten widmet. Eleonore klatscht in die Hände und erhebt sich von ihrem Platz.

»Nun gut. Jetzt, wo wir alle Missverständnisse aus dem Weg geräumt haben: Wer hat Lust auf Tee?« Eleonore verschwindet in Richtung Küche. Ich wende mich zu Stella, die schweigend neben mir sitzt, in ihre eigenen Gedanken versunken. Bevor ich etwas sagen kann, betritt Benjamin den

Salon. Wahrscheinlich hat Stanley ihn hereingelassen, denn ich habe seinen Besuch nicht erwartet. Er nickt Alfred zu, dann sieht er zögerlich zu mir, als wäre er sich nicht sicher, ob er willkommen ist. Sogleich stehe ich auf, während Stella nur fragend zu ihm rüber sieht.

»Dad«, sage ich leise und halte kurz inne. Lasse das Wort auf mich wirken. Es ist ein seltsames Gefühl, diesen Mann mit ›Dad‹ anzusprechen.

»Ich bleibe bei Eleonore«, kommt es von Stella. Sie schenkt mir ein offenes Lächeln. »Geh und rede mit ihm.«

Erleichtert atme ich aus und trete an meinen Vater heran. »Ich würde dir gern Mamas Tagebuch zeigen«, sage ich unumwunden und schlüpfe an ihm vorbei durch die Tür. Benjamin folgt mir schweigend die Treppe hinauf ins Obergeschoss, wo ich ihn in mein Zimmer führe. Die Tür schließt sich mit einem Klicken.

Mein Vater tritt herein und sieht sich um.

»Ich schätze, du hast nichts an diesem Raum verändert, oder?«

»Nein«, antworte ich und gehe zu meiner Reisetasche, aus der ich das Tagebuch herausnehme. Seitdem ich in Cambridge bin, habe ich nicht mehr hineingeschaut. Aus Angst noch etwas zu finden, das meine Welt aus den Angeln heben würde. »Es sind Stellas Sachen. Nichts davon gehört mir.«

Benjamin nickt, als würde er mich verstehen. »Du bist wirklich Marias Tochter«, meint er mit einem kleinen Lächeln und tritt zu mir heran. Unschlüssig drücke ich das abgegriffene Buch gegen meine Brust.

»Ihr hat Luxus auch nichts bedeutet. Es war für sie lästig ... Ich erinnere mich zu gut an den Abend, als ich ihr einen Ring geschenkt habe. Maria hatte mich ausgelacht und gemeint, ich sollte ihr etwas geben, woran mein Herz hängt. Nichts, das man durch Geld kaufen kann.«

Benjamin streckt die Hand aus und streicht über den Ledereinband. »Also habe ich ihr dieses Buch gekauft.«

Überrascht reiße ich die Augen auf, als er es mir aus der Hand nimmt und aufschlägt. Dann blättert er bis zur letzten Seite.

»Hier.« Er dreht das Buch zu mir, sodass ich die Innenseite des Umschlags sehen kann. Dort sind Buchstaben in den Einband gestanzt, die mir bisher nicht aufgefallen sind.

»Sind das ...?« Ehrfürchtig streiche ich mit dem Zeigefinger über die Buchstaben. Mein Vater nickt mit einem traurigen Lächeln.

»Unsere Initialen. Ich wollte immer bei ihr sein. Aber sie hat es nicht zugelassen«, murmelt er. Tränen steigen in meine Augen, als ich das Unendlichkeitssymbol unter den Buchstaben entdecke.

»Ich hätte nicht gedacht, dieses Tagebuch jemals wiederzusehen ...«

»Ich habe es auf dem Dachboden gefunden. Es steht alles drin – ihre Gedanken, ihre Zweifel, ihre Liebe. So habe ich Mama nie gekannt.« Ich gebe es ihm wieder zurück. Benjamin nimmt es mit einer Vorsicht entgegen, als wäre es aus Glas. Zögernd schlägt er es auf und überfliegt die ersten Zeilen.

»Ich habe ihre Handschrift nie vergessen«, murmelt er. »Ihren Abschiedsbrief bewahre ich immer noch auf, auch wenn die Tinte kaum noch lesbar ist.«

Eine Weile sagt keiner von uns etwas. Schweigend beobachte ich, wie sich seine Lippen bewegen, als würde er lautlos mitlesen. Dann bleibt er an einer Stelle hängen und hebt den Blick, sieht mir fest in die Augen.

»Sie hat mich geliebt, mehr, als ich dachte. Trotz allem«, sagt er schließlich, und seine Stimme zittert dabei verräterisch. »Und sie hat dich geliebt, Clara. So sehr. Auch wenn sie es vermutlich nicht immer zeigen konnte.«

Ich schlucke den Kloß in meinem Hals hinunter. »Ich weiß. Ich glaube, ich verstehe sie jetzt besser. Es war nicht leicht für meine Mutter ... aber sie hat versucht, das Beste aus ihrem Leben zu machen.« Ich drehe mich von Benjamin weg und gehe zum Schreibtisch, um das gerahmte Foto in die Hand zu nehmen, das mein größter Schatz ist. Dann reiche ich ihm den Bilderrahmen. Lange betrachtet er das Foto, auf dem ich mit meiner Familie zu sehen bin. Mein glückliches Kinderlachen mit der frechen Zahnlücke, die zerzausten Haare und roten Wangen. Ich erinnere mich bildhaft an den Tag, an dem wir dieses Foto aufgenommen haben. Es war nur wenige Wochen vor dem tragischen Unfall …

»Du hast so viel von ihr«, meint er schließlich und streicht mit dem Zeigefinger sacht über das Bild, ehe er es mir zurückgibt. »Siehst ihr so ähnlich. Und gleichzeitig bist du ganz du selbst. Ich bin froh, dich durch diese eigenartige Fügung des Schicksals gefunden zu haben.«

Zögernd mache ich einen Schritt auf ihn zu und umarme ihn. Wärme breitet sich in meinem Innern aus, als auch er seine Arme um mich legt. Zitternd vergrabe ich mein Gesicht in seinem Pullover. Mit ihm über Mama zu sprechen, füllt mein Herz mit Liebe. Wir haben beide einen wichtigen Menschen verloren, aber einander wiedergefunden.

»Danke, dass du hier bist«, flüsterte ich mit tränenerstickter Stimme.

Benjamin drückt mich fest an sich. »Ich bleibe. So lange, du es mir erlaubst, Clara.«

***

Am nächsten Morgen bin ich verdammt nervös. Das Wochenende war so ereignisreich, dass es im Nu verflogen ist. Nun muss ich mich der bitteren Realität an der Judge Business School stellen. Viele meiner Kommilitonen waren Samstagabend auf der Benefizgala der Fitzroys und haben meine Flucht mitbekommen. Ich bin mir ziemlich sicher, dass sich die Gerüchte um meine Identität wie ein Lauffeuer an der Uni verbreitet haben.

Weil ich es nicht länger hinauszögern kann, fasse ich mir

ein Herz und schlüpfe aus dem Bett. Nachdem ich mich im Badezimmer frisch gemacht und ein leichtes Make-up aufgetragen habe, setze ich meine Brille auf. Die Kontaktlinsen haben mich stets gestört, weshalb ich froh bin, diese nicht mehr tragen zu müssen. Dann binde ich mir die Haare zu einem lockeren Knoten am Hinterkopf zusammen und ziehe die Uniform meiner Fakultät an.

Stella wartet bereits auf mich, in ein Gespräch mit Eleonore vertieft. Wir haben abgemacht, dass sie mich abholt und wir diesen Tag gemeinsam durchstehen.

»Guten Morgen, Schwesterherz«, ruft sie mir fröhlich zu, als ich die Bogentreppe hinablaufe. Ihre Worte lassen mein Herz schneller hüpfen und Wärme breitet sich in meinem Innern aus. Es ist ein eigenartiges Gefühl, gemeinsam mit meiner Schwester zur Uni zu fahren.

»Guten Morgen«, erwidere ich mit einem Lächeln. Stella nimmt meine Hand.

»Wollen wir uns der Meute stellen?«

Ich nicke ihr zu und sie führt mich aus dem Haus. Die kurze Fahrt zur Uni sitze ich wie auf heißen Kohlen und bin so nervös wie an meinem ersten Tag in Cambridge. Wie werden die anderen auf meine Lügen reagieren? Was werden meine Freunde sagen?

Stanley hält direkt vor dem Eingang der Judge Business School an. Stella öffnet die Tür und klettert von der Rückbank. Sie beugt sich zu mir hinunter und sieht in den Innenraum.

»Clara, bist du bereit?«, fragt sie mich.

Ich atme noch einmal tief ein, dann nicke ich ihr zu. »Ich schätze schon.«

Mit einem mulmigen Gefühl klettere ich von der Rückbank und schultere meinen Rucksack. Stella reicht mir ihre Hand, die ich dankend ergreife. Gemeinsam gehen wir zwischen den kahlen Bäumen hindurch, die den Weg zum Unigebäude säumen, auf den breiten Eingang zu. Der Weg, den ich sonst mühelos hinter mich bringen konnte, kommt mir heute endlos vor.

Aus dem Augenwinkel entdecke ich einige Mitstudierende, die uns neugierig hinterherschauen. Stellas blonde Haare wehen im Wind, ihre Schritte sind leichtfüßig, während meine Beine sich bleischwer anfühlen. Statt der Uniform der Fakultät trägt Stella eine enge Jeans und einen weichen Rollkragenpullover unter ihrem Designermantel.

Nervös blicke ich zum Eingang des Gebäudes. Was wird mich gleich erwarten? Mit jedem Schritt klopft mein Herz schneller.

Stella drückt meine Hand fester und sieht kurz über die Schulter zu mir. »Mach dir keine Sorgen«, murmelt sie leise, während wir die Stufen hinauf zum Eingang erklimmen. Sie lässt mich los, um die schwere Tür aufzustoßen – und läuft dabei direkt Alexander in die Arme. Dieser blickt verdutzt auf sie hinunter, dann grinst er schelmisch in meine Richtung.

»Das ist die falsche Frau, die mir vor die Füße fällt«, meint er mit einem Lachen.

Sofort breitet sich ein warmes Gefühl in meinem Innern aus, weil ich mich an die Situation erinnere, als ich ihm meinen Kaffee übers Hemd geschüttet habe. Damals kam mir Alex wie ein großspuriger Idiot vor, doch nun weiß ich, dass er der feinfühligste und liebenswerteste Mann ist, den ich bisher kennengelernt habe. Ein Mann, für den mein Herz wie wild schlägt.

»Oh, tut mir leid, aber du bist auch nicht der Mann, den ich erwartet hätte«, entgegnet Stella ironisch und grinst ihren ehemaligen Verlobten an, ehe sie ihm einen leichten Klaps auf den Oberarm gibt. »Du solltest dich lieber an Clara halten. Bei mir sind deine Flirtversuche nur vergeudete Liebesmüh.«

Alex lacht auf, dann macht er einen Schritt auf mich zu und gibt mir einen Begrüßungskuss auf den Mund. Ich bemerke, wie die umstehenden Studierenden uns zum Teil neugierig, zum Teil entsetzt ansehen. Keine Ahnung, inwieweit sie die Enthüllung am Samstagabend mitbekommen haben, doch viele von ihnen scheinen sehr irritiert, warum Alexander plötzlich eine andere Frau küsst.

Schmunzelnd erwidere ich den Kuss, ehe ich in die überraschten Gesichter der Umstehenden blicke. Auf einmal habe ich keine Angst mehr vor den Reaktionen der anderen, spüre sogar eine innere Ruhe. Mit der Brille und den zusammengebundenen Haaren sehe ich auf den ersten Blick nicht aus wie die Stella, die an der Judge Business School bekannt ist. Meine Schwester stellt sich an meine Seite, drängt Alex zurück.

»Musst du nicht in deine Vorlesung?«, fragt sie keck und kichert, während sie sich bei mir unterhakt.

»Theoretisch schon, doch ich mache mir Sorgen, Clara dir allein zu überlassen«, entgegnet er mit einem Zwinkern.

Stella rümpft die Nase. »Bei mir ist sie viel besser aufgehoben. *Ich* werde ihr nicht das Herz brechen«, beteuert sie energisch und zieht leicht an meinem Arm.

»Oh, das habe ich ebenfalls nicht vor«, verteidigt sich Alex und sieht mir dabei tief in die Augen. Über den kleinen Streit muss ich lachen.

»Na dann, mach, dass du in deine Vorlesung kommst«, wiederholt Stella kichernd.

Alex beugt sich erneut zu mir vor. »Wenn du Hilfe brauchst, sag Bescheid«, raunt er mir zu, dann gibt er mir einen weiteren Kuss.

»Ich schaffe das schon«, entgegne ich leise. Er winkt uns zu, dann steigt er die gegenüberliegende Treppe hinauf zu der Empore, von der es zu den einzelnen Hörsälen geht.

»Endlich sind wir ihn los«, meint Stella mit einem erleichterten Aufatmen. »Ich habe nicht gegen Alex, aber es ist schon bedenklich, wie er an dir klebt.« Sie grinst mich breit an.

»Du bist mit Enrico genauso«, erwidere ich schmunzelnd

und bringe sie damit zum Lachen. Wir wollen uns gerade auf den Weg machen, als Polly uns den Weg versperrt. Sie hat die Hände in die Seiten gestemmt und blickt mich finster an, sodass sich meine gute Laune direkt verflüchtigt.

Stella macht einen Schritt nach vorne und strafft die Schultern.

»Poliana O'Brien«, sagt sie gedehnt und mustert meine beste Freundin argwöhnisch.

»Stella von Eisleben«, entgegnet Polly, dann wirft sie mir einen skeptischen Blick zu. »Die *echte* Stella von Eisleben, nehme ich an?« Unter ihrer prüfenden Musterung fühle ich mich unbehaglich, kann Polly die Verärgerung jedoch nicht verübeln. Immerhin habe ich sie monatelang angelogen ...

»Und du bist dann ...?«

»Clara«, krächze ich, als hätte ich gerade erst meine Stimme wiedergefunden.

»Und was sollte dieses Theater, Clara?«

»Ich habe *meiner Schwester* aus der Klemme geholfen, weil sie sich vor der Ehe mit Alex drücken wollte«, sage ich schlichtweg, weil es im Groben die Zusammenfassung dessen ist, worum es bei der Maskerade ging. »Stella hatte sich in einen anderen Mann verliebt und wollte sich dem Willen ihres – unseres – Vaters nicht beugen.«

Stella nickt knapp. »Und ich habe Clara ebenfalls geholfen. Tja, wäre sie nicht an meiner Stelle nach Cambridge gegangen, hätte sie sich nicht in meinen Ex-Verlobten verknallt.«

Angespannt sehe ich meine beste Freundin an. Polly schweigt, doch dann erscheint ein verschmitztes Grinsen auf ihrem Gesicht. »Irgendwie habe ich mir gedacht, dass an dir etwas faul ist. Für *Stella* warst du nicht selbstverliebt genug.« Sie kommt auf mich zu und umarmt mich fest. »Dich mag ich eindeutig lieber als deine eingebildete Schwester.«

»Hey, so schlimm bin ich gar nicht mehr«, empört sich Stella, muss jedoch lachen, als sie meinen erleichterten Gesichtsausdruck bemerkt. Mir fällt ein Fels vom Herzen. Polly wendet sich nicht von mir ab. Im Gegenteil – sie schließt mich in ihre Arme.

Kurz darauf löst sich Polly von mir und sieht mich mit ernster Miene an.

»Aber mal ehrlich: Euch ist schon klar, dass ihr damit nicht weitermachen könnt, oder? Dieser Schwindel wird spätestens jetzt auffliegen.«

»Ja, ich weiß«, gebe ich seufzend zu und schiele zu Stella, die sich interessiert im Gebäude umsieht. Fast glaube ich, sie bereut es, nicht hier zu studieren. »Deshalb haben wir gleich einen Termin beim Dekan. Stella hat alles vorbereitet. Ihr Dad hat … nun ja, er hat wohl ein paar Türen geöffnet, sodass meine Credits nicht verloren gehen.«

Pollys Augenbrauen schnellen hoch. »Klingt verdächtig nach einem Bestechungsversuch.«

Stella schüttelt lachend den Kopf. »Keine Sorge. Es war keine Bestechung – nennen wir es eine großzügige Spende. Für die Bibliothek. Oder die Restaurierung irgendeines viktorianischen Lesesaals. Was auch immer.«

»Und du meinst, das reicht?«, fragt Polly skeptisch, sieht dabei zwischen uns hin und her, als könnte sie immer noch nicht richtig glauben, dass es mich zweimal gibt.

Ich zucke mit den Schultern. »Es wird nicht spurlos vorbeigehen. Ich werde mich offiziell umschreiben lassen, und die Credits müssen auch übertragen werden. Ich bin ja kein Ersti, habe lediglich ein Urlaubssemester von meinem BWL-Studium in Köln beantragt. Das Chaos ist also vorprogrammiert.«

»Ganz ehrlich, Clara, das ist alles verrückt … aber auch irgendwie faszinierend«, meint Polly und streicht sich eine Haarsträhne aus dem Gesicht. »Und verdammt mutig. Ich an deiner Stelle hätte so etwas niemals durchziehen können. Auch wenn ich immer noch ein bisschen beleidigt bin, weil du dich mir nicht anvertraut hast. Immerhin sind wir beste Freundinnen.«

»Sorry …«, murmele ich betreten, doch Poliana lacht auf.

»Ach was. Ich hätte es mir selbst denken können. Du warst plötzlich ganz anders, nicht, wie ich Stella in Erinnerung hatte. Und seit deiner Rückkehr hattest du von deinem Biss verloren. Deshalb hatte ich erst geglaubt, mich getäuscht zu haben. Doch es lag vermutlich daran, dass du dir große Sorgen gemacht hast, habe ich recht?«, fragt sie und legt ihre Stirn in Falten. Ich nicke ihr zu.

»Ich hatte wirklich Angst …«, flüstere ich leise und senke den Kopf.

Polly ergreift meine beiden Hände.

»Das musst du mir später genauer erzählen. Am besten bei einem Kaffee im *Browns*«, sagt sie energisch und sieht dann Stella an. »Du auch. Ich bin verdammt neugierig, wer dieser Mann ist, für den du dein bisheriges Leben hinter dir gelassen hast.«

»Bin dabei«, verspricht Stella. »Aber erst nach dem Termin beim Dekan.«

»Ich weiß gar nicht, ob ich euch schütteln oder bewundern soll«, murmelt Polly vor sich hin, während sie uns zum Büro des Dekans begleitet.

Epilog

Alexander

Sechs Monate später

»Und du bist dir wirklich sicher?«, fragt Clara zum wiederholten Male, während wir unsere Koffer nebeneinander durch die Ankunftshalle des Flughafens schieben.

»Es ist zu spät für einen Rückzieher, oder?«, kontere ich grinsend, denn wir sind bereits in Köln gelandet.

Die Semesterferien werden wir hier verbringen, ehe Claras BWL-Studium wieder losgeht. Zwar hat Benjamin von Eisleben ihr zugesichert, sie könne an der Judge Business School bleiben und ihr Studium dort beenden, doch sie hat abgelehnt. Sie will von ihrem Vater nicht finanziell abhängig sein. Clara hat jedoch nicht ausgeschlossen, ihren Master in Cambridge zu machen.

Doch der Gedanke, dass Benjamin in Köln ist und Clara ihn jederzeit besuchen kann, war vermutlich ausschlaggebend für ihre Entscheidung. Ich freue mich, wie sich die beiden langsam annähern.

»Na ja, hier bist du völlig auf dich gestellt«, wirft meine Freundin grinsend ein. »Daddy wird dir nicht mehr helfen, über die Runden zu kommen.«

»Das könnte er in seiner jetzigen Situation sowieso nicht. Ich habe zwar keinen Penny, aber bin immer noch ein Mann mit Einfluss«, gebe ich lachend zurück. Es fühlt sich befreiend an, nicht mehr finanziell von meiner Familie abhängig zu sein, auch wenn ich meinen Lebensunterhalt von nun an selbst bestreiten muss. Genau wie Clara werde ich mir einen Job suchen. Da ist es von Vorteil, dass ich einen abgeschlossenen Bachelor in Wirtschaftsökonomie habe.

»Wirst du Cambridge nicht vermissen?«, fragt sie, nun wieder mit ernster Miene.

Wir hatten in den vergangenen Wochen oft über dieses Thema gesprochen, aber Clara hegte Zweifel, ob ich die richtige Entscheidung getroffen habe. Der Firma meines Vaters und meiner Familie den Rücken zu kehren, war jedoch das Beste, was ich tun konnte. Ich bereue es nicht, mich endgültig von meinen Fesseln gelöst zu haben.

Ich schüttele den Kopf. »Werde ich nicht. Meine Freunde, ja. Doch Tod und Sebastian werden in den nächsten Jahren kaum Zeit haben, um mit mir abzuhängen. Immerhin müssen sie sich auf ihre Karriere als Musiker konzentrieren«, erkläre ich meiner Freundin, während sie sich vor dem Flughafengebäude nach einem freien Taxi umsieht. »Sobald die beiden ihre erste Tour starten, werde ich auf jeden Fall dabei sein. Das habe ich Sebastian versprochen.«

Ich bin froh, dass sich Will Jenkins bei meinem Freund gemeldet hat, nachdem sich der Skandal um meine Familie gelegt hatte. Kurz vor Semesterende sind wir gemeinsam nach London gefahren, wo wir uns bei *Island Records* vorgestellt und einen unserer eigenen Songs gespielt haben. Der Produzent wollte auch mich unter Vertrag nehmen, doch ich habe abgelehnt. Ich sehe mich nicht als gefeierter Rockstar auf der Bühne, der jeden Tag in einer anderen Stadt auftritt. Viel lieber möchte ich mich an Claras Seite der Architektur widmen und historische Bauwerke restaurieren. Davon gibt es entlang des Rheins und der Loire mehr als genug. Tod und Sebastian werden mithilfe ihres Produzenten einen geeigneten Leadsänger für ihre Band finden, der noch besser ist als ich.

»Und was ist mit deiner Familie?«, hakt Clara nach.

»Vielleicht ein bisschen. Aber damit komme ich klar.« Am liebsten würde ich ihr sagen, dass sie von nun an meine Familie ist, verkneife mir jedoch die Worte.

»Ich werde Polly vermissen«, gesteht Clara leise. »Und auch Eleonore. Sie habe ich während meiner Zeit in Cambridge sehr ins Herz geschlossen.«

Ein Taxi hält direkt vor uns und ich greife nach Claras Koffer, um diesen im Kofferraum des Wagens zu verstauen. Dann halte ich die Autotür auf, damit sie auf die Rückbank klettern kann.

Clara grinst mich an. »Wie charmant.«

»Bin ich doch immer«, entgegne ich schmunzelnd und setze mich neben sie.

»Bringen Sie uns bitte nach Lindenthal. Dansweilerweg«, gibt sie ihre Adresse an den Taxifahrer weiter. Bisher kann ich nur wenige Worte Deutsch, doch das verstehe ich. Um meinen Plan in die Tat umzusetzen, müssen wir jedoch einen kleinen Umweg machen, statt direkt in Claras Wohnung zu fahren. Also lehne ich mich zum Fahrer vor, der bereits das Flughafengelände verlässt.

»No, to the main station. Ähm, Hauptbahnhof«, korrigiere ich, wofür ich einen fragenden Blick von Clara ernte. Der Fahrer nickt nur, dann konzentriert er sich auf die Straße.

Zufrieden lehne ich mich zurück in den Sitz und schaue aus dem Fenster. Es dämmert bereits, was perfekt für mein Vorhaben ist.

»Was willst du denn jetzt noch am Hauptbahnhof?«, fragt sie verwirrt. »Dafür hätten wir uns kein Taxi nehmen müssen, sondern mit der S-Bahn fahren können.«

»Ich ... ähm ... ich will für Lucy ein Souvenir kaufen. Vielleicht eine Postkarte?«, lüge ich mit einem unschuldigen Lächeln. Irritiert hebt Clara die Augenbrauen in die Höhe.

»Das hättest du am Flughafen tun können.«

»Dort haben mir die Motive nicht gefallen«, entgegne ich

knapp. »Lucy ist immer noch sauer auf mich, weil ich ihr die Arbeit aufgehalst habe und mich nach Köln absetze.«

»Da wird sie eine Postkarte wenig besänftigen«, meint Clara nun grinsend.

»Wer weiß«, entgegne ich, dann seufze ich. »Aber ich werde sie vermissen, auch wenn sie manchmal wirklich sehr anstrengend ist.«

Lucy hat der Skandal um die Firma und unsere damit verbundenen finanziellen Schwierigkeiten am schlimmsten getroffen, denn sie führte ein Leben in Saus und Braus. Doch nachdem die NCA die Sache aufgeklärt und Simon Richards wegen des Verdachts auf Wirtschaftskriminalität angezeigt wurde, entspannte sich die Lage ein wenig.

Überraschenderweise hat auch Jamie gegen seinen Vater ausgesagt, was für ihn zu einem milderen Strafmaß führte. Vermutlich sorgte Scott für Jamies Sinneswandel, denn nach der Trennung der beiden hat sich Jamie zum Positiven verändert. Ihm tut die ganze Sache sehr leid, was sogar unser angespanntes Verhältnis auflockerte. Ich hätte mir nicht träumen lassen, jemals ein Gespräch auf Augenhöhe mit meinem Cousin zu führen – doch wurde ich eines Besseren belehrt.

Jetzt hoffe ich, dass er und Scott es wieder hinbekommen, denn Jamie hat ebenfalls ein bisschen Glück verdient.

Dad entschied sich, das Bauunternehmen in dieser Form aufzugeben und gemeinsam mit Benjamins Hilfe eine neue Firma zu gründen, die sich nicht auf den Bau von Luxushotels spezialisierte, sondern Bauprojekte jeglicher Art in Cambridge realisieren wird. Während des Studiums wird sie unseren Vater bei seinen Aufgaben unterstützen, wegen des Herzinfarkts wird es ihm in Zukunft schwerfallen, sich im vollen Umfang um die Geschäfte zu kümmern. Und sobald sie ihren Bachelor hat, steigt sie voll in die Firma mit ein.

Wieder drehe ich mich zu Clara, die ihr Smartphone in den Händen hält und eine Nachricht tippt.

»Ich schreibe Stella, dass wir gelandet sind. Sie wollte nächstes Wochenende mit Enrico herkommen, sobald ihr Vater ebenfalls aus Cambridge zurück ist.«

Es fällt Clara immer noch schwer, Benjamin von Eisleben als *ihren* Vater anzusehen, doch sie hat sich schnell an den Gedanken gewöhnt, dass Stella ihre jüngere Schwester ist. Stella ist schon vor Monaten mit ihrem Ehemann zurück nach Barcelona geflogen, um sich dort um ihre Kunstgalerie zu kümmern. Im Herbst wird sie ihr Kunststudium fortsetzen, während Enrico das Familienhotel seiner Eltern weiterführt.

Die Taxifahrt endet nach knappen fünfzehn Minuten, als der Fahrer den Wagen auf dem Vorplatz des Bahnhofs anhält. Clara kramt in ihrem Rucksack, doch ich stoppe sie, indem ich dem Fahrer einige Scheine hinhalte. Mit einem kurzen Nicken verzichte ich auf das Wechselgeld und umrunde den Wagen, um Clara die Tür aufzuhalten. Grinsend steigt sie aus und mustert mich, weil ich mich leicht vor ihr verneige.

»Deinen Charme hast du als mittelloser Student nicht eingebüßt, scheint mir«, neckt sie mich, was mich auflachen lässt.

»Was wäre ich ohne meinen Charme, wenn schon mein Bankkonto leer geräumt ist?«, erwidere ich und ergreife Claras Hand, um sie an meine Lippen zu ziehen und einen Kuss auf ihren Fingerknöchel zu hauchen.

»Du weißt, dass mir dein Geld immer egal gewesen ist, Alexander«, kontert Clara mit ernster Miene. Ich nicke ihr zu.

Keine andere Frau hätte mich so akzeptiert wie Clara, wofür ich dankbar bin. Meine bisherigen Affären hätten mir den Rücken zugewandt, nachdem die Firma meines Vaters den Bach runtergegangen ist. Nun lebten wir von einem Gründungszuschuss, den mein Dad für den Wiederaufbau eines neuen Unternehmens beantragt hat.

Clara hat mir bei einem unserer zahlreichen Gespräche erzählt, dass Benjamin von Eisleben seit ihrer Geburt Geld in einen Fond für sie zur Seite gelegt hat. Damit wird sie sich ihr Studium finanzieren, auch wenn sie ungern auf dieses Geld angewiesen sein möchte.

Der Taxifahrer lehnt sich aus dem Fenster und sieht uns grimmig an. Um hier zurechtzukommen, werde ich einen Deutschkurs belegen müssen, denn ich verstehe den Mann nicht. Clara nickt jedoch und deuten auf den Kofferraum.

»Wir sollten unser Gepäck holen. Er will weiterfahren.«

»Klar«, sage ich schnell und hieve unsere beiden Koffer aus dem Auto. Der Fahrer braust sofort davon, um sich in die Schlange der wartenden Taxen vor dem Hauptbahnhof einzureihen.

Clara sieht mich erwartungsvoll an.

»Und was jetzt? Wollen wir rein und schauen, ob du eine Postkarte für Lucy bekommst? Wenn wir Glück haben, warten wir nicht lange auf die nächste Straßenbahn nach Lindenthal.«

Ich habe wenig Lust, mich in eine überfüllte Straßenbahn zu quetschen, doch auch daran werde ich mich gewöhnen. Zuerst will ich jedoch mein Vorhaben in die Tat umsetzen. Sobald ich an die kommenden Minuten denke, hüpft mein Herz aufgeregt in meiner Brust. Wie Clara wohl reagieren wird?

»Ich hab's mir anders überlegt. Die Postkarte werde ich morgen besorgen«, verkünde ich knapp. Meine Freundin sieht mich fassungslos an.

»Ist das dein Ernst? Ich bin müde vom Flug und wäre gern zu Hause ...«, murrt sie. Ich schenke Clara ein charmantes Lächeln und ergreife abermals ihre Hand.

»Zuerst möchte ich noch einmal zum Dom«, erkläre ich ihr und mache eine Kopfbewegung nach rechts, wo sich die historische Kathedrale imposant in die Höhe reckt.

»Kann der Dom nicht bis morgen warten?«, wirft Clara

mit genervtem Unterton ein. Sogleich schüttele ich den Kopf.

»Nur kurz, okay? Ich möchte noch einmal die Sterne von dort oben sehen.«

»Dafür ist es nicht annähernd dunkel genug.« Trotz ihres Einwurfs führt mich Clara ins Bahnhofsgebäude, um unsere Koffer in Schließfächern unterzubringen, dann folgt sie mir zum Eingang des Doms, wo sie sich geduldig in die Schlange der Besucher einreiht, die sich im lauen Sommerabend vor der Kasse gebildet hat.

Als wir endlich an der Reihe sind, bezahle ich unseren Eintritt, was Clara mit einem Schmunzeln quittiert. Ich kann mich gut an meinen ersten Besuch erinnern, als ich mit Entsetzen feststellen musste, dass meine Kreditkarte gesperrt wurde. Dieses Mal habe ich jedoch einiges an Bargeld eingesteckt, das mir Dad großzügig für die erste Zeit mitgegeben hat, bis ich einen Job gefunden habe. Laut Benjamins Aussagen wäre das für jemanden mit meinem Abschluss kein Problem, er kennt genug Unternehmer in Köln, die mich einstellen würden.

Während ich die schmale Wendeltreppe hinter Clara hinaufsteige, beschleunigt sich mein Puls, was jedoch nicht an der Anstrengung liegt. Vielmehr bin ich aufgeregt! Mir kann es nicht schnell genug gehen, bis wir oben auf der Aussichtsplattform ankommen.

Ich atme erleichtert aus, als wir uns durch den schmalen Durchgang quetschen, in dem eine Gruppe Jugendlicher Aufstellung genommen hat, um ein Foto zu machen. Mit jedem Atemzug werde ich nervöser und frage mich, ob das der richtige Ort für so eine wichtige Sache ist. Ich hätte Clara genauso gut in ihrer Wohnung fragen können, vermutlich hätte das keinen Unterschied gemacht …

»Was ist? Kommst du zur Brüstung?«, fragt Clara und dreht sich zu mir um. Ich erwache aus meiner Starre, denn sie ist längst vorgegangen, während ich auf dem letzten

Treppenabsatz zwischen den Jugendlichen steckengeblieben bin, die mich teils fragend, teils genervt ansehen. Schnell schlüpfe ich zwischen ihnen hindurch und schließe zu Clara auf, die sich bereits mit den Händen am Geländer festhält und in die Ferne schaut. Ein entspannter Ausdruck liegt auf ihrem Gesicht.

»Weißt du ... ich bin froh, wieder hier zu sein. Ich habe mich in Cambridge verliebt. In die verwinkelten Gassen, die malerische Umgebung und die kleinen Cafés. Aber Köln ist meine Heimat. Hier bin ich großgeworden. Mit diesem Ort verbinde ich viele schwere Stunden, aber auch glückliche Momente, die ich nicht missen möchte.« Sie dreht sich zu mir um und lächelt so zufrieden, dass es mir einen Moment die Kehle zuschnürt. »Und ich bin froh, dass du bei mir bist. Ich freue mich schon sehr darauf, mit dir weitere Momente zu sammeln, die ich nicht vergessen möchte.«

Ich ergreife Claras Hände. »Ich möchte ebenfalls Erinnerungen mit dir sammeln, Clara. Möchte immer bei dir sein, ich –« Meine Stimme bricht und ich muss mich räuspern. Plötzlich habe ich einen Kloß im Hals. Nicht, weil ich mir unsicher bin, nein. Ich bin verdammt sicher, dass ich diesen Schritt *nur* mit Clara gehen will. Aber würde sie dasselbe von mir sagen?

Also atme ich tief ein und sehe in ihre blauen Augen, mit denen sie mich fragend anblickt. Ich liebe ihre Augen. Sie sind so klar und lassen in ihre Seele blicken, wenn sie mich lässt.

»Clara«, sage ich leise ihren Namen. Betone jede Silbe bewusst, um deutlich zu machen, dass ich *sie* sehe. Sie will. Sie liebe. »Es fällt mir schwer, ich –« Schon wieder muss ich abbrechen und Luft holen. Dann lasse ich ihre Hände los und krame in meiner Hosentasche, um einen Gegenstand herauszuholen, den ich seit heute Morgen mit mir herumschleppe. Ich wollte unbedingt damit warten, bis wir zusammen in Köln sind.

Ihre Augen werden groß und ein staunender Ausdruck zeigt sich auf ihrem Gesicht, während sie stumm auf das Kästchen in meiner offenen Handfläche schaut.

»Alex, ich …«

»Nein, warte. Lass mich ausreden«, bitte ich sie und räuspere mich erneut. Dann öffne ich mit der anderen Hand das Schmuckkästchen, in dem der Ehering meiner Mutter liegt. Ich habe Dad danach gefragt und er hat ihn mir mit einem wehmütigen Lächeln anvertraut. »Ich wollte diesen Ring nicht der falschen Frau anstecken.«

Tränen bilden sich in ihren Augen, doch ich spreche schnell weiter, ehe sie etwas sagen kann.

»Ich liebe dich, Clara. Habe es vom ersten Moment angetan, als wir uns in der Bibliothek über den Weg gelaufen sind. Damals wusste ich nur nicht, dass *du* die richtige Frau für mich bist. Ich habe geglaubt, ich müsste dem Wunsch meiner Familie entsprechen und hatte mich insgeheim gefreut, dass mir Stella nicht komplett unsympathisch gewesen ist. Doch du warst nicht Stella. Bist es nicht. Und darüber bin ich wirklich froh. Bitte heirate mich, Clara Hoffmann.«

Eine Weile herrscht Schweigen zwischen uns. Ich vernehme einige Seufzer und Gemurmel, nehme wie durch einen Nebel die anderen Touristen auf der Aussichtsplattform wahr. Je länger Clara schweigt, desto unruhiger werde ich. Schweißperlen bilden sich auf meiner Stirn, während ich reglos vor ihr stehe, die Hand mit dem Ring ausgestreckt.

Plötzlich kommt Bewegung in ihren schlanken Körper. Clara zuckt zusammen und schlingt so schnell ihre Arme um meinen Hals, dass ich vor Schreck das Schmuckkästchen loslasse. Es fällt mit einem leisen Klappern auf den Steinboden zu unseren Füßen. Sogleich drücke ich sie fest an mich. Mein Herz schlägt in doppeltem Tempo, weil sie meine Umarmung erwidert.

»Ja«, haucht sie mit zitternder Stimme in mein Ohr. Ich

spüre ihre Tränen, als sie ihr Gesicht in meine Halsbeuge drückt. »Ich heirate dich, Alexander Hunter.«

In diesem Moment fühle ich mich frei, losgelöst von all meinen Sorgen, die mir das Herz schwer gemacht haben. Clara will ihr Leben mit mir teilen. Mit einem erleichterten Lachen lege ich den Kopf in den Nacken und starre gen Himmel, wo ich einen ersten Stern entdecke, der in der Dämmerung auf uns hinableuchtet.

Clara hebt den Kopf und sieht ebenfalls hinauf.

»Dort oben ist der erste Stern«, meint sie mit einem verzückten Lächeln, das ich ihr am liebsten von den Mundwinkeln geküsst hätte.

»Er leuchtet für dich.«

»Für uns«, korrigiert sie mich, dann löst sie sich aus meiner Umarmung und beugt sich hinab, um das Schmuckkästchen aufzuheben, das sie mir dann entgegenhält. »Willst du mir den Ring nicht anstecken?«

Mit wildklopfendem Herzen nehme ich den schmalen Goldring heraus und stecke ihn Clara an den Finger. Dann senke ich mein Gesicht zu ihr herab und besiegele unsere Verlobung mit einem innigen Kuss.

Ende

Content Notes

Explizite Beschreibung von:

Verlust eines Elternteils & Trauer: Kapitel 12, 29, 31
Herzinfarkt bei einer Nebenfigur: Kapitel 9, 15, 27

Erwähnung von:

ungeplante Schwangerschaft: Kapitel 12, 28, 29
Affäre: Kapitel 12, 21, 28, 29
queerphobes Verhalten: Kapitel 24